中華民國三十年辛巳西曆一九四一年日記

年四十三歲 法國立西南聯合大學主學院史學系

教授授明清史兼大學總務長兼職國立北

京大學教授兼秘書長文科研究所副主任

住昆明北門内青雲街龍花巷三號 北京大學

文科研究所三樓光蓳通三車 住北平城内西

四牌樓北前毛家灣一號

一月一日 陰曆庚辰年十有初四日星期三　晴

一

以不变的心应付一个对象。

不可燥急，必须慢慢的来。

不要贪多，勿须勇敢，一个

人的精力有限，何况你已在三十

以外。你如要达到。晚成的大

愿，必须痛改你卅五年来的习惯。

廿·六·十九荒．斜阳书。

018

近代日记中的公务与私情

郑会欣　著

社会科学文献出版社
SOCIAL SCIENCES ACADEMIC PRESS (CHINA)

目 录

　　1938 年 11 月 13 日发生的长沙大火是抗战期间一桩令人痛心的惨案，到底谁应对此负责？这场大火与"焦土抗战"政策有什么关系？惨案发生后蒋介石的态度如何？最后被处以极刑的酆悌、文重孚和徐昆是不是替罪羊？新近公布的档案及众多重要当事人的日记和回忆，或许能为这些疑问提供答案。

　　太平洋战争爆发后，中国"跻身四强"，国际地位空前上升，但是中国真的就是强国了吗？表面上看中国废除了不平等条约，参加了联合国的创立，然而美、英、苏背着当事国签订《雅尔塔协定》，最终让蒋介石认识到"国际交涉无所谓公理与情感，只有实力与利害关系，更无是非可言"。

三　党内竞选与派系斗争：亲历者笔下的"六全"大会 / 057

1945 年 5 月，国民党在战时首都重庆召开了第六次全国代表大会。蒋介石原计划通过这次大会，达到消除派系斗争、巩固政权、争取抗战最后胜利，进而缓解战后经济困境的目的。然而事与愿违，国民党的"六全"大会不但未能达到上述目的，反而进一步加速党内分裂，派系间的斗争更加激烈。

四　"惟有妥协"：抗战胜利前后的蒋介石 / 091

1945 年是抗战胜利的一年，蒋介石却心事重重。在对外交往中，面对大国的欺凌，蒋深感力不从心，最终"惟有妥协与谅解之一途"。而在处理内政方面，面对日益猖獗的贪腐，他表面上主张严惩，但在发现他的至亲孔祥熙卷入民国贪腐大案"美金公债舞弊案""黄金提价泄密案"后，最终却选择息事宁人。

五 风暴骤起：大后方的"倒孔"运动 / 123

抗战爆发后，贪污腐败已成为国民党系统性、体制性的严重问题，而长期主掌国家财政大权，担任财政部部长、中央银行总裁以及中央信托局理事长的孔祥熙更成为举国声讨的对象。

六 从追随到决裂：陈克文眼中的汪精卫 / 151

陈克文是追随汪精卫多年的忠实信徒，对汪十分尊重、崇拜甚至极端信仰。当听说汪精卫发表艳电、公开向日本求和时，陈克文不禁感到吃惊、迷惘，亦十分惋惜。直至汪投日行径暴露无遗时，他最终与汪彻底决裂。陈克文的日记完整地记录了汪精卫在他心目中形象改变的历程。

七 "求贤才皆不易"：蒋介石与民国学人 / 173

近代学人可以大致划分为三种类型：基本上不问政治，只是研究学术的
单纯学者，如王国维、陈寅恪等；虽然对政治有一种关怀，却不愿参与
其间，如傅斯年、顾颉刚等；原本是学者，后被当局者拉入政府并委以
重要职务，如朱家骅、王世杰、翁文灏等。

八 平行线：董浩云与宋子文的交往 / 217

一个是近代的政治家、外交家，一个是后来闻名遐迩的"世界船王"，
可以说这两个人原本就不是一股道上跑的车，他们怎么会在日后的生
活中相知相遇、惺惺相惜？董浩云的日记和回忆可能会为你揭示这个
答案。

九　"窘态毕露"：高级公务员的战时生活 / 247

王子壮与陈克文是国民政府简任一级的高级公务员，战前薪俸要比一般市民高出数十倍。抗战爆发后，他们随政府西迁，但工资收入却远远赶不上通货膨胀的速度，"东西挪用，苦不堪言"。

十　"教授教授，越教越瘦"：战时大后方教授的生活 / 293

抗战爆发后，众多高校随同政府迁往大后方。大学教授的生活难以维系。而官场上日趋严重的贪污腐败，更促使他们的思想发生了变化。他们当中一部分"变成革命分子"，像闻一多、吴晗、潘光旦等。

自　序

　　摆在读者面前的这本小书收录了我近年来撰写的十来篇论文，这也是我在阅读民国名人日记后的一点心得和体会。

　　什么是日记？顾名思义，就是作者逐日所记当日所经历或见闻的事，或对身边发生的事情表达个人的看法，说出自己的感受，因此明人贺复徵曾将其定义为"日记者，逐日所书，随意命笔，正以琐屑毕备为妙"。[①] 正因如此，日记具有真实、具体、新奇等特点，所记载的又是作者平日所见、所闻、所思、所想，而非事后所回忆，在时间、地点、人物的记录上则较为准确，而且日记为私人记录，具有不公开的隐秘性。相对于公文、档案、报刊等资料，书信、日记之类私隐性史料多为个人记事、抒情、备忘而作，且作者又大多无意将其公开，可信度亦较高。日记的内容不仅包括个人经历，也从个人的角度，反映了社会的变迁。

① （明）贺复徵：《文章辨体汇选》卷639《日记一》，上海古籍出版社，《文渊阁四库全书》本，转引自顾宏义、李文整理标校《宋代日记丛编》（一），上海书店出版社，2013，"前言"第1页。

因此，我们可以看到日记主人写了些什么，说明了什么，看到了什么，后人又可以从中得到些什么启示，日记自然成为历史学者非常重视的一种史料。

在中国，日记出现于何时目前尚无定论，有人认为作为一种文体，唐代史籍中已出现奉使纪行日记及史官日记，并以唐中期李翱的《来南录》为代表。[①] 早期的日记主要还是记载旅途所见，后来慢慢内容越来越宽泛，披露出人间世态、种种社会变革，特别是晚清民国之后，日记主人反映历史变幻的事例可谓举不胜举，已然成为研究历史的重要资料。尽管如此，能够写日记并持之以恒的人在民众中毕竟只占少数，而能将日记留存下来并且得以公布出版者更是少之又少，其史料价值也就变得格外重要。

要认识一个历史人物，最简单的办法就是去阅读他的日记（如果他有存世的日记），因为日记是记载作者见闻与感悟的文字，许多无法在公文档案和书信中呈现的内心活动，却呈现在他的日记中。虽然不能断言日记就是某个人完整的心灵记录，也不可以某人的日记即判定为当时存在的普遍状况，然而日记与书信毕竟最易表现出作者内在的思想变化与心理活动，有价值的日记更能反映出当时的社会实践与变革，是非常重要的史料。因此，解读日记，不仅可以审视日记作者本人的心路历程，还可以观察和了解那一时代所发生的一些事。当然，仅凭一两个人的日记就对历史遽下结论过于匆忙，亦不够客观，但它毕竟为我们提供了一个非常重要的现场记录。

以我个人的研究经历来说，从习史之日起自然就知道日记在历史研究中的地位和作用，但以往多关注的还是搜集相关档案和其他资料，并

---

① 　邓进深选注《历代名人日记选》，花城出版社，1984，第 2 页；陈左高：《中国日记史略》，中国书籍出版社，2016，第 6~7 页。

未在日记上下过太多功夫。进入 21 世纪后，一个偶然的机会，我接受香港中文大学和董氏家族的委托，开始编注董浩云 30 多年间的日记，从而给了我一个全新认识日记的体会。在这期间我曾花费大量时间，结合所搜集的其他相关资料，认真校勘和编注这位世界船王的日记，从中慢慢地了解他的人生经历、内心世界与志向抱负。《董浩云日记》先后由香港中文大学出版社和北京三联书店出版了繁体版与简体版，而这部日记后来又成为我撰写董浩云传记所依据的重要资料。

近年来大批晚清民国时期重要人物日记的出版，为中国近代史的研究提供了重要的史料，特别是 2006 年蒋介石日记的开放，更是极大地推动了民国史研究的进展。我也曾趁这个热潮，多次前往斯坦福大学胡佛研究所和台北"国史馆"抄录蒋介石日记和蒋介石档案。虽然蒋介石日记目前尚未全部正式出版，但还是可以借助其他形式和途径，譬如"国史馆"出版的《蒋中正"总统"档案·事略稿本》《蒋中正"总统"五记》《蒋中正先生年谱长编》，以及台北抗战历史文献研究会提供的电子版文献等，因此我亦根据查阅蒋介石的日记并参考其他资料，撰写过相关论文。

数年前我自香港中文大学退休，虽然还继续负责中文大学、理工大学等大学的课程，但毕竟时间有了空闲，开始有意识地阅读与摘抄民国时期的名人日记。由于条件所限，我所阅读的日记除了蒋介石日记之外，多是已经公开出版的日记和书信，包括国民党党政军各部门重要人物，如王世杰、翁文灏、熊式辉、张嘉璈、陈布雷、钱大钧、陶希圣、陈诚、徐永昌、何成濬、傅秉常、唐纵、王子壮、陈克文等；众多民国时期名人，如高等学校的教授顾颉刚、竺可桢、梅贻琦、胡适、傅斯年、吴宓、朱希祖、朱自清、闻一多、郑天挺、浦江清、容庚，以及金融家、企业家陈光甫、周作民、钱新之、秦润卿、卞白眉等。在日记中不仅注意观察他们的政治立场、学术追求，也注意他们的人际关系，以及他们对社会的认识和对个人与家庭生活的感受等的各种记录，因此近年来所撰写的论文中，日记与书信，还有回忆录等就成为我主要依据的资料。这些民国名人的日记既反映出他们所涉公务，特别是蒋介石等国民党高层人物日记中对于重要历史事件，如长沙大火、开罗会议、《雅尔塔协定》、"六全"大会、香港受降等问题的态度，也反映了他们彼此之间的关系，如蒋介石与学人间的关系、对孔祥熙涉嫌贪腐的态度，还有汪精卫属下对汪降日后立场的转变。此外，我还关注他们的日常生活，如高级公务员与大学教授战时与战后的生活实录，以及他们对社会、对人生的认识，再有就是个人在编注董浩云日记中的体会。这些论文曾先后发表于各种学术期刊，在香港商务印书馆总编辑毛永波的支持下，得以结集出版，命名为《日记中的历史：民国名人的公务与私情》。承蒙老校长金耀基教授为拙著题写书名，老所长陈方正博士提供父亲陈克文的日记图片，这些都是对我的最大支持。

综上所述，日记的价值取决于它的真实性，尤其是在历史重要时刻的记载是否正确，但必须强调的是仅凭日记是远远不够的，还需要与其他史料，包括与其他人物对同一时间、同一事件的记载加以比对。陈寅恪即认为："通论吾国史料，大抵私家纂述易流于诬妄，而官修之书，其病又在多所讳饰，考史事之本末者，苟能于官书与私著等量齐观，详辨而慎取之，则庶几得其真相，而无诬讳之失矣。"[①] 同时，日记后来往往会被本人或整理者、刊印者删节或篡改，因此必须对其进行认真的校勘和考据。

对于那些身居高位或是经历重大历史变革的人物来说，他们所写下

---

① 陈寅恪：《金明馆丛稿二编》，上海古籍出版社，1980，第74页。

的日记自然非常重要，因为他们所记述的内容涉及众多政坛内幕，或是臧否人物，或是评论时政，虽然他们的笔下可能会带有个人的偏见，但仍是可供历史学者研究的重要史料。即使对于一般人来说，虽然他们日记中所记录的多为平素见闻，但也是了解当时社会经济以及文化风俗不可多得的素材。就如鲁迅所说："我本来每天写日记，是写给自己看的；大约天地间写着这样日记的人们很不少。假使写的人成了名人，死了之后便也会印出；看的人也格外有趣味，因为他写的时候不像做《内感篇》《外冒篇》似的须摆空架子，所以反而可以看出真的面目来。"①

因此我的体会是，日记的内容固然十分重要，但单凭日记还是很难恢复历史真相，必须与其他资料，特别是报刊及档案资料加以对照、互为补充方更可靠。于此我要特别说明的是，虽然收入本书的文章都是近年来在阅读以及整理日记过程中的一些理解和体会，但是我阅读的日记非常有限，尤其是所过目的日记均为公开发表的重要人物日记，缺乏对普通民众日记的了解，因此书写的历史远远不够完备，只是个人学习中的一个尝试，还望读者诸君不吝赐教。

---

① 《鲁迅作品精选集·华盖集》，四川人民出版社，2020，第113页。

"焦土抗战"：亲历者笔下的长沙大火

1938 年 10 月 21 日，广州沦陷，连接香港的国际运输线中断，抗战进入相持阶段。蒋介石认为，"此时武汉地位已失重要性，如勉强保持，则最后必失，不如决心自动放弃，保存若干力量，以为持久抗战与最后胜利之基业"，而且"广州既失，武汉已无保守价值"，故"武汉之得失，固无足重轻也"。[①] 所以蒋介石决定放弃武汉，同时又以国民政府的名义发表宣言，通告中外，以表示抗战到底的决心。

　　在此之前江西九江已经失守，军事委员会委员长侍从室一处主任贺耀祖与军统局副局长戴笠曾联名电呈蒋介石，称九江失陷前驻防军队未能及时实施坚壁清野的政策，以致大批物资被日军掠获后再将其分发给难民，用以笼络人心。[②] 或许正因为如此，蒋介石更加坚定了实施"焦土政策"的决心。他在武汉失守那天的日记中写道："对敌行动，切不可留有余地；对敌态度，亦不可稍有消极缓和之意。必须坚定、简单、明白，而示我以和战一定之限度，则几矣。否则无异示弱求情，则败亡矣。武汉之暴烈破坏，不仅使敌一无所得，失其攻汉之目的；且示其同

---

① 《蒋介石日记》，1938 年 10 月 22、24 日。《蒋介石日记》目前存放于台北"国史馆"，并已逐步出版，本书引用的《蒋介石日记》，如无特别说明，均源自台北抗战历史文献研究会抄录之电子版，下略。

② 《贺耀祖、戴笠致蒋介石密电》（1938 年 10 月 13 日），台北"国史馆"藏《蒋中正档案》，档案号：002-080200-00285-045。

归于尽之决心，非此不能使敌有所感悟与痛苦也。"[1] 但这一想法在国民党高层中并未得到广泛认同，譬如军令部部长徐永昌就认为："武汉除法租界及一、二、三特区外，已无甚警察。已决定留戴雨农在此任轰炸各建筑等。余为最后之挽救，以为此于敌无损，特启敌之破坏，将来仍须我人民出钱再修也。"[2]

武汉失守之后，国民党军队开始后撤，长沙的军事地位顿时提高。长沙地处长江、湘江及洞庭湖之间，自古以来就是兵家必争之军事重镇，特别是抗战[3]前粤汉、浙赣、湘桂黔铁路相继通车后，更成为贯通中国东南与西南的交通枢纽，从而成为日军下一步进攻的主要目标，同时也是国民党军队坚持第二期抗战的战略基地。11 月上旬，日军主力向湖南进迫，形势愈发紧张。11 月 9 日，临湘失陷，国民党军队退守岳阳、汨罗、平江、益阳一带。11 月 11 日，日军攻占了湘北重镇岳阳，此地距长沙仅有约 150 公里，消息传来，长沙更陷于一片慌乱之中。

武汉失守后，原先负责武汉防卫的第九战区将其指挥部设于长沙，司令长官陈诚也随之进驻，蒋介石作为领导全国抗战的最高统帅驻节南岳，以便就近指挥作战，其间曾多次前往长沙。从蒋介石的日记中得知，10 月 29 日他"在长沙会商战局与处置，并约冯（玉祥）、唐（生智）午餐。……下午五时登车赴南昌"，但次日下午 5 时又返回长沙，翌日清晨"会敬（之）、健（生）诸兄，促渝发表告国民书。下午由长沙回南岳"。11 月 3 日"下午四时由南岳出发，晚到长沙，审阅各方报告"。8 日上午，多次"与文白、天翼谈话，整理议案"，"下午仍开军事

---

① 《蒋介石日记》，1938 年 10 月 25 日。

② 《徐永昌日记》第 4 册，台北，"中研院"近代史研究所，1990，第 408 页。

③ 本书中的"抗战时期"均指 1937 年七七事变后的全民族抗战时期。

会议，至九时后散会，精神甚佳也"。而且他以为湖南局势紧张，"临湘与大沙坪相继失陷，滇军望风奔溃，一般士气不振，故余须在长沙多留数日也"（11月9日）。"妻回南岳，余留长沙，晚与天翼谈话甚久"（11月10日）。直到11日（真日）下午才由长沙乘火车前往韶关。然而，就在他离开长沙一天之后，震惊全国乃至世界的长沙大火就发生了。

"长沙如失陷，务将全城焚毁"

那么长沙大火是怎么烧起来的呢？

此时履任湖南省主席不足一年的张治中决定将省政府从长沙撤往沅陵，他本人则率少数精干人员留守。晚年他在回忆录中专门有一节记载长沙大火，并将其灾变后数小时所写的《长沙火变一日记》附在文中。据他称，"所记是没有任何一点不是忠于事实的"。他在回忆时说，12日上午9时许，他突然接到委员长侍从室副主任林蔚的电话，传达蒋介石的口谕，说要在长沙实施"焦土抗战"。随即便接到蒋介石文侍参电，电文曰："限一小时到。长沙张主席。密。长沙如失陷，务将全城焚毁。望事前妥密准备无误。"当天中午张治中与陈诚一同吃饭，问起关于长沙是否实施"焦土政策"时，陈诚肯定地回答："当然要做的。"下午4时，长沙警备司令酆悌和湖南省保安处处长徐权（字与可，系张治中保定军校的同学）同来见他，并拿出一套焚城纲要，酆悌之意是要让长沙市社训副总队长王伟能当总指挥，警备司令部参谋处处长许权（字执中）为副总指挥。但张治中认为王只是个军训教官，不适合担此重任，故改用警备队第二团团长徐昆任总指挥，王伟能、许权为副总指挥，强调必须在守军退出汨罗江后再开始行动，并规定光下命令还不够，还要先放空袭警报，让民众撤退，然后于放紧急警报的同时开始行动。①

关于蒋介石下令对长沙实施焦土政策一事除了张治中的回忆外，还有其他旁证。军令部次长刘斐曾告知徐永昌，"十二日午前十时，在郴州委员长曾有电与张主席，令于长沙不能守时即放火烧毁之"。②委员长侍从室第一处主任钱大钧事后也说，张治中曾告诉他"十二日前后得蔚文电话及委座限一小时到之电报，即召集会议，规定敌占汨罗后，纵火焚烧，警备司令且规定届时奉命后先发空袭警报准备，再发紧急警报实行"。③

长沙警备司令酆悌是长沙大火的主要责任人，他在被捕和处决前几天的日记中记载了事发前后的情形。事发当日正是孙中山诞辰，长沙市准备举行火炬游行，但是因为时局紧张，许多居民已逃散，下午5时游行时只有1500余人参加，而且省主席张治中和酆悌本人均因故未到。当天下午，张治中召集他和省保安处处长徐权一起商谈如何实施焦土政策的问题，并称蒋介石曾有电令，一旦"长沙失陷，应焚毁"。张治中恐怕执行得不彻底，因此一再嘱咐要慎选指挥人员及执行者。酆悌最初提出的指挥员人选及执行者，他都不同意，最后还是他亲自决定，以警备队第二团团长徐昆为总指挥，执行人员由该团所部士兵组成，三人一组，共一百组，担任此项任务。酆悌辞退后张即召集徐昆等人商讨，决定"告其准备动手时，应以放紧急警报，奉主席最后命令，始执行"。④

① 中国人民政治协商会议全国委员会文史资料研究委员会编《张治中回忆录》上册，文史资料出版社，1985，第263~264页。

② 《徐永昌日记》第4册，1938年11月15日，第422页。

③ 钱世泽编《千钧重负：钱大钧将军民国日记摘要》（以下简称《钱大钧日记》）第2册，台北，中华出版公司，2015，第687页。

④ 酆悌：《焚余日记》，1938年11月12日，台北，中国国民党党史馆藏，230-2758，转引自刘大禹《酆悌与长沙文夕大火新探——基于〈酆悌遗著：焚余日记〉的解读》，《民国档案》2013年第4期。下略转引信息。

　　原长沙警备司令部参谋处处长、后接任参谋长的许权回忆，他听酆悌说，蒋介石在长沙召开军事会议后决定，若长沙不得不放弃时应实施"焦土抗战"，不资敌用。省主席张治中即奉命召开省政府会议，通过"必要时焚毁长沙"的议案，并于 12 日下午召集警备司令酆悌和省保安处处长徐权讨论具体事宜，其后许权受命起草计划，徐权将原计划纵火部队由警备队第一团执行改为第二团，认为第二团团长徐昆精明能干，并将行动单位由连改为班。该计划由张治中批准，并指示"谨慎从事，只许成功，不许失败"。①

　　军统局副局长戴笠当时也在长沙，可能是他在九江失陷后曾向蒋介石建议实施焦土政策，而且武汉失守前他亦负责焚城的任务，因此有人怀疑长沙这场大火是军统放的。11 月 17 日，戴笠曾具文向蒋介石辩白，并详细说明了他在事发前后的活动。11 日下午蒋介石离开长沙时，他和酆悌曾一同护送，在车站时戴向酆"询及万一我军放弃长沙时，对长沙破坏工作有无准备。据答此事已有计划，并已准备一切矣"。戴笠再问整个计划如何布置，又是由谁负责。酆悌回答，系由保安处与警备司令部负责。酆悌还问戴笠能否派人参加，戴回答说需先见到具体的计划，若有必要，"当竭力协助也"。当晚戴笠就让其属下向保安处与警备司令部了解长沙破坏计划，据称保安处与警备司令部对破坏工作并无具体办法。12 日下午 4 时，传出守军放弃岳阳退守汩罗的消息之后，戴笠便亲自到长沙各个街道视察，发现秩序混乱，警察亦不多见。因为长沙市警察局局长文重孚是戴笠向张治中保荐的，眼看长沙市面混乱的情形，警察却不能出面维持，文重孚难辞其咎，而作为保荐人的戴笠亦须负责，所以他在电话中责怪文重孚，并让他尽快来面谈。不久文重孚赶

---

① 　陈兰荪、孔祥云:《原国民党长沙警备司令部参谋长许权的回忆：也谈长沙大火的真相》，《世纪》2004 年第 3 期。

来，据他说已奉酆悌司令之命，将警察集结各分局待命。酆悌还说，你们警察一旦见到城内外起火，即可撤退到郊外。戴笠当即打电话询问酆悌，据他说日军已逼近汨罗，但戴笠以为应该没那么快；接着又问他对长沙破坏之工作究竟是如何计划的，酆悌说已准备炸药、煤油待用，并希望戴派员参加。戴还是让他先将具体计划见示，并说本处有爆破人员及材料，但均在衡阳，之后约定当天晚10时前往警备司令部与他面商一切，没有想到晚9时左右接到文重孚电话，说酆悌10时有事要外出，让他届时不必前去。文还说，按照当时情形，看来酆悌可能很快就要离开长沙。当戴笠再与酆联系时，电话却始终打不通，这时又接属下报告，他们接送学生的汽车被警备司令部警戒兵扣留。戴笠再致电文重孚询问情形，"据称听说警备司令部扣留车辆，系为送爆破人员与材料之用也云云"。①

时任大本营政治部第二厅厅长的康泽亦奉命从武汉撤往衡阳，大火发生前夕他也在长沙。据他回忆，当天晚上他到长沙后看到许多士兵在大街上睡觉，身边堆满汽油和水桶。参谋长许权向康泽报告，说是奉省主席张治中之命，一旦日军过了汨罗江，他就开始点火。康泽记得在破坏计划上张治中还有"明早七时检查"的批示，但他刚撤离长沙，全城大火就烧起来了。②

综上可知，长沙大火发生前的情形是：蒋介石确曾下令，长沙失陷前实施焦土政策，焚毁全城，但必须"事前妥密准备无误"；张治中接到指令后立即召集属下商量实施办法，并确定官员负责执行，规定先放警报，疏散民众后方可执行。但实际上当时人心惶惶，几个主要负责官

---

① 台北"国史馆"藏戴笠档案，转引自刘台平《神鬼之间：找寻真实的戴笠》，台北，风云时代出版公司，2016，第223~224页。

② 《康泽自述及其下场》，台北，传记文学出版社，1998，第319~323页。

员并没有认真策划行动部署，彼此之间信息混乱，张皇失措，官指挥不了兵，兵更找不到官，结果酿成滔天大祸。

纵火焚城

长沙大火发生的时间是 11 月 13 日凌晨，也就是 12 日的夜间，依照"韵目代日"，12 日称文日，所以发生在 12 日夜间的长沙大火又被称为"文夕大火"。关于这场大火是怎么发生的，我们还是先看看几位当事人的回忆。

张治中回忆说，12 日当天接到蒋介石的电报后即召集酆悌、徐权等人布置如何执行焚城的工作。下午 7 时部下报告说街上看不到警察，张大为诧异，赶快询问警察局局长文重孚为什么撤警。文回答说并无此事，只是将警察集中在几个地方而已。其后张治中仍按原计划接见部下，宴请外国教会领袖，以及在电台发表演讲，直到将近凌晨 2 时才就寝。然而刚入睡，副官即敲门告知城内各处起火，火势蔓延很快。4 时许，酆悌来报告说各处起火，电话已断，警察局局长文重孚找不到，外面传说，大火是由警察局开始烧起的。[①] 令人奇怪的是，从张治中被大火惊醒，到酆悌 4 时多来报告，这关键的近两小时内他究竟做了些什么，张治中在回忆录中没有交代，而酆悌却说见张治中时他仍在睡梦中。

酆悌的日记中则写道："不料当晚二时半突然起火，四处大火封街。余得报告，深为骇怪，几不得出，秩序大乱，警察宪兵，均全部逃走。电话不通。部下促余离寓往湘潭，余告须寻主席，不能独自走也。此即

---

① 《张治中回忆录》上册，第 266 页。

去主席处所（唐公馆），时已四时半，主席尚在睡中。余将情况报告，忽然起火情形，彼此嗟叹而莫名其故。随命余休息，余偕正仪、裕厚、芷江苓休息于唐寓。时在主席处者，仅余一人，彼之亲信干部，尚无一人到也。"[①] 到了清晨，"火势更大，烟火迷天，闻全城已毁三分之二。今日谒陈司令长官辞修，被其当面责备，盖其未明余之处境与责任也。余申告系奉命准备，但不料突然起火，似为另一组织变动者，盖余始终不明何以如此动作离奇耳。然余责任所在，自难逃其咎，部队非余训练，仅系指挥他人者。其实此辈均各有背景，对指挥亦不过敷衍，实际一切均听命于其背景也。今日中国之事，虽余满腔热忱，思为国尽忠，其奈各级干部不一致何。张主席以电呈委座之稿示余、徐与可，以责任似为之诿卸于我。徐权为其最信任之干部，军事政治一切企图，均出之于徐，而徐亦自命不凡，无论何事，彼均为包揽，准备之名系主席交余与徐二人共办。今电委座，仅以余负主持之责。虽然余不诿责，然余为奉彼命之一人而已。爱憎偏颇如此，令人心寒"。[②]

许权回忆说，12 日当晚平安无事，没想到凌晨南门却相继燃起大火。许权询问前线总指挥关麟徵，回答曰平静无事；问省主席张治中，答曰未曾下令；电话找酆悌，则一直占线；再催促警察局局长文重孚立即救火，没想到回答竟是警察与消防队均已撤走。许权认为，长沙大火是由于地方人员文嬉武怯、措施失宜而酿成的灾难，其主要责任应由徐昆承担。[③]

对于长沙大火的发生经过，戴笠是这么说的："（12 日晚）十二时，

① 酆悌：《焚余日记》，1938 年 11 月 12 日。

② 酆悌：《焚余日记》，1938 年 11 月 13 日。

③ 陈兰荪、孔祥云：《原国民党长沙警备司令部参谋长许权的回忆：也谈长沙大火的真相》，《世纪》2004 年第 3 期。

忽见城内外火起，本处附近之航委会停车厂与汽车兵团之车厂亦相继起火。弟因赴浙、赴衡之学生尚在东车站候车，当乘车赴车站视察时，途闻警戒兵即乱放枪，阻止前进，弟仍继续前进，卒达车站。回处将当时长沙起火与混乱情形摘要电韶关报陈校座。弟于元日上午八时半离开长沙，九时在猴子石码头曾见张主席随从副官至码头找保安处徐处长，后遇敌机轰炸车坏，同行之人员亦有死伤，下午五时改由湘潭渡江，于湘潭以西复见装载警备司令部特务队员与酆司令行李之卡车中途被其召回，此足证湘省当局军警当时之仓皇情形也。"①

时任军事委员会政治部第三厅厅长的郭沫若当时也在长沙，他后来回忆说，12日晚9时许，周恩来见到他时说刚与陈诚、张治中通电了解敌情，张治中连续说了两句"风平浪静"。郭沫若、洪深、张曙等人当晚住在长沙师范，凌晨1时许，他站在操场上看见市内有两三处起火，三五成群的警备队背着枪，拎着汽油桶到处放火，火势齐头并发，顿时全城陷入一片火海当中，他们的汽车随着逃难的人群开到城外。②

中共中央南方局书记周恩来（时任国民政府军事委员会政治部副部长）也在长沙。据周恩来所说，长沙放火的时间大约在夜间2时半，当他三点钟惊醒之时，附近火头已起，"放火兵士持汽油浸透棉花，先叫门喊速避，遂即点火；亦有一面喊敌人已来，而火早已点着，人民究竟听见与否，或全喊到没有，不得而知"。周恩来于危急中询问到底发生了什么事，士兵说是"奉令放火"。当他5时许撤离长沙时，全城已有一半地方起火，"只见沿途伤兵在爬喊"。③

---

①　台北"国史馆"藏戴笠档案，转引自刘台平《神鬼之间：找寻真实的戴笠》，第223~224页。

②　郭沫若：《洪波曲》，人民文学出版社，1979，第207、210~213页。

③　《徐永昌日记》第4册，1938年11月17日，第423页。

康泽当时并未听闻日军有进攻的消息，但就在他离开长沙城不久，便看到城内发生火灾，紧接着全城起火，烈焰熊熊，长沙城很快就陷入一片火海之中。①

当时在南岳指挥作战的军令部部长徐永昌在 13 日的日记中写道，"昨夜以来，长沙电话电报不通，只知城中大火"。据逃出长沙的人描述当日中午的情形，见到城中大火时，省政府不见一人，又看到"三二警士即将烧公安局"。而驻守在湘潭的新编十一军军长徐庭瑶说，"渠因无故大火，于夜三时离长沙时尚见兵士放火"。徐永昌又收到通信兵团报告，称昨晚 11 时与长沙通信队长通电话时，长沙尚属平静，并未发生纵火之事。因此他推测，"或因昨晚长沙举行火炬游行，遂至焦土政策者误会为时机已至，一并举行耶？但何以十一时尚在平静如恒，是以火炬游行并不相及"。有人怀疑可能是兵变或是汉奸纵火，但他断然予以否认。②

徐永昌即刻派参谋前往了解情况，据说张治中住在唐生智公馆，张的部下说，张治中原来下令是说日军距长沙 50 里时开始放火，没想到执行的人因误会而提前。又说陈诚对于放火之事未与之提前协商而大为不满，"谓前线平静，后方如此紊乱，交通皆坏，万一前线因此发生意外动摇，何人负责"。③

据军事参议院咨议魏益三所说，13 日晨间 3 时左右，长沙大火是由市内各街口同时四五十处火头烧起的，"宪兵、警士事先预知，由很有条理的穿某便衣者用统制汽油统计［一］发火"。徐永昌到韶关后接到陈诚电话，"谓张无故放火"，后来又说"已悉张当时亦不知"。④

---

① 《康泽自述及其下场》，第 319~323 页。

② 《徐永昌日记》第 4 册，1938 年 11 月 13 日，第 420 页。

③ 《徐永昌日记》第 4 册，1938 年 11 月 14 日，第 421 页。

④ 《徐永昌日记》第 4 册，1938 年 11 月 15 日，第 422 页。

事发当天，江西省主席熊式辉也听说"长沙大火，闻为实行'焦土政策'，免以资敌。张治中此举，恐张于一时冲动，未及深思其利弊，乃有此自焚之下策"。[①] 第二兵团总司令兼第八集团军总司令张发奎的司令部就设在长沙附近不远，事发当晚，他突然看到天空变成深红色，感到很迷惑，后得知这是张治中实行"焦土政策"。张发奎以为："虽然这是政府的既定政策，但只限于在情况需要之时，并须得到最高当局下令才可以执行。然而张治中并未接到这样的命令，他应该执行'坚壁清野'政策，意谓搬走一切东西，使敌人无处可住，无物可食。简言之，不留下能被敌人使用的东西。"而且长沙距他的司令部很近，张治中至少应该事先同他商量才对。但后来因为怕伤了和气，见面后并未提及。[②]

根据身陷火场当事人的回忆，虽然对于起火的时间记载不一，但其他细节相差不多。当时日军向岳阳以南、距长沙还有 250 里的新墙河进犯，译电员将"新墙河"误译为离长沙只有 12 里的"新河"。在首先得知消息但未得到最后指令的情况之下，民兵自卫队擅自放火，竟无人制止，以致一处点火，四处响应，片刻之间，长沙城陷入一片火海之中。

事后查办

长沙大火烧了三天三夜，将一座两千余年的历史名城变为一片废墟，"伤兵被烧，不可胜计，人民数字更惊人，军用器料无算"，[③] 市内繁

---

① 洪朝辉编校《海桑集——熊式辉回忆录（1907~1949）》，香港，明镜出版社，2008，第235 页。

② 张发奎口述，夏莲瑛访谈纪录《蒋介石与我——张发奎上将回忆录》，香港，香港文化艺术出版社，2008，第 269 页。

③ 《徐永昌日记》第 4 册，1938 年 11 月 15 日，第 422 页。

华的商业区几乎片瓦不留，共计烧毁房屋 5 万余幢，大部分街道被毁。事后湖南省政府宣布有 3000 余人死于大火，但据《湖南省志》记载，实际死亡人数有 2 万人。①

长沙大火烧起之时，在南岳的蒋介石竟然毫不知情，由于无法与长沙接通电话，只是"据报伤兵放火，秩序甚乱"，"或因修电线无人，以致推迟也"，断没想到后果竟如此严重。②然而很快消息传来，"长沙城发火，焚毁甚惨，闻之心痛，地方人员之不力，殊为浩叹"。他以为"如武汉非由自我主持至最后一日，出此意外，则更贻笑中外，幸而武汉撤退秩序整然，更觉自慰也"。但同时蒋也做出决定："拿办鄠警备司令，追究长沙放火案。"③

长沙大火曝光后，舆论哗然，湖南籍人士尤为愤怒。军委会参事室主任王世杰在事发后的日记中连日记道，"长沙大火，显系我军事机关预定行动。燃烧范围之广，中外骇然；即长沙对岸之湖南大学等校舍，亦被烧毁，尤为可骇。湘人之在渝者闻甚愤慨；至以'不抗战而焦土'责备守军。守军之撤退，或为军略上之必要，肆意纵烧，甚至并学校文化机关亦在其列，似无可恕"；"今日国防最高会议开常会时，汪、孔、于等对于长沙之破坏，均大不满"；"国民参政会驻会委员会今日开例会，到会者对于长沙火劫，群表愤慨，并决定联名致电蒋先生请其查办主动之人"。④

刚从武汉迁往重庆的行政院参事陈克文也在日记中写道，"敌陷岳

---

①　湖南省地方志编纂委员会编《湖南省志》第 1 卷，湖南人民出版社，1999，第 766 页。

②　《蒋介石日记》，1938 年 11 月 13 日。

③　《蒋介石日记》，1938 年 11 月 14 日。

④　林美莉编辑校订《王世杰日记》上册，1938 年 11 月 14 日、16 日、18 日，台北，"中研院"近代史研究所，2012，第 158、159 页。编者下略。

阳，长沙昨天大火，大概我方准备撤退，故纵火自焚。报纸今日已无长沙电报，大概敌虽未到，我方已完全撤退。方秘书叔章、邓参事介松均湘人，莫不愤慨万分，骂湘省当局既不死守，即不宜放火。闻前湘省主席、今内长何键，骂张治中（湘主席）更为利害。军委会闻即迁来重庆，委员长亦有不日来渝之说，大概以湘南、衡阳一带为军事中心的计划，亦难实现了"；"敌并未到长沙，湘人明日要召集同乡会，去电湘主席及委员长，质问焚毁长沙的理由。去冬今春，曾有许多人对于焦土而不抗战的行动加以痛切的批评，现在不知道为甚么仍然犯这样的毛病。因为焚毁长沙，于是有些人根本怀疑，抗战是否能够得胜，是否能够获得国际的同情，这又未免看不清抗战的意义了"。①

此时身在重庆的行政院院长孔祥熙也致电蒋介石，称岳阳 12 日刚刚失守，13 日凌晨长沙就遭纵火焚城，因而"此间人士颇多怨望，尤以湘籍诸人为最"。孔祥熙认为，即使破坏亦应只限于能够资敌的军事设备，而"今敌在三百里以外，即将名城毁为焦土，地方负责人员殊为鲁莽，因此发生误会，后方城镇已表示惴惴不安，流弊所在，于国民敌忾同仇之心，大有影响"，因而建议对肇事官员严惩不贷。②

长沙大火对蒋介石的打击极大，他认为此举"不仅影响于前方军事，而且影响于将来政治更大"，因而对其"精神上之打击，十万倍于战败之痛苦，可耻可悲，莫甚于此也"。而张治中"不知责任所在，犹以为普通罪过，尚思推诿卸责，此表示无胆无知之事小，而对于革命与廉耻之事大也"。11 月 16 日清晨，蒋介石先是从衡阳到南岳，商谈第

① 陈方正编辑校订《陈克文日记（1937~1952）》上册，社会科学文献出版社，2014，1938 年 11 月 15 日、16 日，第 300、301 页。

② 《孔祥熙致蒋介石电》（1938 年 11 月 22 日），台北"国史馆"藏《蒋中正档案》，档案号：002-080200-00504-107。

四战区人事变动方案，下午 5 时出发，8 时抵达长沙，只见"黑暗凄惨，与辞修、文白等相见，黯然不知所言"，次日上午"巡视灾区，登天心阁瞭望，一片焦土，途中时见伤病无告之官兵，更为悲惶"。蒋只能强忍愤怒，并"责成文白根究肇祸之人，速定处分"。①

蒋介石到长沙后首先要处理善后事宜，尽快恢复秩序，但更重要的是要弄清长沙大火的实情。或许是戴笠事前呈文中提议实施焦土政策，后来有人怀疑他是长沙大火的实施者，徐永昌就听说"此事戴雨农亦参加，似已取得蒋先生同意者"，因为"前次汉口之破坏即由戴执行之"。但他对此举不以为然，认为"此等举动与敌无甚损，与我大有害也"。②张治中亦推卸责任，认为纵火者"似另有统系"。③听闻这一消息后，戴笠即致电蒋介石予以辩解，称长沙火灾损失巨大，这完全是张治中办事不力所致。而蒋介石最初却想说成是汉奸纵火的，但陈诚坚决反对，他认为错了就应该认错，不可骗人，二人"争吵甚烈"。④陈诚虽说是蒋介石的爱将，但蒋认为他"厚于责人，而不能助人，至能代人受过之将才更无其人也"。⑤蒋甚至一度想将纵火一案嫁祸到中共头上，但林蔚和刘斐也都表示反对，说这种说法绝不可信，中共怎么能指挥长沙的军警呢？林、刘此刻也怀疑这恐怕是戴笠所为，但蒋介石认为绝无可能；若不是戴笠，那么最大的嫌疑人就应该是酆悌了，"因蒋先生郴州命令张文伯〔白〕曾转酆，令其准备也"。⑥

---

① 《蒋介石日记》，1938 年 11 月 16 日、17 日。

② 《徐永昌日记》第 4 册，1938 年 11 月 14 日，第 421 页。

③ 《徐永昌日记》第 4 册，1938 年 11 月 16 日，第 423 页。

④ 《钱大钧日记》第 2 册，1938 年 11 月 17 日，第 687 页。

⑤ 《蒋介石日记》，1938 年 11 月 17 日。

⑥ 《徐永昌日记》第 4 册，1938 年 11 月 15 日，第 422 页。

酆悌 14 日巡视灾区, 只见"颓桓败砾, 火焰未尽, 难民伤兵, 呼天抢地, 目不忍观"。他认为自己"非刽子手, 而仅为一传令之转承者, 以公私关系而论, 以部队不听指挥而论, 余之罪并不大也"。酆悌乃黄埔一期毕业生, 北伐时即任国民革命军第一师政治部主任, 后任力行社书记, 原为蒋介石的亲信, 后因卷入刺杀汪精卫和张群的案件而遭贬, 抗战爆发后虽出任常德保安司令、长沙警备司令等职, 但昔日部下俞济时竟出任长株警备司令, 成了他的上司, 心中更是愤愤不平。他自认"奉命警备长沙, 手无兵卒, 仅负名义上之责", 更受命于武汉即将沦陷之际, 所谓"于危难之中", 如果不是自己勇于负责, 其他人绝不可能有此作为。①

15 日清晨, 张治中向酆悌询问纵火事有无线索, 酆回答尚未调查清楚。张一再强调,"此事绝非'误会'、'偶然', 意似乃一组织系统所阴谋"。但酆悌认为恐怕是警备团所为, 但警备团为张的亲信部队, 又为徐权处长一手包办, 如果承认系警备团所为, 那么张的责任就更加严重。因此欲"规避责任, 纵主席无此心意, 在徐方面, 恐不见得无意也"。如今自己的处境极为痛苦,"一切均为上面所指挥, 下面所实行, 余仅居中间, 等于一留声传音机而已"。然而事件既已发生, 自己的责任当然脱卸不了, 只能自认倒霉,"准备一死而已"。他还幻想"纵令网开一面, 使余得苟延残喘, 余亦弃军政而杜门寡过也"。下午 4 时许, 张治中又召见酆悌等人谈话,"形同审判", 而徐权则竭力寻找与警备团无关的证据, 并"张大其词, 以为可以诿卸也"。②

长沙大火发生后, 蒋介石即委派钱大钧前往长沙"视察飞机场之

---

① 酆悌:《焚余日记》, 1938 年 11 月 14 日。

② 酆悌:《焚余日记》, 1938 年 11 月 15 日。

破坏程度，一面并考察长沙焚毁实情"，并说这是行政长官应负之责，而"警备司令酆悌不负责任，应予拿办"云云。钱大钧接到命令立即赶往长沙，他深知这可不是一个好差事，且"殊难复命，因易得罪朋友也"。① 钱到了长沙后，张治中先向他解释说，12日前后接到林蔚电话及蒋介石实施焦土政策的电报后即召集会议，规定日军一旦占领汨罗，即纵火焚烧，"警备司令且规定届时奉命后先发空袭警报准备，再发紧急警报实行"。然而到了夜间1时，"突然各处起火，当时警察已全部撤退，局长离城，警备司令部参谋长、参谋处长、保安第二团长均负责任者，现均离城。此案如欲查明，非俟该数员归来不可"。但张又非常肯定地说，"火起时并无命令，而能全城同时焚烧，实为有计划、有组织之行动等语"。下午钱大钧又与陈诚见面，据陈说，"事甚简单，委座确有命令准备，文白亦确有敌占汨罗后举行之规定，而无执行之命令。其所以如此者，文白、徐权、酆悌等人均系慌张之徒，故简单一语，系由慌张所致"。②

关于惩治一事，最早蒋介石准备提交军法执行总监部办理，但后来认为需要平息民愤，所以改为就地办理。11月18日，蒋介石设立长沙大火之军法会审，并委任钱大钧、蒋欣心分别为正、副审判长。钱大钧受命后感到很为难，在如何处置责任人的问题上上峰分歧很大，陈诚"以为此事系有计划之举动，不能认为无过，须自己认错，方能对得起民众"；但蒋介石提出所谓"汉奸纵火"的说法，明显是要掩饰。因而钱大钧采用折中的方法，说这本是有计划的行动，却被"不良分子乘间纵火，而地方当局不能负责措置，慌乱无张，致有此失"。蒋介石闻之，

① 《钱大钧日记》第2册，1938年11月14日、15日，第686页。
② 《钱大钧日记》第2册，1938年11月16日，第687页。

亦以为然。①

　　然而陈诚却坚持认为，"此次长沙有计划、有组织之暴行，其惨状令人闻而心酸，何况目睹。影响所及，足使军心动摇、民心失望，显可成为抗战之危机"，虽然委员长亲临灾城，有利于鼓励民心，但若"仅及扫街、巡查、救护、警戒、收容等末节"，则并无必要。为此他上书蒋介石，要求应对此案从重处置，他本人作为战区司令长官，亦应予以"明令处职以应得之罪，以慰湘民，而定军心"。②中央监察委员、铨叙部次长王子壮也以为，"自岳阳撤兵后，长沙即发大火，数日炎烧，迄未止息。是敌人相距二百里之遥，自己先行发火，且敌人陷岳后并未长驱直入，仍徘徊于汨罗间，于是责难之声起于各地"。在这之前，广州失守前焚烧市民住房已引发社会严重不满，但毕竟是在日军入侵前夕所为，而"长沙之大火，民舍为墟，中央日报馆且亦毁于火，事前无所闻知。市民被焚毙者达数千人，似此无知妄为、摧残民力，实无以为地方当局讳"。③在这种党内、军内以及社会舆论的强大压力之下，最关键的问题是要尽快处理解决，蒋介石也不得不重新考虑如何处理长沙大火一案了。

审判及其结论

　　钱大钧就任审判长之后，于18日下午第一次对涉案的主要人员酆

---

① 《钱大钧日记》第2册，1938年11月17日，第687页。

② 《陈诚回忆录——抗日战争》，东方出版社，2009，第73页。

③ 《王子壮日记》第4册，1938年11月18日，台北，"中研院"近代史研究所，2001，第579页。

悌、文重孚、徐昆等三人进行审讯，每个人的审讯时间大约一个小时，一直到夜间十时方告结束，但此时"彼等尚不知危险已极，供时尚侃侃而谈也"。审讯完之后，钱大钧立即命法官务必于当日夜间将判决书拟妥，等到第二天上午10时会商之后，再誊清转呈送蒋介石核判。①

19日上午8时，蒋介石召见钱大钧询问审判情形。钱回答说，经调查核实，实际发出纵火指示，以致闹至如此地步的人是许权，而酆悌将一切事情都交付许权，亦应负完全责任。至于徐昆主要是听从许权的指示，警察局局长文重孚本与放火无关，因为他并没有分配到具体任务，其罪行主要是擅自撤岗而已。因此拟分别判处酆悌十五年、徐昆十二年、文重孚五年徒刑，审判书誊清后，即送呈核示，蒋介石听后未有表示就离开了。

过了一会儿张治中来了，说蒋介石刚刚与他通电话，称必须枪毙酆悌。张治中竭力为其担保，并说要枪毙的话可以枪毙徐昆和文重孚，他来就是要和钱大钧等商量怎么办。副审判长蒋欣心说，如果徐昆、文重孚的罪行加重，那么酆悌的罪行就会更重，因为酆是负全责者。张治中无话可说，但情绪极为懊丧。其后钱大钧将判决书送呈蒋介石审阅，蒋当即批示："酆悌负省会警卫全责，疏忽怠惰，殃及民众，应即枪决；徐昆玩忽职守，殃及民众，应予枪决；文重孚未奉正式命令，擅离职守，一并枪决也。"蒋将批示交给钱大钧，让其修正文字后即行送判。蒋介石又颁布手谕："湖南省政府主席张治中用人不察，玩忽职守，着革职留任，责令办理善后，以观后效。"又手谕云："湖南全省保安处长徐权疏忽慌张，着即革职查办。"②

---

① 《钱大钧日记》第2册，1938年11月18日，第689页。
② 《钱大钧日记》第2册，1938年11月19日，第690页。

钱大钧等奉命研究如何拟判酆悌、徐昆等人的罪名，最后决定引用"辱职罪"，因此后来对外公布酆、徐的罪状为"辱职殃民"，文重孚为"未奉命令擅离职守"，送请判决，移交长株警备司令部执行，并派军法执行总监部少将警官张耀宸前往监刑。钱本人办完各种手续后即于当日晚间 10 时启程回衡阳，"此事令余出面会审，实非所愿，故办毕当即启程"。①

如何善后，蒋介石其实也十分矛盾，他原想将此案说成汉奸所为，甚至嫁祸给中共，但长沙大火一案影响实在太大，党内、军内的议论亦极其强烈，为了平息民愤，最终也只好挥泪斩马谡了，决定将"军警长官三人判决枪毙，皆为黄埔学生，痛苦无已，只有安置其家属，聊以慰私而已"。②关于蒋介石此刻的心情，据陈诚分析，"第一，须顾虑不为敌暴露我政府之弱点；第二，不能使湘民反感，增加政府困难；第三，不可使文白政治生命从此断送，而予以善后机会"。③应该说，陈诚的分析不无道理。

11 月 20 日，蒋介石从长沙回到南岳，随即致电行政院院长孔祥熙并转国民政府主席林森，算是对长沙大火做了一个了断。电文曰："查我军对于重要城市与军事有关建筑物施行破坏，免资敌用，原为作战上之必要。长沙既临战区，事前准备，亦为当然之事。乃地方军警当局，于我军放弃岳州时即信谣言，惊慌躁切，将准备工作变为行动。同时，一部民众鉴于敌机轰炸平江、岳州、通城等县之惨酷，激于民族义愤，以为敌寇将至，不如先行自焚其室，遂致一处起火，到处发动，波

① 《钱大钧日记》第 2 册，1938 年 11 月 19 日，第 689~690 页。
② 《蒋介石日记》，1938 年 11 月 19 日。
③ 《陈诚致其妻谭祥函》，何智霖、高明芳、周美华编辑《陈诚先生书信集——家书》下册，台北，"国史馆"，2006，第 484 页。

及民居，不可收拾。灾情之重，损失之巨，中正亲临视察，实深怆痛。而中正到长后，即一面遴员派队分别收容，救济难民，恢复秩序及交通通信，一面澈查肇事祸首，交由军法会审。查长沙警备司令酆悌、警备第二团团长徐昆，误信谣言，惊慌躁切，辱职殃民，罪无可逭；省会警察局长文重孚，未奉命令，放弃职守，均经本会高等军法会审，判处死刑，业经发交株长警备司令部，依法执行在案。又湖南省政府主席张治中，用人失察，防范疏忽，请予革职留任，责成善后，以观后效；保安处长徐权，惊惶失措，摇动人心，业令革职查办；其余有关人员，亦正澈查究办中。所有罹难军民，流亡民众，及所受损失，经饬湖南省府督同当地军警机关，迅予设法收容救济，调查具报，并饬于被灾区域逐步清理，分期兴复，以期少慰人心，而挽元气。"[①]

长沙大火一案虽经军法审判，将酆悌、徐昆、文重孚三人处以极刑，张治中革职留任，但外界对此处置仍有不少议论，就连政府高层许多要员也认为处理不公。事后林蔚告诉徐永昌，说张治中接到蒋介石焚城的命令后即召集会议，并规定烧毁程序："由某保安团派三百人分百组，准备发火，但须在汨罗江失守、敌人前进时，先发特别警报至第二次时，并候令举行，或谓由保安处长传出汨罗已失，此话为警备司令部参谋处长某所闻，某即知会某保安团长举行矣。"这位参谋处处长许权是康泽举荐的人，对警备司令酆悌之令"不甚措意"，而酆是张治中调来的，张白天听说市内警岗已撤的消息后询问公安局局长文重孚时，文又支支吾吾，而他又是戴笠所举荐的。因此张治中说酆悌死得有点冤。[②]

酆悌的朋友、委员长侍从室二处的唐纵离开衡山的时候就听说长

①　萧李居编辑《蒋中正"总统"档案·事略稿本》（以下简称《事略稿本》），第42册，台北，"国史馆"，2010，第581~583页。

②　《徐永昌日记》第4册，1938年11月21日，第425~426页。

沙发生大火，他还不信。等他到了桂林，消息得以证实，但还是不了解
为什么敌军刚侵占岳阳，长沙即被纵火焚烧。一直到 21 日他才听说酆
悌等三人已被枪毙，"闻之不胜悲痛。力余（酆悌字）以警备司令而送
掉性命，可不浩叹"；他以为"力余不是做警备司令的他固矣，而张主
席不负责，害了力余，也有关系"。[①] 熊式辉也认为："长沙大火，中央
业已查明责任，加以处办，张治中主席革职留任，警备司令酆悌、公安
局长与当事之保安团长等皆处死刑。虽曰罪有应得，亦诚惨矣。余接电
话后，对于长沙事不胜其感慨。《易》曰'履霜坚冰至'，酆等之胆大
妄为，要非一朝一夕之故，张治中岂能免于内疚于神明哉？"[②] 长沙纵火
一案虽已判决，但陪都重庆"连日湘人会议，仍甚忿慨"。24 日，数名
湖南籍参政员面见行政院院长孔祥熙，亦"表示文白信用已失，继续任
职，难孚民望，应请遴选妥员接替，以慰民心云云"。[③] 除此之外，像徐
永昌、张发奎、王世杰、王子壮等人的日记和回忆中也都不同程度地流
露出他们对长沙大火案的态度。[④]

　　相比之下，对于长沙大火案处置结果最为不满的应该是陈诚。作为
第九战区的司令长官，陈诚在长沙大火事前一无所知，事发后又无人负
责，他自然十分恼怒。13 日中午陈诚与张治中见面问起此事，张却说
他"完全不知情，定系另一系统所为"。这就使陈诚更加愤慨。他认为
绝不可以这样文过饰非，推卸责任，而应该本着"只对事，不对人，明

① 《唐纵失落在大陆的日记》（以下简称《唐纵日记》），台北，传记文学出版社，1998，第
　65 页。
② 洪朝辉编校《海桑集——熊式辉回忆录（1907~1949）》，第 236 页。
③ 《孔祥熙致蒋介石电》（1938 年 11 月 24 日），台北"国史馆"藏《蒋中正档案》，档案号：
　002-090106-00013-080。
④ 参见《徐永昌日记》第 4 册，1938 年 11 月 22 日，第 427 页；张发奎口述，夏莲瑛访谈纪
　录《蒋介石与我——张发奎上将回忆录》，第 269 页；《王世杰日记》上册，1938 年 11 月
　21 日，第 160 页；《王子壮日记》第 4 册，1938 年 11 月 21 日，第 581 页。

是非，负责任"的原则，"以整个国家民族之立场为立场，在积极工作方面努力求解决"。[①]17日，陈诚上书蒋介石，称"此次长沙有计划、有组织之暴行，其惨状令人闻而心酸，何况目睹。影响所及，足使军心动摇、民心失望，显可成为抗战之危机"。事后蒋介石严令组织高等军法会迅速审理，判处酆等三人死刑，张治中革职留任，但陈诚对这样的处罚极为不满，他认为张若为主使者，罪应在其三人之上，若完全不知情，则不应定罪。此时长沙街谈巷议，矛头均指向张，有一副嵌入张治中名字的对联最为流传，"治绩云何，两大政策一把火；中心安忍，三颗人头万古冤"，横批"张皇失措"。所谓"两大政策"，即为张到任后宣布组织全省民众抗日救国自卫团，归其统率，此其一；其二就是宣布当日军进攻长沙时，实行焦土政策。结果日军尚未到达长沙，一把火就将长沙烧成灰烬。[②]

虽然陈诚是蒋介石的嫡系和亲信，但蒋对陈诚屡次要深究长沙大火一事深为不满。11月12日，蒋介石在给陈诚的手谕中一方面肯定他的长处"在能任劳任怨，与负责知耻"，然而也正因为如此，常常"自以为直为能，不知不觉中常带骄矜侮慢之态，而外人且以为放肆横暴"，特别是"今年以来，无论上下，尤以同僚辈对之十分不满，而且怨尤日加"，蒋说这也是他时常担心的一件事。至于此次长沙火灾，"对于负责之朋辈，必须全力协助善后，不能袖手旁观，甚至要为人分谤代过，如此方是任大事、成大业者之风态"，并告诫陈诚"此种大度包容之态度，实为必要，否则不能当大事也"。蒋介石接着说：11月上旬召开长沙作战会议时，你突然从平江回来，说前方形势已经稳定，因此我才敢离开长沙到韶关处理要案，"如果当时弟不回长，若知前方尚未稳定，则中决

---

① 《陈诚致蒋介石报告》(1938年11月24日)，《陈诚回忆录——抗日战争》，第75页。

② 《陈诚致蒋介石报告》(1938年11月24日)，《陈诚回忆录——抗日战争》，第73页。

不敢离长，以文白慌张浮躁，不能当此危局，乃中所深知也"。蒋介石最后的结论是，"吾人经此长沙大火之教训，全体上下，皆应引为戒慎恐惧，对内应和衷共济，不怨不尤，互助合作，共同肩负艰巨，以当未来民众对革命之痛苦与怨尤。此非某一人之责，而实为吾人共同之天职。总之，厚于责己，轻于责人，分谤代过，舍己从人，浑厚宽大，不矜不伐，是为任事负责者必备之素养"。[①]

就这样，长沙大火这场惊天大案并未被深究，事发后仅经简单审讯，不到一周就将三位直接责任人处决，草草结案，给历史留下了一个待解的谜团。

"风声鹤唳下的张皇之举"

发生于1938年6月7日的花园口决堤和11月13日的长沙大火，是国民政府于抗战时期人为制造的两次重大破坏，目的是要阻止日军南下，以及焚城毁物以免资敌，但结果并未能抵挡住日军的进攻，反而造成无辜民众严重的生命和财产损失。事后国民政府统一舆论，将花园口决堤说成由日军飞机轰炸造成，而长沙大火蒋介石最初也想将之推为汉奸所为，但大量的事实容不得谎言的存在，最后只能匆匆进行军法审判，判处酆悌、徐昆、文重孚三人死刑，企图尽快消除民愤。

大量的事实说明，蒋介石在武汉沦陷前后的确准备实施焦土政策，焚烧长沙城就是他预先准备实施的计划。虽然至今尚未见到电报全文，蒋介石本人的日记中亦无此记录，但很多当事人的回忆，特别是他们当

---

① 《陈诚致蒋介石报告》（1938年11月24日），《陈诚回忆录——抗日战争》，第74页。

时的日记均可以证明这一事实，而且蒋介石亦从未否认过实施焦土政策。张治中在《六十岁总结》中曾自述："到武汉沦陷，岳州失守，日军逼近长沙外围，乃执行焦土抗战的电示，作焚城的准备。只因执行官兵的疏忽，未照计划行动，遂有长沙大火事件，我因此受革职留任的处分。"[①]

国民党中央宣传部和政治部关于长沙大火真相的结论是，"地方军警误信流言、自卫民众激于民族义愤之所造成"。在军事撤退、战略转移前，对军事设施予以破坏理所当然，而长沙大火发生前，"军事当局不仅无命破坏，且正调兵增加前线，而地方政府亦并未下令破坏"，只是"（一）由于地方军警负责者误信流言，事前准备不周，临时躁急慌张之所致。（二）由于曾从事破坏准备之人员及人民（自卫团员丁森等）鉴于敌机之连日轰炸，及最近平江、岳州、通城、通山等县被炸之惨，激于民族义愤，以为敌寇将至，乃即自焚其室，遂致将准备工作变为行动，于是一处起火，到处发动，以致一发而不可收拾"。[②]报告所定的调子是此次长沙大火实为"地方军警负责者误信流言，事前准备不周，临时躁急慌张之所致"，再就是"自卫民众激于民族义愤之所造成"，遂"将准备工作变为行动，于是一处起火，到处发动，以致一发而不可收拾"。按照张治中自己的解释，酿成这场大火的主要原因是以他为首的几位高级干部的疏忽，其次是中下级干部的慌张，再则是训练不足的士兵与义愤民众的急躁。[③]

长沙大火发生后，《新华日报》曾发表社论《论"坚壁清野"》，这

---

① 《唐纵日记》，第 65 页。

② 参见中国第二历史档案馆《国民政府监察院调查长沙文夕大火相关史料》，《民国档案》2015 年第 1 期，第 35、36 页。

③ 《张治中回忆录》上册，第 267～268、279 页。

也可以代表中共当时的态度。社论指出，"在抗日战争中，一切能够打击敌人的方法和手段，不管是消极的或积极的，我们都应采用"，而"坚壁清野的工作组织得好，确实能给敌人严重的打击，甚至可以使敌人停止前进，而达到消灭一部份敌人的目的"，但其前提是应该动员民众。此次长沙大火正是因为脱离了民众，才造成了严重损失。然而，"不能因为长沙所进行方法不妥，就连正确的坚壁清野也一概反对，这将同样要走入严重的错误，这将否认对敌人有实行正确的坚壁清野的必要"。①

长沙大火发生后，湖南湖北监察区监察使高一涵亦奉命调查此案，虽然军法审判在事发一周后就做出判决，但高一涵等仍坚持调查取证。后来他在调查报告中称，"此次调查本案，有最感困难者数端：一则起火时直接负责及亲身在事之人，或已死亡逃避，或已离散迁移。即当时担任放火工作之员兵，亦或经拨编他处，或经逃散远方，事过境迁，均难以得其质证。而起火适在深夜，已少目击之人，火后又多流亡，即旁询亦非易事。一则各机关均值迁移，复遭大火，凡属有关文件，或已运往他处，或经被火所焚，多无法加以搜集"。他续称，当时长沙民众惶恐不安，"遂致一时风声鹤唳，草木皆兵，人人心理之中，以为旦暮即将放弃。再加以该管军警机关种种慌张躁率，举措乖方，更使人心益见惊慌，秩序益趋紊乱"。蒋介石虽然下令对即将沦陷城市之军事建筑等应施以破坏，"惟所谓准备破坏，乃系先行准备，届时实施，并非即可实施破坏也"。②虽然湖南省政府主席张治中签署的布告，其中的原因亦同出一辙，但监察院秘书长吴涵涛认为，湖南省主席张治中、长沙市市长席楚霖身为地方长官，其所应负责任"岂只'用人失察、防范疏忽'及

---

① 社论：《论"坚壁清野"》，重庆《新华日报》1938 年 11 月 21 日，第 1 版。

② 参见中国第二历史档案馆《国民政府监察院调查长沙文夕大火相关史料》，《民国档案》2015 年第 1 期，第 30~35 页。

'对于此次火灾，疏于防范'而已"，因而应追究其相应的责任。[①]

长沙大火的亲历者郭沫若 1948 年在香港写了一部回忆录《洪波曲》，后于 1958 年在《人民文学》先行连载。当年 12 月号刊载了回忆录的第十五章"长沙大火"，详细回忆了当时的事发经过。郭沫若对这场大火的责任认定是，"放火烧长沙，是张治中、潘公展这一竿子人的大功德，他们是想建立一次奇勋，摹仿库图索夫的火烧莫斯科，来它一个火烧长沙市"。他还说，张治中"完全是贪图功名，按照着预定计划行事，他把陈诚蒙着了，十二日的当晚甚至扣留了陈诚的交通车；他把周公蒙着了，竟几乎使周公葬身火窟。他满以为敌人在进军，这样他便可以一人居功而名标青史，结果即一将功未成而万骨枯"。

张治中认为"与当时事实完全不符"，即于 1959 年 1 月 7 日给郭写了一封长信，为他在长沙大火中的责任辩白。张写这封信原来是想先报告周恩来总理，但后来直接寄给了郭。随后，郭沫若先后两次回信，表示"《洪波曲》中有得罪处，很抱歉"。[②]其后，郭沫若在出版《洪波曲》单行本谈到长沙大火的责任时修订了言辞："长沙人不了解真情实况，颇埋怨省主席张治中"，"然而冤有头，债有主，埋怨张文白是找错了对头。张文白和其它的人只是执行了蒋介石的命令而已。据我们后来所得到的确实消息，张文白在十二日上午九时，曾接到蒋介石的密电，要他把长沙全城焚毁。因此，关于长沙大火的责任应该由蒋介石来负"。[③]

追随张治中 30 余年的秘书余湛邦实际上就是《张治中回忆录》的执笔者，他在张治中百岁诞辰之际也出版了一本回忆录，关于长沙大火

---

①　参见中国第二历史档案馆《国民政府监察院调查长沙文夕大火相关史料》，《民国档案》2015 年第 1 期，第 38~40、62 页。

②　本页引文及叙述均参见《张治中回忆录》上册，第 271~282 页。

③　郭沫若：《洪波曲·抗日战争回忆录》，百花文艺出版社，1959，第 213 页。

的记述基本上与张的回忆一致，只是在他的立场上为张做了一些解释。余湛邦认为，长沙大火的罪魁祸首是蒋介石，张治中没有抵制蒋的指令，在制定任务后监督不严，指挥失误，应负领导责任；陈诚与张治中并无矛盾，他们都同意蒋介石"焦土抗战"的决策，事发后并无陈诚主张枪毙张治中的说法；至于酆、文、徐三人只是替死鬼，当然他们各自都有不可推卸的责任。①

关于长沙大火一案，事发后留下来的文本呈现各种不同的记载，或是分谤代过，或是文过饰非，以致多年来对于该案事发经过以及当事人的责任言人人殊。前文所提到的高一涵的调查结论基本上符合事实，即风声鹤唳下的张皇之举。本章引用的大都是事件亲历者当时所留下的文字记录，从中可以看出这些决策人案发前后的举措及心理活动，大致还原了长沙大火的案发经过以及事后的追责与审讯。

长沙大火另一可能的后果是加速了汪精卫的降日行动。汪精卫在广州沦陷后就曾致电蒋介石，指责"广州放弃时，纵火焚烧，除军事设备外，民居商店亦一律被毁，虽云不以资敌，然民怨已深，将来沦陷区内之工作，必受影响，利害相权，利少害多"。②11月21日，汪精卫在谈话会中又公开表示，认为"破坏应限于军事，其余则与民力有关，不宜概予破坏"，因为"吾人恢复故土之时，仍须借重民力也"。他还举例说，广州失陷以前只破坏民居，而未破坏军事设备，因而"屡有谴责之言"。③两天后，汪精卫更在《扫荡报》上发表言论，公开谴责所谓"焦土抗战"这一政策。④而仅仅一个月后，汪精卫就悄然离开重庆，发表

---

① 余湛邦：《张治中——张治中机要秘书的回忆》，吉林文史出版社，1992，第61~64页。

② 萧李居编辑《事略稿本》第42册，第497~498页。

③ 《王子壮日记》第4册，1938年11月21日，第581页。

④ 汪精卫：《为什么误解焦土抗战？》，重庆《扫荡报》1938年11月23日，第2版。

"艳电",公然走上所谓"和平救国"的道路。

长沙大火不仅造成了重大的生命伤亡和经济损失,更重要的是在民众心中引起巨大的恐慌,而且事实证明,所谓坚壁清野、放火焚城并不能阻止日军的侵略,反倒影响中国军民抗战的决心。或许正因长沙大火这一惨痛的教训,虽然蒋介石并未公开声言放弃"焦土政策",但实际上日后在抵抗日军的战争中再未于大城市中实施这一行动。

原载《南开史学》第 2 辑,社会科学文献出版社,2019

"盗虚名而受实祸":"强国"还是"大国"

20 世纪，中国先后参加过两次世界大战。虽然两次参战中国都是战胜国，但最终的结果却不一样，这与中国在两次大战中的地位不同密切相关。

第一次世界大战的战场主要在欧洲，本来这场战争与中国并无多大关系，在对待参战的问题上朝野意见也不一致，最终参战应该说还是被动的。虽然中国并未直接出兵，而是以工代兵，但毕竟也是协约国的成员，属于战胜国的一方。然而战后的结局却是列强操纵的巴黎和会将中国抛弃在外，中国非但没有得到战胜国应享有的权益，反而遭到外交上的重大挫败。

第二次世界大战就完全不同了，中国是世界上最先遭到法西斯侵略的国家，而且长期以来孤立无援，独自坚持抗战。直到太平洋战争爆发后，情况才发生了变化，中国对日本及德国、意大利宣战，成为同盟国中的重要一员。更重要的是，中国军民坚持抗战赢得了世人的尊敬，国际地位迅速上升，用当时人们习惯的一句话来说就是"跻身四强"。

中国的国际地位上升是不争的事实，但是地位上升究竟到了什么程度，或者说，此时中国在世界上是否已经成为一个"强国"，还是充其量只是一个"大国"，应该说蒋介石等人对此还是有比较清醒的认识，我们可以从他及几位重要外交人物之间的往来电报、日记和回忆录等资料中略窥一二。

中国国际地位的上升

1941 年 12 月 7 日清晨 6 时（夏威夷时间），日军向美国珍珠港太平洋海军基地发动突然袭击，这一消息传到重庆是 8 日的凌晨 1 时，而蒋介石是凌晨 4 时接到国民党中央宣传部副部长兼国际宣传处处长董显光的电话，才知道日军轰炸了珍珠港，太平洋战争已经爆发。随即他便启程，由黄山官邸下山回到重庆，上午 8 时召开中央常会特别会议，对形势做出判断。蒋介石在会上提出三项原则："（一）太平洋反侵略各国应即成立正式同盟，由美国领导，并推举同盟国联军总司令；（二）要求英、美、苏与我国一致实行对德、意、日宣战……（三）联盟各国应相互约定，在太平洋战争胜利结束以前，不对日单独媾和。"[①]

第二天即 12 月 9 日，中国向日本宣战，同时也向德国和意大利等轴心国家宣战，从而成为反法西斯同盟国的重要一员。按蒋介石自己所说，宣战的"用意乃在放弃无关轻重之侵略暴行之日、德、意，而获得利害与共之美、英、俄也，且得对俄、对英、对美将来皆有发言之地位"。[②]

12 月 31 日，美国总统罗斯福致电蒋介石说，为了达成共同抗击日军的合作，密切联系，盟军准备在南太平洋战区成立一个最高统帅部，

---

① 周美华编辑《事略稿本》第 47 册，台北，"国史馆"，2010，第 606~607 页。

② 周美华编辑《事略稿本》第 47 册，第 639 页。

指挥全部美、英、荷之军队，为此他已征得英国与荷兰政府的同意，建议蒋介石"负指挥现在或将来在中国境内活动之联合国军队之责"，而且，他认为该战区还应包括越南与泰国在内。[①] 蒋介石接到来电后心中自然十分高兴，但表示"不急于置复，须待详细考虑后再定"。用他自己的话来说就是："责任重大，不敢轻诺也。"[②] 直到三天后，蒋介石方回电，表示"自当义不容辞，敬谨接受"，并"竭诚欢迎美、英代表之立即派定，组织联合作战计划参谋部"。[③]

1942 年元旦，26 个国家代表聚集美国首都华盛顿，并由美国、英国、苏联和中国四个国家领衔签署《联合国家共同宣言》，规定凡"加盟诸国应各尽其力以打击共同的敌人，且不得与任何敌人单独媾和"。刚刚就任外交部部长的宋子文代表中国政府在宣言上签字之后，美国总统罗斯福即上前与宋握手，并表示"欢迎中国为四强（Four Powers）之一"。[④] 自此之后，中国便自诩跻身世界"四强"。

蒋介石对于国际形势的变化和中国国际地位的提高当然非常兴奋，他在日记中写道：二十六国共同宣言发表后，名义上且以美英苏中为中心，于是我列为四强之一。再自我允任中国战区统帅之后，且越南、泰国亦划入本战区内，于是国家与个人之声誉与地位，实有史以来空前唯一优胜之局也。然而他对此刻中国的局势也有清醒的认识，对于中国突然跻身"四强"，他在日记中曾多次写下"甚恐名无符实"，盗虚名而

① 秦孝仪主编《中华民国重要史料初编——对日抗战时期》第 3 编《战时外交》（以下简称《战时外交》）（3），台北，中国国民党党史会，1981，第 97 页。

② 周美华编辑《事略稿本》第 47 册，第 761 页。

③ 《战时外交》（3），第 98 页。

④ 《蒋介石日记》，1942 年 1 月 3 日；又见王健民《论"四强之一"》，《中央周刊》第 4 卷第 25 期，1942 年，第 3 页。

受实祸，能不戒惧乎！[①]"我国签字于共同宣言，罗斯福特别对子文表示欢迎中国列为四强之一，此言闻之，但有惭惶而已"；"反侵略各国签订共同宣言，我国始列为世界四强之一，甚恐名不符实，故不胜戒惧也"；"华盛顿方面发表余为中国战区同盟军陆空联合总司令职，闻之但有惭惶而已"。[②]

此时中国国际地位的上升，自然有其深刻的历史背景和现实原因。

第一，中国是世界上最早遭受日本法西斯侵略的国家，从1931年的九一八事变到1937年的七七事变、八一三事变，日本向中国发动了全面侵略战争。中国军民在极端艰苦、基本处于孤立无援的环境之下，独自坚持抗战，始终未向日本投降。而太平洋战争爆发后，日本在太平洋和东南亚战场上发动的突然袭击使美、英军队蒙受巨大损失，这时再回过头来看中国军民艰苦抵抗的奋勇牺牲，感觉自然会不一样。特别是在太平洋战争爆发之初，美、英联军遭到重大挫败的同时，中国军队却取得了第三次长沙会战的胜利，两相比较，更显示出中国军民的坚强意志。长沙大捷后蒋介石在致宋子文（刚刚就任外交部部长，时在美国）的电报中说："敌军此次用六个精锐师团进犯长沙，不分昼夜，志在必得，遭我痛击，死伤实数在五分之三以上。……经过此一胜利后，则华中之敌较易收拾矣。"[③]因此，中国军民的英勇抗战赢得了世界人民的好评。据中央社纽约专电报道，"中国长沙大捷，颇使此间人士欢欣鼓舞，引为自美国卷入世界大战以来，同盟国在远东之大胜利"，"美国人民在马尼剌失陷后之沮丧情绪，亦为之一振"；而据伦敦路透社电称，"英国

---

① 《蒋介石日记》，1942年1月3日，"上星期反省录"。

② 周美华编辑《事略稿本》第48册，台北，"国史馆"，2011，第34、36、41页。

③ 周美华编辑《事略稿本》第48册，第39页。

军政权威人士对于中国长沙之捷极表欢欣满意,报纸皆以显著地位刊载薛岳将军之作战策略⋯⋯长沙大捷之消息适与蒋委员长接受同盟军中国战场最高统帅之同时,更为各方所注意"。①

第二,中国的地理位置极为重要,不仅地域广袤,更是世界上人口最多的国家。当时印度正掀起由甘地领导的反抗英国殖民统治的非暴力不合作运动,东南亚有不少国家响应日本所谓"大东亚共荣圈"的口号,只有中国是亚洲旗帜鲜明地反对日本法西斯侵略的国家,因此国际反法西斯战争需要中国战场,拖住日军的侵略力量。蒋介石即认为,中国"现在拥有五百万陆军,为东亚之一强大势力",②而且中国是亚洲最大的国家,战后新的国际社会新秩序中应有中国之一席。因此中国不仅是国际反法西斯战争中一支不可或缺的军事力量,同时也是战后维持国际和平的重要国家。

第三,应该说,太平洋战争爆发后中国国际地位的上升与美国的支持有密切的关系。美国不论军事实力还是经济规模都是世界上最强大的国家,自然是世界反法西斯联盟的"盟主"。若从外交权谋这一角度来观察,中国加入"四强"也完全符合美国的利益,因为美国人认为,美国支持中国加入"四强",中国势必会唯美国马首是瞻,那么就会增加美国在同盟国中的外交分量。③尽管英国和苏联并不乐意甚至阻挠战后中国地位的上升,然而美国在这个问题上的态度却是相当明确的。譬如1943 年 10 月在莫斯科召开的三国外长会议中,就是因为美国国务卿赫

---

① 周美华编辑《事略稿本》第 48 册,第 49~50 页。
② 周美华编辑《事略稿本》第 47 册,第 607 页。
③ 齐锡生:《剑拔弩张的盟友:太平洋战争期间的中美军事合作关系(1941~1945)》,台北,联经出版事业股份有限公司,2011,第 58 页。

尔的坚持，[1]中国才得以在最后一刻参与四国宣言，从而奠定了中国的大国地位。

大国地位的标志

太平洋战争爆发后，除了中国战区的成立和蒋介石出任战区司令，以及中国领衔签署《联合国家共同宣言》之外，诸如中美、中英新约的签订，蒋介石第一次以国家元首身份参加开罗会议，其后中国又成为联合国的创始国之一，这些都是中国国际地位提高、跻身大国之列的重要标志。

废除不平等条约

鸦片战争爆发后，列强先后与中国签订了一系列不平等条约。近百年来，中国一直都在为废除这些不平等条约而奋斗。太平洋战争爆发前，外交部部长郭泰祺就多次向美国总统及国务卿等提及"废除条约束缚，改订基于平等互惠原则之新约"，而且获得美方"欣表同情"之意。[2]太平洋战争爆发后，国际局势发生重大变化，蒋介石抓住此时机，提出要加紧进行废约的工作。他在1942年1月11日的日记中这样写道：

---

① 顾维钧回忆与孔祥熙的一段对话，罗斯福曾对孔祥熙说，丘吉尔反对中国参加签署1943年关于建立战后组织的莫斯科宣言，但罗斯福坚持中国参加，并且将这个原则告知参加会谈的国务卿赫尔。所以赫尔在会议中表示，如果不邀请中国参加签署宣言，他将拒绝在宣言上签字。赫尔并阐述了罗斯福的观点，即维护战后和平需要中国的合作。但数年后顾维钧从赫尔口中听到的另一个版本却是斯大林坚决反对中国代表参加，只是在美方不签字的威胁之下才被迫同意。参见《顾维钧回忆录》第5册，中国社会科学院近代史研究所译，中华书局，1987，第429~430页。

② 《郭泰祺致王宠惠电》（1941年4月29日），《战时外交》（3），第707页。

"对外废除不平等条约交涉之时机已可开始。"①

同年 8~10 月，曾代表共和党竞选美国总统的温德尔·威尔基展开对华访问，并与蒋介石有过多次会谈，国民党即想利用这一机会，推动废约的进程。10 月 5 日，蒋介石向委员长侍从室二处主任陈布雷下达手谕，让他撰写新闻稿，希望美国率先自动表示放弃对华不平等条约，并提出多项原则。②陈布雷奉命撰写文稿，文稿中先是追溯了中美两国之间的友谊，进而希望美国"发挥其一贯对中国友善的精神，作一件转移世界视听、彰明盟国道义权威的大事"，率先声明放弃对华的一切不平等条约，不必等到战后双方再以谈判的形式解决。③同日，王世杰也约见《大公报》主笔王芸生，"赞同该报发表一篇文章，请美国率先即时放弃不平等条约上之特权"。王芸生"表示愿即日为文申论此事，以促成威尔基氏及美国注意"。④10 月 9 日，宋子文致电蒋介石，称美国政府已正式通知他和魏道明大使，"愿与中国商谈废除不平等条约的办法"。同日，英国外交部亦向中国驻英代办表示，"愿于最近将来与中国政府进行谈判，并将以规定立时放弃在华治外法权及解决有关问题之草约"。蒋介石立即回电表示欣慰，并向宋子文强调，除"领事裁判权以外，尚有其他同样之特权，如租界及驻兵与内河航行、关税协定等权，应务望同时取消，才得名实相符也"。⑤此举立即取得效果。⑥10 月 10 日，美、英两国正式宣布废除在华一切不平等条约，陈布雷在日记中称："伦敦、

---

① 周美华编辑《事略稿本》第 48 册，第 71 页。

② 周美华编辑《事略稿本》第 51 册，台北，"国史馆"，2011，第 349~352 页。

③ 《战时外交》(3)，第 710~711 页。

④ 《王世杰日记》上册，第 460 页。

⑤ 《战时外交》(3)，第 712 页。

⑥ 王世杰在 10 月 10 日的日记中认为，"此举之发生与威尔基访华之行及日前《大公报》之社论，有极大关系"。《王世杰日记》上册，1942 年 10 月 10 日，第 461 页。

华盛顿于九日晚同时发表声明，希望于二星期内提出一处理此项问题之草约，以供我方考虑云。此诚抗战重大之收获，亦为年来外交上一大事也。"① 蒋介石闻讯更是十分兴奋，即在当天的日记中写道："衷心快慰，实为平生惟一之幸事。"在"上星期反省录"中更是以为"此乃总理革命奋斗最大之目的，而今竟由我手中达成，中心快慰，不可言喻"。② 为此，蒋介石分别向美国总统罗斯福和英国首相丘吉尔致电表示感谢。

11 月 23 日晚，蒋介石与驻英大使顾维钧谈及对英外交政策，顾维钧认为若建立以中、英、美为核心的外交基础，则可奠定世界长期的和平，因此主张早日缔结中英同盟。蒋介石则对他说："毋背我外交根本方针，以解放亚洲被压迫民族，尤不可使印度民众失望也。"③

经过中国与美、英两国外交官员近三个月的谈判，1943 年 1 月 11 日，中美、中英平等新约终于签订，此时中国号称"跻身四强"，新约的签订不但废除了 100 多年来列强强加于中国人民头上的一系列不平等条约，而且中国的国际地位明显大幅提高。刚刚卸任外交部政务次长而出任驻苏大使的傅秉常在日记中发表感言："我国自不平等条约之初订，至今适一百年。在此一百年中，我国所受不自由、不独立种种痛苦，吾辈办外交者尤为感觉，总理遗嘱中亦以为诰诫，现始废除，诚我国历史上重大事件。"傅秉常因参与过废约的谈判，当然对此结果"觉甚快慰者也"。④ 蒋介石则在日记中写道：中美、中英新约已于昨日分别签订，

①　《陈布雷先生从政日记稿样》，台北"国史馆"藏，档案号：0160.40/7540，01—03。下文简称《陈布雷日记》。

②　《蒋介石日记》，1942 年 10 月 10 日，"上星期反省录"；周美华编辑《事略稿本》第 51 册，第 393 页。

③　周美华编辑《事略稿本》第 51 册，第 624 页。

④　傅锜华、张力校注《傅秉常日记（民国三十二年）》，台北，"中研院"近代史研究所，2012，第 28 页。

"从此英、美两国在华不平等特权完全撤消，百年桎梏，一旦解除，一则以喜，一则以惧矣。"①

出席开罗会议

1942 年 11 月，宋美龄赴美治病，同时展开"夫人外交"。行前蒋介石曾交代她与罗斯福总统谈话要点："（甲）东三省、旅顺、大连，与台湾、琉球须归还中国，惟此等地方海空军根据地，准许美国共同使用；（乙）越南应由中美两国共同扶助，其十五年以内独立；（丙）朝鲜应即独立；（丁）泰国仍保全其独立；（戊）印度如果一日不能独立，则世界和平与人类平等仍不能实现，故印度在战后必须使之独立，但可有一过渡时期与办法，勿使英国失却体面，缅甸亦然；（己）南洋各民族应明定训政年限，二十年内扶助其独立；（庚）外蒙古应归还中国，至于自治问题，则由中国自定之；（辛）中俄问题与中共问题立场之说明。"②

1943 年 2 月，宋美龄应邀在美国国会上发表了热情洋溢的演讲，介绍了中国军民英勇抗战的壮举，得到美国民众的广泛同情。同时，宋美龄还与美国总统罗斯福等领导人之间建立了密切的联系。同年 6 月，罗斯福即通过宋美龄提出打算与英、苏、中三国领导人会谈，并希望于会议前先与蒋介石畅谈，这就是数月后召开开罗会议的背景。其后，为了确定会议的时间和地点，双方进行了多次商讨，最终决定 11 月下旬在埃及的开罗举行美、英、中三国高峰会。由于苏联与日本之间签订的中立条约依然有效，所以决定开罗会议之后，美、英两国首脑再于德黑兰

① 《蒋介石日记》，1943 年 1 月 12 日。

② 《蒋介石日记》，1943 年 10 月 24 日；高素兰编辑《事略稿本》第 55 册，台北，"国史馆"，2011，第 204～205 页。

与斯大林会晤。

其实此时蒋介石对于与英美首脑见面之事并不感兴趣，甚至一度拒绝参加。他在 1943 年 6 月 6 日的日记中这样写道："罗斯福约余与其他三国领袖会晤，并望余先数日与之单独接洽，然后再开四头会议。余以为余之参加不过为其陪衬，最多获得有名无实四头之一之虚荣，于实际毫无意义，故决计谢绝，不愿为人作嫁也。"[①] 后来他虽然在其智囊的劝说下同意出席，但对会议的结局并不乐观，这种想法在他出发前的日记中曾多次有所表露。如 10 月 7 日："默察国际大势，俄国与美、英决无根本合作之可能，所谓罗、邱、史会议，亦等空谈而已。罗约余待彼与邱、史会谈后相晤，何其轻华至此？故余始终未向之约晤也。"[②]11 月 13日："此次与罗、邱会谈本无所求，无所予之精神，与之开诚交换军事、政治、经济之各种意见，勿存一毫得失之见则几矣。"[③]11 月 15 日："对邱吉尔谈话，除与中英美有共同关系之问题外，皆以不谈为宜。如美国从中谈及港九问题、西藏问题、南洋华侨待遇问题等，则照既定原则应之，但不与之争执。如其不能同意，暂作悬案。"[④]11 月 17 日："余此次与罗、邱会谈，应以澹泊自得、无求于人为惟一方针，总使不辱其身也。对日处置提案与赔偿损失等事，当待英、美先提，切勿由我主动自提。此不仅使英、美无所顾忌，而且使之畏敬，以我乃毫无私心于世界大战也。"[⑤]

1943 年 11 月 21~27 日，罗斯福、丘吉尔和蒋介石在埃及首都开罗

---

① 《蒋介石日记》，1943 年 6 月 6 日。

② 高素兰编辑《事略稿本》第 55 册，第 38 页。

③ 高素兰编辑《事略稿本》第 55 册，第 379 页。

④ 高素兰编辑《事略稿本》第 55 册，第 398 页。

⑤ 高素兰编辑《事略稿本》第 55 册，第 429~430 页。

举行了三国首脑会议，作为蒋介石的翻译，宋美龄也自始至终参加了这次会议。蒋介石原本对此并未抱多大希望，但会议的成果却远远超出他的预料。会议结束后他即在"上星期反省录"中写道："（一）本周在开罗逗留共为七日，其间以政治之收获为第一，军事次之，经济又次之，然皆获得相当成就，自信日后更有优良之效果也。此次各种交涉之进行，言论、态度与手续，皆能有条不紊，故其结果乃能出于预期之上。此其间当有二因：其一为平时之人格所感应之效，其二为余妻协助之力，而其为余任传译与布置之功更大，否则当不能得此大成也。东北四省与台湾、澎湖群岛为已经失去五十年或十二年以上之领土，而能获得美英共同声明，归还我国，而且承认朝鲜于战后独立自由，此皆为国民革命之主要目标与期望，而今竟能发表于三国共同声明之中，实为空前未有之外交成功也。然今后若不自我努力奋勉，则一纸空文，仍未足为凭耳。其将如何自强，如何自勉，以确保今日所收获之果实，盖将来和平会议中关于我国最艰难之问题、最主要之目的，皆于开罗会议之数日中一举而解决矣。（二）中国如不于此次抗战获得转机，则此后永无解放之日。（三）中国人才贫乏，三十年内无法取得平等地位之所感。（四）东方民族之智能与现实所感之记录。（五）此行关于英国统制世界现实之情势，甚有所感。"①

开罗会议的意义在于蒋介石第一次以大国元首的身份参加国际会议，与美国和英国首脑共同商议国际局势，充分显示出中国的大国地位；更重要的是，会议中以三国首脑的名义发表的《开罗宣言》，明确表示美、英、中将坚持对日作战直至日本无条件投降，同时对于战后日本的投降做出具体规定，即不但要归还九一八事变以来日本侵略的所有中

---

① 　高素兰编辑《事略稿本》第 55 册，第 503~505 页。

国国土，而且必须将甲午战争中侵占的中国台湾、澎湖列岛统统交还中国，这是中国外交史上的一个重大胜利。

　　在征得斯大林同意之后，12 月 1 日，罗斯福、丘吉尔和蒋介石三国元首共同签署的《开罗宣言》正式公布，立即引起国际舆论的极大反应，当地多份报刊纷纷加印版面，刊登"三巨头"以及蒋宋夫妻的大幅照片，并发表《日本帝国之丧钟》的社评，赞扬"中国在对日作战之地位极为重要"，亦"为亚洲方兴未艾之强国"；驻英大使顾维钧并转引路透社电讯，称此次会议及宣言极为重要，"不特为我国之幸，亦为世界之福"。① 蒋介石在日记中感慨："昨日发表开罗会议公报以后，中外舆情，莫不称颂，为中国外交史上空前之胜利，寸衷惟有忧惧而已。"② 在 12 月 31 日的"本月反省录"中他又写道："英人用心狡险已极，若非示以至诚与决心，则必为其所陷害矣。本月以此事为成败最大之关键，卒能自主不惑，未为所动，幸甚。……开罗会议公报如期发表，军民精神为之振，此乃国家百年来外交上最大之成功，又为胜利重要之保障，是三十年苦斗之初效也。"③

参与联合国的创建

　　苏德战争爆发后，1941 年 8 月，美、英两国首脑在大西洋北部纽芬兰阿金夏海湾的军舰上举行大西洋会议；14 日，共同发表《大西洋宪章》，是为世界反法西斯同盟的初步宣言。太平洋战争爆发后，美国政府拟定了一份由美、英、苏、中四国领衔签名的共同宣言，希望中国政

---

① 《战时外交》(3)，第 549~550 页。
② 高素兰编辑《事略稿本》第 55 册，第 546~547 页。
③ 高素兰编辑《事略稿本》第 55 册，第 711~712 页。

府同意加入，蒋介石当即表示同意，这就是1942年元旦《联合国家共同宣言》签订的背景。

1943年9月，美国政府事先拟定"四国宣言"，并准备将此宣言列入即将于莫斯科召开的美、英、苏三国外长会议议程。军事委员会参事室主任王世杰研判过宣言内容，建议中国政府应"力求此项草约经四国同意迅速成立"，并希望"美方于英、美、苏三国会议中对苏交涉此案时，将交涉情形随时通知中国"，若内容有任何修改，亦希"美方随时与中国磋商"。① 王世杰认为，"四国宣言"之签订"于未来国际政治将有重大影响，可以断言。惟英、美、中与苏联之间，今后仍必有种种难题，需待继续设法解决"。② 同年10月30日，驻苏大使傅秉常代表中国政府与莫洛托夫、赫尔及艾登共同在《四国关于普遍安全宣言》上签字，成为日后中国担任联合国安理会常任理事国的重要依据。

1944年5月，美国报刊透露，美、英、苏三国领袖将召开会议，"讨论新世界组织之计划"，但中国并不在内。为此，蒋介石电令驻美大使魏道明迅速查明。5月17日，魏道明报告，"伦敦方面觉此重大责任，由英、美、苏三大国负之，中国虽为一大国，因其地位于远东事务之关系，难望其对西方和平之维持有所积极行动，故盟国会商将照莫斯科会议方式行之"。③ 半个月之后，魏道明又转达美国国务卿赫尔的意见，建议此次有关讨论国际和平安全机构的会议效仿开罗会议的模式，即会议分两阶段召开，不过这次是由美、英、苏三国先行会谈，其后再由美国、英国与中国讨论。④ 但蒋介石坚持向罗斯福提出，中国必须参加这

----

① 《战时外交》(3)，第800~801页。

② 《王世杰日记》上册，1943年10月28日，第548页。

③ 《魏道明致蒋介石电》(1944年5月17日)，《战时外交》(3)，第826页。

④ 《魏道明致蒋介石电》(1944年5月31日)，《战时外交》(3)，第826~827页。

次会议，在他看来，"盖东方人民如无代表，则此会议将对于世界之一半人类失去其意义"。① 然而苏联坚称与日本签订中立条约，决不能与中国会商，美国国务卿赫尔多方斡旋，但苏方仍坚持原议，最后只能决定将会议分成两次，美、英、苏三国先谈，然后中国再与美、英两国开会。无奈之下，蒋介石也只能在电报中批示："应可赞成。"② 最终中国政府决定委派驻英大使、资深外交家顾维钧为中国代表团首席代表，率团参加会议。

1944 年 8 月下旬，四国代表来到美国华盛顿郊外一个叫敦巴顿橡树园（Dumbarton Oaks）的私人庄园开会。这个会议非常重要，它不仅确定了战后成立联合国的基本模式，而且还制定了《联合国宪章》的主要原则，史称"敦巴顿橡树园会议"。会议分为两个阶段进行，8 月 21 日至 9 月 28 日为第一阶段，由美、英、苏三国代表洽谈，其后 9 月 29 日至 10 月 7 日再由美、英、中三国继续开会，实际上就是对前一阶段会议的结论予以确认。美国和英国的代表"均极盼望我方能完全同意，如有保留或补充意见，亦只可于提出讨论后，另作一报告，附于原件之后，否则再须洽询苏方，深恐更多延误"。③

中方为顾全大局，最终在不违反原则的基础上对原决议案做了若干补充。10 月 9 日，四国同时发表会议草案原文。孔祥熙在总结此次会议得以顺利完成并获国际普遍好感的原因时这样说道，"（一）我方本正义立场，态度正大，根据政府指示，应付得法；（二）政府决策稳健，指示准确"；当然最重要的还是他本人"秉承钧旨，就近指导，遇事均能迅

---

① 《蒋介石致罗斯福电》（1944 年 6 月 2 日），《战时外交》（3），第 828 页。

② 《魏道明致蒋介石电》（1944 年 7 月 10 日），《战时外交》（3），第 829~830 页。

③ 《孔祥熙致蒋介石电》（1944 年 10 月 2 日），《战时外交》（3），第 890 页。

速处理"云云。①

　　1945 年 4 月，以宋子文为团长的中国代表团出席了在美国旧金山召开的联合国成立大会，中国作为创始国并成为联合国安理会常任理事国，在讨论若干重大问题时尚能坚持独立的立场，并非完全跟从英、美等大国的意志，从而体现出一个大国应有的尊严。6 月 26 日，旧金山联合国大会在通过联合国的各项宗旨、义务和原则后圆满结束，因为中国是世界上第一个受到法西斯侵略并奋起抵抗的国家，所以大会一致同意由中国政府代表率先在《联合国宪章》上签字，这也标志着中国的国际地位显著提高。

形式上的平等

　　然而此时与其说中国是强国，不如说是大国更加恰当。太平洋战争爆发后中国虽然参加了若干重要的国际会议，但地位仍是从属的，并无话事权，而且还时时受到歧视。② 而且，中国虽然同属盟国，但获得的援助却是微乎其微。譬如 1942~1943 年，中国每年从《租借法案》中获取物资的数量，仅占当年美国输出总额的千分之四。③

　　虽然英国在华拥有重大利益，但对中国遭受日本的侵略却一直采取放任的态度。驻英大使顾维钧认为，"在珍珠港事件以前，英国对远

---

① 《孔祥熙致蒋介石电》（1944 年 10 月 9 日），《战时外交》（3），第 900~901 页。

② 太平洋战争爆发后，蒋介石应罗斯福总统之邀，派遣以熊式辉为团长的中国军事代表团赴美参加盟军的活动。然而代表团在行程中就遭到美国军方的一系列歧视，到了华盛顿更被打入冷宫，根本无法参与任何重要会议。参见洪朝辉编校《海桑集——熊式辉回忆录（1907~1949）》，第 332~348 页。

③ Arthur N. Young, *China and the Helping Hand, 1937-1945*, Cambridge, MA: Harvard University Press, 1963, p.350.

东的态度和行动，就已经常引起人们的怀疑。英国的政策总是把英国的利益放在第一位。在不直接涉及英国利益的情况下，他们总是避免得罪强国，那怕这个强国是侵略者"。[①]1941 年 12 月 19 日，就在中国参加同盟国、共同抗击法西斯侵略战争之际，英国却在仰光任意截留了一艘船，这艘名为 Tulsa 的货轮满载的是根据《租借法案》援助中国的战略物资，也是中国参战后得到美国军事援助的第一批物资，象征意义极大。英国如此骄横，而美国亦任其所为。蒋介石闻讯后极为愤怒，他在 25 日的日记中写道："英人之强盗行为，实驾德、倭而上之，其蔑视中国更甚"；"英、美对我之轻侮，殊不可忍"。然而考虑到抗战局势，蒋介石最终还是决定"委曲求全，不予计较"。[②]

　　中国与美国、英国洽谈废除不平等条约时，美国的态度相当友好，同意放弃过去强加于中国的一切不平等条约，但是英国却在香港问题上不松口。据参加开罗会议的王宠惠告诉顾维钧，当时罗斯福曾敦促过丘吉尔，让他同意将香港归还给中国，因那里的居民 90% 都是中国人，而且又十分靠近广州。但丘吉尔却回答，"只要他还是首相，他就不想使大英帝国解体"。[③]在这个问题上，蒋介石开始"坚持收回之主张，否则宁不与订新约也"。[④]然而数天后他在与宋子文、顾维钧晚餐时听取了顾的报告，"再三加以考虑，结果以中英新约如不能与中美新约同时发表，此即表示吾人对英之不满，固可予英以一时之打击，然从大体着想，此约于我之利益颇大，不宜为九龙局部问题而致破坏全局，且于同盟国之

①　《顾维钧回忆录》第 5 册，第 8 页。

②　周美华编辑《事略稿本》第 47 册，第 731 页。

③　《顾维钧回忆录》第 5 册，第 14 页。

④　《蒋介石日记》（1942 年 12 月 22 日），高素兰编辑《事略稿本》第 52 册，台北，"国史馆"，2011，第 106 页。

形势亦多不利。故决定让步，只须换文中对九龙问题，英国愿意继续讨论，不使我民众过于失望，即可与之签订新约也"。①

就在中英新约协定签订前夕，宋子文等人向蒋介石报告英国对于九龙问题的意见，英方不仅不允在换文中说明，而且对前次所提文告予以重新修改，要求中方先以书面声明九龙为不平等条约以外的问题，不在新约谈判之内。蒋介石听罢愤然曰："是可忍，孰不可忍！"但他又考虑到"以签订新约为主要方针，亦不愿因此有争执"，因而指示"可不提九龙问题，只以将来再谈一语，作为口头声明"。在蒋介石看来，"只须正约签订以后，则九龙、香港必先为我军进占，既已造成事实，虽无文字之声明，亦何妨焉"，"一俟战后，用军事力量由日军手中取回，则彼虽狡猾，亦必无可如何"。②

1943 年 9 月，王世杰奉命率团访问英国，但此时英国对中国的态度极不友善。他在行前的日记中说："英国近来对中国态度使我政府中人多不满，九龙问题既悬而未决，香港问题则暗示无交还中国之意；西藏问题则反对中国实行控制；五千万镑借款事则坚不让步，以致迄无结果。"因此蒋介石对于他访问英国之事极不热心。③

同年 10 月，在莫斯科召开的三国外长会议结束时要宣布"四国宣言"，但英国和苏联却以中国现无代表在此，"极力主张仅由英、美、苏三国签字出名"，只是由于美国国务卿赫尔一再坚持，并提出由中国驻苏大使为代表的方案，最终方被接受。④但在签字过程中仍有数段插曲，

---

① 《蒋介石日记》(1942 年 12 月 27 日)，高素兰编辑《事略稿本》第 52 册，第 123 页。

② 《蒋介石日记》(1942 年 12 月 30 日、31 日)，高素兰编辑《事略稿本》第 52 册，第138~140 页。

③ 《王世杰日记》上册，1943 年 9 月 28 日，第 540~541 页。

④ 傅锜华、张力校注《傅秉常日记 (民国三十二年)》，第 169 页；又见《傅秉常致蒋介石、宋子文电》(1943 年 10 月 26 日)，《战时外交》(3)，第 807 页。

首先是苏联外长莫洛托夫提出，中国代表参加签字，"与此会之召集原定意旨似稍不符"，现勉强接受，但希望中方对宣言内容不要提出任何修改意见；其次，英、美、苏三国外长在会议室开会之际，中国代表只能在会议室外等候，待他们讨论结束后方可进入会场，然后签字；最后，宣言只有英文和俄文两种文本，中国作为宣言国家，却无中文文本存世。[1]

中国在开罗会议上取得了成绩，蒋介石却对英国和美国的态度产生不同的认识，他在11月底的"本月反省录"中总结道："开罗会议之经验，无论军事、经济与政治，英国决不肯牺牲丝毫之利益以济他人，彼对于美国之主张，亦决不肯有所迁就，作报答美国救英之表示。其于中国存亡生死，则更不值顾矣。……英国之自私与害人，诚不愧为帝国主义之楷模矣"，而"以罗斯福此次言行及其国民一般之言论与精神，确有协助我中国造成独立与平等地位之诚意也"。[2]

1943年除夕，蒋介石在回顾一年的工作时颇多感慨，特别是在外交方面："自妻在美国两院演讲、各地宣传以后，国家地位与外交形势为之大变，而英国嫉忌阴谋破坏，亦无所不用其极，直至本年十月间，莫斯科四国宣言发表以前，英与俄对我侮蔑奚落，几难忍受，卒至最后四国宣言与开罗公报发表以后，外交上二十年来之奋斗，方收功效，此乃忍辱负重、默祷潜移之效果也。本年自一月英美平等新约订立，乃至美国对华限制移民律撤销案之通过，以及开罗公报、东三省与台湾归还中国，加之战后朝鲜独立之声明以后，我国次殖民地之地位与百年来所受之国耻与污辱，已一笔勾消，扫除尽净，然后欲求得真正平等与独立自由之地位，非在此后二十年内加倍努力与奋斗，则尚难取得也。"[3]

---

①　《傅秉常致蒋介石电》（1943年10月31日），《战时外交》（3），第811~812页。

②　高素兰编辑《事略稿本》第55册，第512~513页。

③　高素兰编辑《事略稿本》第55册，第721~723页。

1944 年 9 月底，丘吉尔在英国下议院发表演说，批判中国抗战不力，"言外之意，显欲借此议讪中国"。而且丘吉尔在"演词中处处以英、美、苏三国负欧洲局势责任，英、美负远东责任而言，显有排斥中国于'四强'之外之意"。王世杰回忆，"赫尔曾对孔祥熙部长言，当美国最初主张中国为四强之一之时，英政府表示反对，嗣因苏联赞同，英始同意"。①

孔祥熙 9 月 22 日致电驻苏大使傅秉常，称"英方对我，或因印度谈判，以致稍有误会，英印之事，我方决不干涉。过去英对我四强地位闻有异议，幸罗斯福原定，史太林同情赞助，方无问题"。②

1944 年 8 月至 10 月在华盛顿附近的敦巴顿橡树园召开的会议是制定《联合国宪章》的一次重要会议，然而与前一年莫斯科外长会议相比，中国的地位反倒有所下降，因为"此次华盛顿英、美、中、苏世界安全和平组织会议，首先将中国与苏联分离（出自苏联之要求），作英、美、苏会议，最后则于中、英、美会议中，英美复要求中国全部接受英、美、苏之协议案，谓已无法再与苏联磋商，故我方之参加会议显已成为形式的参加。我政府不得已，遂训令顾维钧接受"。③ 就像中方首席代表顾维钧后来回忆所说，这次会议被分为两个阶段，中国被排除在会议的主要阶段之外，"这个会议正在决定未来的国际组织的主要特征。很显然，中国只能面对既成事实——第二阶段会议只不过是摆摆样子而已"。④ 但不管怎么说，敦巴顿橡树园会议的结果为联合国成立奠定了基

---

① 《王世杰日记》上册，1944 年 10 月 1 日，第 640 页。

② 傅锜华、张力校注《傅秉常日记（民国三十三年）》，台北，"中研院"近代史研究所，2014，第 217 页。

③ 《王世杰日记》上册，1944 年 10 月 7 日，第 641 页。

④ 《顾维钧回忆录》第 5 册，第 405 页。

础，在第二年召开的旧金山会议的邀请书上，中国正式被列为四个发起国之一，至少在表面上得到了与美、英、苏三个大国平等的地位。

"忍气吞声，负重致远"

对于中国当时的国际地位，其实不少人都有自己的看法。国民党资深党员、担任行政院参事多年的陈克文就曾在日记中记载，他多次与同事讨论过这一问题，其结论是"我们虽属四强之一，其实我们的实力实在太差"，"我国现为四强之一，如何与人比肩而立，说来实在惭愧"。[①]

作为"四强"之一，中国无疑是实力最弱的国家，而且一百年来一直受到西方列强的欺辱。应该说，蒋介石对于中国的现实状况还是相当清楚的，他曾在日记中表示："联合国中之四国，以我为最弱，甚以弱者遇拐子、流氓与土霸为可危也。须知人非自强，任何人亦不能为助。而国家之不求自强，则无论为敌为友，皆以汝为俎上肉，可不戒惧！"[②]1943 年 11 月，蒋介石首次以国家元首身份出席开罗会议，与美、英两国首脑共商反法西斯战争大计，取得重大的外交胜利。此行对蒋介石也有颇深触动，他在 11 月的"本月反省录"中记载："此去埃及所经各地最大之感想，为英国在世界之势力强固与远大得窥其一般，而以亚非二洲如此难驯之回教国民，皆使之服从听命，其魔力实为不可思议，不能不令人惊佩。东方各民族欲求自身独立自由，言之何其易也，……此后中国如再不能乘机自强，尚何能拯救其他各民族耶！而各民族之独

---

① 《陈克文日记（1937~1952）》下册，1943 年 8 月 7 日、1944 年 7 月 28 日，第 745、838 页。

② 《蒋介石日记》，1943 年 2 月 28 日。

立自由，亦绝对无望矣，奈何！"此刻他对中国的国际地位有更深刻的认识："无竟惟人，中国人才绝无，若在此三十年内，人才教育未能生效以前，决不能与英、美跻于平等之域，更可于此次开罗会议中获得明切之教训。国人梦梦侈谈平等独立，犹不知自求。其所以不能平等独立之病因，无耻、妄念，言之可痛。"①1944 年 3 月 20 日，外交部部长宋子文报告一年来之外交工作时，蒋介石再次强调，国际社会称中国为"四强"之一，但我们离所谓"四强"差距甚远，而且对外应表示"决无领导东亚之心"。②

在中国近代历史上英国和沙俄是侵占中国权益及领土最多的两个国家，因此在对待中国是否名列"四强"这个问题上，英国、苏联和美国的立场是有区别的。作为老牌殖民国家的英国态度傲慢，根本看不起中国，更何况中英两国之间还存在西藏和香港等历史问题，而且中国政府支持印度独立也触及英国的利益，因此英国并不乐意见到中国国际地位的上升。苏联的态度基本也是如此，其借口与日本签有中立条约，拒绝与中国一起开会，因此在开罗会议之后，罗斯福、丘吉尔再到德黑兰与斯大林重新开会，而敦巴顿橡树园会议也是采用同一模式，会议分两个阶段，目的就是要将中国排除在三国之外。相对来说，美国在提升中国国际地位上的表态则更为直接，所有这一切都建立在美国国家利益之上，一旦涉及美国的利益，所谓的原则就会发生变化。最能说明问题的就是 1945 年 2 月召开的雅尔塔会议，美、英、苏三个大国竟背着当事国，公然出卖中国的主权和利益；而抗战胜利后，英国拒将香港归还中国，美国政府即放弃原先支持中国的立场。这都清楚地说明了这个现实

---

① 高素兰编辑《事略稿本》第 55 册，第 511~512 页。
② 《徐永昌日记》第 7 册，1944 年 3 月 20 日，第 261 页。

问题。①

　　1945 年是中国抗日战争暨世界反法西斯战争取得胜利的一年，中国首次以"四强"的身份出现在世界舞台上，然而蒋介石对此却并未显得格外兴奋，我们可以摘录他写于当年的几段日记，窥探他当时的复杂心情。

　　7 月下旬，美、英、苏三国首脑在柏林附近开会，拟定了要求日本无条件投降的《波茨坦公告》。26 日，美国驻华大使赫尔利将之交给蒋介石，要他必须在 24 小时内签字，否则英、美两国就会撇开中国单独宣布这个公告。对于这种蛮横无理的态度蒋介石极为恼怒，他在日记中写道：

　　　　中国为对日战争之主要国家，未得中国同意，则联盟国对日任何言行不能单独发表，而且英、美今后关于此等重要问题之洽商，必须予我以从容考虑之时间方可，因开罗会议公报，我中国必须参加对日任何行动也。而且来电第一条只说美总统与英首相之商定，而未及中国主席，更为不当，必须增加中国主席在英首相之上也。②

然而生气归生气，面子归面子，最终字还是要签的。蒋介石明白这个道理，他在 28 日对"今后政策之研究"中写道：

　　　　今日国际交涉无所谓公理与情感，只有实力与利害关系，更无是非可言。我国今日之势力，除了前条所分析之五端以外，再无其

────────────

① 关于这个问题笔者曾撰有专文进行讨论，参见《"忍气吞声，负重致远"——蒋介石与〈雅尔塔协定〉》和《蒋介石日记中的香港受降》，均收于郑会欣《读档阅史——民国政事与家族利益》，中华书局，2014。

② 《蒋介石日记》，1945 年 7 月 26 日。

他实力可言。……今日谋国之道，专力组织之健全，人才之培养，以求自强；而在国际，只有运用其矛盾与冲突，一面争取时间，以待有利之时机，求得独立与解放而已。①

1945 年 9 月 2 日，日本在停泊于东京湾的美国军舰"密苏里"号上向各同盟国的军事代表签署了无条件投降书，这不仅标志着世界反法西斯战争的最终结束，更意味着一百多年来中国人民在反抗外来侵略战争中第一次取得彻底胜利。蒋介石对此百感交集，他在日记中这样写道：

> "雪耻"的日志不下十五年，今日我国最大的敌国日本，已经在横滨港口向我们联合国无条件的投降了，五十年来最大之国耻与余个人历年所受之逼迫与污辱，至此自可湔雪净尽。但旧耻虽雪，而新耻又染，此耻又不知何日可以湔雪矣。勉乎哉，今后之雪耻，乃雪新耻也，特志之！②

外交是讲究实力的，强国的地位更是要靠自身的实力来争取，只有这样方能获得国际的承认。虽然太平洋战争爆发后中国的国际地位明显提高，但这一切都还是表面现象，根本的还是各国的利益，历来都是如此，《雅尔塔协定》的内容即为明证。蒋介石虽然对苏联提出的蛮横无理条件愤恨不已，对美国和英国只顾自己、出尔反尔的态度极为不满，但他无实力拒绝，更需要这些国家的战后援助，权衡利弊，最后还是不得不接受这些条件。

---

① 《蒋介石日记》，1945 年 7 月 28 日，"对国际形势与今后政策之研究"。
② 《蒋介石日记》，1945 年 9 月 2 日。

蒋介石 1945 年初制定的外交方针曾用八个字概括，那就是"忍气吞声，负重致远"，这倒是非常形象地反映出彼时蒋介石复杂和无奈的心态，同时也真实地说明了当时中国的微妙处境。

原载《贵州社会科学》2016 年第 5 期

三

党内竞选与派系斗争：亲历者笔下的

"六全"大会

1945 年 5 月，中国国民党在战时首都重庆召开了第六次全国代表大会。对于国民党来说，这次大会非常重要，它不仅是相距差不多 10 年之后才举行的全体会议，更是在抗战即将取得最后胜利的关键时刻召开的国民党代表大会。集党政军大权于一身的蒋介石，原计划通过这次大会的召开，达到消除派系之争、巩固政权、争取抗战的最后胜利，进而缓解战后经济困境的目的。然而事与愿违，国民党的"六全"大会不但未能达到上述目的，反而进一步加速党内分裂，派系间的斗争则更加激烈。"六全"大会召开后不久，抗战即取得最后胜利，但只是过了短短几年，国民党就走向溃败。

虽然原本参与"六全"大会决策的重要人物如陈果夫、陈立夫、吴铁城、张治中、陈诚等人的日记或回忆录中均很少涉及这方面的内容，[①]但还是有其他一些人物的回忆录和日记描述了当时的情景，特别是已开放的蒋介石日记以及其他相关人物的日记和回忆录，以亲历者的笔触再现了国民党各派系在会议召开前后的各种密谋与活动。

---

① 如《吴铁城回忆录》（台北，三民书局，1968）、《张治中回忆录》、《成败之鉴——陈立夫回忆录》（台北，正中书局，1994）、《陈诚先生回忆录》（台北，"国史馆"，2004）、《陈诚先生日记》（台北，"国史馆"，2015）等，均很少有这方面的记载，据说陈诚夫人曾对陈诚日记进行过筛选。

各方角逐：会议召开的背景

中国国民党 1924 年 1 月在广州召开第一次全国代表大会，会上确定了中央执行委员会为国民党的最高领导机构，推选孙中山为国民党总理，选出胡汉民等 24 名中央执行委员（其中廖仲恺、戴季陶、谭平山为常务委员）以及毛泽东等 17 名中执委候补执行委员；大会还选举产生了中央监察委员和候补监察委员各 5 名的中央监察委员会。孙中山去世后，国民党又于 1926 年、1929 年和 1931 年分别召开了第二、三、四次全国代表大会，选举产生的中委人选虽有变化，但名额都是一致的，即中央执行委员 36 名（其中常委 9 名），候补执行委员 24 名，中央执行监委 12 名，候补监委 8 名，总计中执委、中监委委员（包括候补，此处所说的中委数额均包括上述人选）80 名。蒋介石在国民党第一次全国代表大会上并未进入中央高层（甚至连候补执委都没有选入），其后在第二、三、四次全会上虽然成为中常委委员，地位亦逐渐上升，但尚未成为党内的绝对领导核心。直到 1935 年 11 月在南京召开的"五全"大会上情况才有了变化。该届中委的人数大幅增加到 260 名（其中中央执行委员 120 名，候补执行委员 60 名；中央监察委员 50 名，候补监察委员 30 名），虽然胡汉民和汪精卫分别担任中常会和中央政治会议主席，蒋介石名义上是副主席，但蒋还是以国民政府军事委员会委员长的身份掌握了党政军的最高权力。

抗战爆发后不久，1938 年 3 月，国民党在汉口召开临时全国代表大会，虽然此次全会没有产生新的中央委员会，却推选蒋介石担任国民党总裁，汪精卫为副总裁，在法理上确立了蒋介石在国民党内的绝对领导地位。到了 1945 年，抗战已到最后关头，国际反法西斯同盟取得决定性胜利；中国共产党经过多年的发展，在政治、军事上的力量和影响亦已不容小觑。与此同时，号称"四强"之一的中国国际地位显著提升。集国民党党政军大权于一身的蒋介石，此时考虑要召开国民党的全国代表大会，重新建构国民党核心，借以统一意志，企图掌控战后格局。

1945 年新年伊始，蒋介石就"约中央常委，讨论党代大会与国民大会日期"。1 月 8 日，"开常会通过第六次代表大会日期"。几天之后，他在制定"民国三十四年大事表"时，即将"本党之第六次全国代表大会之召集"作为当年工作的中心与目标。蒋介石认为，召集"六全"大会的目的，就是要"以党之组织力量贯澈党之政策，以党之组织力量巩固其核心，以局部之民主作风团结其内部与社会，以党政力量控置社会，获得军事在空间之行动自由"。[1]

1 月 11 日晚，蒋介石与陈果夫等人"谈六代大会方针与组织方针"，最终确定了"六全"大会的开会日期，并计划在召开"大会以前，征集社会与教育、经济界名人入党"。[2]大事已定，蒋介石紧接着又考虑"党代大会之意义与目的及其使命之检讨"和"建立党团与加强组织之研究"。[3] 1 月 20 日，蒋介石与属下商议了出席代表大会的代表人数以及方针，并确定会议将在重庆复兴关中央干部学校（中央训练团旧址）举行。当天下午，蒋介石前去实地视察，没想到"如此美丽风景与要地，任令如此污秽零乱，殊堪痛心"。[4]

会议方针及代表数目既已确定，紧接着要考虑的就是与会代表的

---

① 《蒋介石日记》，1945 年 1 月 1 日、8 日。

② 《蒋介石日记》，1945 年 1 月 21 日。

③ 《蒋介石日记》，1945 年 1 月 13 日，"本星期预定工作课目"。

④ 《蒋介石日记》，1945 年 1 月 20 日。

选举方法，而这又是最难解决的一个问题。为了能够出席会议，国民
党内各派政治力量都在暗中较劲，以争取更多的代表资格，为进入党
内中枢创造条件。1月15日，中央设计局局长、政学系元老熊式辉
邀请国民党中央正、副秘书长吴铁城、甘乃光到家中讨论此事，决定
"一、代表大会筹备会人员，宜增名额，免为部分人包办，易使促成
党之分裂；二、筹备会首应草一宣言，指出此后党的总任务，鼓吹党
外人才入党；三、准备改组方案，使党内同志一致认识其需要；四、
研究宪法草案，使具体修正案能提会讨论"。① 两天之后，熊式辉又
约中央组织部部长陈立夫与吴铁城餐叙，讨论的议题还是"关于六全
大会事"。②

　　彼时，政坛早就有"蒋家天下陈家党"的传闻，陈果夫、陈立夫兄
弟确实在国民党内势力极大，"五全"大会选出的中委中，CC系占有绝
对优势。就在"六全"大会召开之前，CC系已在积极进行各方面的准
备。在组织上，此时陈立夫业与朱家骅对调，重掌组织部，目的就是要
击垮朱氏的力量。当时重庆盛传一首打油诗："代表大会即日开，CC卷
土又重来；大小委员自由派，他坐轿子你来抬"。③ "五全"大会上当选
中央监察委员、此时担任铨叙部次长的王子壮在会议结束后曾分析，蒋
介石肯定陈立夫有组织天才，却又不让其有过分之发展，而"五全"大
会之后，陈氏兄弟的CC系取得全胜，引起蒋之警惕，因此将陈立夫调
离组织部，在戴季陶的力荐下，朱家骅出任组织部部长，却又引起二陈

---

① 《熊式辉日记》，1945年1月15日，原藏于中国社会科学院近代史研究所档案馆之影印本。
　　下略藏所。此外，洪朝辉编校之《海桑集——熊式辉回忆录（1907~1949）》亦摘录了部分
　　熊式辉的日记。

② 《熊式辉日记》，1945年1月17日。

③ 《叶翔之分析六全代表中各派系力量的情报》（1945年4月30日），《档案史料与研究》
　　1997年第3期，第8页。

之不满，此刻蒋介石再让陈立夫出掌组织部，目的就是负责组织召开全国代表大会。①

此时国民党内的派系已出现一个重大的变化，那就是成立于抗战之初的三民主义青年团的势力日益强大，已成为党内不可忽视的一支政治力量。按陈立夫所说，成立青年团的目的就是将其作为培训青年党员的机构，待他们 25 岁之后便自动加入国民党；但青年团的书记长陈诚、组织处处长康泽却想将青年团发展为另一个政党，并与国民党分庭抗礼。因此青年团的成员 25 岁之后并不加入国民党，而是继续留在团内，成为另一个政治团体，党内已然发生分裂。②

三青团组织处处长康泽是三青团的实际负责人。据他回忆，"六全"大会召开之前，他曾向蒋介石建议，为了让"六全"大会有新鲜的力量，请允许三青团也选出代表出席大会。蒋问他代表人数以多少为宜，康说，既然三青团已有 130 多万团员，约占全体党员的 1/4，此次代表总数为 600 人，那么三青团的代表就应为 150 名，最少也应有 120 名。蒋介石认为太多，只允许 60 名。康泽只能同意，但同时又密令属下尽可能以兼任省党部委员的身份参加党部推选，因此实际各派系推选的代表，三青团除正式代表 60 名外，还有党部参选的 10 多名；各地参与党务工作的复兴社成员也有 20 余名，这些人平时与三青团互通声气。因此，具三青团背景的与会代表名为 60 人，实则近百人。

按照康泽的分析，本次会议的军队代表约有 120 名，除部分是蒋所指定的老牌军阀或各地方实力派，其余多数系黄埔学生，与三青团的联系亦很紧密；朱家骅曾任组织部部长数年，在党内有一定的实力，此次

---

① 《王子壮日记》第 10 册，1945 年 5 月 31 日，"上月反省录"，第 186 页。

② 《成败之鉴——陈立夫回忆录》，第 225~226 页。

朱系代表在 50 名左右，他们不仅与三青团过往较密，更重要的是已与 CC 系势同水火；桂系军阀势力主要在广西和安徽，与 CC 系对立，其代表也有 20 名左右；孙科一系代表席位不多，共 10 余席，但也是反 CC 系的一股势力；政学系的代表有 50~70 名，在政治上也是反 CC 系的，只是他们立场时常有变，不能让人相信而已。因此康泽估计，CC 系在出席"六全"大会代表中大约有 250 人，那么只要以三青团为代表，联合各方反 CC 系的势力，即可打破以往国民党被 CC 系控制的局面。但三青团书记长张治中的魄力和能力有限，他希望由陈诚、朱家骅和他自己共同领导反 CC 系的这场运动。①

国民党即将召开全国代表大会的消息传出后，党内各派势力都在集聚力量，意图在大会上分一杯羹。熊式辉在日记中就披露经常有人来向他求助，希望能在此次全会中当选中央委员。他本人也四出活动，主动约侍从室少将组长唐纵及萧作霖谈话，"开口便言六全大会应参加新进，青年团干部应参加，军队代表产生应与普通党员相同，黄埔同学应一致，并须积极研究进行，黄埔同学应讲话，不可缄默"。唐纵心想，"熊向与黄埔无来往，何以此次如此支援黄埔同学？盖党务有由二陈重新把持之可能，熊欲打破此一局面，在党并无力量，故欲借助黄埔以行之"。②熊式辉也在日记中记载了接见唐纵，与他"商办党六全大会青年团与军队代表数目之交涉事，并泛谈时局"；同时，亦与张治中谈话，"知军队及三青团代表数目之核定"，并"在家接见康泽，谈六中全会及党的前途"。③

王子壮曾在日记中生动地记录了当时党内各派系四出活动的情景：

①《康泽自述及其下场》，第 170~172 页。

②《唐纵日记》，第 446 页。

③《熊式辉日记》，1945 年 1 月 20 日、3 月 6 日。

"城内若干同志集中注意代表大会问题，所谓注意，在如何筹备、如何竞选代表，而希望自己当选，尚非对于今后党务如何推进改善也。以今日党内情形之复杂，远较第五次全国代表大会时控制为难，党内派系滋多也。当时尚不能完全控制，况今日之情况，立夫首当其冲，乃感相当之困难，又因重长组织，自己之实力可以相当扩展，不禁又为一喜，在蒋先生意，仍以二陈为基本干部显然可见。此外则有黄埔系、政学系、朱家骅所组织之小集团。现以数者共同主张参加代表大会之筹备，其负责人亦向蒋先生表示此意，但最后仍候其裁定，现时正在酝酿中也。"①

王子壮由于当选为"六全"大会组织法及选举法审查委员，得以经常出席各种会议，因而在日记中对会议的筹备记载甚详。在讨论出席大会代表的资格和数目时，争论格外激烈，"由召集人叶楚伧、吴铁城先后主席。对于此两法讨论最激烈者，为总裁手谕应加青年团代表六十人，军队代表一百人。此次大会旨在团结各方，故此意自当实行，惟以如何方式表示之，颇费研究。一部青年团有关者，如张治中等主张在组织法中作列举之规定，组织部方面则主张列于选举法。原本此为党的会议，而青年团中六十万团员有五十万非党员，此等代表列入党的会议，似不伦也。最后采用王世杰之折衷办法，在组织法第一条规定，代表之产生依选举法之规定，同时在选举法中规定青年团可出代表六十人，其详细办法另行规定。其次讨论代表名额，依总裁之意，增加四分之一，为五百三十五人，实在无法分配，因既有前者增加青年团等代表，则必须将原有各部分代表酌为减少。张溥老之意，沦陷各省所出代表绝对不宜减少，予人以不良之印象，故决定请总裁酌予提高，增加三分之一。尚

---

① 《王子壮日记》第10册，1945年1月18日，第25页。

有出席列席之中央委员闻总裁允青年团理监事列席，如此则代表大会之人数将达七百余人，亦洋洋大观也"。①

此时党内高层亦多方联络、活动，打探消息。熊式辉不是"出席中央党部六全大会研究会，讨论组织法与选举法"，就是与朱家骅"略谈党务及六全大会选举"，或是应邀出席陈立夫召开的茶会。在熊式辉眼中，"中央派赴各省之党务人员，无处不有朱系、陈系之别，此人尽皆知之事。中央若果只有一个党的大圈圈，没有个人的小圈圈，感召所及，地方谁敢自成派别，入主出奴，互相火并？"②

王子壮家住在重庆郊外，他只是几天未进城办公，即发现"城内诸人因忙于第六次全国代表大会关系，多方奔走，冀当选为一代表，进一步再活动中央委员"，"是知权位系人之深，有出人意表者，将日趋民主，此风气尚必日益加烈"。为了与 CC 系抗衡，朱家骅的部下王启江也认为，"将来与黄埔系相联合，希望能达到二分之一之目的"。③

虽然各级党部对于选举曾规定不许请客拉票，但上有政策，下有对策，在初选代表未产生之前，请客自然不属违规，因此当时重庆各大小餐馆、饭店整日宾客盈门，目的是什么，大家都心照不宣。行政院参事陈克文是有 20 多年党龄的国民党员，此次也想参加重庆市代表的初选，但他知道，"中央组织部在陈氏兄弟操纵之下，对于省市代表之选举，规定许多前所未有之选举法，引起不少反感。陈氏兄弟之被人指摘更见猛烈"。④ 王子壮也回忆国民党实行选举的历史，"请客奔走，各方说项请托，乃不一而足，怪象亦叹观止"。如今"六全"大会即将召开，"作选

① 《王子壮日记》第 10 册，1945 年 1 月 23 日，第 32~33 页。

② 《熊式辉日记》，1945 年 1 月 23 日、2 月 1 日。

③ 《王子壮日记》第 10 册，1945 年 2 月 16 日，第 62 页。

④ 《陈克文日记（1937~1952）》下册，第 909 页。

举之运动者风涌而起，第一步多方设法运动代表，目的既达，乃竞选为中委，虽有若干人希望甚微，而努力不息，故现在重庆有种种之集会与联络，为权势而奔竞，余所不乐为"。他认为，"党内多数自仍在二位陈先生之手，朱先生与康泽之黄埔系亦各有一部份之力量"，因此"不应以感情联系而取得同情，此余对于目前作选举活动者有相当之反感，且以伪可以乱真也"。① 不过像王子壮、陈克文有这样认识的人，在国民党的高层中恐怕并不多见。

会前各派系的密谋与活动

"六全"大会召开在即，陈克文决定放弃重庆市代表的竞选，并以全力协助同事端木恺（铸秋）竞选。到了 3 月中旬，选举进入高潮，"十三日上午初选代表没有集会，全是私人接洽选票的活动"，下午中央党部举行谈话会，晚上市政府又设宴招待全体代表。当时"场内外的活动煞是奇观。竞选人都竭尽了心力，做一切自认为可以致胜的手段，例如散发名片、传单、文章，张贴标语，逢人打躬作揖等"。陈克文觉得效果似乎还不错，没想到第二天下午开票，端木恺意外落选，"票数照预计可以达到七八十票的，实际只得廿余票"。事后他们分析失败的原因，"最大的关键是铸秋没有集团力量的支持"，而其他"获选的八个代表，都是由中统局派和青年团、黄埔派两个集团的力量支持出来的"。加上国家总动员会议撤销后，端木恺的副秘书长职位也没有了，"政治上一时失了势，也是大失败的原因"。陈克文总结选举经验得出这样的结

---

① 《王子壮日记》第 10 册，1945 年 2 月 16 日，"上星期反省录"，第 64~65 页。

论："大概今后的选举，不论是党内或党外，只要是含有政治性质的，以集团力量致胜的原则，是愈来愈重要了。个人凭才能和情感的活动，是很少有获选的希望的。"①陈克文分析得不错，日后的选举结果也说明，若背后没有政治派系或圈子的奥援，要想突围而出当选中委是极为困难的。

按王子壮的观察，蒋介石"心目中以为政学系为政治家，故以满口大计之熊式辉为设计局长，吴鼎昌在贵州号称有办法之省主席调为文官长"。②但他对时局以及蒋介石之用人政策均表示不满，认为"今日党、政、军何以如此散漫而无进步，蒋先生以三者之领袖固然忧急，在一般人心目中，又何尝不认为系重大问题"，而"今日信任二陈，明日又易老朱，于黄埔系予以青年团之组织，犹恐其独擅，更由其子蒋经国组织青年干部学校以分其势。于是纷然杂陈，内部斗争以起，更如何以领导民众"，以致"今日党政军大权集于一身，而内部纷争之现象，悉赖于彼一人，如何能扩大发挥干部之实力，更如何以实现党所应有之使命？"③

到了3月下旬，出席"六全"大会的初选名单已准备完毕，而在审核委员会开会讨论中委名额时，"一般意见认为，不应如从前之散乱，今既有总裁，应由总裁提出加倍候选人。名额问题有数点主张：一主原来二百六十名，现在死亡者达五十三名，只依原额产生即可；一主因为战事关系，应酌加扩充，以待有功，此说比较有力"。④王子壮则以为，"由传统观念，以皇帝为最高，今由党负政治责任，而党之中委无异多数皇

---

① 《陈克文日记（1937~1952）》下册，1945年3月13日、14日，第914~915页。

② 《王子壮日记》第10册，1945年3月17日，第102页。

③ 《王子壮日记》第10册，1945年3月17日，"上星期反省录"，第103~104页。

④ 《王子壮日记》第10册，1945年3月28日，第117页。

帝，此错误之观念也"。按理说，"党之中委产自选举，有能力、有德性者始当其选，德能稍差，即应罢去，盖所以表现民主及服务之精神。今因有派别之关系，依此标准，有若干之不符，于是夤缘标榜以图一逞者，颇有其人，其径捷速，埋首努力者为之减少，不可谓非党国之不幸"。因此他希望"中枢能鉴及此，力矫歧途"，至于个人，"虽在动荡时代，多少公义犹存于人心，故余对即将来临之六次代表大会，亦不愿作个人之活动"。①

进入 4 月，"六全"大会的召开时间日渐逼近，蒋介石在当月日记中特别提及要注意"预备六全大会党纲、党章与组织之研究"，以及争取"核心组织之实现"；并预定大会准备事项，包括"甲、党部之组织。乙、开幕词要点。丙、党纲与政策。丁、对党内方针"，以及"党纲以实行三民主义、建立五权宪法为党纲已从新确立"；强调"本党团结与统一方法及精神"，"本党新进优秀人才之推选"和"各部门人才之物色"；在拟定"本党宣言"时则应着重："甲、国家统一与团结。乙、政治民主与法治。丙、提高经济与文化水准。丁、提高人民生活水准要目。戊、提高军人待遇。"②

"六全"大会开幕之前，蒋介石要求成立筹委会负责会议的具体事务，并指派叶楚伧、陈果夫、陈立夫、张厉生、朱家骅、吴铁城、张道藩、陈诚、张治中、陈布雷、王世杰等十余人组成。康泽听说后来蒋又下达了一个手令，说段锡朋和他也可参加筹委会的工作。吴铁城见到手令后即与陈立夫商量，陈说，康某人不是中委，参加筹备工作似不合体制，结果只通知了段参加。康听说此事更为反感，同时也增强了他组织

---

① 《王子壮日记》第 10 册，1945 年 3 月 29 日、30 日，第 118~119 页。

② 《蒋介石日记》，1945 年 4 月 1 日、16 日、21 日、23 日、24 日。

反 CC 系的动力。[1]

　　康泽说的这个筹备委员会不知是否与提名委员会是同一回事。为提前对当选中委的代表做准备，4 月 2 日，国民党中常会确实开会成立了一个提名委员会，成员包括居正、张继、李文范、叶楚伧、陈果夫，还有组织部部长陈立夫、海外部部长陈庆云、训委会主委段锡朋等。这个委员会具有提名权，当然受到各方势力的关注，但其成员除了几位不接地气的国民党元老，剩下的大都是二陈系统的人物，像朱家骅、张治中、王世杰以及三青团方面的代表都没在其中。这到底是陈果夫提出的名单，还是蒋介石极为信任二陈的表现，就连派系色彩淡薄的王子壮都感到莫名其妙。但他认为"党内既有各种派系，如一概不使与闻，则党内空气势必验然。今日是集结全党力量以应付国民大会之时，如使党内不安，亦非良好之现象也"。[2]

　　当天晚上，甘乃光到熊式辉家谈及提名委员会人选之事，吴铁城、陈庆云也在座，他们认为提名委员会人员应加以补充，至少要增加朱家骅、张治中二人，并要吴铁城出面提出。其后朱家骅、张治中见到熊式辉，"以为铁城言行不紧凑，作事太马虎"，要熊督促吴"速添加二至四人，否则列席即可。人选即文白、骝先、雪艇、哲生"。[3]

　　第二天早上，熊式辉见到吴铁城，告知昨日与张治中等人所商议之事，但吴只答应要等三青团发来正式函件才去办，"其作事不紧凑，果不出张等所料"。而陈庆云也说吴铁城想四处讨好，但"无一可信之友，将来改变人未必使信之"。康泽更向熊式辉抱怨，认为提名委员会人选

---

① 《康泽自述及其下场》，第 172 页。

② 《王子壮日记》第 10 册，1945 年 4 月 2 日，第 129~130 页。

③ 《熊式辉日记》，1945 年 4 月 2 日。

不公，熊答应会向蒋介石汇报。① 几天后，在吴铁城的策划下，陈诚在家设宴。除熊式辉外，吴铁城、张厉生、陈立夫、陈布雷、王世杰、段锡朋、朱家骅、甘乃光等人应邀参加。表面上看是为了"联络各方情感，以利六全会之顺利进行"，实际上则是要"拉拢二陈及张、陈、吴、朱、王等，团结合作"。但熊式辉却以为此乃"枉费时间之官僚办法，毫无作用"。② 在熊式辉向蒋介石的建议下，最终提名委员会"承准派张治中、王世杰、朱家骅列席"，而朱家骅则表示"幸为列席，否则多数有为同志，必将摈弃"。③ 王子壮在日记中也证实了这一细节，并嘲讽吴铁城"最初欲代表一方面，不料弄巧成拙，反为两方面所不满"，落了个吃力不讨好。④ 中央党部乃党内中枢，让吴铁城任秘书长，认为他"许多措施不洽舆情"，但蒋介石为什么如此信任他呢？王子壮认为这"无非由彼缓冲各派而已"，或者是蒋"故意用此海派人物，以取其能以服从，而不敢有所作为"。然而吴氏自任"上海市长、广东主席，唯知挥霍无度，今日在中央犹月耗百万元，此款何来，识者自明，以列于腐败官僚，犹且为甚"。如今出任党部秘书长，却不负责任，王子壮不禁叹曰："余在党工作二十余年，对此现象深致痛惜，盖亦党之不幸也。"⑤

经过多方博弈，出席"六全"大会的代表名单终于圈定，王子壮虽然还不知道具体的名单，"惟其趋向有可得而言者，或亦即总裁对党之政策"。因为"五全"大会完全为二陈所把持，与其有关系者多人当选，党内乃至蒋介石均为之不满，于是陈立夫被调离组织部。然而蒋介石仍

① 《熊式辉日记》，1945年4月3日、7日。
② 《熊式辉日记》，1945年4月6日、9日。
③ 《熊式辉日记》，1945年4月10日、11日。
④ 《王子壮日记》第10册，1945年4月11日，第140~141页。
⑤ 《王子壮日记》第10册，1945年4月25日，第158页。

欣赏他的组织能力，在"六全"大会召开前又让其重掌组织部，但又由秘书处、海外部等分其组织部之权力。"于是此三部份高级职员多应代表之选，各以好恶，分别产生"，乃至出现许多笑话，譬如"从未到海外者，亦可应海外代表之选，真正在海外办党被逐回国者反不得与闻，因无要人为之提拔，于是所谓代表，莫有各省背景，亦有后援，埋首海外工作之人员无上项支持者，均为向隅"。王子壮感叹曰："此种均势造成，又不知牺牲若干之努力同志，公平云乎哉，相去不知几万里矣。"①

4月18日，熊式辉邀请吴铁城、朱家骅、王世杰、张治中、陈诚、白崇禧、甘乃光、陈庆云等到家中餐叙，主要是讨论"六全"大会召开后国民党的改造方针。最终得出结论：（1）各人"向总裁陈明，此次选举不能由某一部分人包办"；（2）"拟定政策，以便号召统一主张，由（熊、甘、王）起草"；（3）"选举法提纲由吴、朱于下次餐叙提出讨论"；（4）主张中委名额由260增至300名；（5）六全会"中委由代表中圈定，分别负责试提名单"，并划分次之范围，"海外、广州、广东、上海，东北一部份（吴、陈）"，"军队（白、陈、张）"，"教育（朱、王）"，"地方（朱、熊）"。②

代表虽已圈定，但内中矛盾甚多，就连蒋介石也为之不满，以为"今日最悲痛伤心的，莫过于青年团干部只管本身权利地位，而不愿选举一个青年学生充任本党大会的代表"；"今日所悲切者，乃党政人员之老朽昏庸与幼稚自私，而毫不为党国前途如何着想也"。③他曾向陈立夫和朱家骅下达手令，要他们在各大学教授中保举最优秀之党员，每校二

---

① 《王子壮日记》第10册，1945年4月14日，"上星期反省录"，第144~145页。

② 《熊式辉日记》，1945年4月18日，第467页；又见《王世杰日记》上册，1945年4月18日，第693页。

③ 《蒋介石日记》，1945年4月23日、24日。

人至三人。[①] 但到落实时就完全变了样，譬如分配给西南联合大学和云南大学出席"六全"大会的代表仅有一名，引起这两所大学教授的强烈不满，并"决定一面选举，一面抗议"。[②] 又譬如蒋介石曾要求从三青团代表中划出若干名额给在校大学生，但三青团负责人自己都想参选，故对此置若罔闻，结果学生竟无一人当选。蒋介石闻讯大怒，"痛责青年团干部人员，并迫令纠正，务使学生有若干名当选"。[③]

4 月 26 日，中央党部开会讨论中央委员名额问题，与会者虽说都同意增加名额，但对增加多少却有不同意见。"组织部长立夫、道藩皆主张四百至五百人，反之，即所谓反 CC 派，如熊式辉、朱家骅、吴铁城则主张三百至三百六十人"，这是因为 CC 系希望借增加名额以壮大自己的势力。[④] 王世杰对此就极为不满，他对陈立夫说："此次六全大会之选举，组织部处长、秘书，无一不被选出或指定为代表；中央宣传部之秘书、处长，无一被选或被指定之人，予实不胜愤慨。"[⑤]4 月 30 日，王世杰、陈诚、张治中、陈庆云、白崇禧、朱家骅等人在吴铁城家商议，一致推举陈诚为总负责，朱家骅、吴铁城副之，并决定"联合对抗陈立夫等所组织之团体，以防陈等垄断此次大会中中央委员之选举"。[⑥]5 月 3 日下午，朱家骅在家中约集众人餐叙，陈果夫、陈立夫兄弟及张道藩等 CC 系大将亦出席，协商处理中委人选问题，最后决定共同提出 480 人的候选名单，并用无记名连记办法选举中委。对此建议"王世杰大不

①　王正华编辑《事略稿本》第 60 册，台北，"国史馆"，2011，第 238~239 页。

②　《郑天挺西南联大日记》下册，俞国林点校，中华书局，2018，第 1008 页。以下简称《郑天挺日记》。

③　《王世杰日记》上册，1945 年 4 月 23 日，第 694 页。

④　《王子壮日记》第 10 册，1945 年 4 月 26 日，第 159 页。

⑤　《王世杰日记》上册，1945 年 4 月 27 日，第 695 页。

⑥　《熊式辉日记》，1945 年 4 月 30 日；又见《王世杰日记》上册，1945 年 5 月 1 日，第 697 页。

以为然", 后"偕张治中、陈诚又来愤然诘责"。当晚, 吴铁城、张治中、陈诚、王世杰、朱家骅等人又在熊式辉家中密商, "结果议定 480 名候选名单可供商定, 惟 240 名中委名单不应共同提出。陈诚曰此应各行其是, 朱家骅主张拖, 任其决裂, 吴铁城意则在妥协到底, 张治中厌倦而先退去"。①

与此同时, CC 系也在暗中积极活动。4 月 30 日晚, 潘公展邀请王子壮到中统局开会, "到者中委(比较中立及与组织部有关者)及各地方代表约有二三百人, 由立夫、果夫相继致词, 说明党的当前危机及团结之重要, 必须统一意志, 始能渡过当前之危机。最后归结到绝对服从, 不得自由活动, 由余井塘拟定类似誓词一纸, 嘱大家一致签名, 共费三小时。揣此举之用意, 系使 CC 以外之人亦来服从。再则限制大家活动中委, 以代表而活动中委者太多也"。②于是, 国民党"六全"大会就在这样的气氛下召开了。

选举中的风波与争斗

1945 年 5 月 5 日上午, 中国国民党第六次全国代表大会于重庆复兴关中央干部学校礼堂开幕。上午 9 时, 蒋介石致开幕词, ③并在当天的日记中写道: "本党六全大会已如期开幕举行, 而健全本党, 充实内部, 提高革命精神, 实现主义政策, 尚未能获得具体方案与解决办法。对此衰

---

① 《熊式辉日记》, 1945 年 5 月 3 日, 第 468 页。

② 《王子壮日记》第 10 册, 1945 年 4 月 30 日, "上月反省录", 第 164~165 页。

③ 王正华编辑《事略稿本》第 60 册, 第 474 页。

老与散漫之党基，殊束手无策，以济其穷也。"①

王子壮是"五全"大会中央监察委员，自然出席会议，蒋介石宣布的主席团名单勉强通过，但明显引起党内各派系的不满，因为 CC 系代表不过半数，却在主席团中占据多数，"以黄埔为中心之反 CC 派深滋不悦"。因此主席团名单公布之后，"幕后之斗争益加激烈，此会绝难平安渡过，盖意中事"。②王子壮估计得一点没错，开幕式后熊式辉就在家中与朱家骅讲起前一天晚上与陈诚、吴铁城、王世杰等人的谈话内容，因为选举法有所改动，均认为"此次选举形势如非特别注意，将致失败。党又为保守的、不进步的分子包办矣"。③

果然，第二天下午陈诚、张治中、朱家骅三位部长就约集军队、三青团和部分地方代表聚会。先是张治中发表演说，接着各省代表对主席团人选与分区推选候选人二节予以强烈抨击，"其中学生代表有激烈而愤激之辞，热情可感，几乎令人流出眼泪来。党内的不平情形，令人愤慨之至"，④以致蒋介石当晚在官邸召集各派头目，不得不对双方各打五十大板。蒋一方面"训斥青年团反对组织部选举办法"，另一方面亦批评"果夫推李锡恩、刘冠儒为主席团事之不当，以致青年代表公愤之情势"。⑤然而按王子壮分析，"此次会中总裁之意显然偏重组织部，对其他各方面酌予敷衍而已"。⑥

5 月 7 日，蒋介石又在大会上发表题为《代表大会应有之反省与努

---

① 《蒋介石日记》，1945 年 5 月 5 日，"上星期反省录"。

② 《王子壮日记》第 10 册，1945 年 5 月 5 日，第 171 页。

③ 《熊式辉日记》，1945 年 5 月 5 日。

④ 《唐纵日记》，1945 年 5 月 6 日，第 466 页。

⑤ 《蒋介石日记》，1945 年 5 月 6 日；又见同日《熊式辉日记》。

⑥ 《王子壮日记》第 10 册，1945 年 5 月 6 日，第 173 页。

力》的演讲，居然有代表在会上公然大声直呼反对主席团人选。在关于选举的问题上，王世杰与陈立夫发生矛盾，陈立夫坚持要记名投票，而王世杰则认为"此法违反自由选举之原则，应放弃"。[①] 唐纵也认为，"CC 与黄埔之关系，由于选举问题，而引起大决裂。昨日青年团之会议，无异对 CC 宣战之祭旗。今日上午之质询，已揭序幕，来日更有大难之将至矣"。[②] 蒋介石当然了解党内存在的矛盾，但他以为"此次大会要务，还在网罗人才、提拔人才、量用人才"，而"目前党政急务，仍在整军与整政也"。[③]

5 月 10 日上午的大会上发生了一段插曲，在审议军事报告时，中央候补执行委员、孙科一系的骨干王崑仑突然发难，公开质问"政府为何不将方先觉未尝投降敌人事声明，而即授予其重要任务"。蒋介石为之大怒，"心如刺割"，并且"拍桌怒骂"，骂完之后继续批评党政军之缺点。散会后蒋承认自己"愤怒之下，言态失次"，但更愤恨王崑仑"身为中委……为匪工作，而彼则在立法院对孙科专事挑唆，造谣毁谤，无所不为"，对此"不能再忍，因之直率斥责，不留余地"，虽"事后不胜愧怍，然已无及矣"。[④] 蒋介石在会上痛斥，台下代表也群起攻击，甚至高喊"把他拉出去枪毙"！王崑仑昂首走出会场，从此再也没有出席会议。

唐纵在日记中也记述了会议中感到可笑的两件事：一是 230 余人签名提案，请求准许列席者改为出席，但到表决的时候却无一人起立，就连发起人夏斗寅也坐在那里动都不动；二是当新疆代表麦斯武德大骂盛

①　《王世杰日记》上册，1945 年 5 月 7 日，第 698 页。

②　《唐纵日记》，1945 年 5 月 7 日，第 467 页。

③　《蒋介石日记》，1945 年 5 月 8 日。

④　《蒋介石日记》，1945 年 5 月 10 日。

世才时，全场予以热烈掌声，然而没多久蒋介石便责骂麦斯武德，全场又群起鼓掌。①

其实出席"六全"大会的代表最关心的问题就是选举，而其他需要通过的纲领、政策反倒不是他们关注的。会议刚召开，与会代表就听到德国战败的喜讯，大家都觉得中国已离抗战最后胜利不远了，但是会议中却没什么人关心战后的事宜，而将焦点放在竞争中委的选举上了。5月9日，贺麟刚从重庆飞返昆明，就对联大的教授谈及"六全"大会的消息，说"重庆大小官吏近日惟在忙代表大会选举中央委员分配，相互攻讦、相互援助、相互批评、相互传说，若不知天下更有其他事者，且以一人之喜怒为喜怒"。郑天挺听了后也只能在日记中感慨："噫！可哀也矣！"② 蒋介石为此亦伤透脑筋，因为这些日子他整天考虑的不是"决定中委选举法"，"审核候选人名单"，就是"审定中委选举办法，提出大会通过"，"手录中委人选名单二小时余，尚未完结，脑筋刺痛矣"。③

陈布雷在日记中写道，大会的所见所闻"使人头痛心痛，党之不振致此，尚何宣言之足云乎？"④ 5月11日，大会决定选举方案是："以（一）原任中委，（二）各代表之自行声明愿为候选人者，（三）总裁所提出之人若干名为中委候选人。"王世杰说，这个方法是他建议的，而且采取的无记名连记法也是他所认同的。⑤ 5月12日，竞选候选人报名时间截止，当晚黄埔同学聚会，贺衷寒报告陈诚与陈立夫等会谈的结果，

① 《唐纵日记》，1945年5月20日，第471页。
② 《郑天挺日记》下册，第1035页。
③ 《蒋介石日记》，1945年5月9日、10日、11日。
④ 《陈布雷日记》，第773页。
⑤ 《王世杰日记》上册，1945年5月11日，第699页。

即中委的名额分配是，除原中委外，各省市产生 120 人，军方 80 人，海外 24 人，青年团 24 人。由各方先推定候选人，提出总名单，经蒋介石核定后选举，"如非核定者，即令选出亦将勾去"。① 然而当蒋介石召集五院院长及各方代表餐叙时，熊式辉谈及选举事，立即感到"空气凝固，无法打开"。②

5 月 16 日上午，蒋介石在官邸约见吴铁城、陈果夫、陈立夫、张治中、陈诚、陈庆云等人商议中委候选人名单。等陈布雷到时，议程已商讨一半。他虽参与旁听，但"实不感如何兴趣"。③ 而蒋介石亦以为"无论何事，未有困难如此事者"。④ 朱家骅与熊式辉并未参加候选人名单的商议，等到朱告知结果时，熊甚为生气，因为陈诚等人"事前不与同人商谈，事后议定名单，复未向同人报告，反与陈（立夫）等共守秘密，殊为愤慨。伊尚欲在指定余额（三百六十及外之二十余名），用竞选法求补救，余意淡然，不欲再谈。平素责人之自私腐蚀党者，今竟同流合污以自私，且腐蚀及其自身，党之前途可知矣。此辈人定将一摇身而变成党的附骨之疽，在党内自己暗斗会有余，去党外与共产党明争则不足。我不怨人，我只惜党，改造之运动不成，党之气数尽矣"。⑤

中委候选人名单虽已大致决定，但陈立夫又向蒋介石提议中委名额增加为 420 人，否则名额不敷分配，特别是四川省代表太少。蒋介石对

---

① 《唐纵日记》，1945 年 5 月 12 日，第 468 页。

② 《熊式辉日记》，1945 年 5 月 13 日。

③ 《陈布雷日记》，1945 年 5 月 16 日，第 774 页。

④ 《蒋介石日记》，1945 年 5 月 16 日。

⑤ 《熊式辉日记》，1945 年 5 月 16 日。

此事心烦意乱，"直至深夜仍觉不妥也"，却也无可奈何。① 陈氏兄弟还登门拜访陈布雷，"再四以关于中委淘汰问题央余向委座进言，解决其困难。商谈约一小时许，与果夫同往官邸，面陈委座，幸蒙听纳"。② 朱家骅等人也在积极活动，一大早就到熊式辉家，仍坚持"指定余额应任会中选举，并言对方采请以 360 名净额为候选人不合"。熊式辉表示不愿再掺和，但朱家骅还是接二连三地打电话问他是否向蒋介石陈述。熊式辉话虽这么说，但他晚上回家后还是召集何廉、邱毅吾等心腹，"告知选举情形，并嘱人自为战"。③

5 月 19 日，"六全"大会中委选举的重头戏开场。上午 8 时，陈果夫、陈立夫、吴铁城、陈诚、张治中五人最后向蒋介石汇报选举办法及候选人名额。陈诚代表三青团方面提出不增加 360 名以外的名额，并要求蒋所提候选人名单"增减各二十名"。蒋介石认为他们怀疑这一决定以及另增名额的意思完全是由陈氏兄弟操纵，因而竭力反对，陈诚甚至提出要有"共同退席之组织与准备"。但蒋却"置之不理，一本所定办法，与另增名额方针实施之决心示之"。其后，陈诚等人又在张治中家集会，坚持贯彻三青团的意见，直至 10 时半大会即将开始仍不到会。于是蒋介石派人召唤他们必须立刻到会，不得再行磋商。蒋介石虽然听了他们提出的选举办法建议，但"仍照预定决心进行"，只不过在选举方法的细节上做了一些妥协。④

当日下午选举正式开始之前，陈立夫忽然说总裁决定变更已经决定的选举方案，即"将原定中央执监总名额（正式名额及候补名额）

---

① 《蒋介石日记》，1945 年 5 月 17 日。
② 《陈布雷日记》，1945 年 5 月 17 日，第 774 页。
③ 《熊式辉日记》，1945 年 5 月 17 日。
④ 《蒋介石日记》，1945 年 5 月 19 日。

三百六十六名，扩充为四百六十名"。① 会议中的选举方案变来变去，最后通过的选举法有利于 CC 系，而且由蒋介石在大会上提出并交付表决，表示"无须提出修正"。与会代表虽有意见，但谁也不敢表示反对，最后以"鼓倒掌"的方式予以通过。表决后即举行选举，仍为记名制。选举的方式是发出甲、乙两种选举票，代表可各自选择其中之一。甲种票中列有业经确定之候选人约 800 名，由各代表就票上人名自由圈选 460 名；乙种票则列有蒋介石推荐的候选人 480 名，由代表们勾去 20 名，剩下的 460 名即视为当选。"结果大多数代表采用乙种选票，选举时，秩序不甚良好。"② 陈克文这样形容当时选举的情形："候选人确定之后，活动选票的情形，更为活跃。每日会场所见，都不外是三三五五，交头接耳，谈合作，请帮忙。选举那一天，会场情形，更见紧张骚动。选举前半小时，会场秩序几乎要大乱起来。有些女代表，因为知道内定的名单没有自己的名字，叫嚣怒骂，哄动全场，情景确和商业交易所无异。"③ 而蒋介石则以为若他"不亲自主席，则今日选举必无结果，如此则大会全为康泽等败类所破坏矣，可痛之至"。④

　　关于会议的经过与选举的方式各人有不同的认识，譬如蒋介石认为"大会选举之筹备与经过，是历未曾经历之苦痛与困难，然而比之上次代表大会之交涉名额之环境，则胜过十倍矣"。⑤ 熊式辉则以为"对六全大会。事前未有如何准备，使及大会一种影响（即萧铮等对土地政策提案充分预算之工夫亦有不及），会中于经济审查工作亦未尽其力（即

① 　按，此处名额所写的 366 名，在蒋介石的日记中则记的是 360 名。
② 　本段以上部分叙述及引文参见《王世杰日记》上册，1945 年 5 月 19 日，第 701 页。
③ 　《陈克文日记（1937~1952）》下册，1945 年 5 月 21 日，第 931 页。
④ 　《蒋介石日记》，1945 年 5 月 19 日。
⑤ 　《蒋介石日记》，1945 年 5 月 19 日，"上星期反省录"。

审查报告等亦草草了之）"；而"对于选举事。无力在政治主张上为实际之号召（政治与经济两种主张已起草，终以日以追求力及实现力之不够，未及提出）。无力在组织行动上为坚固之阵线（联合阵线初虽稍具形式，终于瓦解），此为自己吸引力及统制力之不够"。[①]军令部部长徐永昌在日记中说："外面对此次大会选举一事，十之八九不满。落选者固谣传百出，选出者亦各不满，其所不满洵以前几届选举后亦如大约今日之现象，咸谓不然，且云君自消极于此道，所以不觉此次影响所及云云。"[②]陈布雷原不打算赴会，但最后还是去了，然而"念此次大会选举中委情形之恶劣，甚为本党耻之，亦为本党前途忧之"；并且"知此次选举中各部分猜疑过甚，互信消失，纠纷怨望，无所不有，真堪浩叹"。他提醒蒋介石，"此后中央三种人杂揉一起，甲、苏德思想合并者，乙、英美思想润浸者，丙、固守主义思想而不违时变者。一切设施倍感困难，余甚以为惧。窃谓下届全会各事，非即速准备不可，委座以为然"。[③]当蒋介石问及王世杰对大会的观感时，王虽不满意，但也只能说"全看今后能否实行各决议案"，并建议蒋应辞去行政院院长兼职。[④]

由于参选和当选的人数远超过以往历届选举，所以点票时间也较以往要长，直至5月21日方正式公布选举名单。选举虽然结束，但国民党内矛盾不但没有解决，反而更加严重，譬如"叶青（本为共党而投来者）、李文斋以其名列候补，不餍其欲望，愤欲登报，辞去中委之职者，此诚太不近情理，而使人不能堪矣。代表中有靳鹤声者，不能当选中委

---

① 《熊式辉日记》，1945年5月19日。

② 《徐永昌日记》第8册，1945年5月21日，第97页。

③ 《陈布雷日记》，1945年5月19日、20日，第774~775页。

④ 《王世杰日记》上册，1945年5月21日，第701页。

之故，竟欲脱党、缴还党证者"。① 虽然有人意外落选，但蒋介石决意不予更动，亦不予增加，只是命俞济时、萧赞育、刘咏尧、戴笠几位黄埔学生自动让出名额给未当选的万福麟、马占山、沙王、高桂滋等人，"于是重要缺憾，方得补苴也"。②

王子壮、唐纵和陈克文都是国民党的资深党员，并在党政军机关担任相当职务，对国民党怀有一种特殊的感情。他们都参加了会议，虽然未能接触国民党的核心机密，但其笔触却清楚地反映了对这次大会的感受，不但具有代表性，读来更有一番不同的认识。

王子壮"五全"大会时即当选中央监委，这次亦重新当选。他认为两次大会相距差不多 10 年，其间又经历抗战，新进的干部要求进入中枢，原有的中委又不愿放弃既得地位，因此增加中委名额也在情理之中。但让他感到奇怪的是，当于右任、张继两位元老认为 360 个名额太少而请求增加时，蒋介石则坚决反对；后来又因"左右推荐太多，复自动增加百名"。为什么会出现这样的变化呢？当然是因为"此次大会显然为两大派斗争之场，各谋占得优势，故纷争特多，变化亦复"。大体而言，CC 系与反 CC 系两派可以说是势均力敌，最后选举结果，"二陈方面之干员多半得票较少，犹足显示其形迹。不过因总裁之指定，均能当选"。③

虽然唐纵在此次选举中因蒋介石和陈布雷等人的提名推荐而当选为候补执行委员，但他"听到唱名时感觉难过，如此中委不过尔尔，我实不感到何等兴趣"。他的体会是，"在选举之先，时时有问题，刻刻起变化"，而且大会自始至终，众多代表最关心的就是选举，"有一部分中委

---

① 《蒋介石日记》，1945 年 5 月 30 日。

② 《蒋介石日记》，1945 年 5 月 21 日。

③ 《王子壮日记》第 10 册，1945 年 5 月 22 日，第 176 页。

是从组织者手中直接争来，党中真正人才，无人说话便无法出来，此为党中之一大危机"；"大会选举中心人物为陈果夫、陈立夫、吴铁城、陈辞修、张文白五位，中委之产生多系彼五位所提出。如果彼等大公无私，则可为总裁网罗天下英才而为党用，假若乘机为私人造势力，则私人成功，党却因此倾溃"。在他看来，最大的问题还是"因选举而引起之失望，亦为党的损失"；特别是"中委名额由三百六十人增至四百六十人，选举方法，中委产生全由总裁指定，则党员意志何在。因此大失人心，至以为忧"。①

陈克文虽然不是会议的正式代表，但他却以行政院参事的身份列席了大部分会议。他认为，"就党的本身说，这是一个承前启后，划时期的大会；在国家说，自然也是有关兴衰治乱的一件大事"；"不过由选举而产生的新干部，数目达到四百六十人的新中委，能否负起将来的新使命，能否使国民党真正成为建造新国家的中坚，似乎不无疑问"。因为"这次的选举法实在太不合理，太没有民主的意义了。不只落选的人有许多批评，被选的人也有许多不满意的表示"，"在民主潮流高涨达于极点的今日，但党内仍不能不采取集权的方法，以适应事实的需要。在此种矛盾的情势下，遂产生一种不伦不类的选举法，这方法不论理论和事实都是不通的"，因此"这种选举法，是假民主之名，行集权之实的"。选出的代表"包含的分子甚为复杂，代表的派系亦不一致。从团结的意义言，也许不无道理，从机构的运用言，却是极不灵活的。这便是这次选举最可忧虑的地方"。②他们的记录可谓真实地道出了国民党高层竞选中的派系争斗以及所产生的影响。

---

① 《唐纵日记》，1945 年 5 月 19 日、21 日，第 470~472 页。
② 《陈克文日记（1937~1952）》下册，1945 年 5 月 21 日，第 930~931 页。

"六全"大会的余声

5月21日，新的中央委员会产生，"六全"大会也算是闭幕了。虽然蒋介石对选举结果并不满意，心中"苦痛歉疚异甚"，"不能自慰寸衷，难熬极矣"，①但他在闭幕会上还是强调，"在这抗战胜利、宪政实施的前夕，举行了第六次全国代表大会，就是要将完成建国的责任，交付给今天在场的同志。简言之，临时全国代表大会确立抗战的基础，而这次大会乃是要确立我们建国的基础"。②

国民党为了召开这次会议到底花了多少钱众说不一。蒋介石早于3月1日就下达手谕给财政部部长俞鸿钧，为会议特批"经费一亿元整"；③唐纵则听说"六全大会职员近千人，耗费近十万万元。如此糜费，不务实际，国民党安得不失败，可为浩叹。余被选为中央委员，实甚耻之。余为国民党分谤，抑将为国民党分罪！"④陈克文说："大会从本月五日开幕，到今日才告闭幕，共历十七日。这十七日公私耗费，约在二十万万元以上。"⑤考虑到陈克文是行政院负责财务人事的资深参事，他的说法应该是有根据的。

此次选举除已故或落水降敌者，以及张学良、杨虎城、盛世才、王崑仑等七八名原中委落选外，其他中委全部当选。而当选者按得票

---

① 《蒋介石日记》，1945年5月21日。

② 王正华编辑《事略稿本》第60册，第609~610页。

③ 王正华编辑《事略稿本》第60册，第5页。

④ 《唐纵日记》，1945年6月3日，第475页。

⑤ 《陈克文日记（1937~1952）》下册，1945年5月21日，第930页。

数的名次却有所变化。选举产生的中执委共 222 名，驻苏大使傅秉常名列 71，他感到非常得意，因为很多名人都排在他的后面，如孔祥熙（110）、宋美龄（119）、顾孟余（89）、魏道明（190）、顾维钧（125）。傅秉常认为，"两陈及黄埔系虽每方尚有多人，但增加不多。而各方面加入之数量如是之大，其比例自已减少。蒋主席此举，使彼等之力由此分散减少，为极妙之方法也"。① 由于名次是按得票多少排列的，这就说明了很多问题。

国民党党内派系斗争的加剧，打破了过去 CC 系一派独大的局面，CC 系虽然得到的席位最多，但失去了以往控制会议、操纵选举的力量。然而在 5 月 31 日召开的一中全会上，CC 系还是达到了目的，在中常会的选举中取得了胜利。当天上午改选中常委，蒋介石"所指定之加倍人数为五十人，就中选出二十五人，落选者为孔祥熙、邓家彦，新加者有陈诚、张治中、朱家骅、张道藩等，结果为组织部系占优势，此亦总裁之政策所致也"。② 属于陈诚、朱家骅、张治中、吴铁城系统的 12 人，多数未当选常委，熊式辉提出的 2 人虽然列入候选，但终以 70 余票落选，而"选出者类皆 CC 系范围中人"。③ 改选后的中常委及中央政治委员会、中央财务委员会，再加上组织部由 CC 系所支配，而中央秘书处、中央宣传部及海外部则由政学系把持，特别是改组后的行政院院长宋子文、副院长翁文灏，外交部部长王世杰，财政部部长俞鸿钧，交通部部长张嘉璈，经济部部长王云五，农林部部长沈鸿烈等，均系政学系或准政学系分子，因此内阁中政学系亦占绝对优势，而 CC 系只有一位内政

---

① 傅锜华、张力校注《傅秉常日记（民国三十四年）》，台北，"中研院"近代史研究所，2014，第 123 页。

② 《王子壮日记》第 10 册，1945 年 5 月 31 日，第 185 页。

③ 《熊式辉日记》，1945 年 5 月 31 日。

部部长张厉生。

　　"六全"大会的选举使得国民党内各派力量重新洗牌。5 月 24 日，熊式辉在日记中对日后的工作有如下部署："以后一切政治问题三人（指张群、吴铁城及熊式辉——引者注）先商讨，以作成一种核心；对骝先、文白、辞修、健生、雪艇等须加强联系；对各方政治有兴趣人才分别与之接触；将来应办一刊物；先共筹基金一千万，交淬廉经放；各派一干部，组织一行动组。"①5 月 31 日，中常委选举之后的当天晚上，熊式辉、张群和吴铁城几个政学系元老便在吴寓所聚谈，并对今后形势进行全面分析，"以为此后党务重心在 CC 系，政治重心在 TV（宋子文）"。他们还认为，5 月 24 日之商议内容"仍当进行，经费配额改为 A 300，B 500，C 200；人员派出定为：A 汪，B 卢，C 徐；对 TV 前途加以推算，决定以不即不离态度应之"。关于熊式辉是否加入行政院之事，"张群主张甚力，其意见：一、为政治不宜与实际太脱节，太脱节则无以为号召；二、为个人不宜一味自为'清高'，因国家事不是一部分人所可包办，政治事不是泾渭可以明白划分者。行政院是英国责任内阁，反似战时混合党派之内阁，进入决不即被认为 TV 之人，且个人作政治事，与现实太脱节，不独不足养［仰］望，其人事渐渐疏远，必致与各方面关系由短少而致断绝，由今日常委之选举，可以证明资望与关系之重要"。熊式辉虽然以为张群之言只是"注重现实，计较利害"，但亦答应容后考虑。最终大家"决定互相通信用密电"，并"注意远东问题之研究，自治问题之研究"。②

　　抗战爆发后，由于通货膨胀，物资短缺，加之政府对财政经济的干

---

① 《熊式辉日记》，1945 年 5 月 24 日。

② 《熊式辉日记》，1945 年 5 月 31 日。

预，主管财经事务的官员手中权力日益扩大，以权谋私、官商勾结、贪污腐败的事例层出不穷，引起舆论的极大愤慨，"倒孔"风潮此起彼伏。特别是此时美金公债舞弊及黄金提价泄密等贪腐大案的披露，以孔祥熙为代表的官僚资本更成为朝野上下攻击的共同目标。反映在"六全"大会的选举上，那就是孔祥熙、徐堪等财政官员的得票数目急剧下降。蒋介石和孔祥熙是连襟，虽然此时他已查出孔祥熙与美金公债等弊案确有关联，但还是想对他予以照顾，然而在强大的舆论压力下，"于此只有怜惜，而无其他两全之道也"。蒋的意思是解除孔行政院副院长的职务，但保留中常委，仍将其提为候选人。此事虽"甚烦恼，但为党国计，不能不以公忘私也"，然"苦痛极矣"。① 没想到"此次大会选举，中委在旧中委当选者，以庸之与徐堪为最低，而全会选举常委且竟落选，其信望坠落如此，犹不知余往日维持之艰难也"。② 因此"对庸之及果夫之气度心理，不能为党国与革命前度［途］着想，而徒为本身毁誉与名位是图，尤以无一宽宏之干部为全局、代我策画与忠实劝戒者，将何以建国，完成上帝赋予之使命耶。想念及此，更增迫切之苦痛，茫茫前途，不知何以为计矣"。③ 宋子文与孔祥熙的位置调换应该说是顺应了舆论，即唐纵所说"孔之下台为国人公认之快事"。④ 作为孔的下属，陈克文以为这标志着"政海波潮又呈一新局面。孔庸之先生至此不仅副院长地位已不存在，中央执行委员会的常务委员，今日选举的结果，亦已落选。过去五六年政治上显赫一时的要角，竟一蹶不可复振。此公年事已老，

---

① 《蒋介石日记》，1945 年 5 月 30 日。

② 《蒋介石日记》，1945 年 5 月 31 日。

③ 《蒋介石日记》，1945 年 6 月 1 日。

④ 《唐纵日记》，1945 年 5 月 31 日，第 473 页。

不知对此升沉之机，亦能淡然置之否"。①

此次会议还有一个重要的现象，那就是蒋经国的势力已开始出现。虽然在正式确定选举名单前，蒋介石已"决将经国不列入名单之内，以偿其志愿，以彼必不愿列入也，而愿提其母为候选人也"。因为蒋介石回忆起国民党第一次全国代表大会时，孙中山不同意将他列入中委名单的往事。②在提名中常委时，郑彦棻、邓文仪却被他提名为候选人，而最终未当选，因为仅凭郑、邓的资历和地位，根本就不可能成为中常委的提名人选。他们被提名的原因很清楚，那就是他们二人当时是吹捧、奉承蒋经国最突出的人。康泽以为这是蒋介石的一个方向，虽然可以理解，"不过使人觉得太自私、太不像样了一点！"而且蒋介石认为"六全"大会之所以没有开好，就是因为康泽等人从中捣乱。张治中曾对康泽说，总裁最近一直在骂你，已经有很多次了。康问张，都骂了些什么呢？张回答说，他骂你为什么还要把持三青团，是否想要造反。虽然当年康泽等人是奉蒋之命筹建的三青团，但到此时，蒋为了培养蒋经国接班，康泽的出路也只能是下台，出国考察了。③

大会结束后，蒋介石一方面认为"本党第六次全国代表大会与第六届全体中央执行委员会皆圆满闭会，如期完成，实为国民革命之奠基典礼。从此本党之统一基础巩固，而国家统一之机运，亦由此为其起点"。④但同时又对党内分裂忧心忡忡，因为"无论党、政、军、教各干部，不见有一人为公忘私、顾大局识大体、宽宏中正之同志。尤可痛者，乃皆各不相下，彼此互相攻讦，而绝无谅解与合作之诚意"，

①　《陈克文日记（1937~1952）》上册，1945年5月31日，第935页。

②　《蒋介石日记》，1945年5月16日。

③　《康泽自述及其下场》，第176~183页。

④　《蒋介石日记》，1945年5月31日，"上月反省录"。

而"中央党部秘书处与组织部所推荐之新委,更无中式者,干部之无识无量,不能为党国选拔真才,如此其将何以建国耶?"他甚至想到,他"一旦中殂,则党国纷纭离析,不知如何结局矣"。①

西南联大教授冯友兰也是出席"六全"大会的代表,会后他回到昆明,向同事们介绍了大会选举的情况,"最初改定政纲,表现甚好;最后一日选举中央委员,深使人失望";会上"两派明争暗斗不已,选举法之数改,即由于此"。②原本对国民党还有信心的朱自清等教授由此对之大为失望,他们认为"老头子毫无主见,失去声望,彼全然背弃自己之信念,迟早将引起反抗"。③而王子壮以为蒋介石"今日信任二陈,明日又易老朱,于黄埔系予以青年团之组织,犹恐其独擅,更由其子蒋经国组织青年干部学校以分其势。于是纷然杂陈,内部斗争以起……故基层组织已成虚壳,上级纷争愈演愈烈,因代表大会而更深刻化"。④而若如此动荡,党人失望,向心力日减,则将来虽合力以对各党各派,有不可能者,此今日党的真正危机之所在也"。⑤唐纵也认为,"本党在此次会议中完全表现为一保守性之政党,而非革命性之政党。查其原因,国民党党员大部分为公务人员,此种党员在十余年来一党专政的长时期中,地位提高了,财产增大了,生活优裕了,大家希望保持其原有生活与地位,故不希望改革,以动摇其自己之地位"。⑥朱自清、王子壮以及唐纵等人的认识,基本上可以看成国内高级知识分子与国民党内高级官员的

---

① 《蒋介石日记》,1945年6月2日,"上星期反省录"。
② 《郑天挺日记》下册,1945年5月26日,第1041页。
③ 朱乔森编《朱自清全集》第10卷,江苏教育出版社,1997,第347页。
④ 《王子壮日记》第10册,1945年3月17日,"上星期反省录",第103~104页。
⑤ 《王子壮日记》第10册,1945年5月31日,"本月大事预定表",第189页。
⑥ 《唐纵日记》,1945年5月31日,"上月反省录",第474页。

一种共识。

几乎就在国民党"六全"大会召开的同时，4月23日至6月11日，中国共产党在延安召开了第七次全国代表大会，这次大会的召开距中共六大已有17年的时间，其间中共的历史发展及内部组织均发生了重大变化。中共最高领导层在会前进行了长时间悉心的准备。其中最重要的就是发起延安整风运动，通过整风运动，肃清了"左"倾错误在党内的影响，确立了毛泽东在党内的领导地位。正如毛泽东在抗战初期所说："政治路线确定之后，干部就是决定的因素。"①中共七大选举产生的中央委员会成员虽然只有77人（其中33名为候补委员），但他们都是经历多年革命战争洗礼和考验的。相对于"六全"大会，中共七大制定了正确的路线、纲领和策略，使全党达到空前的团结和统一。因此从这个意义上来说，国民党的"六全"大会与中共的七大从落幕那时起，就已预示数年后决定中国未来两种前途、两种命运的结局了。

原载《史林》2018年第5期

---

① 《毛泽东选集》第2卷，人民出版社，1991，第526页。

"惟有妥协"：抗战胜利前后的蒋介石

1945 年在中国历史上是一个非常重要的年份。在这一年，中国军民经过浴血奋战，终于取得了抗日战争的胜利。在国际上，反法西斯战场上捷报频传，意大利已经战败，盟军正发动全面反攻。1945 年初，英、美、苏三国首脑在雅尔塔密谋，重新划分战后远东的政治格局，作为"四强"之一的中国国家元首蒋介石竟然毫不知情。在中国战场上，日军发动的"一号作战"计划使国民党军丢失了大片领土，遭遇了广州、武汉失守以来的大溃败；在大后方，持续多年的通货膨胀日益严重，而抗战中期之后滋生的贪污腐败现象正像癌细胞那样迅速蔓延。

　　面对这些问题，蒋介石其实心中也很清楚。1945 年 1 月 14 日他在日记中记载有关"本年中心工作与目标"时，将"本年预期之危机"归纳为下列几项：

　　甲、俄国煽动新疆各地叛乱，乘机侵占全疆；

　　乙、俄国攻占东三省……

　　丁、通货恶性膨胀，经济情形险恶。①

---

① 《蒋介石日记》，1945 年 1 月 14 日，"本年中心工作与目标"。

　　在对待《雅尔塔协定》和战后接收香港态度上的转变以及处理黄金舞弊案与美金公债案的具体事例中，我们可以窥探蒋介石制定各项政策的心路历程，从中反映抗战胜利前后他对处理内政和外交问题的考量。

对外政策："惟有妥协与谅解之一途"

　　太平洋战争爆发后中国成为反法西斯同盟国，特别是 1943 年废除一系列不平等条约后，中国以"四强"的身份登上国际政治舞台。然而外交是要讲实力的，此时的中国充其量只能说是个大国，绝对还称不上是强国，这从美、英、苏三国秘密签订的《雅尔塔协定》的内容就清楚地反映出来。

　　1945 年 2 月初，罗斯福、丘吉尔和斯大林相聚在黑海附近一个名叫雅尔塔的小镇进行秘密谈判。除了对即将成立的联合国相关程序进行最后确定之外，会谈的另一重要内容就是美、英双方希望苏联尽早落实对日宣战的时间，苏联则就此提出诸多要求，除了要得到日俄战争时沙俄失去的利益，还有许多内容涉及中国的主权，如维持外蒙古现状；将大连列为国际港，保障苏联在该港的特权；苏联恢复租借旅顺港为其海军基地；中长铁路（包括中东铁路和南满铁路）由中苏两国合组之公司共同经营等。会后三国领袖达成一致协议，"苏联所提要求于日本被击溃后必予实现，苏联则准备与中国国民政府缔结中苏友好条约，俾以其武装部队协助中国，解放中国所受日本之束缚"。①

---

① 《雅尔塔秘密协定全文》（1945 年 2 月 11 日），台北"国史馆"藏《蒋中正档案：革命文献》，档案号：002020003048005，又载《战时外交》（2），第 541 页。

2月11日，《雅尔塔协定》签字，尽管英、美、苏三方对协定内容秘而不宣，美方仅将表面上的决议通知中国政府，虽然宣布的结果是"关于国际和平安全机构问题，已得解决"，[①] 但蒋介石及国民政府高层对此则心存戒意，他们已敏感地嗅出这个协定一定包含涉及远东及中国方面的内容。蒋介石在日记中写道："罗、邱、史会议宣言尚未发表，未知其结果究竟如何。（惟此会对我国之影响必大，罗或不致与英、俄协以谋我乎？）"[②] 不久，驻苏大使傅秉常来电密报他所了解到的协定内容，这就更增添了蒋介石心中的怀疑，"阅傅大使来电，以美驻俄大使通知其罗、史谈话大意，俄史对华方针始得明了，其中必有难言之内容，未能尽以告我者，证诸顾使之言，俄对东北与旅大特权之要求，当非子虚。国势之危已极，……不知何日方济？"[③] 蒋急于了解协定的内容，下令驻美大使魏道明向美国政府打听。

此时罗斯福似乎对同意苏方的要求也有些后悔，因而将协定的部分内容告诉了魏道明。其中最重要的就是苏联对于远东问题的态度：（1）维持外蒙古现状；（2）南满铁路所有权属中国，业务管理实施委托制度；（3）希望将旅顺港作为苏联的军港。罗斯福并进一步解释，外蒙古维持现状，即表示主权仍属中国；南满铁路主权属于中国，所谓委托制度是为提高效率，业务由中、苏、美三国铁路专家组成的机构负责；至于军港则是新提出的问题，可以日后慢慢商谈解决。他的意见是不妨将旅顺港长期租借给苏联，但主权仍属中国。罗斯福还保证，待时机成

---

① 《王世杰日记》上册，1945年2月13日，第677页。

② 《蒋介石日记》，1945年2月10日，"上星期反省录"。其中括号内的文字系经涂抹，不知是否为日后修改。

③ 《蒋介石日记》，1945年2月21日。

熟时，苏联军队一定会参加远东的对日作战。①

罗斯福虽然没有将《雅尔塔协定》的内容全盘托出，而且他的解释（如外蒙古主权归属和南满铁路的委托制等）与事后的实情尚有重大分歧，但亦基本勾勒出苏方对远东权益的要求。蒋介石得悉后在日记中记道："上午批阅魏大使（指魏道明——引者注）来电，知罗、史对远东方面谈话：一、满洲铁路，史提国际代管，而主权属华。（其不谈北满铁路，是俄已视北满为其所有矣）；二、欲旅顺或大连为其出口之不冻港，罗对史属其不必急急于此，而对我则主张旅顺为俄长期租借，其主权属于我云，如此则此次抗战之理想，又成幻梦矣。"②

4月5日，蒋介石在日记中表明了他的态度，无论是外蒙古，还是旅顺、新疆，以及东北，"宁可被俄强权占领，而决不能以租借名义承认其权利"。蒋介石认为，即使今日不能收复失地，以后国家强大，"后世之子孙，亦必有完成其领土行政主权之一日"，因此绝对不能签订"丧辱卖身契约，以贻害于民族而保留我国家独立自主之光荣"。③

4月12日，久患重病的罗斯福辞世。副总统杜鲁门继任后的态度是，凡是罗斯福总统做出的决定继续照办，凡是已经允诺的国际义务必须遵守。美国驻华大使赫尔利原想从中调解亦无计可施，只能以"私人性质"的方式，4月29日在王世杰的陪同下，向蒋介石通报了《雅尔塔协定》中涉及中国利益的相关内容。赫尔利解释说，苏方原意是要求中国割让旅顺，经罗斯福劝说后才改为租借的。

尽管蒋介石对于苏联的要求极为痛恨，对美国的态度亦十分不满，

① 《魏道明致蒋介石密电》（1945年3月12日），台北"国史馆"藏《蒋中正档案：革命文献》，档案号：002-020003-048-006；又载《战时外交》（2），第541~542页。

② 《蒋介石日记》，1945年3月15日。

③ 《蒋介石日记》，1945年4月5日。

但环顾国家的实力，这样的条件似乎还是可以接受的，只是他认为绝不可再用"租借"二字。5月4日，王世杰奉命与赫尔利讨论中苏问题，王表示，"租借"旅顺和苏联对中东、南满两路享受"特权"这两点是中国政府最不能接受的要求，赫尔利"亦以为然"。两天后，蒋介石在官邸向王世杰交代对苏谈判应"在不妨害中国领土完整、主权独立及行政完整之原则下，可容纳苏联对东北之合理主张"。① 蒋介石认为"旅顺问题如我不先表示可与俄共同使用一点，则俄不仅对我绝望，而且对美更不谅解，盖增其疑虑；故余一面严拒其租借之谬说，而一面不得不自动允其共同使用以慰之"。蒋对于他制定的外交原则自鸣得意，称"此种外交与方针，决非寻常外交家之所能知者也"。②

然而6月10日，赫尔利奉新任美国总统杜鲁门的命令，向蒋介石报告有关雅尔塔会议中苏方提出的参战条件，在涉及中国的问题上，除了一个多月之前所提到的苏联租借旅顺军港、中东与南满铁路由中苏两国共同经营、大连辟为商港并保证苏联的优越地位几项外，特别明确提出维持现状的外蒙古指的是"蒙古人民共和国"，也就是说外蒙古须脱离中国而"独立"。赫尔利还传达了斯大林的七点声明，主要内容是："赞同促进中国在蒋委员长领导下之统一……赞同中国之统一与安定，并赞同满洲全境为中国的一部"，苏联对中国没有领土的企图。斯大林还表示希望与中国签订友好同盟条约，"以武力协助中国，俾获自日本势力下得到解放"。赫尔利最后还强调，罗斯福和杜鲁门对于苏方的要求均持赞同的态度。③

斯大林的野心蒋是预料到的，但他没有想到的是，美国居然为了自

① 《王世杰日记》上册，1945年5月5日、6日，第698页。

② 《蒋介石日记》，1945年6月9日，"上星期反省录"。

③ 《王世杰日记》上册，1945年6月11日，第705~706页。

己的利益而公然牺牲中国的权益。日记清楚地反映了此时他的心情：

> 昨日心绪结郁，不解何故。哈雷（即赫尔利——引者注）谈话，彼此亦极诚意，彼且依余之见解对俄使应付也。余切属彼致电杜总统，问明其美国对旅顺军港是否要共同参加使用，望其明确答复，必须参加与不要参加，即"要"与"不要"之中决定一语作答，万不可以"无可无不可"之"犹豫两可"之间作不肯定之答复。如其果要参加，则余对俄乃作坚决态度，提出"中英美俄"四国共同使用旅顺军港之方案，向俄国要求。如俄不允，则即使交涉破裂，余亦所不惜也。故望美国必须有正确政策以告余也。如其不要参加，则余亦可另作计议。哈雷允电商其政府也。

然而杜鲁门的答复却让蒋介石大失所望，他在日记中接着写道：

> 上午回渝寓，哈雷正式来提其总统备忘录，闻之郁愤，不知所止，甚恐其此尚非耶尔达密约之全文，然仅此亦足置我中华民族于万劫不复之境，而且其美国今后百年内对东亚亦无安全和平之日，万不料罗之昏庸老朽，一至于此。今日之道，惟有发愤自强，或可冲破此一最黑暗之时代也。①

郁愤归郁愤，可问题还是得解决。国民政府决定派遣行政院代理院长兼外交部部长宋子文率领中国政府代表团前往苏联谈判，蒋介石并制定了谈判的方针。他在日记中详细地列出了与苏联谈判的要点：

---

① 《蒋介石日记》，1945 年 6 月 15 日。

甲、不得以旧日辽东半岛租借地区之范围；

乙、只要行政权不失，则技术人员可聘俄人助理；

丙、中共问题必须明白提出，如其能将军政权交还中央，则
　　可允其参加政府，否则当视为叛变之军队，无论在任何方
　　面，不得声援；

丁、新疆问题亦须提出，伊宁、伊犁必须收复，俄国不可再
　　予叛部以武器之接济，如此则新疆经济乃可与俄国完全
　　合作；

戊、东北铁路俄国运兵必须事先商定，而且中途不得下车
　　停留；

己、必须将帝俄时代所订已过时期之条约（而且失效）及其精
　　神扫除，而根据十三年北京新约协商新约；

庚、外蒙可予以高度自治，在中国宗主权之下成立自治政府，
　　其权限可予俄国宪法上所规定之各苏维埃权限相同。①

宋子文率团到达苏联后即与斯大林及外交人民委员莫洛托夫等人进
行会谈，随即向蒋介石报告，关于东三省的处理方案双方比较满意，但
在外蒙古问题上则陷入僵局。斯大林认为外蒙古人民不愿再受国民政府
统治，希望"独立"，但苏联不会并吞外蒙古。斯大林更进一步强调，
因为国防关系，苏联不得不在外蒙古驻军，而且要结成军事同盟。宋
子文提出目前能否不讨论外蒙古问题，因为任何政府，若丧失领土完
整，必为国人所不谅。斯大林回答说，要是那样的话，我们就不可能签

---

① 《蒋介石日记》，1945 年 6 月 24 日。

订任何协定，态度十分坚决。关于旅顺问题，斯大林说可以不用租借方式，但旅顺军港、大连商港和中长铁路由中苏共管，利益均享，期限为四十五年。斯大林还提出密约可以先予签订，内容则可在战后公布。①其后宋子文又接连向蒋介石发去多封密电，对于苏联的要求加以补充，同时还为打破外蒙古问题僵局，提出他个人的意见：（1）与苏联订约，在同盟期间，准其在外蒙古驻兵；（2）予外蒙古以高度自治，并准苏联驻兵；（3）授权外蒙古军事、内政、外交"自主"，但与苏联各苏维埃共和国及英自治领性质不同。②他还更加急迫地请示，万一斯大林以中止谈判来要挟我方承认外蒙古"独立"，究应如何处理。③

　　蒋介石看到电报后，方知问题的严重，但他更需要的是苏联出兵和合作。当天的日记记录了他此时矛盾的心情：

　　　　接子文冬亥报告电，乃知史大林对外蒙坚持其独立之要求，否则有协定无从成立之表示。余再三考虑，俄对外蒙之要求志在必得，决不能以任何高度自治或准其驻兵之方式所能餍其欲望。若不允其所求，则东北与新疆各种行政之完整无从交涉，共党问题更难解决，而且外蒙事实上已为彼俄占有。如为虚名，而受实祸，决非谋国之道；若忍痛牺牲外蒙不毛之地，而换得东北与新疆以及全国之统一，而且统一方略非此不可也。乃决心准外蒙战后投票解决其独立问题，而与俄协商东北、新疆与中共问题为交换条件也。④

<hr>

① 《宋子文致蒋介石密电（第七号）》（1945 年 7 月 2 日），《战时外交》（2），第 576~577 页。

② 《宋子文致蒋介石密电（第九号）》（1945 年 7 月 3 日），《战时外交》（2），第 591~592 页。

③ 《宋子文致蒋介石密电（第十一号）》（1945 年 7 月 4 日），《战时外交》（2），第 593 页。

④ 《蒋介石日记》，1945 年 7 月 5 日。

蒋介石收到宋子文的电报后曾征求王世杰的意见，王世杰认为："东三省等问题如确能得到不损领土主权之解决，则承认外蒙人民于战后投票自决亦尚合算，因外蒙实际上已脱离中国二十余年。"[①] 其后蒋介石又召集孙科、邹鲁、戴季陶、于右任、吴稚晖、陈诚等国民党元老议论此事，陈立夫、陈诚坚持不让步，吴鼎昌、王世杰认为应最大限度照加拿大办法，孙科则同意外蒙古"独立"。[②] 权衡利弊，最终达成一致意见："外蒙独立事可让步"。[③]

7月6日凌晨4时蒋介石醒后就再也睡不着了，"考虑外蒙与对苏俄问题甚详"。5时起身，做过晨祷后即拟写致宋子文的复电，长达一千余字，原则是："决照所定方针，决心约其待中国完全统一以后，即可由我政府自动提出外蒙独立方案，期待正式国会通过后，乃得批准之意示之。"[④]7月7日他在致宋子文的电报中再次强调："此次我国之所以允外蒙战后独立者，实为作最大之牺牲，亦表示对苏作最大之诚意。以外蒙为中苏关系最大之症结所在，如果此一症结既除，而我之要求目的仍不能达到，则不仅牺牲毫无代价，而且今后必增两国之恶果，东方更多纠纷矣。务望注意我之要求之主目的：一、为东三省领土、主权及行政之完整；二、苏联今后不再支持中共与新疆之匪乱。此乃为我方要求之交换条件也。"[⑤] 这就说明，此刻的蒋介石最关心的并不是外蒙古"独立"，而是东北、新疆和中共问题。

此时美、英、苏三国领袖在柏林附近的波茨坦举行会议，除了讨论

① 《王世杰日记》上册，1945年7月6日，第712页。
② 洪朝辉编校《海桑集——熊式辉回忆录（1907~1949）》，第386页。
③ 《王世杰日记》上册，1945年7月6日，第712页。
④ 《蒋介石致宋子文密电》（1945年7月6日），《战时外交》（2），第593~594页。
⑤ 《蒋介石致宋子文密电》（1945年7月7日），《战时外交》（2），第596页。

如何肃清德国法西斯及确立战后和平外，还有一个重要的议题就是关于对日作战的问题。美、英两国在拟定了敦促日本无条件投降的公告后，杜鲁门即致电赫尔利，让其将公告内容转告蒋介石，要他必须在 24 小时内签字，否则该公告即由美、英两国单独发布。蒋介石闻讯后极为恼火，他在日记中写道："中国为对日战争之主要国家，未得中国同意，则联盟国对日任何言行不能单独发表，而且英、美今后关于此等重要问题之洽商，必须予我以从容考虑之时间方可。"他还提出，中国主席的名字必须列于英国首相之上。①这件事对蒋介石的刺激很大，7 月 28 日，他在分析了国内外形势之后，亲自拟定了外交方针："今日之情势，无论对内对外，惟有用政治与外交方法，求得谅解与解决也。因此对俄政策，惟有妥协与谅解之一途，然亦未始不可能也。"②尽管蒋介石试图在谈判中多争取些权益，但在当时的形势之下，最终均只能表示同意。8 月 14 日夜，苏联外交人民委员莫洛托夫和中国新任外交部部长王世杰分别代表两国政府，在《中苏友好同盟条约》上正式签字。

在处理对苏关系的同时，还有一件事是蒋介石非常关心的，那就是战后接收香港的问题。

早在 1942 年中英两国签订新约谈判期间，中国政府就要求收回九龙租借地，然而却遭到英方的坚决拒绝。为了不影响废约的整体进程（此时与美国的谈判已经结束），中方不得已做出让步，暂时搁置有关九龙问题的谈判，但这并不表明中国放弃对香港和九龙主权的收回。中英新约签字前夕，蒋介石在日记中写道："晨五时醒后，深虑英国对新约，我虽不要求其对九龙问题作任何保留之约言，而彼或反要我作九龙不在

---

① 《蒋介石日记》，1945 年 7 月 26 日。
② 《蒋介石日记》，1945 年 7 月 28 日，"对国际形势与今后政策之研究"。

不平等条约之内'声明'或'换文'时，彼竟拒绝签订新约，则我征服惟有作自动废除不平等条约之声明，不承认英国在华固有之权利，在战后用军事，由日军手中取回，则彼狡猾，必无可如何，此乃最后之手段；如彼亦无所要求，则我待签字以后，另用书面对彼作'交还九龙问题'暂作保留，以待将来继续之谈判，以为日后交涉九龙问题之根据。"① 蒋介石的如意算盘是：眼下我先不和英国谈收回九龙的问题，等到战争结束后，再派军队从日本手中收回香港，到时你就是再狡猾也没有办法了。

8月15日，日本宣布无条件投降。盟军总司令麦克阿瑟将军发布一号受降令，然而命令并未对香港受降问题做出明确规定，因此中英双方各执己见，为香港的受降权展开激烈的争辩。8月16日，英国政府先发制人，向中方提交照会，通报英国政府正安排军队重占香港，并恢复对香港的管治。第二天蒋介石在得知"英军舰已驶到香港附近，有重占香港之企图"后也加快了军事部署，命令隶属张发奎第二方面军的第十三军从梧州向香港进军，先行接收九龙和香港岛，以实现其"先占领后交涉"的方针。

8月18日，英国首相艾德礼密电美国总统杜鲁门，声称英国绝不接受香港属于中国境内的解释，要求他指示麦克阿瑟命令日军大本营，驻香港日军必须向即将到达的英国海军投降。美国深知战后欲与苏联抗衡，必须得到英国的支持，所以此刻杜鲁门转而牺牲中国的正当权益，同意英国关于香港受降问题的要求，并通知麦克阿瑟，明确表示香港已划在中国战区之外。

英国得到美国的支持后更无所顾忌。8月19日，英国驻华大使薛

① 《蒋介石日记》，1942年12月31日。

穆再次把英国将在香港受降的备忘录交给国民政府代理外交部部长吴国桢，并通知他，杜鲁门已经同意英国接收香港。中国政府于当日即发表声明，重申中国对香港享有主权，应由中国战区最高统帅蒋介石派代表前往香港受降。但私下蒋介石却和美国特使魏德迈商谈香港接收问题，"明告以余对此事政策，不忍因此致中美与英国发生裂痕之意。彼乃了然，顺从遵行也"。[①]

　　8月20日，军令部部长徐永昌向蒋介石报告，英军已向香港开拔。第二天，蒋介石即委托赫尔利将一封急件转交杜鲁门，称他已从其他渠道得知美国同意英国在香港受降，如此消息不实，则希望美方"不要作出任何事情改变波茨坦宣言的条款和已由盟军总司令发布的有关投降的条件"；如果美方已答应英国受降，为了不使杜鲁门为难，蒋建议在香港的日军应"向我本人的代表投降"，并邀请英、美代表出席受降式，然后"我再授权英军登陆收复香港岛"。杜鲁门收到急件后立即回电，称其早在三天前就已经同意英国在香港受降的要求，并表明英国在香港的"主权""不容置疑"。

　　蒋介石收到杜鲁门的复电后大失所望，却又无可奈何，在这种情形之下只好再次做出让步，下令已进入新界的中国军队撤到深圳河北岸。他在23日致杜鲁门的电报中已经不再坚持委派代表受降之事，而改以中国战区最高统帅的名义，授权一名英国军官作为他的代表，前往香港受降，同时指定中、美各一名军官参加受降仪式。对于蒋来说，这只不过是为了维持面子所做出的下策。蒋介石在日记中写道："与哈（雷）、魏（德迈）商谈英国拒绝我委托英军官接收香港投降之提议，决定仍坚持委托方案，如其拒绝，则违法坏纪，责在英国，余则不能不守定中国

---

① 《蒋介石日记》，1945年8月20日。

战区统帅之权责也。"①

但是英国就连这点面子也不给。8 月 27 日，薛穆受权通知蒋介石，英国不接受英国军官作为蒋介石的代表在"英国领土"上受降的要求，但中方可以派代表参加受降仪式。薛穆还告诉蒋介石，英国已委派海军少将夏悫（C.H.Harcourt）为香港的受降官，刻下正率领舰队前往香港。

蒋介石闻讯后立即约见英国大使，"明告其余委托英军官接收香港之主张必须贯澈，并即委其电所派之'哈壳特'少将代表余中国战区统帅接收香港投降，属其电通知英政府知照。如其不接受此委托而擅自接降，则破坏联合国协定之责在英国，余决不能放弃应有之职权，且必反抗强权之所为"。② 然而事已至此，蒋介石也只能命令军令部"往九龙部队暂时停止"。③

虽然英国的目的已经基本达到，但对蒋介石的要求仍讨价还价。英方提出的方案是由夏悫代表英国政府，同时再安排另一名英国军官代表中国战区统帅受降。蒋介石对此在日记中写道："英国对余指派其军官接收香港之口头指令仍拒不接受，余告其大使曰，除非联盟国不承认余为中国战区之统帅，华盛顿之盟约无效，或尔英国脱离联盟宣告单独自由行动，否则余之指令决不能改变。余决不能破坏盟约，违反公约，屈服于强权也。余令既出，必贯澈到底，希望英国恪守信约，保持国誉。如其最后仍加拒绝，则必宣布其恃强违约，公告世界，以著其罪恶而已。"④

---

① 《蒋介石日记》，1945 年 8 月 26 日。

② 《蒋介石日记》，1945 年 8 月 27 日。

③ 《蒋介石手批》（1945 年 8 月 30 日），台北"国史馆"藏《蒋中正档案：革命文献》，档案号：002-020003-027-041。

④ 《蒋介石日记》，1945 年 8 月 30 日。

最后，英国政府在"接收"香港的方式上稍做让步，同意以委托方式受降，即夏悫以同时代表英国政府和中国战区统帅的身份受降。对此建议蒋介石也只能勉强接受，他在日记中写道，"英国对我指派其军官接收香港投降事，最终须接受公理。此事虽小，而所关甚大矣"，这是"公义必获胜利之又一明证"。然而这种想法未免自欺欺人，因此他也承认，"惟英国侮华之思想，乃为其传统之政策，如我国不能自强，今后益被侮辱矣"。①

9月2日，日本外相重光葵和陆军参谋总长梅津美治郎代表日本政府在停泊于东京湾的美国军舰"密苏里"号上，向美、英、中、苏等九大同盟国代表正式签订了投降书，这不仅标志着世界反法西斯战争的结束，更意味着一百多年来中国人民在反抗外来侵略战争中第一次取得全面的胜利。在这举国欢庆的日子里，作为国民政府最高元首的蒋介石更是百感交集，夜不能寐。

自1931年九一八事变日本向中国发动侵略战争之后的第三天开始，蒋介石每天都在日记的起始处写有"雪耻"二字，连续十多年。虽日本已经投降，但蒋介石仍不改日记中书写"雪耻"的习惯。他在日记中这样解释此刻的心情：

> "雪耻"的日志不下十五年，今日我国最大的敌国日本，已经在横滨港口向我们联合国无条件的投降了，五十年来最大之国耻与余个人历年所受之逼迫与污辱，至此自可湔雪净尽。但旧耻虽雪，而新耻又染，此耻又不知何日可以湔雪矣！勉乎哉，今后之雪耻，乃雪新耻也，特志之。②

---

① 《蒋介石日记》，1945年9月1日，"上星期反省录"。
② 《蒋介石日记》，1945年9月2日。

很明显，蒋介石这里所说的"新耻"就是指《雅尔塔协定》中美、英、苏三个大国为了各自的利益，不惜侵犯中国的正当权益，以及英国在战后拒不归还香港等。然而面对这些耻辱的条件蒋介石又不能不屈服。蒋介石 1945 年初曾以八个字来简要地制定当年的对外政策，"忍气吞声，负重致远"，[①]这倒是十分贴切地反映了他在抗战胜利前后应付外交形势的复杂心情。

惩治贪腐：大事化小，小事化了

抗战中期以后，国民政府偏安一隅。随着政治上加强一党专制，经济上实施统制专卖，军事上不断溃退，大后方物资短缺，通货膨胀日甚一日。与此同时，政府内主管财政金融的官员利用手中职权牟取私利的情形亦愈发严重，并逐渐形成系统化、体制性的痼疾。在这些腐败的案例中，发生在抗战后期的美金公债舞弊案和重庆黄金提价泄密案就是极具代表性的个案。

1942 年财政部为了吸收游资、降低通胀，决定在美国援助的 5 亿美金中抽出 1 亿美元发行美金公债，民众以法币的官价外汇购买公债，到期政府则保证归还美金或按汇价偿还法币。然而公债刚刚售出一半，大后方的美金黑市价格便节节上升，外汇价格的双轨制为那些有权势的人创造了一个敛财的大好机会。对于他们来讲，此时购买和销售美金公债就是最好的时机。因此财政部急于 1943 年 10 月宣布美金公债已售罄，停止销售，但从各地收回的公债却没有全部进入国库，有相当部分被掌

---

① 《蒋介石日记》，1945 年 1 月 14 日，"本年中心工作与目标"。

管国家金融的官员以"调剂同人战时生活"为幌子，私下朋比瓜分了。这一消息泄露之后，立即引起大后方各界人士的极大不满，而且矛头直指财政部部长兼中央银行总裁孔祥熙。

蒋介石对于官员的贪腐行径应是极为憎恨的，抗战期间他不仅多次下令制定防范贪污舞弊的法令，还严惩了一批贪赃枉法的官员。1944年12月，当他接获密报，得知国家行局负责经管金融的官员在出售美金公债中涉嫌舞弊时，即决心要将此案调查清楚。蒋介石先是让在美国的孔祥熙辞去财政部部长的职务，同时致电新任财政部部长俞鸿钧，内云"近日各国家银行假储蓄为名，规定行员每人可认购美金储蓄券，低级人员最少五百元，高级职员竟高达万元，一律照法价二十元购入，再以黑市价售出，一转手间，收益巨万"，因而命令俞暗中调查美金公债案，并"切实查明具报"。①

此刻蒋介石表面上对孔祥熙仍尽量予以保护，但下令进行秘密调查。这段时间蒋介石的日记中经常留下关于彻查美金舞弊案的记载，②同时他还多次下令，命新任财政部部长俞鸿钧彻查此案。③

---

① 《军事委员会委员长蒋介石致财政部长俞鸿钧代电》（1944年12月8日），中国第二历史档案馆藏财政部档案，档案号：三（2）/3879。

② 譬如蒋介石在预定近期工作计划时曾于日记中写道："中央银行业务局之查察"（1945年1月31日）；"密查中央银行美金公债账目"（2月第一周的"预定工作课目"）；"与俞财部长聚餐，与俞谈中央银行美金公债不清之数，责成其澈底追究"（3月28日）；"澈查美金公债案"（4月"本月大事预定表"）；"督促俞鸿钧查案"（4月3日）；"美金公债与黄金舞弊案正在澈查中"（4月7日"上星期反省录"）；"下午研究美金公债查账之报告书，其中显有弊窦，应澈查"，当天晚上，他还"约布雷等，指示查账手续"（4月8日）。

③ 这一时期蒋介石下达调查美金公债舞弊案的命令，除了前述1944年12月8日的代电外，至少还有以下几份：《军事委员会委员长致财政部代电》（1944年12月29日），中国第二历史档案馆藏财政部档案，档案号：三（2）/3879；《蒋介石致俞鸿钧代电》（1945年2月22日），中国第二历史档案馆藏财政部档案，档案号：三（2）/3920；《蒋介石手令》（1945年4月8日），台北"国史馆"藏《蒋中正档案：筹笔》，档案号：002-010003-056-038；《蒋介石致俞鸿钧代电》（1945年4月12日），中国第二历史档案馆藏财政部档案，档案号：三（2）/3920。

就在此时，战时首都重庆又揭发出一件惊天大案，这就是当时引起国内外舆论极大反响的黄金提价泄密案。

1944 年 9 月中央银行推行黄金储蓄存款，企图以此收回发行过量的法币。1945 年以后，通货膨胀日益严重，黄金价格亦突飞猛涨，此时掌财政大权的行政院代理院长宋子文有意提高黄金出售价格。鉴于以往调价消息屡有泄露之虞，宋子文十分注意此次调整价格的保密工作，将其控制在极小范围。除了他本人，只有财政部部长俞鸿钧、中国银行副总经理贝淞荪、秘书林维英和中央银行业务局局长郭锦坤（景琨）等人参与。宋子文先后召集讨论，最后决定自 3 月 28 日起，中央银行将黄金出售价格由每两 20000 元大幅提高到 35000 元。然而没想到如此绝密的消息竟然外泄，重庆等地众多官商纷纷在提价前抢购黄金，以牟取暴利。此事后经报刊披露，舆论一片哗然，国民参政会和监察院均要求参与调查。蒋介石得悉后亦做出批示，下令凡当日（即 28 日）购买之黄金均为无效，并要求"财政部会同四联总处彻查泄漏消息与各行局舞弊人员"，同时命令即日对外发表。[①]4 月 11 日蒋介石再次向俞鸿钧下达手令："此次购买黄金情弊，除将走漏消息之人员彻底根究外，并将不合法大户化名购买者之真实姓名，必须彻查详报勿误为盼。"[②] 因而黄金舞弊案便成为当时大后方一件重大新闻。

俞鸿钧是孔祥熙的旧属，对于美金公债舞弊案原来只打算敷衍应付，并不想认真调查，但见蒋多次提及，且同时黄金舞弊案又被揭发出来，因此他再也不敢马虎了。经过仔细核查，美金公债舞弊案的内幕终

---

① 《财政部部长俞鸿钧呈》（1945 年 4 月 9 日），中国第二历史档案馆藏监察院档案，档案号：八（2）/174。

② 《蒋介石致俞鸿钧手令》（1945 年 4 月 11 日），台北"国史馆"藏《蒋中正档案：筹笔》，档案号：002-010003-056-043。

于浮出水面。①

　　据财政部调查，1943 年 10 月 15 日美金公债奉命停售时，各省市售出数为 43113440 美元，预售户售出数为 54012330 美元。关于预售户部分，其中国库局于停售后陆续拨交业务局债券计有预购债票 42087410 美元，以及 1944 年 2 月 15 日和 6 月 1 日两次项目拨交债票共计 11154520 美元，合计 53241930 美元，均经业务局分别入账。这些债票都是先行列入公记垫款户账，以后再分别调拨，计 1944 年 4 月 4 日及 12 月 14 日分两次拨交中央银行有价证券户美金 29130160 元，1943 年 1 月 12 日及 12 月 31 日共分三次拨交中央信托局预购户 7510500 美元，1943 年 11 月 23 日至 1944 年 6 月 10 日陆续拨交客户预购债票 16601670 美元。此外还有 770000 美元系国库局局长吕咸奉中央银行总裁孔祥熙谕，留备转发欧柏林和铭贤等机构文化事业之用。以上这些债券数合计正好与所报预售数相符。

　　至于上述陆续拨交客户预购债票 16601670 美元，经查均系美金公债停售前数日央行业务局奉总裁孔祥熙批准而出售的，计德生公司等 6 户 320 万美元（10 月 11 日）、怡兴丝厂等 12 户 196 万美元（10 月 13 日）、华懋工业厂等 16 户 665 万美元（10 月 13 日）、仁和铁工厂等 17 户 580 万美元（10 月 14 日），总计 1761 万美元，但因债票不足，实际拨交出去的只有 16601670 美元。而问题就出在这 1660 多万美元上。据俞鸿钧呈报，"该局陆续拨交上项债券虽经付账，但并未由各预购户出具收到债券之收据，究竟各户是否收到，无凭查核，且预购时亦并无任何凭证或登记手续可查。各预购户虽有户名，但均未留有地址，无从稽考"。② 俞

① 关于蒋介石查处美金公债舞弊案的详细过程，可参阅拙文《美金公债舞弊案的发生及处理经过》，《历史研究》2009 年第 4 期。
② 《俞鸿钧致蒋介石呈文》（1945 年 4 月 5 日），台北"国史馆"藏《蒋中正档案·特交档案》，档案号：002-080109-028-001。

鸿钧在这份报告中还同时呈送中央银行国库局局长吕咸的两次呈文与孔祥熙的亲笔批示等 14 份附件，其中中央信托局所认购的 7510500 美元债券中，除了 400 万美元债票由该局下属四个单位分别认购保管外，另外 1010500 美元债券由"本局同人奉准认购"，其余 250 万美元债票则"奉孔理事长谕，准代从前委托定购之客户购买经让购与各慈善团体备充基金之用者，计宋公嘉树教育基金户八十万元，桂贞夫人医务基金户七十万元，真道堂布道基金户四十万元，铭贤学院实科基金户三十万元，贝氏奖学基金户二十万元，慈善堂慈善基金户十万元"。[①]

这份报告明确地指出美金公债的问题所在，因此蒋介石阅后即认定"考虑澈查美金公债案已得要领，不难追究也"。[②]他并立即致电孔祥熙："据查美金公债剩余部分有壹仟壹佰伍拾万余圆，预定已在停售以后付价给券，不合手续，应即将此等不合手续之债券饬令该行负责全数追缴归还国库，不得贻误，否则即依舞弊论处，并将速缴确数呈报勿误。"[③]接着，蒋介石具体开列查核要点，命令俞鸿钧迅速派员，限期进行调查。[④]

此时蒋介石已察觉到美金公债舞弊一案涉及孔祥熙，黄金提价泄密虽然与孔没有直接关系，但此案既牵连到主管财政金融部门的高级官员，作为长期担任财政部部长兼中央银行总裁、中央信托局理事长的孔祥熙自然难逃其责。然而最终应如何处理，蒋介石还没有拿定主意。他

---

① 《中央信托局认购美金公债明细表》，系《俞鸿钧致蒋介石呈文》（1945 年 4 月 5 日）之附件，台北"国史馆"藏《蒋中正档案：特交档案》，档案号：002-080109-028-001。

② 《蒋介石日记》，1945 年 4 月 10 日。

③ 《蒋介石致孔祥熙电》（1945 年 4 月 10 日），台北"国史馆"藏《蒋中正档案：筹笔》，档案号：002-010003-056-041。

④ 《蒋介石致俞鸿钧代电》（1945 年 4 月 12 日），中国第二历史档案馆藏财政部档案，档案号：三（2）/3920。

在"上星期反省录"中写道："美金公债舞弊案已有头绪，须待庸之病痊回国也。"① 同时他将美金公债舞弊案的初步调查结果告知仍在美国的孔祥熙，但孔并不承认。蒋在日记中记道："接庸之电，令人烦闷，痛苦不知所止。"他与俞鸿钧商讨进一步调查美金公债的案情，然而此案若真的牵涉孔氏家族，如何处理则十分棘手，因此他也认为，此事"甚难解决也"。②

5月14日晚，美国著名广播评论家雷蒙特·斯文（Raymond Swing）突然在电台中报道重庆黄金舞弊案的详情，并介绍《大公报》的言论，引起美国的极大关注，同时也给正在美国进行对华出售黄金谈判的宋子文造成较大阻碍。18日，宋子文致电蒋介石：

> 日来美国各报及无线电广播对重庆三月二十八日黄金案大为张扬，共党亦趁此机会攻击中央。职意此事非由职正式声明经过详情，无法以塞他人之口，以免酿成国际上不名誉事件，且恐美财政部将借此赖账。查此案违法人员必须从严处分，职声明时自必谓，如我政府查获贪污舞弊实据，决予严惩。万一美方询及我政府将如何惩处犯法人员时，应如何答复为宜，敬祈速赐电令。

蒋介石收到电报后即亲笔拟定复电："对黄金舞弊声明案，中极赞成。至惩处罪犯人员，必须依法律并公开执行之。"③

此后，蒋介石又致电仍在美国的孔祥熙：

① 《蒋介石日记》，1945年4月14日，"上星期反省录"。
② 《蒋介石日记》，1945年4月30日。
③ 《宋子文致蒋介石电及蒋介石复电稿》（1945年5月18日），台北"国史馆"藏《蒋中正档案：革命文献》，档案号：002-020003-031-071。

孔副院长：黄金案由法院审查结果，对中央银行业务局正副局长皆发现重大嫌疑，若不实时提审，则政府威信与中行信悉〔誉〕皆难维持，而且无法延宕。务请兄即日回国，一面即电中行速调换业务局长，以法院手续依法受审，以明是非。照近来情形，无论对内对外，若非秉公处理，则政府决不能维持下去。为公为私，请兄从速回国，主持中行，以免社会指摘。十日内如无明确处置，则只有任法院对业务局长依法处治。中为国家与政府威信计，亦不能有所庇护也。①

7月8日，赴美一年有余的孔祥熙终于回到重庆；就在同一天，第四届国民参政会第一次会议也在重庆开幕。蒋介石原想以孔祥熙辞去财政部和行政院的职务来减缓外界的压力，哪知道孔氏豪门贪腐行为引起众怒，全国上下，群情激愤，特别是代表民意的国民参政员陈赓雅和傅斯年等人又掀起了新一轮"倒孔"的高潮。

蒋介石此时心情十分矛盾，这在他的日记中可以得到印证：

11日下午……布雷来言，中央银行舞弊案已有人在参政会提出云。余乃召庸之，告以此案调查经过与事实及人证物证，属其好自为之，彼犹不肯全部承认也，可叹！（1945年7月12日）

九时，与布雷、达铨谈话散步后，审阅中央银行舞弊案全文，为之痛愤不已。研究处置办法，必须将其全数追缴，全归国库，然后再由余负责解决。否则惟有任参政会要求澈查，此固于政府、对国际信誉大损，然为革命与党国计，不能不如此也。（1945年7月

---

① 《蒋介石致孔祥熙电》（1945年5月22日），台北"国史馆"藏《蒋中正档案：筹笔》，档案号：002-010003-056-056。

12 日）

　　昨下午六时约庸之来谈，直将其人证物证与各种实据交彼自阅，彼始犹指誓强辩，令人痛心，殊愧为基督徒矣。余再以严正申戒，彼始默认，余仍属其设法自全，乃辞去。（1945 年 7 月 13 日）

　　见庸之，彼总想口辩掩饰为事，而不知此事之证据与事实俱在，决难逃避其责任也。余以如此精诚待彼，为其负责补救，而彼仍一意狡赖，可耻之至！（1945 年 7 月 13 日）

　　蒋介石对于孔祥熙涉嫌美金公债舞弊一案虽然十分痛愤，但当他听说陈赓雅、傅斯年等参政员准备在国民参政会上对此案提出质询时，他又想尽一切办法为孔掩饰。首先是由国民参政会主席团主席、国民党中央宣传部部长王世杰出面，他对陈赓雅说了一堆大道理，"此案提出，恐被人借为口实，攻击政府，影响抗战前途，使仇者快意，亲者痛心"，接着又半带威胁地说，提案内容若与事实有出入，恐怕对联署人有所不利，要他将提案撤销。陈赓雅则坚持本案证据确凿，他本人愿为此负责。其后，陈布雷又以新闻界前辈的身份前来劝说，他一方面肯定陈赓雅等人收集资料用心良苦，承认此案若在大会上提出一定有所价值。但他又接着指出其中"有个投鼠忌器的问题"，就是该提案一旦曝光，公诸社会，一定会引起美国和英国等友邦的反感，因而不再继续支持中国的抗战，失道寡助，这肯定也不是诸位发起提案的初衷。因此他建议，不如将提案改为书面检举，直接递交蒋介石，这样既可查明舞弊，又不至影响抗战。① 而当参政会秘书处正准备将这一提议排印分发时，侍从室第二处突然将提案原件带回，说是蒋介石要亲自审阅。于是该提案被

① 　陈赓雅：《孔祥熙鲸吞美金公债的内幕》，寿充一编《孔祥熙其人其事》，中国文史出版社，1987，第 147~148 页。

取走，一直到大会闭幕时都没有退回，也就未能在会上进行讨论。会后
该提案又立即被销去案号，所以没有在社会上公开。①

孔祥熙回国后不久即吩咐属下分别写了一份报告和节略呈给蒋介
石，对中央银行收回的美金公债销售情形予以说明。在这份一千余字的
呈文中，孔祥熙对于出售给所谓预购客户的16601670美元债票是这样
解释的：

> 查公债为财政部发行，委托国库局出售。自停售，则由业务
> 局承购，缴款国库后，手续即告清讫。买卖有价，证券原为《中央
> 银行法》所规定，惟中央银行为发行银行，发行美债意义在吸收法
> 币，稳定物价，不宜借增加发行而自行尽量承受，既违原意，亦损
> 国信，且为当时市场利率高涨，行局亦不愿受此损失，故必须向外
> 推销。当时屡经公开劝募，催促销售，自由区及沦陷区均有人民购
> 买，均系款债对支。至各户名均系来人自报，按照售债原则向例，
> 无须详细记载，现时激查，颇为不易。既有户名留存，俟将来陷区
> 收复，当可查明。

孔祥熙在呈文的结尾还不忘为自己评功摆好，他说："祥熙奔走革
命、服务党国垂四十年，重承知遇，满拟报称。今为筹划推销，苦心未
达，反遭外界猜疑，致劳钧虑，深抱不安。"②仿佛他受了多大的委屈。

7月14日上午，蒋介石再次找孔祥熙谈话，直到这时，孔祥熙才

---

① 谭光:《我所知道的孔祥熙》，寿充一编《孔祥熙其人其事》，第7页。

② 《孔祥熙致蒋介石呈文》(1945年7月13日)，台北"国史馆"藏《蒋中正档案：特交档
案》，档案号：002-080109-028-002。

承认蒋所列举之证据，"并愿追缴其无收据之美金公债，全归国库也"。①
面对傅斯年等参政员的步步紧逼，而孔祥熙又如此避重就轻，百般狡
赖，蒋介石内心可谓百感交集。他在日记中写道："傅斯年等突提中国
［央］银行美金公债舞弊案，而庸之又不愿开诚见告，令人忧愤不置。
内外人心陷溺，人欲横流，道德沦亡，是非倒置，一至于此。"②

过了两天，蒋介石"接阅中央银行审核报告后，乃召庸之来谈，彼
将余所交阅之审查与控案，而反示原审查人，其心诚不可问矣（以下约
有十余字被涂——引者注）"。③ 见到孔祥熙的呈文，蒋介石可谓愤怒至
极，亲自拟写了三段长篇批文，对孔的狡辩逐一加以批驳。蒋在批文中
称："所谓人民购买均系款债对支，至各户户名均系来人自报，按照售债
向例无须详细记载云云，此在门市现款购买，自可如此办理，但既称为
认购户或预售户，而认购户一不缴纳分文定金，二不填具认购单据，中
央银行亦不给予准许认购若干之证件，三无确实姓名住址之记录，则停
售之后，各认购户究竟凭何证据向中央银行交款取券，行方人员又凭何
根据付给其债券，是否仅凭该认购户口头申报，或人面熟习，即行付给
债券？此种情形，即一普通商号对私人定购些微货物，亦决无此理，何
况政府机关之国家银行办理巨额外汇债票之收付，乃竟如此草率，何能
认为合法有效！"更重要的是，这批预售公债"距卅二年十月十五日停
售之期，少则月余，多则六、七个月。其时美债价格高涨一倍至十余倍
之多，而认购各户仍按国币廿元折合美债一元之原价交款取券，以在法
理上毫无拘束之认购，此时何得享此意外之特殊利益，而损失国家之宝

---

① 《蒋介石日记》，1945 年 7 月 14 日。

② 《蒋介石日记》，1945 年 7 月 14 日，"上星期反省录"。按，本段日记原文为笔者于斯坦福
大学胡佛研究所抄录，后来台北抗战历史文献研究会抄录之电子版文献删去了此段文字。

③ 《蒋介石日记》，1945 年 7 月 16 日。

贵外汇"。而所谓沦陷区人民认购一节，蒋介石也认为其说法自相矛盾，"不能诿为无可查考"，"实难有圆满理由可资答复"。因此蒋介石下令，这批债券必须"全数缴还中央银行，限期严密办妥"。①

蒋介石在批文中虽然对孔祥熙的狡辩之辞一一予以驳斥，但并没有道破孔个人在这桩贪腐案中的直接责任，算是给他留了面子。在人证物证面前，孔祥熙还想抵赖，但他又不好意思亲自出面，便叫他的长女孔令仪带着他的复信来见蒋。尽管蒋介石对孔大小姐十分宠爱，但是看了来信后还是气愤不已，他在当天的日记中写道："庸之图赖如前，此人无可理喻矣。"②蒋接着又在"上星期反省录"中记道："庸之对于一六六〇万美金公债，犹不愿承认也。"

为了孔祥熙贪污腐败的案子蒋介石连觉都睡不好，他在22日的日记中写道："上午以昨夜为庸之事不胜苦痛，忧惶未得安睡，故七时后方起床。下午，以布雷谈起庸子［之］，称恐此美金公债或落于外人手中一语，更觉此人之贪劣不可救药，因之未能午睡，痛愤极矣。"③这时的蒋介石对孔祥熙可以说是痛恨异常了，但是如何处理，他还拿不定主意。

7月24日，蒋介石向孔祥熙下达手令，称"呈报美金公债追缴实情已悉，该行经办人员办事颟顸不实，本应严惩。姑念抗战以来努力金融，苦心维持不无微劳足录，兹既将其经办不合手续之款如数缴足，归还国库，特予从宽议处。惟将该行国库局局长吕咸、业务局局长郭锦坤免职，以示惩戒为要"。④蒋介石还决定撤去孔祥熙中央银行总裁职务，

---

① 《蒋介石致孔祥熙批》（1945年7月19日），台北"国史馆"藏《蒋中正档案：特交档案》，档案号：002-080109-028-002。
② 《蒋介石日记》，1945年7月21日。
③ 《蒋介石日记》，1945年7月22日。
④ 《蒋介石致孔祥熙手令》（1945年7月24日），台北"国史馆"藏《蒋中正档案：特交档案》，档案号：002-080109-028-005。

其遗缺由财政部部长俞鸿钧接任。7月29日，孔祥熙又辞去四联总处副主席之职，由宋子文继任。这也是孔相继辞去财政部部长和行政院副院长之后所担任的最后两个要职，而蒋介石则认为这一举措"实为公私兼全，与政治经济之成败最大关键也"。①

蒋介石虽然对孔祥熙恼怒异常，这在以前可是从未发生过的事，然而在如何处理的问题上，他却犹豫再三，始终下不了决心。陈赓雅、傅斯年等参政员的质询虽然揭发了美金公债舞弊案，但实际上他们并没有掌握到此案的关键证据，即所谓预购客户16601670美元债券的真正买主。面对陈赓雅、傅斯年等人的责难，蒋介石甚至一度想"任参政会要求彻查"，但其亲信立即向他提出警告说，此案虽然数字不算很大，但如果参政会因此要求彻查所有美金公债的账目，或者监察院闻讯后亦要求到央行查阅账册，"则认购户之真相完全暴露，势必难于应付，是实该案之严重困难所在（在事实本质上与国家信誉上，均较黄金案严重百倍）"。②

这段话切中要害，黄金舞弊案不过是中央银行的一些职员窃取国家重要经济情报的一桩刑事案件，即已引起全国极大愤慨；而美金公债舞弊案则直接牵连到国民党最高层领导涉嫌贪污，此案一旦曝光，对于国民党最高层的利益和声誉，绝对会造成致命的打击。目前参政员虽没有掌握核心资料，也缺乏必要的证据，但是若要深查，顺藤摸瓜，真相必将大白。因此蒋介石考虑再三，决定将此案迅速了结，不能让它再扩大下去。8月3日，孔令仪再次代其父与蒋谈论美金公债案，此事在蒋的日记中有记载，虽然谈话的内容日记中只字未提，但此刻蒋介石应已做

---

① 《蒋介石日记》，1945年7月28日，"上星期反省录"。

② 《侍从室关于陈、傅参政员等提案之研究》（1945年7月），台北"国史馆"藏《蒋中正档案：特交档案》，档案号：002-080109-028-004。

出决定。三天后他在日记中写道："对于中央银行美债券舞弊案，决令国府主计局与该行新总裁负责查报，而不交各院，以该行为国府直辖机关也。"[①] 同日，蒋介石下达谕令，关于陈赓雅等人的质询，"派主计长陈其采会同中央银行总裁俞鸿钧切实密查具报"，并免去中央银行国库局局长吕咸的职务。

8月15日，日本宣布无条件投降，16日，蒋介石决定美金公债案迅速结案，他在日记中写道："晚，检讨中央银行美债案处置全案，仰令速了，以免夜长梦多，授人口实。惟庸之之不法失德，令人不能像想〔想象〕也。"[②] 但是此时主计处和财政部的调查报告并未完成，事实上俞鸿钧等人也深揣蒋介石的用意，只是针对陈赓雅、傅斯年等人的质询做些说明，对于涉及本案的关键问题，即预购客户1660多万美元债票的去向，调查报告竟然只字未提。[③] 因此这桩震惊中外的贪腐大案，最终就这样不了了之。

理想与现实之间

1945年是第二次世界大战的最后一年，国际战场上形势一片大好，反法西斯同盟已经取得决定性的胜利；但对于蒋介石和国民党来说，情况却并不那么乐观。在政治上，国民党内部派系林立，党争不断，而中共的实力却不断增强，大后方各界要求结束一党专制、实现民主宪政的

① 《蒋介石日记》，1945年8月6日。

② 《蒋介石日记》，1945年8月16日。

③ 据陈其采、俞鸿钧的报告，他们是8月6日接奉蒋介石谕令，并于16日派要员前往国库局进行调查的，但当天蒋介石即在日记中定下了基调。这也就是说，不论调查的结果如何，对于涉嫌美金公债舞弊案人员的处理早已根据蒋介石的意见决定了。参见《主计长陈其采、财政部长俞鸿钧呈稿》(1945年8月)，中国第二历史档案馆藏财政部档案，档案号：三（1）/4904。

呼声更是此起彼伏。在外交上，虽然中国业已确立为联合国安理会常任理事国，但国力衰弱仍然没有得到根本的改变，苏联加紧对新疆的扩张，《雅尔塔协定》的内容就是最好的说明。在经济上，大后方通货膨胀日甚一日，民众生活困苦不堪，然而政府官员的贪腐现象则更为严重。蒋介石面对的形势十分严峻，所要处理的问题更加错综复杂，这从他当年的日记中就可以了解到。

1945 年 5 月蒋介石曾亲笔写下手札：

> 战胜强权，复兴中华，协和万邦，光被迩遐，完成国民革命，建立富强康乐大中华；
> 民族解放，民权吐芽，民生乐利，自由开花，实现三民主义，建立自由平等大中华。[1]

然而外交上"战胜强权"是要讲究实力的。此时中国虽然是"四强"之一，但在前文所提及的《雅尔塔协定》《波茨坦公告》和战后接收香港等重大外交问题上，蒋介石作为当事国的元首、中国战区的最高统帅，对很多相关事宜事先竟毫不知情，更没有任何发言权。虽然他一再强调要"战胜强权，复兴中华"，然而目睹当下的实际状况，蒋介石亦深深地感到力不从心。对此他在日记中写道，"今日国际交涉无所谓公理与情感，只有实力与利害关系，更无是非可言"，因此今后"在国际，只有运用其矛盾与冲突，一面争取时间，以待有利之时机，求得独立与解放而已"。[2]

---

① 台北"国史馆"藏《蒋中正档案：筹笔》，档案号：002-010003-056-053。
② 《蒋介石日记》，1945 年 7 月 28 日，"对国际形势与今后政策之研究"。

1945 年，日本战败已成定局，但是抗战胜利的到来竟然如此之快，却是蒋介石没有料到的。此时蒋介石所面对的最重要也是最现实的问题，就是如何尽快收复失地、稳定政权。因此当他得到苏联方面保证对新疆和东北没有领土要求，同时承认国民政府是中国合法政府的允诺后，相对而言，其他问题就不是那么重要了，因此在对待苏联的问题上，蒋介石最终采取的是"惟有妥协与谅解之一途"。

在处理内政方面，蒋介石所要面对的问题更加复杂，因此他的表现也格外矛盾。他要平息党内的纷争，然而"六全"大会的召开反倒使党内矛盾更加激化；他意图遏制中共力量的发展，但他又不肯彻底放弃一党专制，建立真正民主的联合政府，因而他逐渐失去国内外舆论的支持，中共的力量则日益强大。在惩治贪腐的问题上，虽然大量的事实说明，蒋介石是极度憎恶腐败的，他亦曾多次下令严惩贪污，然而当真正惩治的对象是其至亲之时，他的态度就变得犹豫不决了。最后，尽管证据确凿，蒋介石还是妥协了。

在理想和现实发生冲突之际，作为一个国家的最高领导，对此必须要有所取舍、有所让步，这是可以理解的。如果说在外交事务上，因为国力衰弱，尚无法与强权抗衡，最终采取妥协的态度实乃无奈之举的话，那么在惩治贪腐问题上放弃原则，掩盖真相，就是不可原谅的了。事实也是如此，正是因为国民政府和蒋介石在抗战期间没有根治腐败，结果抗战胜利后种种腐败现象迅速蔓延，最终成为侵蚀国家政权的系统化、体制性痼疾，这也是国民党战后短短数年间就溃败的重要原因。

原载吕芳上主编《蒋中正日记与民国史研究》下册，

台北，世界大同出版有限公司，2011

五

风暴骤起：大后方的"倒孔"运动

抗战爆发后，全国军民同仇敌忾，奋勇抵抗，粉碎了日寇三个月灭亡中国的企图。然而到了抗战的相持阶段，随着大后方政治上的专制与独裁不断加剧，加上政府行政效率低下，人浮于事、尸位素餐的现象极为普遍。与此同时，战争对经济造成了严重破坏，一方面大后方人口急剧增加，另一方面物资供应又极度匮乏，通货膨胀日益严重。政府为了应付危机，实施战时统制经济政策，对于出口农矿产品实施统购统销政策，并对外汇实行严格的管制，凡事关国计民生的物资则实施专卖制度，这些措施对于维持供应、稳定物价起到了一定作用，但却造成主管财政经济的官员手中权力不断扩大，以致黑市盛行，囤积、走私、贪污等各种腐败行径大行其道，官商勾结、权钱交易的现象更是比比皆是。这种情形不但加速了腐败的出现，而且还加剧了腐败的严重程度。

大后方的民众对于战时腐败加剧的现象极为不满，他们以各种形式抵制和抗议这种官商勾结、以权谋私的腐败行为，而总管战时国家财政金融事务的孔祥熙则成为贪腐的代表，全国上下曾出现多次"倒孔"风潮，其中最著名的就是战时大后方各大城市发动的"倒孔"运动。这些运动大多是青年学生自发的，事先并无缜密的组织联系，事后国民政府虽然千方百计平息事件，意图制止运动的扩散，但孔祥熙以及其他党政要员的贪腐问题已根深蒂固，成为举国上下共同声讨的对象。蒋介石虽然对孔祥熙百般庇护，然而在各方强大的压力下，特别是当他发现孔祥熙涉嫌贪腐的确凿证据后，尽管犹豫再三，最终还是决定撤掉其全部任职，就在抗战即将取得全面胜利的前夕，孔祥熙被迫退下政坛。

"公不忘私"

孔祥熙自 1933 年 10 月接替宋子文出任行政院副院长兼财政部部长（之前已担任中央银行总裁），其后一直是主管国家财政事务的最高官员。战前在他的主持之下，确立了划分国地收支的财政方案，加强了对全国金融的全面统制，实施了币制改革，整理了困扰多年的债务纠纷，使当时中国的投资环境有所改善。1937 年 4 月，他曾以国民政府特使的名义出访欧美各个国家，目的就是积极寻求西方的援助，防范日本对中国的入侵。当孔祥熙回国后，抗日战争业已爆发，国民政府正在进行改组，他即被任命为行政院院长，并仍然兼任财政部部长和中央银行总裁，全面主持和制定战时国家的财政经济政策。此时的孔祥熙手握国家经济大权，地位之高可谓一人之下，万人之上。

孔祥熙早年虽然亦曾赴美留学，但他却恪守中庸之道，不像宋子文那样西化，为人世故圆滑，待人态度温和，尤其是对蒋服从听话，人称"Yesman"或"哈哈孔（H.H.Kung）"，特别是在演讲时更是满面笑容。孔祥熙的部属、行政院参事陈克文曾这样形容他："其实他的笑痕是时刻挂在脸上的，加以他丰满光彩的面颊，令人一见便联想到戏台上天官赐福的面具。他真是生成财神的脸孔，他这样的脸孔也是政治活动上一种帮助，可以使人易于亲近。"[1]

然而孔祥熙在处理国家事务中不仅丝毫没有放弃为个人及家族敛财的活动，反而利用职权，以权谋私，拿回扣，办公司，大发国难财。早在 1936 年 1 月，国内银行界和政界就有人策划"倒孔"，特别是抨击孔在经营公债中舞弊牟利，但蒋介石却表示"倒卖公债者系宋子文，而孔祥熙夫妇则甚可信"，孔祥熙亦对外声称"有人谋攫财长，彼必奋斗"。[2]

孔祥熙曾对蒋介石的"文胆"陈布雷说："财政经济在书生看来甚为复杂，其实很简单，即是生意而已。"他甚至公开说，他本人因为就是做生意出身，"故能领略此道"。难怪担任蒋介石侍从室少将组长的唐纵听了之后都认为"怪哉此论也！"[3]

如果孔祥熙真像他说的那样，将其经商的智慧全部用在处理公务上，那倒也是国家之福，但他的确是一个生意人，公不忘私，而且他不仅自己经商，还让其子女参与投机，仅从购买军火中就获得极大利益。在国际军火市场上，中介人收取佣金是通行的潜规则。当时中国购买军火主要是通过中央信托局暗中进行的，孔祥熙是该局理事长，他的儿子孔令侃大学刚毕业即以理事的身份常驻香港，全权负责购买军火，并从中拿取回扣。孔祥熙刚刚就任行政院院长，院内的参事秘书就有诸多议论，矛头直指他的子女。有人说："孔以一切公文交未满十六岁之女儿处理，言下愤极，谓尚未有开苞资格的臭丫头居然处理国事，我们尚何必再做此官耶？"有人还说："最近孔以向美定购飞机之权授其子令侃，所得均速率最劣之旧机，每小时不过二百八十哩以下，航空界大愤，但

① 《陈克文日记（1937~1952）》上册，第 363 页。

② 《翁文灏日记》，李学通等整理，中华书局，2010，1936 年 1 月 26 日，第 11 页。

③ 《唐纵日记》，第 351 页。

终无法补救云云。"陈克文听到这些传言后不禁在日记中记道："孔常于会议中叹云'如此中国安得不亡'，自己所做不满人意之事多矣，不知亦念及此言否？"①广州沦陷后，陈克文的同事李朴生自澳门来信述及广州失陷前后广东和港澳地区的情况，其中谈道："驻外公务员行为浪漫，生活奢侈，如孔院长公子令侃在港挥霍，冠于一时。此皆抗战期间，足为气短之事也。"他还援引港粤两地流传甚广的一句口头语，叫作"爹爹在朝为宰相，人人称我小霸王"，"盖指孔院长之公子令侃也"。②

孔祥熙父子这种明目张胆的敛财行径曾引起各界人士的极大不满，就连国民党高层亦为之侧目，时任军事委员会参事室主任，后任国民参政会秘书长、国民党中宣部部长的王世杰就曾在日记中多次记载他对孔祥熙的观感。1938 年 2 月 16 日他在日记中写道："近来中外人士对中央信托局（孔为董事长）购买军火指摘殊甚，谓有不少舞弊情事，宋子文似亦有电告知蒋委员长，孔氏在会议中力为辩护。"③王世杰本人也认为孔任院长后内政外交处处被动，毫无成绩可言。"近日外间对于孔庸之之长行政院、王亮畴之长外交颇多不满。昨阅傅斯年君（国防参议会委员）曾以长函致蒋先生，指责孔、王甚力。"④

政坛上第一次"倒孔"风潮发生在广州、武汉失守之际，领头的是国民参政会参政员、著名的历史学家傅斯年等知名人士。1938 年 10 月 28 日，国民参政会第二次大会在重庆召开，王世杰获悉傅斯年等 20 余名参政员正准备联名致函蒋介石，反对孔祥熙继续出掌行政院。10 月

---

① 《陈克文日记（1937~1952）》上册，1938 年 1 月 2 日，第 156 页。

② 《陈克文日记（1937~1952）》上册，1938 年 11 月 9 日、28 日，第 298、306 页。

③ 《王世杰日记》上册，1938 年 2 月 16 日，第 92 页。

④ 《王世杰日记》上册，1938 年 3 月 4 日，第 97 页。

30 日孔祥熙出席会议并报告财政，受到参政员"严重之询问"，午后茶会中也有很多人对他"不免腹非"；11 月 6 日，参政会闭会，"多数人颇不满于孔院长，孔院长在会场中亦悻悻然"。①11 月 9 日，孔祥熙出席国防最高会议，"参政会同人颇多表示不满，微露消极之意"。②时任铨叙部次长兼中央监察委员会秘书长的王子壮也曾在日记中写道："孔之用人，据一般人批评确有若干之不当，以其甫及二十之长子，主持关系国家前途重大之贸易信托局，少年得志，凌驾一切，外间且攻击其弊窦丛生。"因此他认为，"此事涉国家，且为彼之亲属，理宜从严澈查，纠正错误。但蒋先生于到重庆之初，举行纪念周训话之余，盛称孔之办理财政卓有成绩，至外间有若干之攻击，经调查结果，或无其事，或系低级人员之错误，轻轻一句，顿消前失"，然而实际情形则是"重情节者诿诸小职员，余则悉予以粉饰"，那么被处理的人当然会"自怨其非当局之至亲而已"。对此王子壮不禁感叹："处此乱世，信赏必罚，极端重要，蒋先生固屡言之，何行之不笃耶？"③

由于通货膨胀，财政危机日益加剧，就连陈诚、白崇禧这些军头亦"均对孔庸之极表不满，并深感财政前途之危机，将向蒋先生有所陈述"。他们要表达的内容就是"以宋代孔"，④为此王世杰曾向蒋介石提出重新起用宋子文为财长的建议。蒋虽然也一度同意，但宋却表示就任财长的先决条件是，孔必须辞去中央银行总裁之职，蒋因而拒绝。他甚至一度考虑"财政部应否自兼及其利害如何？其利在集中统一与肃清贪污，整顿财政；其害在业务太多太繁，又恐不能专心整顿，与人口

① 《王世杰日记》上册，1938 年 10 月 30 日、11 月 6 日，第 155、157 页。

② 《王世杰日记》上册，1938 年 11 月 9 日，第 158 页。

③ 《王子壮日记》第 5 册，1939 年 1 月 28 日，"本星期预订工作课目"，第 40 页。

④ 《王世杰日记》上册，1939 年 8 月 11 日，第 216 页。

实"。① 蒋介石曾对王世杰解释："你们都不了解孔祥熙，孔祥熙这个人做人很有中国人的风度，他自己不要钱。至于宋子文这个人则是西洋人作风，并不讲道义。"② 蒋介石如果说孔祥熙"有中国人的风度"是指他为人处世圆滑世故，面面俱到，尤其是对蒋几乎唯命是从，倒是有一些道理，但若说孔"自己不要钱"，那可就是说瞎话了，后来的事实也让蒋介石无话可说。

蒋介石对孔一直信任不疑，并屡加保护，对于这一点蒋介石的亲戚和亲信都看得很清楚。戴笠曾向其属下转述蒋孝镇（蒋介石侄孙）说的一句话："委座之病，唯夫人可医；夫人之病，唯孔可医；孔之病，则无人可医。"唐纵听了，觉得确实是这么回事儿。③

孔祥熙等豪门的敛财行径终于引起众怒，1940 年末，在重庆等地又相继爆发了一场声势浩大的"倒孔"浪潮，首先冲在前面的是马寅初、傅斯年等知名学者。对此王世杰在日记中写道："近日马寅初（重庆大学教授、立法院委员）在各处演说，力诋孔庸之、宋子文'发国难财'。蒋先生约其面晤亦不肯往，并谓准备坐监受刑。渝市政、学两界均注视此事。"④

然而蒋介石对此却大发雷霆，12 月 6 日他在党务会报会中声称，要把马寅初送到前线抗战。虽"在座诸人群以为不可，但此事究将如何处置，尚不可知"。王世杰也只是在会后对国民党中央秘书长叶楚伧说，"此事应由教育部部长善为处置"。⑤

---

① 《蒋介石日记》，1939 年 11 月 18 日。

② 王萍访问，官曼莉纪录《杭立武先生访问纪录》，台北，"中研院"近代史研究所，1990，第 87 页。

③ 《唐纵日记》，1939 年 9 月 19 日，第 82 页。

④ 《王世杰日记》上册，1940 年 12 月 4 日，第 312 页。

⑤ 《王世杰日记》上册，1940 年 12 月 6 日，第 312~313 页。

马寅初"倒孔"的言论就连蒋介石的亲信都觉得解气，只是认为蒋身为"一国领袖，忧劳国事，不能获得家庭之安慰，不亦大苦乎"？[1]对其处境深表同情。但是孔祥熙毕竟"为今日之红人，炙手可热，对马自然以去之为快"，站在家族的立场，蒋介石为了袒护孔祥熙，竟"手令卫戍总司令将其押解息烽休养，盖欲以遮阻社会对孔不满之煽动也"。[2]唐纵认为，"现在马寅初的案子成了沙坪坝的学潮，由商学院扩大到了全校，由重大扩大到了中大。……因为最近国共关系的恶化，已由学潮变成了政治上的斗争。在一个恐慌的社会，星星之火，足以燎原的"。[3]

1941年3月下旬国民党五届八中全会在重庆召开，会上有部分中央委员建议改组政府，但由于蒋介石的袒护，此次"倒孔"未能成功，仅仅是郭泰祺接替王宠惠出任外交部部长。对此，王世杰在日记中写道："此次全会，外间切望财政部部长人选有更动，会毕，竟无更动征象，外间不免失望。"[4]毫无疑问，这里所说失望的人一定包括宋子文在内。6月23日，远在美国的宋子文致电国民党元老李石曾，称"最近孔在重庆，爪牙密布，几有清一色之势"，并说八中全会有人建议改组政府，蒋介石却认为是他要"争夺政权"，因而感到十分委屈。宋子文表示"领袖之不谅如此，益增悚愧，但我辈一本赤忱，为民族、为国家，只有不顾一切，努力尽我个人之职责"。[5]宋子文的目的就是希望李石曾便中在蒋介石面前予以解释，以期重新得到蒋的信任。

---

① 《唐纵日记》，1940年10月31日，第152页。

② 《唐纵日记》，1940年12月8日，第161页。

③ 《唐纵日记》，1940年12月19日，第162页。

④ 《王世杰日记》上册，1941年4月3日，第338页。

⑤ 美国斯坦福大学胡佛研究所藏宋子文档案，第42箱第7卷。

风暴骤起

声势浩大、席卷大后方各大城市的"倒孔"运动发生于太平洋战争爆发之后，主要发动者是大后方各大城市的大学生。

1941 年 12 月 8 日太平洋战争爆发，日军随即发起对香港的进攻，当时许多民国政要及商界巨擘、文化名人均居住在此，当务之急就是要火速将他们撤离香港，免为日军所掳，交通部部长张嘉璈亦下令派飞机前往香港。12 月 10 日，由香港起飞的最后一班飞机抵达重庆，陪都众多机关的首脑以及各报社的记者纷纷前往机场接机，然而令众人大为惊讶的是，从飞机上下来的除了孔夫人和孔大小姐外，还有好多箱笼，甚至还有几条洋狗！张嘉璈在当天的日记中记录了此事："昨晚开港之机均返，一为孔夫人、孙夫人等一机，余二机为中行同事及孔夫人介绍一部分人。又泛美公司一部分人及美机师等数人往机场接着，均未接到，均迁怒于美人携狗。蒋先生来电话责问，即往中航公司查询，并规定自今日起，不许运公司职员。"[①]然而就在这一天，交通部接到香港方面来电，说香港机场已被日军攻占，不能再停降飞机了。

第二天，重庆的《新民报》刊发了著名记者浦熙修的一篇报道《伫候天外飞机来——喝牛奶的洋狗又增多七八只》，文章虽短，内容亦点到为止，但披露了飞机运狗的这一新闻。这一消息迅速传播，连远在贵州遵义的浙江大学校长竺可桢也从著名教育家江恒源口中听闻，他随即在 19 日的日记中写道："孔宋霭龄及中山夫人已乘飞机于开战后一日离

---

① 《张嘉璈日记》，1941 年 12 月 10 日。张嘉璈日记藏于斯坦福大学胡佛研究所。

港，孔尚带行李五十六件云。国人之所以不满孔氏，良有以也。"[1]

此时国民党正在召开五届九中全会，以图"修明政治"，共同应对太平洋战争爆发后的新局面。《大公报》的主笔王芸生为此发表社评《拥护修明政治案》，强调"现在九中全会既有修明政治的决议，我们舆论界若再忍默不言，那是溺职；新闻管理当局若不准我们发表，更是违悖中央励精图治之旨"。紧接着，社评披露香港危急时，中国航空公司曾派飞机到港撤退人员，飞回重庆时竟运来箱笼、老妈子和洋狗；这篇社评同时还揭露某部长以公款65万元购置一公馆之事，因而要求政府"肃官箴，儆官邪"。[2]虽然社评没有点名，但明眼人都清楚，随机带狗说的是孔祥熙的夫人宋霭龄，而公款购房则是指外交部部长郭泰祺。经济部部长翁文灏说，当天下午的会议上，"有人询外交、财政，但无人询内政、教育及经济。对交通，有人询香港有事，何以不救颜惠庆等而有运狗等事。有人又询及《大公报》社评（评孔、谷及郭）。闻颜惠庆在九龙于十九日（星期五）为日军所搜获"。[3]国民党中宣部部长王世杰也在当天的日记中写道："《大公报》主笔王芸生今日在报端著一文，题曰'拥护修明政治案'（因九中全会昨日之决议案有一案，其案题标有修明政治字样），题中主旨在抨击孔庸之与郭复初，惟未明著二人姓名耳。午后九中全会开会时，有人询予何故未将该文检扣。予即席声明，该文一部分原经检查机关删扣，该报故意违检，仍将被删之部分刊出。但予决不主张因是而停该报（检查局有罚其停刊数日之拟议）云云。复初细行，颇有不检，但大事则不苟且。《大公报》之指摘，大体上虽属事实，究不免见小而遗大。在外交形势如斯严重之时，倘非外交当局在大政方

---

① 《竺可桢日记》第1册，1941年12月19日，人民出版社，1984，第557页。

② 《拥护修明政治案》，《大公报》（重庆）1941年12月22日，第2版。

③ 《翁文灏日记》，1941年12月22日，第724页。

针上有何错误，初不宜轻率攻讦，毁其信誉，俾国家亦蒙不利。"① 蒋介石看到报纸更是极为不满，然而他只是将郭泰祺外交部部长之职改由宋子文担任，孔祥熙的职务则纹丝不动。12 月 23 日，军事委员会侍从室第二处主任陈布雷即接到蒋的电话，要旨就是查明消息来源，并让《大公报》修改社论，为此让陈专门给王芸生发去一函。②

29 日下午，蒋介石致电张嘉璈，说就《大公报》刊文攻击飞机携运行李和洋狗之事，他已亲自询问过宋霭龄，答曰"绝无其事"。因此蒋令"交部声明更正"，张嘉璈自然"遵照拟稿办理"。③ 然而，尽管交通部部长张嘉璈 29 日即对"飞机运狗事件"在《大公报》上加以解释，④尽管这一消息后来经证实确系误传，但大后方的民众却对此传闻坚信不疑，一时群情激愤，民众将对官僚贪腐的仇恨全集中在孔祥熙的头上，西南联大的学生更是率先掀起了"倒孔"的风暴。

据国民党中央统计局事后报告，"倒孔"运动爆发的远因，"系自香港战争发生后，一般学生闻孔氏以飞机载运洋狗不载要人之消息，均甚愤慨，奸党分子更欲伺机活动"；校内学生中的三青团成员曾计划制定措施，防范事态扩大。然而没想到 1 月 5 日，学校突然刊出名叫《喊》的板报，主张打倒孔祥熙，这一主张立即得到全校众多学生的响应，到了 6 日清晨，各寝室的同学都行动起来，要求校自治会出面领导运动。当天下午，先是一年级同学整队前往新舍大操场，号召全体同学出发游行，结果一呼百应，很快以西南联大学生为首，加上同济附中、中法大

---

① 《王世杰日记》上册，1941 年 12 月 22 日，第 399~400 页。

② 《陈布雷日记》，1941 年 12 月 23 日，第 519 页。

③ 《张嘉璈日记》，1941 年 12 月 29 日。

④ 据翁文灏所说，张嘉璈曾当面对他讲，此事"系受蒋面嘱而照办者云"。见《翁文灏日记》，1941 年 12 月 30 日，第 727 页。

学、云南大学等校的学生千余人走上大街，发起"倒孔"的示威游行。学生们高呼"打倒孔祥熙"的口号，在沿街各店铺和住户的门窗上张贴反孔的标语，到各报社门前时，学生更是鼓掌欢迎报社人员参加。游行结束后，各校选出临时代表，计划今后的统一行动。7日凌晨，联大各宿舍又刊出《呐喊》《呼声》《正义》《二十三》《响应》等五种板报，提出各种诉求，归纳起来大致为："（一）主张修明政治；（二）不畏威力，誓死讨孔；（三）争取罢官权；（四）铲除党内败类。"同时准备拟通电，争取支持，希望将"倒孔"运动推向全国。8日晚，联大学生又联合了校内23个团体，议决成立倒孔委员会，并形成决议："（一）请参政员、教授以迅速方法，将该校讨孔运动情形传达驻会参政员；（二）讨孔的目的须做到政府明令将孔祥熙撤职，没收其财产；（三）参加单位确实注重直接行动。"中统局的报告最后还说："此次发动人员多为中立学生，教授方面并有罗隆基、陈思齐等参加云。"① 当时西南联大的学生中不仅有共产党员，国民党员、三青团成员在其中的活动也十分活跃。对此中统局的报告甚为详细，但认为"倒孔"背后有中共地下党的策划，而国民党、三青团是早有准备，并有意加以防范。

抗战胜利后有当事人撰文回忆，内容与中统局的报告基本相符，唯有一点不同的是，这场运动的最初发动者，也就是最先贴出《喊》这一板报的是两名三青团籍的学生，而且西南联大的两位领导，即北京大学校长蒋梦麟和清华大学校长梅贻琦闻讯来到后不但没有制止，反而也跟着队伍一起上街游行。游行的路线大致为华山西路、华山南路、正义路、金碧路、拓东路，游行途中虽然也遭到军警的阻拦，但学生们都表

---

① 《中统局关于昆明各大学学生倒孔运动实况函》（1942年1月15日），中国第二历史档案馆编《中华民国史档案资料汇编》第5辑第2编《政治》（5），江苏古籍出版社，1997，第279~280页。

示支持中央政府，支持龙云主席，反对的只是贪官污吏，因而得以顺利通行。① 易社强的研究说明，最早发动这场游行的是西南联大三青团籍的学生，而且他们的行动还得到了联大教务长、国民党籍陈雪屏教授的支持，因为他认为如果三青团不主动发起游行，就会被共产党领导的学生抢先。然而没有想到的是，游行发起后，他却无法有效控制了。②

　　就在学生游行的当天，云南省政府主席龙云即给蒋介石发去电报："本午联大、中法、同济三校学生（本省学生未参加）突然结队游行，市面乱呼口号，张贴标语及以粉笔书写打倒孔院长字样。事前毫无所闻，发生后始询得系联大职员由渝传来郭泰祺等在港遇害消息，学生一时被激动所致。当即派宪警严予阻止，擦去标语，并饬邮电机关禁发通电、递寄消息及各报馆、通信社禁登该项事件宣言、标语，市面秩序如常。"③

　　西南联大中文系教授朱自清在学生发动游行的当天日记中记道："学生们发动了一个反对孔祥熙的运动，起因是《大公报》社论揭出孔家的狗的新闻。下午，学生以闪电般的速度组织了游行队伍，出乎有关方面意料之外，幸好梅校长与蒋校长立刻访问了（龙）主席，成功地劝说他在此事件中持不干涉态度。学生们秩序良好，未有任何举动。"④

　　昆明西南联大学生发动的"倒孔"运动很快便传到内迁至四川乐山的武汉大学、贵州遵义的浙江大学以及成都的华西大学等高校，各校

---

①　公唐：《倒孔运动》，冯友兰等：《抗战中的西南联合大学》，香港，神州图书公司 1979 年影印 1946 年版，第 18 页。

②　参见易社强《战争与革命中的西南联大》，饶佳荣译，台北，传记文学出版社，2010，第 337~338 页。

③　《龙云致蒋介石密电》（1942 年 1 月 6 日），《中华民国史档案资料汇编》第 5 辑第 2 编《政治》（5），第 277 页。

④　《朱自清日记》，1942 年 1 月 6 日，《朱自清全集》第 10 卷，江苏教育出版社，1998，第 142~143 页。

师生闻风而动，群起响应，很快就在大后方刮起一股强大的反腐肃贪的旋风。然而这场运动的发起者（国民党学生和三青团成员）在接到上峰的命令后，却一反原先的立场，转而阻止运动的发展；原先曾与同学一起游行的北大校长蒋梦麟也转变立场，坚决要求联大的同学立即终止运动。

西南联大常务委员会为此事曾召开过多次会议，商讨对策。在1月7日第203次会议上，主席梅贻琦只是报告"本校一部分学生昨日因《大公报》社论事出外结队游行情形"，可是到了14日召开的第204次会议上，情况便发生了变化，梅贻琦报告的则是上峰的指令，一封是"教育部为昆市学生结队游行事令晓喻学生勿轻信谣言，并制止出轨行动"的来电，另一封则是"蒋委员长为昆市学生游行街市、乱呼口号，令将为首策动者查明具报"的电报。28日第205次会议上，梅贻琦传达了云南省政府奉蒋介石电令，要求"各校当局剀切晓谕学生，使明了幕后阴谋，切勿供人愚弄，危害国家，破坏抗战，并转告各校教职员共负职责"。[①]虽然学生们的热情高涨，但缺乏健全的组织领导，而且后来学生们也得知，当初传播的许多消息并不准确，因此，在各方的压力之下，这场由大学生发动的"倒孔"运动很快便平息下去。

整肃与清查

各地相继发动的"倒孔"运动引起国民党当局的恐慌，他们害怕这场运动会动摇国民党的统治，因而立即采取各种方式加以阻止。其中反

---

① 《国立西南联合大学史料》第2册，云南教育出版社，1998，第216~219页。

应最为强烈的就是蒋介石，他在"倒孔"运动发生后连续多日在日记中记下他的看法：

> 昆明联大学生游行反对庸之，此事已成为普遍之风气，不能不令辞去，但此时因有人反对而去则甚不宜也。国人与青年皆无辨别之智能，故任人煽惑蒙混，以致是非不彰，黑白颠倒，自古皆然。[①]
>
> 政客又想借《大公报》《整顿政治》一文，在各处运动风潮推倒庸之，应以澹定处之。[②]

1月11日，蒋介石"几乎终日"都在考虑如何应对"西南联大发生反对孔祥熙学潮"，"惟恐稍有疏失也"。[③]为此他特地复电云南省政府主席龙云称："昆市学生游行事，兄处理迅捷为慰。青年脑筋单纯不明内容，无足深怪；惟抗战以来，各地从无游行示威情事，后方治安，不容扰乱，战时纪律，必须遵守。"他认为，"此次学生示威，决非偶然，必有人从中煽动，意图捣乱，实应特别注意，不可忽视"。蒋介石还表示，他获得相关情报，"敌国军阀与纳粹国社党，在北平、南京、上海、香港等地，收买无聊政客，阴谋以群众运动，损害我国家威信，动摇我抗战意志，已非一日"，而且他还煞有介事地说，根据情报，"该派人物去年曾接受纳粹大宗经费，而以其中三十万元专供捣乱后方阴谋之用，其捣乱地点，重在云南昆明，而集中于学校"。蒋介石最后提出，"军政当局有维持后方治安之责任，应依照战时治安法令，切实执行纪律，勿稍

---

① 《蒋介石日记》，1942年1月9日。

② 《蒋介石日记》，1942年1月10日。

③ 周美华编辑《事略稿本》第48册，第71页。

宽假"。①

蒋介石身边的众多亲信也都在日记中记下蒋当时的反应。王世杰说："贵阳、遵义、成都等处之大学，均发生反对孔庸之之运动。蒋先生对于此事极愤闷。"② 唐纵则说："近来学潮愈闹愈广，委座对此甚为震怒，曾命康泽赴昆明调查，结果与国社党（罗隆基等）关系，委座怒不可遏。但今日报载，孔副院长病愈视事，这无异激励青年学生，增加委座之困难。也许孔故意为此，使委座不得不为之解脱，而彼得以一劳永逸也。然天下人无不叹息委座为之受过也。闻为此事，委座与夫人闹意义者多日。自古姻戚无不影响政治，委座不能例外，难矣哉！"③

对于昆明出现的"倒孔"风潮，侍从室几位亲信与蒋介石的看法却截然不同，譬如陈布雷曾对蒋介石说："社会上事亦往往有习非成是者，亦有借题发挥者，然既形成公意，即有因势利导之必要。"他认为，孔祥熙"已为劳怨所丛，其原因亦有所自"，且孔"年事已高，对缺点已难改正矣"。蒋介石听了他的话亦"颇颔首其韪之"。④ 其后陈布雷还在日记中记下了他对孔的观感："昆明六日有大队学生游行，到处书写反孔标语，皆受《大公报》论文影响，立言之不易如此。其实孔之误国岂青年所能尽知，不过谓其专、诬其贪而已，贪与专实尚非孔之罪也。"⑤ 若"贪与专"还不是孔最大的罪责，那么孔真正的罪过是什么呢？陈布雷并没有明确指出，留给人们无限的遐想。

侍从室秘书陈方认为，"孔之为人莫不痛恨，为孔辩护者，均将遭

---

① 周美华编辑《事略稿本》第 48 册，第 73~77 页。

② 《王世杰日记》上册，1942 年 1 月 23 日，第 407~408 页。

③ 《唐纵日记》，1942 年 1 月 27 日，第 226 页。

④ 《陈布雷日记》，1941 年 12 月 24 日，第 519 页。

⑤ 《陈布雷日记》，1942 年 1 月 8 日，第 524 页。

受责难"；唐纵则认为，最有效的办法就是孔祥熙自动辞职。但陈布雷却说，"孔不但不辞职，而且要登报，表示病愈视事"，随即陈又发出感叹曰："孔氏对朋友、对领袖、对亲戚，均不宜有如此忍心害理之举。"①

蒋介石认为该事件的背后一定有人煽动或主使，要加以彻查。1月11日上午，蒋介石召见陈布雷到官邸商谈昆明学生"倒孔"之事，蒋"断定为国社党分子受外来策动之所为"，并让其致电龙云，报告该事件的详细情形。②但王世杰却认为，"昆明西南联大学生于六日出外作示威游行，反对孔庸之部长后，蒋先生甚为重视。据报有共产党或国社党人指使，但予所接联大教授信，则谓系学生自动"。③王世杰所说的这位教授应该就是西南联大历史系的姚从吾，他当时还兼任联大区国民党的党部书记。姚从吾对于这场运动的爆发与戛然而止也感到大惑不解，事后他在致国民党中央组织部部长朱家骅的报告中说："此事突然爆发，有无背景，至今尚不能作恳切之判断。若云背景，似不至于一哄而上，照常上课，不再继续；若云无背景，则各校同时发动，步骤相当整齐，无人主持，何能如此？"④16日上午，国社党党魁张君劢与陈布雷相见，张竭力辩称昆明学运与国社党毫无关联。陈却对张说："罗隆基决不是爱国之人，为达到私欲，可以不择手段。"⑤蒋介石也以为"反动派鼓动昆明各大学学生游行示威，以庸之为其目标。文人政客之卑劣污陋，如张君劢之流，可谓丧心病狂极矣"。⑥

---

① 《唐纵日记》，1942年1月28日，第226~227页。

② 《陈布雷日记》，1942年1月11日，第524页。

③ 《王世杰日记》上册，1942年1月11日，第405页。

④ 《朱家骅档案》，台北"中研院"近代史研究所档案馆藏，档案号：301-01-06-050。

⑤ 《陈布雷日记》，1942年1月16日，第525页。

⑥ 《蒋介石日记》，1942年1月17日，"上星期反省录"。

　　三青团的负责人康泽事后即奉蒋介石之命赶往昆明，据他回忆，蒋认定这场运动是张君劢、罗隆基等国社党策划的，并要康泽转告北大校长蒋梦麟辞掉罗的教职。但康泽询问了西南联大三青团分团主任姚从吾之后，了解到此事确是学生自发的，而联大中的三青团籍学生也是其中的积极参与者。① 联大的师生后来回忆说，康泽一到昆明，即对联大学生中的国民党和三青团成员严加训斥，命令他们转变立场。据说他还拟出一份捕人名单，只是由于联大校方竭力保护，方没有学生被捕。后来宋美龄也亲自到昆明，在云南大学召集云大与联大学生代表训话，除了解释她大姐（宋霭龄）因皮肤敏感从不养狗之外，还反复说明她们家人如何廉洁俭朴，要大家不要轻信谣言。②

　　蒋介石虽然未能查出"倒孔"的幕后策划者，但他对此做出决定，今后"应作肃清之整备……各大学校长与教授应澈底整顿"。③ 1 月 25 日，蒋介石通令各省省主席、省党部主任委员、书记长等，对大后方的学生运动定性为"轻浮狂妄"，指控学生"诬蔑政府，且更扩大谣言，转辗传播，显见有反动汉奸有意从中鼓动，企图摇惑人心，扰乱后方，以遂其动摇抗战根本、损害国家威信之毒谋"，因而要求各地政府及党部，必须"切实制止学生之越轨行动"。④ 其后蒋介石还约"党部及青年团部人会报，对青年团干部诸人处理所谓反孔风潮之经过，复严行责斥。张文伯于席上极感不安，言时泪下"。⑤ 应该说就是从这时起，国民党便进一步加强对高等学校的政治控制，为今后镇压学潮埋下伏笔。

---

① 《康泽自述及其下场》，第 139~144 页。

② 公唐：《倒孔运动》，冯友兰等：《抗战中的西南联合大学》，第 19 页。

③ 《蒋介石日记》，1942 年 1 月 23 日。

④ 周美华编辑《事略稿本》第 48 册，第 155~156 页。

⑤ 《王世杰日记》上册，1942 年 3 月 20 日，第 419 页。

进退两难

以西南联大学生为主力发动的"倒孔"运动虽然平息下来，但大后方"反孔"的风潮并未停止。而与此同时，孔祥熙及其属下自视有保护伞，气焰嚣张，不但不予收敛，反而变本加厉。1942 年 3 月，中央信托局运输处经理林世良串通大成商行的章德武，以中央信托局的名义走私汽车零件，牟取暴利。不料事情败露，为军统头目戴笠所查知，林、章等人被捕。消息一经披露，立即引致社会愤慨，大后方又掀起一股"反孔"浪潮。

在各界压力之下，5 月 26 日，蒋介石致电军事委员会军法执行总监何成濬，令他彻查林世良走私之案件。电文曰："大成企业公司贿通中央信托局运输处经理林世良、购料处经理许性初，包运商货七十余卡车，价值三千余万元，用中央信托局运照，避免检查，避免军运。经运输统制局检查处查觉，林世良仍出面为之挽回，承认实系信托局所办理之件。但该局所属之昆明分局局长孔祥勉、副经理朱璇章，则均云不知此事。运输处稽查总段段长稽沅，并声明此为林世良假公家名义舞弊受贿之举，林屡有此等犯法行为，如审讯彼愿到庭对质。许性初于案发后，检查处在查询时，答以大成公司购买此等货物，无力运回，向该局押汇一千万元，故由局代为办理。索阅其押汇证件，又不肯交阅，似有意为弥缝共同舞弊嫌疑。据检查处报告，林等得贿一百五十万元"云云。此案交由军法执行总监部彻查讯究，何成濬了解案情后惊叹："此真骇人听闻，舞弊受贿如此……可谓胆大包天。此次彼辈不幸竟被查觉，以前未能查觉者，尚不知有若干次。林等皆重要官吏也，官吏失德，殊至矣尽矣，无以复加矣，惩治纵严，而效尤者是否能减少，无从预断，本部对此等罪犯，故绝不丝毫宽恕也。"①

然而军法执行总监部具体办案人员却对此感到十分棘手，因为"最近由委座交办之案件数起，似皆有特别关系，是否能一一依据法律处理"。何成濬答曰："本部原为执行法律机关，若受政治拘束，则在法律之功效即完全消失，而政治之败坏亦无从挽救矣。只问事，不问人，不必顾虑其他。"②话虽然这么说，可是何成濬还是直犯嘀咕，因为蒋介石下令，"以后凡关系贪污案件，必须送交军法执行总监部审讯"。然而这一指令却为该部办案增添诸多困难，因为"一则各部主官对其属僚之作奸犯科，无一不竭力为之回护；二则凡系贪污案件，其所用之诈，均极巧妙，不易探索其底蕴；三则贪污者往往有特殊背景，不能绳之以法"。想到这里，何成濬不禁感叹："处此复杂环境，虽包孝肃、海刚峰复生，恐亦莫如之何也。"③

林案发生后，重庆官场议论纷纷，很多人到军法执行总监部打听消息，"因牵动政治上种种关系，有少数人借此兴风作浪，冀倒甲拥乙，夺取一部分政权，以扩张某一派势力，故作过分宣传，致引起各方惊疑也"。④

11月17日上午10时，在军法执行总监部大礼堂公开审讯中央信托局运输处经理林世良等假借职权舞弊贪污案，各机关均派员观审，临时还有《中央日报》《时事新报》记者请求旁听。审讯至12时结束，但并未宣判，因为最后还要报请蒋介石认可方能执行。众所周知，林世良、

---

①　《何成濬将军战时日记》，台北，传记文学出版社，1986，第107页。

②　《何成濬将军战时日记》，1942年5月30日，第108页。

③　《何成濬将军战时日记》，1942年6月12日，第114页。

④　《何成濬将军战时日记》，1942年8月14日，第116页。

许性初等人均系孔祥熙的心腹，所以在这期间孔竭力为其说情缓颊。12月5日，孔祥熙邀请何成濬到其官邸午餐，许世英、徐堪、何键、秦德纯、杨虎、陈希曾等政要作陪。"餐毕，孔先生对林世良舞弊案谈叙其情形甚详，并力为许性初解释"，何成濬心中自然明白，孔"约往午餐之用意似即在此"。①

军法执行总监部碍于孔祥熙的情面，经过多月审判，最终林世良被判处无期徒刑，许性初被判处徒刑两年，缓刑三年。消息传出后，舆论大哗，就连蒋介石的随从都为之不满，他们欲联合起来向蒋介石陈明实情。唐纵提出应援引成都市市长杨全宇因贪污枪决之案例，陈方则建议以利用职权牟利为由严判。这些呈词于12月21日提交蒋介石，"旋即奉批林世良应予处死刑，许性初改处徒刑四年以上，不许缓刑。并于当晚电话，限二十二日执行公布"。②

何成濬是21日深夜接到蒋介石的批令的，内容很简单，即"林世良应即枪决，许性初亦应加重刑期"。于是军法执行总监部立刻遵令改判，并再次报请蒋介石备核。在何成濬看来，"现在高级官吏贪污舞弊者颇多，委座主严惩，实具有万不得已之苦衷。盖不如此，彼辈将毫无所顾忌也。但吞舟之鱼，仍不但漏网，而且不知有网。林世良之骨未寒，继承其遗志者，或已另有一巧妙作法，将林世良未到手之赃款，如数收取朋分矣！此等事委座安得一一尽闻之"。③

对此事件王世杰的日记也有同样的记载："中央信托局局员林世良利用该局地位，私自非法营利，经于本日判处死刑；预谋者许性初亦判处徒刑。此事发布后一般人对于中央银行及其附属之信托局，尤其对于

---

① 《何成濬将军战时日记》，1942年12月5日，第191页。

② 《唐纵日记》，1942年12月23日，第295页。

③ 《何成濬将军战时日记》，1942年12月22日，第198页。

孔庸之部长（兼任该行总裁）批评甚烈。"[①]

　　蒋介石对孔祥熙的态度一旦发生变化，便立即引起宋美龄的不满，她甚至长期住在孔公馆不归。据唐纵观察，蒋介石夫妇之间关系不洽，是因为"夫人私阅委座日记，有伤及孔家者。又行政院长一席，委座欲由宋子文担任，夫人希望由孔担任，而反对宋，此事至今尚未解决"。[②] 对于蒋介石困扰于公务与私情之间的处境，唐纵亦提到："委座尝于私人室内做疲劳的吁叹，其生活亦苦矣！"[③]1943 年 11 月 1 日是孔祥熙出任财政部部长十周年的纪念日，财政部在广播大厦举行庆祝会。对此，蒋介石如果出席，很可能会招致民众不满；但若不去，又恐伤害了亲戚之间的关系。最后蒋介石决定"不赴广播大厦，而赴财政部"。对蒋介石的所作所为唐纵等人的理解是，"其处境亦良苦矣"！[④]

　　1944 年 3 月，孔祥熙前往昆明视察，这可是两年前"倒孔"运动的主阵地，省政府与学校方面都十分紧张，生怕出纰漏。11 日上午九时半，孔祥熙来到云南大学至公堂，对西南联大和云南大学两校学生发表讲话，"来听者甚多，堂小拥挤，秩序稍乱，幸不久即平靖。此场得圆满结束，非初料所及也"。[⑤]清华大学校长梅贻琦不禁松了口气。而当事人的回忆则是，当时联大的同学大都参加过两年前的"倒孔"运动，孔祥熙在台上报告，台下学生对他却甚不礼貌，不但大声喧哗，还有人喊出"打倒孔祥熙"的口号，只是人声鼎沸，孔祥熙在台上听不到罢了。对此行政院政务处处长蒋廷黻只好向孔祥熙解释说："因为同学们都想瞻仰

---

① 《王世杰日记》上册，1942 年 12 月 22 日，第 476 页。

② 《唐纵日记》，1943 年 8 月 15 日，第 334~335 页。

③ 《唐纵日记》，1943 年 10 月 3 日，第 345 页。

④ 《唐纵日记》，1943 年 11 月 1 日，第 349 页。

⑤ 《梅贻琦日记（1941~1946）》，黄延复、王小宁整理，清华大学出版社，2001，第 146 页。

孔院长的风采，有些人看不到院长，所以秩序乱一些。"[1] 这真是一段黑色幽默！

再次"倒孔"

面对国内外舆论的强烈攻击，国民党内也有众多质疑之声。张治中说，他曾将所了解的一切都报告给蒋介石，"但此报告上后，正值捣[倒] 孔风潮正殷，总裁抹杀一切，写十余纸责骂下来，从不知这是很客观的研究结果。吾人并不认为一切问题全在老孔，但像老孔这样不知自爱，青年中认为系彼等之对象，吾人又如何能为之辩护？结果必影响本党前途极巨"。[2] 不少人怀疑"总裁能将孔罢免以大快人心否"，唐纵则认为目前时机并不成熟，因为有蒋夫人的关系。[3] 唐纵的猜测不错，尽管孔祥熙采取以退为进的方法，主动向蒋介石提出辞呈，但蒋立即将辞呈退回，并予以慰留。为此事蒋介石曾与陈布雷有过一段十分有趣的交谈。蒋介石问陈布雷，外间究竟对孔祥熙有什么议论？陈布雷回答说："普遍的批评，孔作生意，在北京政府时代买办与官僚结合，南京政府时代买办与官僚结合，尚有平津、京沪之距离；今者官僚、资本家、买办都在重庆，合而为一。党内的批评，孔不了解党的政策，违背政府政策行事。"听了陈布雷的话蒋介石深有感触，但也没说什么，只是表示现在没有适当的人接替。对此陈布雷只能感叹："委座没有彻底改革

---

① 公唐：《倒孔运动》，冯友兰等：《抗战中的西南联合大学》，第 19 页。

② 《王子壮日记》第 8 册，1943 年 11 月 25 日，第 455 页。

③ 《唐纵日记》，1944 年 4 月 25 日，第 386 页。

决心！"[①]

　　然而就在抗战胜利前夕，新一波"倒孔"浪潮又在大后方出现。1945年7月，第四届国民参政会第一次会议在重庆开幕，陈赓雅、傅斯年、顾颉刚等9名参议员联名提案，要求政府出面，调查美金公债舞弊案，并严惩涉案人员；傅斯年等参政员还另行提出议案，要求彻查中央银行和中央信托局之历年积弊，矛头直指孔祥熙，而这一波风暴最终导致孔祥熙下台。

　　抗战时期大后方民众反对贪腐的浪潮一浪高过一浪，孔祥熙更被视为贪腐的代表。参与"倒孔"的有多方力量，其中也包括国民党内各个派系暗中的争斗，而公开掀起"倒孔"风潮的是那些高级知识分子，如马寅初、傅斯年、陈赓雅等，但影响最大的当然还是西南联大的学生发起的"倒孔"运动。中共地下党虽然也积极参与了其中的活动，但并非运动的主要组织者。尽管蒋介石一直怀疑"倒孔"的背后一定是受到某些政治力量（譬如国社党）的指使，但经过多方调查，事实也证明这场运动其实并无统一组织，事先亦无缜密准备，然而学生们的所作所为，各界知名人士的大力声讨，却反映了大后方各界民众憎恶腐败的愤怒心情，也是他们强烈要求铲除贪腐、修明政治的一种真实愿望。

　　应该说，在抗日战争极端艰苦的环境之下，以孔祥熙为代表的政府高级财经官员为坚持抗战实施了一些诸如统购统销、管理外汇、发行钞票等统制经济的政策，而且在寻求外援、维持财政方面也做了一些努力。然而另一方面，他们在制定和执行财经政策方面的失误，导致了大后方物资短缺、物价飞涨，民怨沸腾。特别是他们中的许多人滥用职权、官商勾结、以权谋私的行径屡被披露，而政府内部日益严重的贪腐

---

① 《唐纵日记》，1944年5月21日，第392页。

行为，自然会引起大后方各阶层民众的极度不满。

　　以孔祥熙为代表的部分政府财经官员确实存在着严重的贪腐行为，只是其中有一些情形也并非像传言中说的那么严重，有些事情甚至是捕风捉影。就譬如说引致联大学生发起"倒孔"运动的"飞机运狗"事件，应属误传，对此交通部部长张嘉璈已及时做了说明，《大公报》亦对此不实消息加以更正。杨天石教授更是依据各种档案资料和当事人的回忆，对这一事件的来龙去脉进行了详尽的考察，证实飞机上的狗的确不是宋霭龄所携带，那些箱笼装的也多是中央银行的文件。[①] 但是此时的国民政府已经失去了公信力，老百姓认为这是政府欲盖弥彰。顾颉刚曾在 1944 年 10 月 16 日的日记中写道，他听经济学者傅筑夫说："孔祥熙财产数字有十六个圈，即使圈上为一字，以万亿为兆言之，则万兆矣。如以百万为兆言之，则百万万兆矣。中国焉得而不民穷财尽！"[②] 这就是说，即使像顾颉刚这样一位处处讲求证据，在立场上又倾向国民党的历史学家，也都相信孔祥熙手中握有如此巨额的资产，更何况一般民众？

　　虽然孔祥熙、宋子文都是蒋介石的至亲，但他在对待孔、宋的态度上是有明显分别的。由于孔祥熙对蒋介石的要求可以说是绝对服从，因此蒋对孔一直也是处处维护，远远超过他对宋子文的信任。尽管蒋对孔的某些做法产生过不满，甚至也曾有过替换的考虑，但一旦真的要做出决定，他又会显得犹豫不决。特别是在"倒孔"运动的高潮中，他更是认为不能轻率换将，否则会助长了学生的气焰，贬低了政府的威信。

---

① 　参见杨天石《找寻真实的蒋介石：蒋介石日记解读（二）》，香港三联书店，2010，第354~373 页。

② 　《顾颉刚日记》第 5 册，1944 年 10 月 16 日，台北，联经出版事业股份有限公司，2007，第 351 页。

作为国民党的领袖，为了维护其威信和统治，蒋介石对于贪腐行为极为憎恶，而且亦曾多次下令严惩，但这种处罚往往是随意性的冲动，绝非制度化的举措，而且惩治的对象往往是一些中下级官员。当然，外界对孔祥熙的评论他也并非一无所知，就在"倒孔"运动爆发之际，蒋介石一方面急于平息风潮，但另一方面对孔的所作所为亦表示不满。他曾在日记中写道："滇、黔各校反对庸之夫妇之运动已酝酿普遍之风潮，此乃政客、官僚争夺政权之阴谋，可谓丧心极矣。然而平时之不加自检，骄矜无忌，亦为之主因也。"[①]风潮过后，蒋介石亦即考虑如何解决这一难题，但他必须顾及家族的面子。1944年6月，蒋介石先是委派孔祥熙作为特使出访美国并出席国际货币会议，实际上是让他躲避国内日益高涨的"反孔"浪潮；到了年底，蒋又逼着他辞去执掌11年之久的财政部部长之职。也就是在此前后，蒋介石已从情报中得悉中央银行高层涉嫌贪污美金公债，而且这一舞弊案很可能也牵涉孔祥熙，为此他多次下令，命新任财政部部长俞鸿钧彻查此案。当真正发现孔祥熙确实涉嫌美金公债舞弊案时，蒋介石十分"痛愤"，但犹豫再三，迫于舆论压力，才认定"庸人不可与之再共事矣，撤孔之举犹嫌太晚矣"，[②]并将撤孔的行动付诸实施，先后撤下了他行政院副院长和中央银行总裁的职务。[③]

然而，蒋介石最终也只是撤去孔祥熙的职务，对其贪腐的罪行却未加任何惩处。原因其实很简单，那就是此时国民党存亡与"四大家族"利益已经完全结合，蒋介石是不可能将惩治腐败的矛头对准孔祥熙的，

---

① 《蒋介石日记》，1942年1月21日。

② 《蒋介石日记》，1945年7月25日。

③ 关于孔祥熙涉嫌贪污美金公债的经过，可参见拙文《美金公债舞弊案的发生及处理经过》，《历史研究》2009年第4期。

这就像他曾多次劝诫宋子文时说的那样，不管做什么事，都必须"增加我内亲之情感与免除外人之猜测"。[①] 蒋介石无法真正惩治腐败，导致抗战胜利后贪污腐败成为系统化、体制性的普遍现象，同时这也成为国民党最终失败的一个重要原因。

原载《兰州学刊》2015 年第 12 期

---

① 《蒋介石致宋子文电》（1945 年 5 月 31 日），台北"国史馆"藏《蒋中正档案：筹笔》，档案号：002-010300-056-059。

六

从追随到决裂：陈克文眼中的汪精卫

汪精卫从一个反清志士到降日汉奸的心路历程，[1] 应该是我们对汪精卫这个人物最为关注的问题之一。追随汪精卫多年的陈克文是其忠实信徒，曾对汪十分尊重，年轻时就是汪精卫崇拜者，甚至极端信仰。当陈克文听说汪精卫发表艳电、公开向日本求和时，不禁感到吃惊、迷惘，亦十分痛惜；当汪投日行径暴露无遗时，他最终与汪彻底决裂。陈克文所记日记中有相当多的内容提及其与汪精卫夫妇之间交往的过程和细节，因此，陈克文的日记[2] 完整地记录了他对汪精卫认识改变的心路历程，我们可从中了解到大时代中人物思想演变的来龙去脉。

二人交往的缘起

陈克文（1898~1986），出生于广西岑溪一个农耕家庭，1917 年毕业于岑溪县城中学，后受国民党革命宣传的影响，前往广州报考广东高

---

[1]　参见李志毓《惊弦：汪精卫的政治生涯》，香港，牛津大学出版社，2014。

[2]　陈方正编辑校注《陈克文日记（1937~1952）》，台北，"中研院"近代史研究所，2012；中文简体版由社会科学文献出版社 2014 年出版。本书引文出自中文简体版。

等师范学校，1923 年毕业。当时广州是国民革命的大本营，据陈克文回忆，他在广东高师求学时就多次聆听孙中山的报告，从而萌生了参加革命的理想。1923 年，他在岑溪同乡甘乃光的介绍下加入了国民党，1925年，甘乃光就任国民党农民部部长，陈克文应其邀请，担任农民部主任秘书，从此步入政坛。

北伐开始后，陈克文随国民党中央北上，在武汉曾与毛泽东等共同主持农民运动讲习所，后一度以国民党农民部秘书的身份代理部长职务。1927 年汪精卫"分共"后，甘乃光就任广州市市长，陈亦应其之邀出任广州市政府秘书长。同年 12 月，在中共发动广州起义后，陈与甘同时去职，并于次年去欧洲游历。陈于年底返回香港定居，参加汪精卫的改组派，任香港《南华日报》总编辑。1932 年蒋汪合作后，汪精卫掌行政院，陈克文被任命为侨务委员会侨民教育处处长，但不久就辞职，仍返香港任旧职。1935 年 5 月举家赴南京，其后长期担任行政院参事，1948 年他参与立法院的选举并当选，系立法院最后一任秘书长。国民党败退台湾后陈克文并没有随之而去，而是回到香港，做生意失败后，到圣保罗男女中学任文史教师，直至 1978 年 80 岁高龄时才退休，1986 年病逝于香港威尔斯亲王医院，享年 88 岁。

陈克文是受五四新文化运动影响成长起来的一代知识分子，籍贯广西，在地理、语言及文化诸方面与广东几无差异。他参加革命的引路人甘乃光号称国民党左派"三杰"（另两位是陈公博和顾孟余）之一，是汪精卫的得力干将，正是在甘的介绍下认识了汪精卫，自此陈克文就被视为汪之派系，当然他还算不上是汪集团的核心成员。早在广州、武汉时期，陈克文就一直在国民党中央党部工作，资历虽浅，但职责甚重。蒋汪分裂后，陈一直追随汪，虽然他没有参加北平扩大会议，却是改组派的重要成员，其后更长期担任汪系舆论工具《南华日报》的总编辑。

蒋汪合作后汪精卫出任行政院院长，不忘提携自己的亲信，先是调陈任职侨务委员会，数年后再次提拔他任行政院参事，由此成为国民政府内一名高级政务官。1935年11月汪精卫被刺，蒋介石出掌行政院，汪又再次出国，但此次陈克文并未离任，而是至1948年当选立法院委员后才离开行政院。

陈克文很早就有记日记的习惯，但之前的日记因战乱而丢失，目前出版的日记是从1937年开始的，那是中国战前经济发展最好的一个时期，也是日本帝国主义策划对华发动全面侵略的前夕。正如余英时所说，这部日记不论是记事还是评论，都是可信的。[①] 特别是在陈克文担任行政院参事的这段时间，发生了诸如西安事变、抗战爆发、汪精卫出走、河内被刺以及降日、成立伪政府等重要事件，陈克文作为汪的亲信，曾多次就局势的变化与汪交谈，当然更多的还是聆听汪的意见。日记真实地记录了他对汪精卫的观感，以及他是如何从敬仰、崇拜到不理解、彷徨，进而为其行为感到痛苦、惋惜，最终站在民族大义的立场上，与汪彻底决裂的过程，诚为这一时期的历史和人物思想的转变做了深刻的注解。

抗战爆发前后的汪精卫

西安事变爆发后中国国内局势发生重大变化，在国外旅居一年之久的汪精卫也匆忙乘船回国。陈克文作为汪的老部下，亦于1937年1月与同事专程从南京乘火车到上海迎接，等到他们14日到达公和祥码头

---

① 见《余序》，《陈克文日记（1937~1952）》上册，第 V 页。

时，没想到"接船者各出奇策，以为一定可以见面，结果人人皆失望，连中央大员及淞沪警备司令，亦未获于船上相见；到码头迎接之群众及团体代表，则更无论矣"。陈克文等人在码头没有接到，于是赶到褚民谊住宅，方"幸获见面，且为最先相见，亦不虚此行矣"。他在日记中还生动地记载了当时官场众生相："淞沪警备司令杨虎，因迎候不获，到褚室大发牢骚。孔副院长亦到码头后，始到褚宅相见。以今日接船之情形看，充分表现政治活动之形式：各人均就其所认为快捷方式者，急行奔赴，惟恐他人之先我一着，且严守秘密，惟恐他人之得讯也。"①

汪精卫回南京后多次发表演讲，听众反应强烈，在陈克文看来，那是"西安事变后，纷扰沉闷之局，因先生之归来，顿呈活泼气象矣"。1月22日，陈克文"应汪夫人约，至褚民谊宅（汪先生暂时寓此）晚饭，系汪先生到京后，第一次与平日较为习熟之同志及家属叙餐，此汪夫人娱汪先生之道也。叙餐人数共三桌，除两桌为家属及私人秘书外，余一桌为中委陈树人夫妇、褚民谊、谷正纲、王懋功、曾仲鸣、谭熙鸿及余"。②在这之后的日记中也多次记载他前往颐和路34号汪公馆拜访汪氏夫妻的情形，可见陈与汪关系之密切。

卢沟桥事变爆发时，正好蒋、汪等不在南京，政府内部人心惶惶，众说纷纭。7月20日蒋介石回到南京发表讲话，陈克文认为蒋之发言"真是全中华民族所要说的，理直气壮的说话。这一篇演说词已经将全民族置于一道战线之上，以夺敌人之魄矣"。③此时的汪精卫对抗战却没有信心，主张对日妥协。7月31日汪精卫回到南京，陈克文等人前去迎接，汪即对他们说："此次廿九军之失败，可得一证明，证明'日本只能

① 《陈克文日记（1937~1952）》上册，1937年1月14日，第21页。
② 《陈克文日记（1937~1952）》上册，1937年1月22日，第24~25页。
③ 《陈克文日记（1937~1952）》上册，1937年7月20日，第82页。

威慑［吓］，而不能真正作战'一语完全谬误，此语实亡国之论也。"汪精卫说话时还"频频摇首"，对前景表示悲观。①

随着上海陷落，时局日益紧张，国民政府决定西迁。11月18日上午，陈克文在撤离南京前夕拜见汪精卫，"大家面上，都罩上一重忧虑之色。见面后，先生指示地图，说明政府迁往重庆，及军事机关迁往长沙、衡阳之意。问以外交形势，先生摇头叹息，谓友邦虽有好意，但我方大门关得紧紧的，无从说起。又说，现时只望大家一心一意，支持长久，这些切勿向外间宣露。停一会又说，从前城池失守，应以身殉，始合道德的最高观念；今道德观念不同，故仍愿留此有用之身，为国尽力，言下态度至沉着坚决。见面约一小时，先生说话极少，俯头蹀步，往来不已。先生精神之痛苦大矣"。②在政坛上，汪精卫主和的态度是公开的，11月28日汪精卫对翁文灏说，"两害必取其轻"，毫不掩饰主和的立场。他还说："九国公约会未开会者，德大使调停。只求华北自治、减轻关税、取消排日、经济合作四项。"③事实上，汪精卫也是最后一批撤离南京的国民党高层。

12月19日，陈克文前往汉口商业银行附近汪的寓所，将蒋介石在纪念周演说词大要相告。汪说，这不过是"蒋先生鼓励群众之言也"。接着，他将下午与蒋讨论时局的纲要拿给陈看，并说，"余非敢动摇蒋先生之决心，弟有决心而无办法，徒供牺牲耳。纲要若干则，最重要者认为，敌人军事胜利后将控制我之经济与财政，以中国人之钱养中国之兵，以杀中国之民。对今后的危机，可谓指陈痛切。惟积极之办法若何，亦尚付之缺如"。临别前汪再三告诫，他与蒋所讨论的内容，千万

---

① 《陈克文日记（1937~1952）》上册，1937年7月31日，第86页。

② 《陈克文日记（1937~1952）》上册，1937年11月18日，第129页。

③ 《翁文灏日记》，1937年11月28日，第188页。

不要告知外人。①

政府迁至武汉后，陈克文与汪精卫见面的次数并不频密，往往数周才得空一见。3 月 2 日他和端木恺前往一德街 9 号见汪时已间隔将近一个月未见，发觉"先生之容颜又憔悴苍老了许多。比之前两年，仿佛老了十年以上，精神也似乎十分疲倦，谈话的时候，很见怠怠"。谈话历 40 分钟，汪一面听他们报告，一面叹息摇头，最后竟说"茫茫前途，真不知变化到如何田地！"陈克文亦感到奇怪，"先生的态度何以渐渐增加消极和悲观的成分了？"②

汪精卫自欧洲回国后并未担任什么职务，直到抗战爆发后方出任国防最高会议副主席，虽然他在国民党内的地位和威望是历史形成的，但十多年来在与蒋介石的党争中却一直未占上风。4 月 1 日在武汉召开的国民党临时全国代表大会上，最终选举出蒋介石、汪精卫为国民党的正、副总裁，从法理上确定了蒋介石在国民党内至高无上的地位，对于汪精卫来说，这是不能接受但又不得不接受的事实。具体操作此事的是国民党中央组织部部长陈立夫，晚年他在回忆录中说，当此案提出后，他发现汪精卫"表现很不愉快"，这是因为汪"原本一心想当总裁，当时脸色都变了。虽然后来又选他出任副总裁，可是他心里一直不大满意"。③另一位参加会议的龚德柏则说汪当时说话"脸上青一块白一块，态度很不自然"，因为汪平日自认为是国民党的老大，"今乃使之屈位第二位，实大大的侵犯他的尊严，而使他永久认为耻辱"。④陈克文不是中委，没有资格参加临全大会，但他也听与会汪派同事说起"昨夜汪先生

① 《陈克文日记（1937~1952）》上册，1937 年 12 月 19 日，第 145 页。

② 《陈克文日记（1937~1952）》上册，1938 年 3 月 2 日，第 184 页。

③ 《成败之鉴——陈立夫回忆录》，第 221 页。

④ 《龚德柏回忆录》下册，台北，龙文出版社，2001，第 508~509 页。

与蒋并立一处，面容惨白，自己亦甚觉难过，几于下泪”。此时，陈克文心中是存疑的：“国民党从此恢复领袖制矣，国民党之精神能从此增进否乎？”“国民党十年来之内部争斗，多由于领袖之未能确立，‘九一八’后党内斗争已较少。再经此次改革，领袖制已由事实之酝酿变而为法律之承认，多年杌棿［陧］，其将从此消灭乎？”[①]这个疑问不久就有了答案。

汪精卫的出走与被刺

1938年10月底，随着广州、武汉的相继失守，中国的抗战进入战略相持阶段，汪精卫也更加丧失坚持抗战的信心，并暗中开始与日方进行联系。陈克文虽然是汪系成员，但他并非骨干，因此对这一切全不知情。11月28日下午陈克文拜访汪精卫，“谈半小时。先生赠以最近照片一张，亲自执笔签名”。[②]此时汪精卫已决定离开重庆，但他并没有透露，只是将一张签名的照片送给陈。陈克文不知道的是，就在前两天的晚上，陈公博、梅思平、周佛海等主和派在汪宅密商对策，汪一度犹豫不决，但最后还是陈璧君让他下了脱离重庆的决心。[③]陈克文对汪此举虽感诧异，但也不好追问什么，然而事后想起，这分明就是表示分别。

12月18日，汪精卫秘密离开重庆，出走的前一天汪曾出席军事委员会扩大纪念周的活动，陈克文在会后见汪穿着一身藏青色的中山装，这也是很少见的，两人“只点点头，不曾说话，想不到竟成永诀”。在

① 《陈克文日记（1937~1952）》上册，1938年4月2日，第198页。

② 《陈克文日记（1937~1952）》上册，1938年11月28日，第306页。

③ 陶希圣：《潮流与点滴》，台北，传记文学出版社，1979，第166页。

汪离开重庆两天后陈克文才听说这个消息，去问甘乃光，他也茫然不知。陈克文想起半个月前妻子曾听说汪公馆将雇用多年的女用人一律遣散，说是汪要出国，不在重庆居住了。当时陈虽认为这个消息是无稽之谈，"但心中到底有些放不下，待去打听打听，又因事未果"，以至行政院秘书长魏道铭问起汪之行踪，他也只好支吾以对。其后陈克文才知道不只是汪精卫夫妇与曾仲鸣一起走了，就连汪身边的一些办事人员也都随同而去。但为何匆匆离去，大家只是胡乱猜测，议论纷纷，真正的原因谁也不知道。甘乃光认为，这一年来汪精卫在政府中没有什么地位，在党内虽有副总裁之名，亦不过徒有其名，"许多措施他从来不曾知道。这是大足以引起他的无名悲愤的"。甘乃光推测，"汪先生远行的原因很复杂，并且酝酿的时间也决不止一日两日"。陈认为"这推测是很可信的"。①

甘乃光在国民党内的地位较高，他以为谈汪之出走"确为两个问题，一是对共产党问题，又一便是对日和平问题"，而且"汪先生对抗战悲观，主张和平，似非一日之事"。陈克文也想到有一次在汉口见汪精卫，他取出一份亲笔拟写分析今后抗战形势的文件，虽然内容很简单，字数也不多，但"对于抗战前途的悲观，是很明显"，由此亦可见抗战爆发后汪精卫对日本的大体态度。汪"此次远行因为对抗战悲观失望，主张和平，也不是绝无根据的话"。②

汪精卫秘密出走后大后方议论纷纷，有人说汪已到了上海，受到日方的隆重欢迎。陈克文心中焦虑，但又不知内情，只是搜集了一些报刊的评论，汇总邮寄给香港的林柏生，请他转交给汪精卫。想不到信刚发出不久就看到路透社电，说汪精卫已在香港发表主张对敌言和的电

① 《陈克文日记（1937~1952）》上册，1938 年 12 月 21 日、23 日，第 318~319 页。
② 《陈克文日记（1937~1952）》上册，1938 年 12 月 27 日，第 321 页。

报（即"艳电"）；更没想到的是，汪之电报竟以日本首相近卫文麿演说为立论根据。重庆的朋友都知道陈与汪走得近，见面便问此事，弄得陈"真不知如何作答是好"。①

1939 年元旦，陈克文去行政院院长孔祥熙寓所拜年，孔拉着他悄悄地问及"艳电"之事，陈实在是无话可说，只好说"汪先生这种意见，酝酿恐怕不止一日"，孔亦频频点头。②同日，国民党中央党部开会，决议开除汪精卫党籍，并撤销其一切职务。当甘乃光告诉陈此事时，"两人相对，不免叹息，更不免痛心"，陈甚至不觉落泪。他在日记中写道："想不到汪先生竟会有此一着。汪先生的主张如何，不难得人同情，最难令人谅解的是，他的主和提议不先交给党来讨论，而遽行发表。以他的地位和他的历史不是不能说话的，为甚么不在重庆讲话。在重庆不能说，到国外去，也未尝不可。一到国外，便发表这样可以瓦解抗战的言论，这无论如何是说不过去的。"③

此时陈克文对汪之举动不解，更感到痛心。1 月 4 日，他给汪精卫写了一封信，"对艳电之提出有七疑点，但相信是忠诚为国，并无私意存乎其间的"。这封信抄写好即于 6 日以航空信寄至香港林柏生处，请他转交给汪。④

这封信共有三页，陈克文在日记中收藏了底稿。信中说，当他听说汪秘密出走的消息时，重庆官场人心惶惶，而后来看到"艳电"的内容，"更如晴天霹雳，骇怛［诧］莫名"，特别是像他们这些平日追随且服膺其言论和人格的人，"精神上尤感无限之痛苦"。尽管众人"固多相

---

① 《陈克文日记（1937~1952）》上册，1938 年 12 月 31 日，第 323 页。
② 《陈克文日记（1937~1952）》上册，1939 年 1 月 1 日，第 325 页。
③ 《陈克文日记（1937~1952）》上册，1939 年 1 月 2 日，第 326 页。
④ 《陈克文日记（1937~1952）》上册，1939 年 1 月 5 日，第 328 页。

信先生赤诚为国，非有若何之私意存于其间，不过事之真相既不明了，且现时所发表者又只一艳电，故平日最信仰、最爱慕先生者，仍不免对于先生之主张及提议之方式发生许多怀疑"。

接着，陈克文又针对"艳电"提出七个所谓疑点：第一，和议之主张固然无错，"惟此时敌方是否确具诚意，在现状之下与敌言和是否可以保存我行政与主权之完整？"第二，您18日离开重庆，但"艳电"的内容却以日本首相22日发表的演说为根据，那么离渝的原因是什么？是否已与日方有联系？第三，若"认为和议之主张确于国家民族之前途有利，以先生在党国之地位"，完全可以正式在中常会或国防最高会议上讨论，至少也应先以密电提出，为何先行在港发表？第四，您多次主张以维护党纪为前提，但此次发表"艳电"，却毫不顾及党纪，前后行事是否矛盾？第五，眼下广州、武汉相继失守，士气民心亟待振奋，此时言和，恐和议未成，大乱已至，条件与投降无异。第六，所提之和议若中央党部不予接纳，舆论亦都表示反对，有无想过后果如何。第七，或许您早知和议主张不可能通过，也就不去计较主张提出的方式，不计毁誉，不问结果，但凭将来历史的判断。

陈克文在信中还说，当他见到汪精卫的"艳电"时既"不能不同深疑问"，又"不能不妄相揣测"，"精神上所感痛苦，实难以笔墨形容"。与当年听说其被刺的消息相比，陈"悲愤之深，尤不及此"，甚至"不知不觉之间泫然落泪也"，因此"如鲠在喉，究不能不略陈所疑，以渎清听"。[1]应该说，此信代表了像他那样过去崇拜汪精卫，如今却不能理解他出走行为的这批追随者的真实想法。

国民党虽然开除了汪的党籍，但还是希望他不要走得太远。2月4

---

[1] 《陈克文日记（1937~1952）》上册，1939年1月6日，第329~331页。

日蒋介石与翁文灏午餐时表示，"盼汪勿随便发言，即是帮助国家"。①
与此同时，蒋还派汪的亲信谷正鼎携带护照和旅费去河内劝其赴欧，但
汪仍坚持他的"和议"主张，并对中央开除其党籍表示愤懑。因此24
日蒋介石在致白崇禧的电报中称："谷正鼎由河内回渝，称汪仍主和，并
不愿赴欧，恐无可救药矣。"28日，谷亦将其与汪谈话的内容告诉陈克
文，他认为汪"不怪自己手续不对，反怪中央的处分操切，实在不是平
心之论"，②这就说明他们此时对汪精卫的态度已然发生变化。3月21日
凌晨，军统行动组潜入河内暗杀汪精卫，结果误将曾仲鸣击毙。不知为
何，蒋介石闻讯后反倒说"汪未刺中，不幸中之幸也"。③如果没有蒋之
密令，军统又怎么敢执行暗杀？蒋介石的这句话又是什么意思呢？令人
产生遐想。

　　汪精卫河内被刺的消息传到重庆，流言甚多，陈克文听到后先是不
相信，等到消息证实，他又在想"这样大胆的刺客，到底是甚么人"。
随后他又给汪精卫写了一封信，但这封信没有留下底稿，日记中虽然提
及，却也没说写了些什么，估计应该是些安慰关心的问候。④4月5日，
报纸上又传言汪精卫已与日方签订秘密协定，陈克文听说后还是不敢相
信，但他又感到"曾仲鸣被害之后，汪先生精神受刺激过深，或不免走
向极端。报载消息虽未必完全可靠，亦未必全非事实。如因情势所迫，
趋入歧途，则真可叹也"。⑤

　　其实陈克文不知道的是，此时他自己的所作所为早已受到军统特
务的监控。当汪精卫出走重庆之后，军统局除了奉命"密派人员驻守车

① 《翁文灏日记》，1939年2月4日，第307页。

② 《陈克文日记（1937~1952）》上册，1939年2月28日，第357页。

③ 《蒋介石日记》，1939年3月22日。

④ 《陈克文日记（1937~1952）》上册，1939年3月23日，第366~367页。

⑤ 《陈克文日记（1937~1952）》上册，1939年4月5日，第372页。

站、码头、机场，经常施行检查与汪案有关人员"外，特别对"汪系重要分子如彭学沛、陈树人、陈克文等，均密予监视，并翻印照片，分寄各站组，作为必要时之用"。军统局还对汪系主要成员的行径做了详细调查，其中对陈克文的调查结果是："行政院参事兼总务处长陈克文系陈璧君之侄，为汪系公馆派之首领。汪离渝后，（陈）与港林柏生往返函电甚多，并搜集渝市各报重要言论及所载与汪有关新闻剪寄香港。但据其自称，前谷正鼎往河内晤汪时，曾携有彼及甘乃光等七人之书信，表示对汪之主张概不赞同，并希汪考虑未来之出路等语。"① 军统局的调查除了陈克文是陈璧君侄子一说不确外，其他情报的内容基本正确。

4 月 19 日，蒋介石发表谈话，"对汪先生的主和论调痛行驳斥，词意极为严厉，直斥为汉奸理论，丧心病狂。蒋汪关系必从此破裂无余，将来是否还有复合的机会，谁也不敢预断了"。② 这时行政院政务处处长蒋廷黻才告诉陈克文，说军政部有人说他替汪"通消息"。陈克文倒也坦然，承认汪出走后曾给他去过两封信，第一封是对他发表"艳电"有所质疑，第二封则是曾仲鸣被刺后去信表示慰问。他承认与汪的关系密切，"但不能根据过去便断定我和他们现在的主张一样，并且为他们通消息。其实他们的主张和计划，事前事后一点也没有泄漏给我知道。我对他们的主张更始终表示怀疑"。后来他才知道，早在他写第一封信的时候就有人向行政院院长孔祥熙打小报告，好在孔不予理会。③

4 月下旬出版的《国论周刊》中有一篇文章评述汪精卫的为人，陈克文认为虽然该文不免有偏见，但有些内容还是比较中肯的。他特地在

---

① 国民政府军事委员会调查统计局编《渝特区二十八年度工作总报告》（1939 年），重庆市档案馆、重庆师范大学合编《中国战时首都档案文献·战时动员》上册，重庆出版社，2014，第 202~203 页。

② 《陈克文日记（1937~1952）》上册，1939 年 4 月 19 日，第 379 页。

③ 《陈克文日记（1937~1952）》上册，1939 年 4 月 20 日，第 380 页。

4 月 30 日的日记中抄录下这一段：①

> 他是一个十足地道的中国旧式文人，中国旧式文人有下举的一些毛病。一、常有一种捉摸不定的情感，歌哭无端，忧喜无常，尽管大家一团高兴，他可以忽然的不胜其"飘零"沦落之感。二、旧式文人照例有一种夸大狂，尽管所见的寻常而又寻常，但总自诩为有甚么独得之秘，因此目无余子，可以把别人特别缩小，而把自己特别放大，因此小不如意，即往往不胜其幸幸〔悻悻〕之态。三、旧式文人是最不宜干政治的，却又最喜欢干政治，因为中国过去的政治，根本就是浪漫的，这最合于文人的脾胃。四、中国文学向例是不讲逻辑的，因此中国的旧式文人便只有感想，有慷慨，有冲动，然而绝不长于思考，其感觉相当锐敏，因而经不起任何刺激。

很显然，陈克文在心目中认同汪精卫身上是具有这种"旧式文人"情结的，他也没认为这种情结有什么不好，但若与国家民族大义发生冲突的话，那就应另当别论了。

彻底决裂

5 月 20 日，陈克文收到香港寄来的《汪精卫先生重要建议》，其中一篇署名林柏生作的答问，就是对他 1 月 4 日给汪精卫的信的答复，但夹杂了许多无中生有的内容，譬如说"渝中人士对于汪先生之和平主

---

① 《陈克文日记（1937~1952）》上册，1939 年 4 月 30 日，第 385~386 页。

张，多表赞同"，"一旦和平，则外患方息，内战继起，将何以善其后？"
这些文字原来信中根本就没有，陈对此很是失望，"不知他何以要这样
扯上去。他们的宣传技术便是这样的好作假"。① 那几天外间纷纷传言，
说汪精卫已经去了东京，对此陈仍将信将疑，直至 5 月 24 日报载中央
社的消息，汪似乎真的到了上海，也有消息说他到了东京。陈对汪的行
为大失所望，他在日记中写道："如果确是事实，我真不敢轻（易）相信
人，也不敢轻论天下事了。以汪先生过去的历史和他的为人，若果居然
做出这样的事，历史上恐怕也没有前例的。"次日，《中央日报》又发表
汪到东京与平沼骐一郎订约的消息，并斥骂汪的行为与汉奸并无二致。
陈以为"这是中央主持的报纸第一次公开斥骂的论评，这事如真，天下
事真是有不能用常理推度的了"。后来他又听说汪的亲信大多也不赞成
其举动，"我真不解聪明如汪先生何以（一意）孤行至此，这样下去将来
走到甚么地方为止呢？""一世聪明，为甚么糊涂至此呢！"②

　　汪精卫在上海与日伪勾结得以证实后，重庆方面下令通缉。像陈克
文那样"以往对他敬佩的人，到此除了痛心之外，还有何（可）说？"
因为"不论从我们东方的传统思想来说，或者从西方的道德观念来说，
他的行动似乎都找不到一点理论的根据"，亦绝"不能认为他的行动是
可以原谅的"。此刻陈克文他们对汪精卫的态度已从不相信、不理解，
发展到惋惜、痛心，最终转变为无法原谅了。③

　　然而陈克文的态度彻底发生转变，那还是两个月之后的事。

　　8 月 15 日香港《大公报》披露日本飞机在广东一带散发汪精卫的传

---

① 《陈克文日记（1937~1952）》上册，1939 年 5 月 20 日，第 400 页。

② 《陈克文日记（1937~1952）》上册，1939 年 5 月 24 日、25 日，6 月 5 日，第 401~402、
　 406~408 页。

③ 《陈克文日记（1937~1952）》上册，1939 年 6 月 9 日，第 409 页。

单,《时事新报》亦称汪精卫的广播是由上海杨树浦的日本电台发出的。陈克文听到这个消息后对汪彻底绝望,这从他对汪称谓的变化就可以得到证明。以前陈对汪的举动尽管有诸多猜测、怀疑甚至不满,但在日记中对他总还是尊称为"先生";可是从这一天起,日记中对其就称"汪",甚至直呼其名:"呜呼! 今日的汪精卫已十足日本军人的工具矣!""昔日的汪精卫对于本国的军人往往不肯忍受半点闲气","今日竟能低首下心于日本骄恣军人之下,不亦可怪邪,良心和精神能不大感痛苦邪?""今后之汪精卫,追随者仅一些二三等的无聊脚色,病态文人,又岂能搞出些甚么名堂来吗? 我想今后他非甘心做日本军人的走狗,即当自己愤怼怨恨而死。"① 半个月后,汪精卫又在上海日本人的支持下召开了所谓"国民党代表大会",陈克文将此举斥为"无耻勾当","真可谓不知人间有羞耻事",而且断言,"这一套虚伪的精神,大背中国传统精神的诚字,无论他今后如何跳跃,非根本失败,身败名裂不止,决不会做出甚么大事来"。②

10 月 6 日,陈克文阅报称汪组织伪中央的计划已不可能实现,于是有感而发:"一个人自己不去毁坏自己的历史,谁也不能去毁坏它。汪一生聪明,竟自毁其历史至此,固由于他不自珍惜他的历史,亦由于他自视太高,以为自己的能力无所不可为,无所不成功,故不惜倒行逆施,不顾一切。"从以往的历史来看,"过去的许多失败都足以证明。可惜他始终不自反省,故有今日,将来必陷于身败名裂,追悔莫及的绝境"。③

当陈克文听说汪正筹组伪政府,但身边却没有像样的人才时即表示,他早就发现"现时跟汪的人只有些混水摸鱼的心理,决不会有半点

① 《陈克文日记（1937~1952）》上册,1939 年 8 月 15 日,第 441 页。
② 《陈克文日记（1937~1952）》上册,1939 年 9 月 1 日,第 449~450 页。
③ 《陈克文日记（1937~1952）》上册,1939 年 10 月 6 日,第 464 页。

为国家民族打算的。在这样的情形之下，汪非给这些人气死拖死不可。可怜的汪圣人！不论你的动机如何，你决不会有成功的一日了！"[①] 此时陈称"汪圣人"，恐怕更多的还是出于嘲弄和不屑。

1940 年 1 月 22 日，高宗武、陶希圣在香港公开了汪精卫和日本签订的密约，陈克文"对于汪最后一线的希望和信心也便为之消灭了"，认为这"也便是汪的反复无耻必然自食其报的结果"。当然陈还是为其行为感到惋惜，因为"以他的过去的历史和聪明，真想不到会走上遗臭万年这一汉奸死路的"。[②]高、陶的这一举动打乱了汪伪集团的行动计划，更暴露了他们投降卖国的行径，周佛海那几天几乎"澈夜未睡"，并扬言对高、陶二人"今后誓当杀之"。[③]3 月 30 日，汪伪政府正式在南京粉墨登场，陈克文对汪算是彻底绝望了，"汪到今日的地步，真觍然为汉奸而不知耻了"，并断言"汪及这一班恶棍决不成大事，决会失败"。[④]"汪自以为伪组织成立后，必定会有重大的影响。现在看来，汪的组织与王克敏、梁鸿志等的伪组织何异？不论为公为私，了无分别，连敌人的承认手续也还办不到，其他可知。汪一世聪明，这一着真是枉作小人。"[⑤]此时陈克文不得不承认，他对汪的判断完全错了，因为原"以为他不会组党，他竟组党了；以为他不至于投靠敌人，他竟甘于做汉奸了"。[⑥]受周佛海影响而参加伪政权的金雄白这样形容汪精卫："还都"后"屡屡在公开场合中，不期而涕泗滂沱；在会议桌上，偶有怅触，以无法自制而

① 《陈克文日记（1937~1952）》上册，1939 年 12 月 6 日，第 487 页。

② 《陈克文日记（1937~1952）》上册，1940 年 1 月 23 日，第 513 页。

③ 蔡德金编注《周佛海日记》上册，中国社会科学出版社，1986，1940 年 1 月 22 日，第 232 页。

④ 《陈克文日记（1937~1952）》上册，1940 年 3 月 30、31 日，第 542~543 页。

⑤ 《陈克文日记（1937~1952）》上册，1940 年 5 月 30 日，第 573 页。

⑥ 《陈克文日记（1937~1952）》上册，1940 年 4 月 8 日，第 547 页。

至于拍台掷椅，肝火炽盛到极点"，[1]心理上的凄怆与绝望跃然纸上，这也完全证实了陈克文的预言。

抗战胜利前后

陈克文1941~1942年的日记散失，再开始出现的日记已是1943年以后了，那是抗战最为艰苦的最后几年，也是胜利前后的历史记录。不过这段时间记载有关汪精卫的消息并不多，只是在汪因病赴日治病及去世前后有些记录。

1944年10月20日，陈克文听朋友说汪精卫在日本病故，但不知消息来源是否可靠。陈听闻之后只是表示，"结局如此，亦可哀矣"。[2]11月13日，报纸证实汪精卫已于10日下午四时病逝于日本名古屋，"汪逆降敌，甘做傀儡，其人纵生，也早死去。今日之死，不过继心死之后而又身死而已"。[3]陈克文阅报后心中无限感慨："以他的一生，竟走到这样的一个结局，虽说是他自取，到底使人有些可惜之感。"同时也有一丝惆怅，因为"他的行事不管如何，他对于我个人的提携和奖进，我是不能不十分感激的"。[4]

1945年8月15日，日本宣布无条件投降，中国军民坚持抗战，终于迎来了胜利。抗战胜利后陈克文一直留在重庆，负责政府官员与机构的还都运输工作，直至一年多之后的10月15日才与家人一道乘飞机回到南京。

---

[1]　朱子家：《汪政权的开场与收场》第2册，香港，春秋杂志社，1960，第174页。

[2]　《陈克文日记（1937~1952）》下册，1944年10月20日，第865页。

[3]　社评：《哀汪逆兆铭！》，《大公报》（重庆）1944年11月13日，第2版。

[4]　《陈克文日记（1937~1952）》下册，1944年11月13日，第872页。

此时国民政府已先后拘捕并审判汪伪汉奸，陈公博、褚民谊、林柏生、梅思平、梁鸿志等业已伏法，陈璧君则被判处无期徒刑，关押在苏州监狱。

陈克文回到南京后不久曾专门去见了汪精卫的长女汪文惺，不管怎么说，陈克文觉得陈璧君"过去对我很好，很提拔我"，如今得悉其狱中情况，"被罪名，家破人亡，心中实在难过"。①1947 年 3 月 5 日，陈克文特地与汪文惺及汪之长媳谭文素等从南京乘火车前往苏州第一监狱探访陈璧君，因其患感冒，不能外出，故直接到女监室相见。陈璧君见到亲友来访，自然很高兴，谈话大约两小时，但她"诉说往事，自言有功于国家，有功于粤省政治，政府对伊之处置，绝不公道。慷慨激昂，有时杂以哭泣，对过去行事，并无悔恨之意"。陈克文注意到监狱内"地方甚为整洁，待遇亦宽大，似机关或学校之宿舍"。②他感觉陈璧君除了精神上的痛苦外，肉体上应该不会受到折磨。

陈克文探视后相继收到陈璧君的两封来信，内容都是些充满牢骚和偏激的文字，"读之凄然"。7 月 6 日，陈克文再次陪同汪文惺从上海到苏州监狱看望陈璧君，并在狱中共进午餐。"谈话两小时，又不免一场感慨，除感慨外，只能说些安慰话而已。"③但感觉她的精神"还不算坏，没有颓丧，也不悲观；说话声音响亮，时带欢笑；前额虽颓得很高，两眼依然有神"。陈璧君在狱中大部分时间都在抄录汪精卫的《双照楼诗词稿》，后来还托人送给陈克文一套。这部书稿共有四册，用毛边纸誊写，封面为蓝色厚纸，手抄本全部约四万字，均系正楷缮写，一笔不苟，并经龙榆生详为校正，应算是"一件很可宝贵的赠品"。④

---

① 《陈克文日记（1937~1952）》下册，1947 年 1 月 19 日，第 980 页。

② 《陈克文日记（1937~1952）》下册，1947 年 3 月 9 日，第 993 页。

③ 《陈克文日记（1937~1952）》下册，1947 年 7 月 9 日，第 1019 页。

④ 《忆陈璧君与陈春圃》，《陈克文日记（1937~1952）》下册，附录十二，第 1367 页。

然而之后不久汪陈之长子汪文婴从狱中假释，告之其母在狱中长期注射一种安定神经的针剂，业已成瘾，其药性与毒品无异，陈克文听后感到非常痛心，却又无能为力。想想"汪氏一家，四五年前何等煊燃[煊赫]，谁料得到今日弄成如此景象，将来还不知要变到什么田地"。①

1949 年 10 月，陈克文迁至香港。12 月 6 日，他在九龙太子道见到曾仲鸣三姊曾醒和林柏生夫人等几位故友，得知陈璧君"从苏州监狱移到上海监狱，待遇甚苦，已经没有从前在苏州那样优待舒适。儿女们似乎已经忘记了她，即使记得，也无从为力了"。当他看到汪陈两册自年轻以来就收藏的相簿，其中有些汪还亲自加注，心中无限感慨，因这"可以说是他两人传记的一部分"，所以更加使他"发生许多回忆和感慨"。②

陈克文追随汪精卫多年，而汪对他亦时有关照与提携，所以陈对汪十分尊重、崇拜甚至敬仰。当汪突然秘密离开重庆，后又发布与日"求和"的"艳电"时，陈感到非常吃惊，更对汪此举无法理解，但对汪仍有一种惋惜或是痛心，亦曾亲笔致函予以质疑。甚至当传说汪已与日本人密谈"和平"条件时，陈仍心存侥幸，不敢相信。等到汪最终降日的行径暴露无遗时，陈克文这才对汪精卫彻底绝望，将其行为斥为"无耻勾当"，"真可谓不知人间有羞耻事"，早已沦为"日本军人的工具"。他还断言，汪之结局"非根本失败，身败名裂不止"。汪精卫晚年在诗词中常用"独行踽踽""中庭踽踽"二词，陈克文认为这是汪对自己缺乏知音，只能独自孤行的苦恼，而这也正是汪最后走上灭亡之路的悲剧所在。

原载《史学月刊》2018 年第 3 期

---

① 《陈克文日记（1937~1952）》下册，1948 年 8 月 25 日，第 1087 页。
② 《陈克文日记（1937~1952）》下册，1949 年 12 月 6 日，第 1226 页。

"求贤才皆不易"：蒋介石与民国学人

2012 年，南京大学为庆祝建校 110 周年，文学院三年级学生温方伊以南京大学前身中央大学流传的一个故事为体裁，创作了一部话剧，名字就叫《蒋公的面子》。说的是 1943 年春节前夕，刚刚兼任中央大学校长的蒋介石为了搞好与知识分子的关系，特地邀请三位中央大学的教授共进晚餐，表现出一副礼贤下士的态度。这三位教授各有特点：西装革履的时任道留学美国，崇尚自由主义，追求学术独立，虽不愿与独裁者为伍，却因有大批珍贵的图书需要靠政府协助运到重庆，赴宴则是一个机会；身着长袍的夏小山向来不问政治，只是钻研学术，同时他还是一个著名的美食家，常年的清苦生活，自然会为宴会上的美食所打动；一身中山装的卞从周是国民党员，与体制关系良好，又长期为《中央日报》撰稿，当然期望借这个难得的机会晋见领袖，但又怕被人攻击而犹豫不决。虽然剧中蒋介石并未出场，却带出了一个话题，那就是如何看待蒋介石与知识分子之间的关系。话剧演出后，立即引起关注，不仅在校内上演时场场爆满，而且还在国内主要城市公演，甚至受邀远赴美国演出，至今已演出三百多场，刮起了一阵旋风，同时也引发社会广泛的议论。

说到底，话剧讲的就是所谓"文人的面子"以及文人是否给"蒋公"面子。剧中虽没有出现蒋这个角色，却是当时权势的一个象征，实际所要呈现的是文人与权势之间的关系，一方面是文人对权势的态度，是攀附还是敬而远之，乃至嗤之以鼻；另一方面则是将这个关系倒转来看，即权势对文人的态度，是重视、重用还是轻视、搁置。具体到历史而言，我们可以看看蒋介石与民国学人之间又是怎样一幅图景？这也是本章写作的缘起。

蒋介石开始重视与学界的联系

蒋介石同他成长那一时期的很多人一样，自幼也是接受传统的儒家教育，16 岁曾参加童子试但未中，后入奉化的新式学堂，开始接触英文、算术等西学。按蒋介石自己所说，他 18 岁那年便东渡日本留学，原打算入日本陆军士官学校，但因不是政府推荐保送而不得入学，因此只在日本停留了一年便回国。先是考入保定陆军速成学堂，一年后获取官费被保送到日本振武学校（即日本预备军校）读了三年，再被派入野炮兵十三联队，先是一等兵，很快升为上等兵，即成为日本陆军士官学校的候补生。① 这应该算是蒋介石的最高学历了。

蒋介石没有接受过现代化正式的高等教育，更没有到西方国家留学的经历，虽然他对学人态度应该说是尊重的，但基本上还是像曾国藩等人那样，将士人视为出谋划策、撰写文书的幕僚。譬如延聘他少年时的老师毛思诚在其身边，主要工作就是当他的私人秘书；而他与陈布雷的关系就更是一个生动的事例。作为军事统帅，蒋介石可以礼贤下士，而

---

① 《蒋介石自述从军之经历及对青年远征军之期望》（1945 年 6 月 29 日在汉中对远征军二〇六师之演讲），秦孝仪主编《先"总统"蒋公思想言论总集》卷 21《演讲》，台北，中国国民党党史会，1984，第 157~160 页。以下略称《蒋公思想言论总集》。

陈布雷则抱着传统士人那种"士为知己者死"的信念，忠心耿耿为其服务二十余年，或为其撰写文告，或参与各种法案和政策的研拟，成为蒋介石身边重要的谋臣。

蒋乃军人出身，原本在国民党内的地位并不是很高，早期权势未稳，依赖的是张静江、吴稚晖、蔡元培、李石曾等国民党元老的支持；北伐过程中，骨干主要来自人们俗称的保定、士官及黄埔三大派系，如保定军校毕业的朱培德、何应钦、顾祝同、陈诚，日本陆军士官学校的张群、王柏龄，以及后来黄埔军校的学生胡宗南、贺衷寒、康泽等。这一时期蒋介石主要把时间用于军事方面，关注的是夺权和巩固势力，尚不考虑如何与学人建立关系。虽然中原大战后蒋介石一度兼任教育部部长，但那只是为了平衡党内派系间的矛盾，并没有真正关注教育，也没有与教育界人士建立什么联系。

1932 年对蒋是一个关键的年份。在这一年，他以黄埔学生为骨干，秘密成立了三民主义力行社，同时，他也开始意识到知识与人才的重要，并逐步与多位学人建立联系。

1931 年九一八事变后不久蒋介石第二次下野，因而有了一段时间进行反省。他感到以往之所以失败，"对于学者及智识阶级太不接近，各地党部成为各地学者之敌，所以学生运动全为反动派操纵，而党部毫无作用，且有害之"，即为主要原因之一。[①]他认为他所缺乏者"为外交与教育之大意，而对于该两方人才亦毫不接近搜罗，而对于国内之策划与国外之交际，亦无专人贡献"，因此计划今后"对于外交、教育与财政人才，应十分收揽；而对于策划之士亦应注重"，并决定"当于每星期研究一次或二次，一面可以交换智识，一面可以选拔人才，而且得以联络

---

① 《蒋介石日记》，1931 年 12 月 24 日。

感情也"。① 不久蒋介石重新上台，即将他的计划付诸实施，而中间的牵线人，除了陈布雷之外，主要是他盟兄黄郛的妻弟、时任教育部常务次长的钱昌照。

九一八事变后，国际国内局势愈发紧张，蒋介石听从钱昌照的建议，决议成立国防设计委员会，调查全国的资源（包括自然与人力两大资源），并聘请各方面的专家担任顾问。钱昌照向蒋介石开出了一份四五十人的名单，其中军事方面有陈仪、洪中、俞大维、钱昌祚、杨继曾等，国际关系方面有王世杰、周览、谢冠生、徐淑希、钱端升等，教育文化方面有胡适、杨振声、傅斯年、张其昀等，财政经济方面有吴鼎昌、张嘉璈、徐新六、陶孟和、杨端六、王崇植等，原料及制造方面有丁文江、翁文灏、顾振、范锐（旭东）、吴蕴初、刘鸿生、颜任光等，交通运输方面有黄伯樵、沈怡、陈伯庄等，土地及粮食方面有万国鼎、沈宗瀚、赵连芳等，可谓集结各界精英，皆为一时之选，其中大部分人后来都成为国防设计委员会的委员。②

以往与学界并无多少联系的蒋介石，此时却发生了重大改变，从他1932年的日记中可以得知，他在这段时间经常约见一些学者，听他们讲解各方面的知识，重点是科学、经济与外交，除了补充其知识面的不足，更重要的是他希望从中挑选日后能够委以重任的人才。③

此时蒋主要考虑的是如何任用人才。他以为"求贤才皆不易，当退而求次，不可眼界太高。近者朱益之［培德］、朱骝先、朱逸民［绍良］、张岳军、贺贵严［耀祖］、蒋雨岩［作宾］；次之如陈立夫、葛

① 《蒋介石日记》，1932年3月20日。

② 《钱昌照回忆录》，中国文史出版社，1998，第37页。

③ 金以林：《蒋介石的1932年》，罗敏主编《蒋介石的人际网络》，社会科学文献出版社，2017，第152~157页。

湛侯［敬恩］、俞樵峰［飞鹏］、陈公侠［仪］；远者如程沧波、刘健群、何浩若、梁干乔、赵龙文；次之如张道藩、罗志希［家伦］、顾树森、彭学沛，皆有一日之长。如欲求其全才，则何可多得？"①他运用各种方式，譬如接见、谈话、吃饭，乃至聘请他们为之讲课，先后接触了很多著名的学者，对他来说更重要的还是从中考察和发现合适的人才，为其所用。在这方面他在1932年的日记中多有记载，如"晚与中大教授四人谈话，皆为书生，叶元龙略有见地"（4月12日）；"下午会客金陵大学校长陈裕光、中大刘光华，皆有见解，非书生可比"，同日接见的其他二十几人却"皆平平之也"（4月13日）。5月17日、19日和20日，蒋介石三次听取马寅初介绍国际经济大势，"皆甚见效"。这些接触对蒋介石的影响很大，他在日记中写道："近日极思准备时期组织之重要，而且组织以人为主，故求人心切。自恨昔日识浅见少，坐井观天之错误也。"②

在这批学者中非常重要的一个人物就是著名的地质学家翁文灏。6月17日，蒋介石听翁文灏讲道："中国煤铁矿业之质量，东三省几占百分之六十以上，而全国铁矿，为倭寇所有权约占百分之八十二以上。惊骇莫名，东北煤铁如此丰富，倭寇安得不欲强占？中正梦之今日始醒，甚恨研究之晚，而对内对外之政策错误也"。第二天晚上，翁文灏又为其讲解中国各省矿藏之分布，蒋得知中国"所缺者为银与铜，而最富者为煤，为铅，为钨，为锰，为铝，占世界第一、二、三位"。第三天下午，翁文灏接着讲东北与西北农产地之分布，"据其以气候与雨量而论，则西北只可移数百万之民为屯垦边防之用，绝非如世人所理想者可容八九千万之移民也"。连续多日听翁文灏讲解，蒋介石深深以为，"翁实

---

① 《蒋介石日记》，1932年4月4日。
② 《蒋介石日记》，1932年6月16日。

有学有识之人才，不可多得也"。①而翁文灏等人的见解，对于蒋介石日后制定政策也产生重要影响。

6月20日，蒋介石约见著名的军工专家俞大维，发现"此人对于政治、人事皆能留心，且有研究，惟恐其经验不足耳"。此时蒋介石正在筹划成立国防设计委员会，他认为成立该会的关键就是集聚人才，尤以各组主任最为重要。这一天他初步预定各组人选：经济，马寅初、刘振东、翁文灏、俞大维；内政，张群、杨永泰、谷正伦、蒋伯诚、朱世明、何浩若；外交，余日章、裴复恒、程沧波、周鲠生、徐谟；法律，王世杰；教育，戴季陶、朱家骅、蒋梦麟、钱昌照、罗家伦。②蒋介石以为，"为政在人，余一人未得，何能为政？尝欲将左右之人试量之，多非政治上人。戴季陶、陈景翰、余日章三友可为敬友，而不能为我畏友；其他如朱骝仙〔先〕、蒋雨岩、张岳军、俞樵峰皆较有经验，而不能自动者也；其次朱益之、朱逸民，皆消极守成而已，无勇气，不能革命矣；其他如贺贵严、陈立夫、葛湛侯，皆器小量狭，不足当事也。兹再将新进者分析之，党务：陈立夫、张厉生、张道藩、刘健群、罗志希、殷锡鹏〔朋〕、方觉慧、齐世英、方治、鲁涤平、罗贡华选之。其他如内政、外交、经济、法律、教育诸部，从长考选，不易多得也"。③蒋介石对他身边的干部一一加以排比，觉得还是不敷使用。

两天后，蒋介石又在日记中写道："近思旧识干部人才，几无一得，而本党原有之干部更难多得。季陶、益之较有干才，而其消极、懒慢，不能为用，是为最大之不幸。其次则张岳军、蒋雨岩、朱骝先，亦只能尽一部之责而已。兹假定党务戴季陶、陈果夫、罗志希、张岳军；军事：

①　《蒋介石日记》，1932年6月17日、18日、19日。

②　《蒋介石日记》，1932年6月20日。

③　《蒋介石日记》，1932年6月22日。

何敬之、陈公侠；政务朱骝先，以马寅初任经济，王世杰任法律，蒋梦麟任教育，张岳军任内政，蒋雨岩、周鲠生任外交，俞樵峰任交通，未知其果能无误否？"①

6月28日，蒋介石在武汉设立豫鄂皖三省"剿匪"司令部，此后他一直坐镇武汉及南昌等地指挥，其间亦曾多次召见各方学人，听取他们的意见，在这一时期的日记中留下了诸多记载。譬如听清史专家萧一山讲解历史，认为"其所见者为法度与思想之大处，可佩也"（7月19日）；连续多日听周鲠生讲国际形势，内容涉及领事裁判权、租界及国际联盟诸问题，"所得颇多"，并认为周在这方面"甚有研究"（7月20、21、22、26日）；听徐青甫谈经济问题，胡汝麟讲财政问题（7月20、21日）；听王世杰讲英、法、美等各国的政治制度，收获甚大，内心"亦以为然也"（7月27、28、29日）；还听杨端六讲货币制度（8月9日），刘秉麟讲经济学，特别注重苏联的计划经济，内心"甚有所感"（10月10、11、12日）；11月底至12月初，蒋介石在武汉曾多次与胡适见面，交谈教育的方针与制度。胡适认为教育之好坏与制度无关，然而"经费不足，政治波动，人才缺乏，办学者不安定，无计画之可能"，这才是教育崩坏之原因，②蒋介石听了亦"甚以为然"（12月2日）；听李惟果讲德国与土耳其的崛起与复兴，"甚叹革命之主义，领袖人格与制度组织，及时机与地点之重要"（12月2、8日）。

这些学者的讲述对蒋介石的影响很大，譬如听了中央大学清史教授萧一山谈中国历史上的统治之道后，他就深刻体会到，中国治道"向以黄老与名刑并用，而折中于孔子中庸之道。然孔教带礼，又不能成为纯

① 《蒋介石日记》，1932年6月24日。

② 《胡适日记全集》第6册，曹伯言整理，台北，联经出版事业股份有限公司，2004，1932年12月2日，第635页。

教。治国工具以宗教、社教、法律三者并用，今中国宗教完全失效，而法亦自曹魏来而败坏。赵宋以来，孔教又为佛教所败，宋儒且偏重于佛学，演至今日，礼教破产，所以思想复杂，法度不立，教礼失效，此天下之所以大乱"。① 当从周鲠生、王世杰等人那里初步了解欧美各国的政治制度后，他认为要采各国所长，譬如今后国家"于政府，则仿美国总统制；于立法，则仿德国经济会之三院制；于选举，则地区与职业制并重；于中央与地方权限关系，则仿法国制；而司法与审计及预算制，则另加研究也"。②"革命计划以不平等条约为第一对象，以国内腐化分子，为第二对象；各反动派为第三对象。故革命宪法，以经济、教育、外交三大要素为基础，必使国家容易统一之故，不能不因地制宜，使地方分权，以图发展其经济与教育；必为使政权容易集中，以对抗外患，则不能不用总统制，以为应时制宜之计；以道为县，使县之范围扩充，以职业团体为经济议院，以代众议院职权，以国民党中央会议为参议院，以各省区与各民族选举当中议院，此近日对于政制之研究也。"③

目睹当下国民党的现状，蒋介石其实极不满意，他以为"旧党员多皆腐败无能，新党员多恶劣浮嚣，而非党员则接近不易，考察更难。古之山林之贤，今不可复见，而租界反动之流，多流氓之亚者。其在留学生中，大学教授中，职业团体中，旧日官僚而未在本党任仕有风格者中，外交界中，其在此中求之乎？"④ 由此他"甚感本党中委之缺才，无政治能力，所以武功虽成，文治退步，故武功亦受影响，竟遭失败，言

① 《蒋介石日记》，1932 年 7 月 19 日。
② 《蒋介石日记》，1932 年 8 月 4 日。
③ 《蒋介石日记》，1932 年 8 月 5 日。
④ 《蒋介石日记》，1932 年 9 月 1 日。

下甚叹老党员，文人之不能革命，故反害革命之进行也"。①

此时，如何改变政府官员的结构与成分便成为蒋介石经常思考的一个问题。而适当地遴选一些优秀的学者加入政府，这对于巩固统治并无坏处，与学人的广泛会面也就成了他考察人才的绝好机会。譬如他在听了徐青甫、胡汝麟讲解财政与经济问题后，深觉其人老练，并以"得识徐、胡二君，至为欣慰"，而且"朱世明亦可造之才"（7月20、21日）；"今年得刘健群、钱昌照、俞大维、翁文灏、王陆一、罗贡华诸人，以翁最有阅历，亦有能力，可喜也"（7月25日）；"吴国桢或可造人才，吴任伦亦有望之才也"，"与周炳琳、沈熤若、宣介溪、曹轮金诸人谈话，周老练、沈幼浮、宣急"，方知"求知人才之难也如此。余力事选人皆无体系，何能得人成事耶"（7月26日）；"组织与专才重要，而才不易得也。现在进行者，翁、钱之组织，近于政治与经济，而俞之组织近于外交与教育；刘之组织则近于军事与党务。最难得者，为外交与财政人才，应注重之"（7月27日）；"[陶]孟和注重办事方法组织与研究专家"（9月10日），"卫挺生乃一热心可交之友"（9月14日）；与吴鼎昌谈话之后，也发现"此人确有研究，亦知人事，可以交也。其对于经济亦有心得"（9月30日）；"李[惟果]与刘[秉麟]皆可用之才也"（12月2日）；"蒋廷黻[黻]及对外交确有研究与见地者。何廉亦实践力行之人也"（1933年8月23日）。

蒋介石在与这些学者见面的过程中尚能虚心请教，礼贤下士，学者们自然亦知无不言，介绍各自所掌握的知识。在与这些学人的交往中蒋受到不少启发，得益甚多。更重要的是，通过这些谈话，他开始注意并招揽其中的优秀人才进入政府，为其服务。1933年1月26日，任命俞

---

① 《蒋介石日记》，1932年12月15日。

大维为军政部兵工署署长。4 月 21 日，任命王世杰为教育部部长。特别是 1935 年 11 月国民党"五全"大会之后，国民政府改组，一批重要的学人和专家进入政府，如内政部部长蒋作宾、实业部部长吴鼎昌、铁道部部长张嘉璈，以及行政院秘书长翁文灏、政务处处长蒋廷黻等，被时人称为"人才内阁"。这一举动使政府内部的成员结构有了调整，同时在当时学界也产生一定影响。①

这里应该注意的是，虽然蒋介石将一些学人揽入体制之内，并对其中一些人委以重任，但他对这批知识分子还不是十分放心。翁文灏算是蒋介石十分推重的人选，但他就曾对竺可桢说过，蒋介石做事虽"事无巨细，务必躬亲"，但"对于所用之人，概不十分信任"。② 在蒋介石看来，"中国学者之大病，在能创造而不能继续；在富于研究天性，而无工作习惯"，这是因为"农业国之特性，教育、制度、法律，皆须根据于此"。③ 因此国民政府的统治依然是建立在个人独裁的党治基础之上，知识分子的入阁完全改变不了国民党一党专政的性质。

战时蒋介石对学人的关注

卢沟桥事变爆发前夕，蒋介石即已计划在庐山召开以知识界人士为主的谈话会，他以为，"教育以民族光荣之历史、雄厚之国力与伟大之精神为

---

① 进入政府的体制内参政议政，或委以重任的知识分子为数不少，譬如陈布雷、朱家骅、翁文灏、吴国桢、蒋梦麟、蒋廷黻、张道藩、钱昌照、何廉、顾毓琇、杭立武、罗家伦、孙越崎、张其昀、张忠绂、刘大钧、周炳琳、方显廷、李惟果、俞大维等。

② 《竺可桢日记》第 1 册，第 29 页。

③ 《蒋介石日记》，1937 年 7 月 5 日。

基础，而助之以严重之困难、无上之国耻，引为人人之责任"。[1]卢沟桥事变发生后，谈话会照常进行，并于 12~29 日举办二期，邀请各党派及无党派人士出席。各党派中包括青年党、国社党、农民党以及村治派、职教派和救国会各方面的领导人，而无党派人士则主要是各大学校长与教授，中共方面也派了周恩来、林祖涵和秦邦宪前往庐山，但并未参会。据统计，出席会议的学者、名流共 132 人，其中教育界即高达 104 人，包括竺可桢、张伯苓、蒋梦麟、梅贻琦等 23 位大学校长，还有胡适、任鸿隽、曾昭抡、张志让、陶希圣、郑天挺等 72 位知名教授。[2]这表示在国难当头之际，以蒋介石为首的国民政府对知识界人士开始关注和重视，而且希望得到知识界人士的倚重和认同。7 月 15 日谈话会在庐山举行，两天后蒋介石在出席谈话会时针对时局发表了"最后关头"的讲话，向全国军民表示了坚持抗战的决心。7 月 31 日，蒋介石约胡适、张伯苓、梅贻琦、陈布雷、陶希圣等人午餐时，亦表明他已决定与日军作战，说明此时以知识分子为主体的民国学人已被蒋介石视为坚持抗战的重要力量。[3]

　　为了坚持抗战，必须团结全国军民，凝聚共识，其中知识分子的态度至为重要。在这方面国民政府与蒋介石确实采取了一些措施，可以从以下几个方面分别予以叙述。

政治：征集名人入党

　　首先在政治上，国民党于抗战爆发后不久即释放"七君子"及其他

---

[1]　《蒋介石日记》，1937 年 7 月 3 日。

[2]　参见吕芳上《凝聚抗战共识——卢山谈话会的召开》，《纪念七七抗战六十周年学术研讨会论文集》，台北，"国史馆"，1998，第 25~26 页；又见陶希圣《潮流与点滴》，第 147~150 页。

[3]　竺可桢参加了庐山谈话会，他在日记中对这次谈话会记载甚详，参见《竺可桢日记》1937 年 7 月间的记录。

所谓"政治犯",并同意实施国共合作。

淞沪会战后,国民党设立国防委员会为全国国防最高决策机关,并在其之下设置国防参议会,邀请 24 位各党派领袖及社会贤达参加,其中包括张伯苓、马君武、胡适、蒋梦麟、傅斯年、陶希圣等多位学界人士。国防参议会存在的时间虽然不算长,却是抗战爆发后各党各派人士实施联合的标志,它也成为后来国民参政会的雏形。

1938 年 7 月 6 日,第一届国民参政会在汉口成立,本届参政员共200 人,其中教育界人士有 59 人,几占全体参政员的 30%,也是各界别中人数最多的群体。虽然参政员并非选举产生,而是由国民政府聘请,但他们都是社会上、学术上和经济上享有重要地位的人士,而且国民党籍的参政员只有 2/5。然而值得注意的是,虽然以后各届参政员的人数越来越多,产生的方式又改为选举与遴选两种,但国民党籍参政员的比例却不断上升,到第四届三次会议召开时,其比例已达 80% 以上了。

蒋介石更注意的是要笼络、吸收知识分子,特别是拉拢那些著名的学人加入国民党,最终的目的当然是希望他们为其所用。为此蒋介石还作为介绍人,亲自发展翁文灏和张嘉璈为国民党员。[①]1939 年 3 月 4 日,蒋介石在第三次全国教育会议上发表演讲,除了强调"教育是一切事业的根本"外,更向全国的知识分子,特别是各大学的校长和教授提出"以实现三民主义引为自身的责任",加入国民党,共同为抗战救国的目标而奋斗。[②]

战前虽然也有一些学人加入国民党,但人数并不算多,然而战时在国民党乃至蒋介石的干预和运作之下,知识分子中国民党员的人数明显

---

① 《翁文灏日记》,1938 年 4 月 19 日,第 232 页。

② 秦孝仪主编《蒋公思想言论总集》卷 16《演讲》,第 127~130 页。

增加。譬如西南联大中的三位常委，亦即北大、清华和南开大学的校长蒋梦麟、梅贻琦、张伯苓都是国民党员，其他大学的校长，特别是国立大学，如中央大学先后几位校长罗家伦、顾孟余、顾毓琇、吴有训，浙江大学校长竺可桢、武汉大学校长周鲠生、厦门大学校长萨本栋、云南大学校长熊庆来、重庆大学校长叶元龙、金陵女子大学校长吴贻芳等学者都是国民党员，其中多人还被委以国民党中央委员、三青团中央干事或监察委员等职务。各校的主要行政单位负责人也在这些国民党籍校长的"邀请"下出于现实的考虑加入国民党。比如在西南联大，蒋梦麟在加入国民党后不久，便召集联大三校院处长以上教授"茶会"，宣布"凡在联大及三校负责的，其未加入国民党者，均先行加入"。[①]因而学校各级行政负责人绝大部分均"遵命"加入了国民党。其他高校的情况也跟联大差不多。

西南联大素称大学中的"民主堡垒"，可是1939年该校成立国民党区党部时，全校教授中的一半以上，包括查良钊、郑天挺、冯友兰、陈雪屏、姚从吾、华罗庚、罗常培、杨振声、李广田、孙毓棠等著名教授都是国民党员。而据1944年2月的统计，联大371名教师中，国民党员超过150名，这还不算职员与学生中的国民党员以及学生中的三青团员。[②]武汉大学的国民党员有90多人，其中包括杨端六、王铁崖等20位著名教授。他们加入国民党的具体原因亦不尽相同，但大多与各自切身利益相关，如私立华西协和大学校长张凌高为了获得教育部的补贴，不得不接受陈立夫、程天放的介绍，加入国民党，其后为获得教育部的

---

① 　清华大学校史编写组编《清华大学史稿》，中华书局，1981，第297页。

② 　详见王奇生《战时大学校园中的国民党——以西南联大为中心》，《历史研究》2006年第4期。

更多资助，张还动员该校 100 多名教授和学生加入国民党。①

　　北京大学历史系教授郑天挺后来被推荐出任西南联大的总务长，1939
年 8 月 24 日，蒋梦麟和梅贻琦特别在梅寓所招待联大三校负责人商谈加入
国民党之事，郑天挺在当天的日记中回忆了他与国民党的历史渊源：1922
年他自北京到福建参加革命时，当时率革命军入闽的是许崇智，省长是林
森，而那时国民党还叫中华革命党，他"虽日与党中同志相处而未入党"；
1927 年他曾代理浙江省民政厅厅长，平日"周旋于党政诸要人间，亦未
入党"；1930 年，他奉老师蒋梦麟之命，"入教育部任秘书主任，亦未入
党"。郑天挺认为，对于国民党党义的了解他比许多国民党员要多得多，
之"所以未入党者，不愿以入党猎官固位也"。然而"今中央既有使各大
学组党、重要人员入党之议，为保护学校及孟邻师，已决入党"，而且他
们还"建议中央推钱端升、周炳琳、吴有训为筹备员"。②1940 年夏，西
南联大正式成立国民党联大直属区分部，郑天挺在日记中写道："自今日
始，余列名党籍矣。"③

　　这些教授在联大参与国民党活动的情形在他们的日记中多有记载。
如 1941 年 5 月 15 日晚，联大常委、清华大学校长梅贻琦即约"钟天
心、周枚荪、钱端升、查勉仲、姚从吾、陈雪屏合请校中同仁三桌，饭
后谈党及请大家入党的意思，发言者为周、蒋、贺、周、锺，十点半
散"。④1943 年 3 月 12 日，郑天挺"晚饭前至文化巷南开办事处参加联
大区党部会……新入党者华罗庚、雷伯伦、陈省身、孙毓棠"。⑤

---

① 　参见王东杰《国家与学术的地方互动——四川大学国立化过程》，三联书店，2005，第 295 页。

② 　《郑天挺日记》上册，第 181~182 页。

③ 　《郑天挺日记》上册，1940 年 6 月 14 日，第 280 页。

④ 　《梅贻琦日记（1941~1946）》，第 32 页。

⑤ 　《郑天挺日记》下册，1943 年 3 月 12 日，第 672 页。

蒋介石拉拢知识分子入党的目的就是要控制高等学校师生的思想。1943 年 7 月 16 日，蒋介石向中央党部秘书长吴铁城、三青团干事会书记长张治中、副参谋总长兼军训部部长白崇禧、教育部部长陈立夫等人发出手谕，要求"以后各大中学内，其党务、团务、军训与训导等人员，皆应统辖于校长，受校长之指挥与考核。即本此原则，以定学校之制度，但各校校长必须皆为党员，方足以领导党团之人员。各校每周应举行党务会报一次，即由上述四部份负责人员出席参加，各校党义一课以后应改由校长讲授，俾引起学生之重视"。①

抗战胜利前夕，国民党准备召开第六次全国代表大会，蒋介石更是多次表示要在大会召开之前"征集社会与教育、经济界名人入党"，并要求"六全大会前征求名人入党名单"，预定在"各大学教授中，选拔本党党员"。②4 月 7 日，蒋介石向组织部部长陈立夫、教育部部长朱家骅发下手谕："希于各大学教授中保举最优秀之党员，每校二至三人，详具履历及研究项目与其专门著作等，于三星期内呈阅。"③ 这亦可说明蒋介石想要改变国民党结构的迫切性。

学术：资助办刊与研究，以笼络人心

蒋介石与学界的联系主要是通过侍从室，特别是陈布雷、钱昌照等人的协助而进行的。侍从室曾奉令协助成立艺文研究会，并赞助或支持数十种刊物的出版（如《艺文丛书》）。蒋介石曾令以侍从室名义赞助一些学术机构及社团，譬如协助著名学者马一浮创办复性书院，出面协

① 　高素兰编辑《事略稿本》第 54 册，第 85 页。

② 　《蒋介石日记》，1945 年 1 月 21 日；2 月"本月大事预定表"；4 月 4 日。

③ 　王正华编辑《事略稿本》第 60 册，第 238~239 页。

助哲学界成立中国哲学会，还扶持《大公报》，意图掌控学界和舆论的
力量。①

　　蒋介石重视创办学术刊物，其意图借此宣传国民党的方针和政策，
为巩固其统治服务。蒋认为，文学史学为国民精神所寄托，应提倡文
学史学，以唤起民族意识。胡适在美国翻阅张其昀借给他的《思想与
时代》，他知道这个刊物就是蒋拨款资助的，主要执笔者为张其昀、钱
穆、冯友兰、贺麟、张荫麟。虽然没有"发刊词"，但每期刊载的启事
都要求作者提供的文字必须是："1. 建国时期主义与国策之理论研究；
2. 我国固有文化与民族理想根本精神之探讨。"因此胡适认为"此中很
少好文字"，因为"他们的见解多带反动意味，保守的趋势甚明，而拥
护集权的态度亦颇明显"。②也就是在这样的指导思想下，国民党中央
党部创办《文史杂志》，以叶楚伧为社长，卢逮曾为主编，目的就是要
宣传蒋介石的新生活思想。但朱家骅认为卢逮曾的声名不广，在学界
的地位亦不高，为了将杂志办好，他曾多次函电顾颉刚，催促他尽快
到重庆接任。虽然顾颉刚认为"张其昀有政治野心，依倚总裁及陈布
雷之力，得三十万金办《思想与时代》刊物于贵阳，又垄断《大公报》
社论，宾四、贺麟、荫麟等均为其羽翼。宾四屡在《大公报》发表议
论文字，由此而来。其文甚美，其气甚壮，而内容经不起分析。树帜
读之，甚为宾四惜。谓其如此发表文字，实自落其声价也"，③但他还
是没有拒绝朱家骅的意见，最终仍然到重庆主持《文史杂志》的日常
事务。

---

① 参见张瑞德《无声的要角——蒋介石的侍从室与战时中国》，台北，联经出版事业股份公
　司，2015，第 178~186 页。

② 《胡适日记全集》第 8 册，1943 年 10 月 12 日，第 179 页。

③ 《顾颉刚日记》第 4 册，1941 年 11 月 10 日，第 602 页。

抗战期间，教育部对高等教育也实施了补助。1940 年 5 月 27 日，浙江大学校长竺可桢在重庆参加第一次学术审议会，经王世杰提议，"每年由财政部与教育部洽商，拨美金二百万元，作为大学之设备"。① 其后教育部根据战时法案，设立了"著作发明及美术奖励"，1941~1947 年，这一奖励先后进行了六届，它原本属于"临时""补助"的举措，虽然奖励的对象很少，但对于高级知识分子战时的生活有所帮助，而且由于评审权威、过程严密，其后来成为最高学术奖。而从评选的结果来看，当初获奖的作品，也是获学术界公认的。②

蒋介石还指示经济会议秘书长贺耀祖，"对于报上所载有关经济之论文，应随时予以注意，并择其有见解有才识者，设法与之联络，或约谈考核，再择其才干具操守者，设法收罗为要"。③ 也同样是出于笼络人心的考虑，蒋介石对于知名学者极力做出礼贤下士的姿态。据冯友兰回忆，凡是从别的城市到重庆去的知名人士，蒋介石都会请他们吃饭，冯本人每次去重庆几乎都会有这样的"礼遇"。而且每次"吃饭的时候，客人先到，坐在客厅。蒋介石先到客厅旁边的一个小房间里，请他所要接见的人进去单独谈话。每个人进去，谈几分钟就出来。他也随着出来到客厅，说几句应酬话就一起到餐厅。每次吃饭，大约有二十人。中餐西吃，坐定以后，边吃边谈"。④ 应该说，蒋介石采取的这种方式对于知识分子的态度还是产生了一定影响的。

① 《竺可桢日记》第 1 册，1940 年 5 月 27 日，第 434 页。

② 参见赖岳山《1940 年代国民政府教育部"著作发明及美术奖励"史事探微》，《民国档案》2017 年第 4 期。

③ 《蒋介石致行政院经济会议秘书长贺耀祖手谕》（1941 年 12 月 8 日），周美华编辑《事略稿本》第 47 册，第 616 页。

④ 冯友兰：《三松堂全集》第 1 卷，河南人民出版社，2001，第 97 页。

生活：拨款救济，但杯水车薪

抗战期间全国军民节衣缩食，同仇敌忾，目的就是坚持抗战，抗击侵略者，赢得最后的胜利。战争期间，由于物资短缺，通货膨胀，大后方的民众生活日益贫困，其中尤以高级知识分子的境况与战前相比变化最为明显。对于这一现状蒋介石也曾设想一些方法来维系知识分子的生活，譬如设立部聘教授，杨树达、陈寅恪等 30 位知名学者被提名出任民国三十年度首批部聘教授，除月薪 600 元外，每月还加发研究补助费 400 元；提高高校教师的薪酬，为教师和学生提供米贴和平价米。而且他本人还为某些重要的学人提供过援助。譬如抗战之初，蒋介石还曾让中央组织部部长朱家骅寄钱给陈独秀，接济他的生活。[1]竺可桢生活艰窘，"半年以来因梅儿屡病气喘，自渝返家，旅费计一千余元，近购鱼肝油三瓶三磅八百元，朱诚中医药费 152 元，单梅一人已用二千四、五百元，故已亏空三千。适得教部转来委员长馈赐 3000元，得此可弥补"。[2]蒋梦麟曾告诉郑天挺，他在重庆向蒋介石倾诉联大教授生活困苦，蒋即答应"拨奖助金二十万，已交到矣"。[3]1942 年7 月，中央大学地质系教授朱森因生活窘困羞愤自杀，此事引起大后方知识界的强烈震动。蒋介石亦深为吃惊，他曾在日记中写道，要注意"朱森教授之死案"，并将"大学教授补助金办法之催订"列于重要的工作计划之一，[4] 以尽量减少类似的惨案发生。

---

① 详见唐宝林《陈独秀全传》，香港，香港中文大学出版社，2011，第 761~763 页。

② 《竺可桢日记》第 1 册，1942 年 11 月 2 日，第 623 页。

③ 《郑天挺日记》上册，1942 年 11 月 5 日，第 626 页。

④ 《蒋介石日记》，1942 年 7 月 21 日、9 月 30 日。

梁氏兄弟的故事亦为典型例子之一。梁启超之子梁思成、梁思永都是当时中国著名的知识分子。长子梁思成自幼留学海外，回国后创办中国营造学社，是一名建筑大师，其妻林徽因更是名噪一时的才女；次子梁思永为著名的考古学家，但抗战之后到了大后方，生活难以为继，林徽因、梁思永身患重病。他们的这种状况引起中央研究院历史语言研究所所长傅斯年的重视，为此他曾多次写信给中央研究院代院长朱家骅、干事长叶企孙和翁文灏，甚至直接致函蒋介石，希望政府能拨款救急。①

后来发生的情形应该是这样的，朱家骅和翁文灏收到此信后先是与陈布雷商谈，其后便向蒋介石做了汇报。蒋很快就做出批示，并从他的特别经费中拨出 2 万元作为补助款汇寄给傅斯年，再由他转交梁氏兄弟。翁文灏的日记中有这样两段记载，1942 年 9 月 16 日，"访陈布雷，谈梁思成、思永事"；9 月 28 日，"送来蒋赠梁思成、思永贰万元正，余即转李庄傅孟真，托其转交"。② 虽然梁氏兄弟对此事的原委并不清楚，但不管怎么说，梁氏兄弟的家庭生活确实得到明显的改善。梁思成在给费正清的信中告知这一变化："我们的家境已经大大改善，大概你们都无法相信，每天的生活十分正常，我按时上班，从不间断，徽因操持家务，也不感吃力……当然秘密就在于我们的经济情况改善了，而最让人高兴的是，徽因的体重在过去两个月增加了 8 磅半。"③

知识分子虽然生活清贫艰苦，但不愿接受嗟来之食，政府为此曾设

---

① 详见王汎森、潘光哲、吴政上主编《傅斯年遗札》第 3 卷，台北，"中研院"历史语言研究所，2011，第 1246~1248、1252~1254、1280~1283 页。

② 《翁文灏日记》，1942 年 9 月 16 日、28 日，第 811、814 页。

③ 关于这个故事还可参阅岳南《南渡北归》（台北，时报文化出版公司，2011）以及吴荔明《梁启超和他的儿女们》（上海人民出版社，1999）相关章节。

想过多种办法。1941 年 6 月，顾颉刚应朱家骅之邀，赴重庆出任文史杂志社的副社长时，朱就曾对顾表示，之所以创办这个杂志，是因为抗战以来物价日高，大学教授生活困难，其中一个解决办法就是可以让文学院的教授多在杂志上发表文章，取得稿费。①

蒋在致侍从室第二处主任陈布雷的电文中也称，"各大学教授中生活家境最困艰难者，应设法救济"，为此他曾拟定两种办法："甲、组织政治、经济、社会以及自然科学等学会或杂志译书征文，如现在补助哲学学会之办法；乙、每大学视其教授人数之多寡，择其家境生活最困难者，由各校长负责调查，由政府令银行特别拨款借贷，名为信用贷款，不要利息，或最低利息，待抗战完结后五年内分期还清，由政府担保，但每人每年有最高借款，如最多每月以五百元、每年以五千元为限。"蒋介石计划每年拨款大约 200 万元。若这两种方法能落实，则对各大学教授能有所救济，但他又强调"专救济真穷苦者为限，而非普通人之救济"。要求陈布雷即将此意转告教育部部长陈立夫，令其妥筹办法，并限今年暑假以前发表实行。②

根据蒋介石 1942 年 12 月 31 日侍秘字第 15345 号代电手令，教育部先后给长期在高校中任职的教员发放奖金补助，"前后计发 5000 元者 2 人，3000 元者 167 人，1500 元者 1131 人，共发款 2203500 元。除奉准核发 200 万元外，超出之数已由部就原有经费内匀支，至领取奖金教员名册已造送呈奉，核准备案"。"前项久任教员奖助金核发后，各校教员同深感奋，颇收激励之效。"③

---

① 《顾颉刚自述》，河南人民出版社，2005，第 183 页。

② 《蒋介石致陈布雷代电》（1942 年 6 月 20 日），台北"国史馆"藏《蒋中正档案》，档案号：002-010300-00049-015。

③ 孙武选辑《国民政府教育部经办 1943 年度蒋介石手令与训话情形报告》，《民国档案》2013 年第 3 期，第 39 页。

　　教育部根据 1943 年 7 月 27 日蒋介石侍秘字第 18680 号代电"关于国立云南大学教授经济困难申请改善待遇"一案报告，"本部前据该校全体教授来呈，经以各校教职员生活补助费已通令增加，另按重庆标准百分之五十借拨基本生活费及按薪加成数两个月，并拟再增发教员学术研究补助费等语，电复知照，业于三十二年八月十八日呈复在案"；"昆明物价高涨，教职员生活自必更为困苦，国立各校教职员待遇系比照公务员待遇统筹核定，事关通案，无法单独另筹救济办法，只得借拨基本生活费及增加研究补助费暂予维持"。①

　　此外，还有国立专科以上学校教员获发特别周转金及专上学校教员研究补助费加倍支给等案，分别于 1943 年 5 月 4 日（侍秘字第 7655 号）②、5 月 17 日（侍秘字第 17520 号）、6 月 3 日（侍秘字第 20103 号）、11 月 20 日（侍秘字第 20105 号），以及 1944 年 2 月 2 日（侍秘字第 20462 号）向教育部部长陈立夫多次下达指示。其后教育部报告经办情形，"计三十七校院共发一百五十六万元。查此案选据各校院呈请解释支用与报销办法，经以'教职员特别周转金为救济特别难苦之教职员，或临时医药救济之用，应根据事实由校长切实负责核给，以资救济，绝对不准普遍分发或一时发尽，须留作临时救助周转之用'。通饬各校院遵照在案"。③应该说，蒋介石以及政府相关部门为改善抗战时期知识分子的生活处境，也做过一些努力，但这些政策显

---

①　孙武选辑《国民政府教育部经办 1943 年度蒋介石手令与训话情形报告》，《民国档案》2013 年第 3 期，第 39 页。

②　"各专科以上学校应酌发周转金用以救济教职员及其眷属之患重病者以及教职员中家境最困难破者。其教职员人数较多者，每校可发给十万元。其人数较少者，每校可发五万元。"见《蒋介石致陈立夫手谕》（1943 年 5 月 4 日），中国第二历史档案馆藏《国民政府教育部档案》，档案号：五 /2986。

③　孙武选辑《国民政府教育部经办 1943 年度蒋介石手令与训话情形报告》，《民国档案》2013 年第 3 期，第 48 页。

然不够完善，补助数额更是杯水车薪，不可能根本解决这一结构性的问题。

立场：排除异己，报复打压

蒋介石致力于拉拢知识分子为其服务，他的前提是，能否听命于国民党政府和服从他的旨意。表面上看，他对知识分子尚能表现出礼贤下士、虚心纳谏的态度，但实际上他的内心却是排斥异己，日记中时常能看出他对那些异见者的不满、厌恶和愤怒，甚至不惜动用政权的力量加以迫害，其中马寅初就是典型个案。

马寅初是著名的财政学家，原与国民政府之间的关系甚好，国民政府成立之初曾受聘于浙江省政府任职，后任立法院立法委员兼财政委员会委员长，经常对时政发表意见。抗战爆发后，马寅初任重庆大学商学院院长，更是公开抨击政府高官中的腐败现象，矛头直指孔、宋豪门，引起蒋介石的强烈不满。学界同人都知道这一情形，并深为马的处境担忧。竺可桢在日记中说："寅初近来对于孔、蒋大肆抨击，为宋家三姊妹积钱至一千八百万美金，应以此款用于抗战，曾屡次演讲，并于《时事类编》上作文提及此事。故蒋曾加以四次警告，并召渠前往谈话，渠不去。蒋乃召重庆大学校长叶元龙面加责难，嘱其辞去寅初，卒不果云云。""寅初并述及为朋分飞机款为钱大钧告发，宋霭龄姊妹所恨，几为蒋所枪毙。"[1] 他还说，"《时事类编》五十七期有马寅初著《对发国难财者征收临时财产税》文。日来米价又在高涨，今日到每斗五元四，多半由于商人操纵，故寅初文自受人欢迎，但实行殊困难，以奸商营业殊难

---

[1]　《竺可桢日记》第1册，1940年10月20日，第462页。

查出确数"。①

马寅初攻击孔、宋等豪门资本，蒋介石多次约其见面亦不至，蒋打算以送他到前线考察为名予以软禁。委员长侍从室少将组长唐纵对此事的记载是："马寅初迭次公开演讲，指责孔宋利用抗战机会，大发国难财。因孔为一般人所不满，故马之演说，甚博得时人之好感与同情。但孔为今日之红人，炙手可热，对马自然以去之为快，特向委座要求处分，委座乃手令卫戍总司令将其押解息烽休养，盖欲以遮阻社会对孔不满之煽动也。"②尽管王世杰等人认为这样处置不妥，但马寅初还是被宪兵从家中抓走，囚于重庆卫戍司令部，后迁移到贵州的息烽集中营关押。对此事蒋介石是这样认为的："本日押解马寅初在宪兵司令部，以此人被共党包围，造谣惑众、破坏财政信用也"；"监视马寅初不法言行，似非过当也"。③

除了马寅初之外，蒋介石对那些主张宪制的如张君劢、黄炎培、罗隆基、潘光旦、张奚若等人亦极为不满。郑天挺在日记中曾有这样一段记载，校长蒋梦麟曾对他说，这次去重庆见到蒋介石，蒋对罗隆基十分不满，怀疑最近闹学潮就是潘光旦、张奚若和罗隆基这几个人从中挑动的。蒋梦麟虽然从中代为解释，但根本无济于事。陈布雷和陈立夫告诉他，蒋介石对罗之所以不满，不单单为学运事，主要还是因为他挑拨中央与地方的关系，因此坚决要求联大将其辞退。最终西南联大顶不住压力，只能以约满不再续约为由，将罗隆基辞退。④

皖南事变后国共关系日趋紧张，在重庆的民主人士为了挽救时局，

---

① 《竺可桢日记》第1册，1940年11月17日，第466页。

② 《唐纵日记》，第161页。

③ 《蒋介石日记》，1940年12月6日、7日，"本星期预定工作课目"。

④ 《郑天挺日记》上册，1941年2月17日，第518页。

计划成立一政党，从中予以斡旋。1941 年 12 月 5 日，蒋介石听闻各党派拟组织民主政团同盟，以为"该同盟分子复杂，所谓国社党、青年党、共产党等等，皆拉杂加入，而其国社报、光明报、华商报等，在香港出版，对于中国政治、社会、军事、经济各种弱点，不仅暴露无余，而且造谣诬陷，诸凡不可思像、匪夷所思、无稽之言，每日揭载，无所不用其极。此不仅企图毁灭政府，推翻国民革命政权，实欲使敌寇知我弱点，诱之加紧侵略，惟恐我抗战失败之不速也"。在他看来，"文人政客之作恶，可说至今已极；而香港英政府则一方要我合作，而一方任反动派在其保护之下，尽量妄为。呜呼！我国环境之恶劣，历代所未有也"。①

　　1942 年 1 月，昆明等地爆发"倒孔"风潮，蒋介石闻之至为愤怒，他认为这是"反动派鼓动昆明各大学学生游行示威，以庸之为其目标。文人政客之卑劣污陋，如张君劢之流，可谓丧心病狂极矣"。②同年 5 月，教育部下令要对各大学的教授资格进行审查，西南联大教授张奚若、燕召亭等闻讯后竭力反对，并主张召开教授会予以抵制。然而此事很快为蒋介石所知，他即下令要求对此事严查。郑天挺对于消息外泄感到奇怪，"岂教授中有作特务工作者耶？"③这也说明了国民党的情报人员可能已渗入大学教授之中。

　　抗战胜利前夕，全国民众都希望战后中国成立一个联合政府，逐步走向民主，左舜生等七名国民参政员提出先实现民主措施再召开国民大会的提案，引起蒋介石的极大不满。蒋认为"左〔舜生〕、王〔黄炎培〕

---

① 黄自进、潘光哲编辑《蒋中正"总统"五记——困勉记》下册，台北，"国史馆"，2011，第 810~811 页。
② 《蒋介石日记》，1942 年 1 月 17 日，"上星期反省录"。
③ 《郑天挺日记》上册，1942 年 5 月 21 日，第 558 页。

等参政员借名共党反对召集国民大会，否则就是政府准备内战、制造分裂之口号加以恫吓，而若辈即以此从中操纵，挟以自重"。蒋介石认为"此等无耻政客实为汉奸之不如，对于国家前途之安危存亡毫不之顾，而惟以私人之近利是图"。①这说明蒋介石对待学者名流的态度实乃排除异己，若能顺从他的意旨和国民政府，或至少不公开表示反对，那么彼此之间好来好往，蒋表面上也可以以礼相待，甚至邀请出任相关职务；若处处与蒋和国民政府唱对台戏，不遵循其意旨，那么就会遭遇一系列的报复、打压乃至人身迫害了。

学人的回应

由于民国时期学人的家境经历不同，政治立场各异，对于政权与领袖的态度并不一致，即使是同一个人，各个时期也会发生变化，这也是很自然的事。但一般来说，他们的人格还是相对独立的，虽然对权势、对政府存有敬畏心态，但也不是绝对盲从，在统治者面前，他们尚能坚守自己的价值判断，追求自由与独立的精神，其中1940年中央研究院院长的选举就是一个明显的事例。②

民国学人可以大致划分为三种类型：基本上不问政治，只是研究学术的学者，如王国维、陈寅恪等；虽然对政治有一种关怀，却不愿参与

---

① 《蒋介石日记》，1945年7月15日。

② 1940年3月，中央研究院院长蔡元培于香港病逝，在新院长改选的过程中，蒋介石突然"下条子"，点名顾孟余为院长人选，但最终中央研究院的评议员没有给蒋介石"面子"，让当局为之震惊，但又无可奈何地接受这一结果。关于这件事可参阅傅斯年1940年8月14日致胡适的信函（王汎森、潘光哲、吴政上主编《傅斯年遗札》第2卷，第829~830页）；又见黄丽安《朱家骅学术理想及其实践》（社会科学文献出版社，2018，第250~260页）。

其间，如傅斯年、顾颉刚等；原本是学者，后被当局者拉入政府并担任重要职务，如朱家骅、王世杰、翁文灏等。[①]尽管这些学人对入仕的态度有所分别，但在他们身上大都具有那种以天下为己任的传统士大夫精神，亦不曾忘却身为知识分子应对国家民族所承担的责任，因而他们对政治都存在着不同程度的关怀。

我们就以顾颉刚为例说明这个问题。顾颉刚基本上可以算是上述第二类，即议政但不参政的学者。他是一位著名的历史学家，20 世纪 20 年代就以倡导"古史辨"运动而暴得大名。顾颉刚虽然是一名学者，但他既脱离不了与政治的关联，对政治也相当关心。民国成立后中国的政党出现了一个异常活跃的时期，顾颉刚曾于 1912 年加入中国社会党并参与相关活动；其后他考入北京大学，除了钻研学术外，亦积极参与五四新文化运动。大革命时期，他对国民党的态度是友好的。1927 年 2 月，正当国民党北伐取得节节胜利之际，顾颉刚在给胡适的信中劝他回国后"似以不做政治活动为宜"，但又提醒，"如果要做，最好加入国民党"，因为他"感到国民党是一个有主义、有组织的政党"。他还"感到这一次的革命确比辛亥革命不同，辛亥革命是上级社会的革命，这一次是民众的革命"。他说自己对此亦深表同情，如果不是为了埋头治学的话，他也会加入国民党。[②]这就鲜明地表现出他当时的政治立场。

对于蒋介石，顾颉刚的态度是有一个转变过程的。九一八事变后，燕京大学成立中国教职员抗日会，顾颉刚担任宣传干事，负责出版通俗读物向民众宣传抗日，顾是坚决主张对日进行抵抗的。1933 年长城抗

---

① 这一观点很多学者均已指出，譬如北京大学历史系的欧阳哲生教授在论著中及课堂上都讲过。参见黄丽安《朱家骅学术理想及其实践》，第 11 页。

② 《顾颉刚致胡适函》（1927 年 2 月 2 日），中国社会科学院近代史研究所编《胡适来往书信选》上册，社会科学文献出版社，2013，第 304~307 页；又见《顾颉刚自述》，第 139 页。

战之际, 顾颉刚得知宋哲元的二十九军"打得很好", 虽然敌我双方互有损失, 但打出了中国人的志气。然而顾却听说"蒋介石派邵元冲去, 以慰劳为名, 劝其停战"。难道"蒋氏殆思屈辱耶? 此人真万死不足蔽辜"。他还听说"我方不设粮站, 前线军人至苦, 蒋氏之罪通于天矣",① 说明此时顾颉刚对蒋介石的对日政策并不赞同, 甚至是嗤之以鼻的。

然而顾颉刚要推动他的社会活动和事业发展, 则必须与当局之间保持一定的联系。1933 年顾颉刚在教育部部长王世杰的支持下, 成立"通俗读物编刊社"; 1936 年他又在国民党中央党部叶楚伧、朱家骅的支持下, 在北平秘密筹办新闻事业, 规定经常研究费每月 5000 元, 开办费 1500 元。鉴于此, 他自然对国民党与蒋介石的看法会有所转变。

在民国学人中, 朱家骅可以说是学者从政的一个代表人物, 他少年时即接受新学, 青年时前后两次前往德国留学, 于柏林大学获博士学位。1924 年回国任北京大学教授, 除了教授地质与德文课程, 他还积极参与并领导北京的学生运动, 因此被北京政府通缉而逃至广州, 出任中山大学教授, 嗣后便走上学者从政的道路。顾颉刚与朱家骅的关系向来很好, 他曾接受朱的延揽, 出任中山大学教授。1936 年 1 月, 顾颉刚为创设及维持禹贡学会筹款之事, 特意到南京求见国民党中央政治会议代理秘书长, 同时又是中英庚款委员会委员长的朱家骅, 朱对他的要求表示同意, 但同时又劝其加入国民党, 说这样以后便于合作。顾颉刚为了维持禹贡学会同意入党, 不久朱家骅便将党证寄给他, 其间不曾办任何手续, 而且凭他的社会地位, 亦无须预备期。②

西安事变后, 蒋介石回奉化老家休养, 朱家骅想介绍顾颉刚去见

---

① 《顾颉刚日记》第 3 册, 1933 年 3 月 16 日, 第 24 页。

② 见顾潮编著《顾颉刚年谱（增订本）》, 中华书局, 2011, 第 277~278 页。但顾自己又说是 1934 年加入国民党的, 见《顾颉刚自述》, 第 179 页。

他，然而蒋"脊骨未愈，医嘱须静卧半月"，遂托陈布雷代为接见。但陈布雷的工作也很忙，见面后只是说他已看到顾给朱写的信，很是钦佩，并劝顾颉刚万万不可灰心，表示"工作固有接续之希望也"。①

1941 年 1 月 7 日，国民党中央组织部部长朱家骅致函顾颉刚，称中央秘书处拟创办《文史杂志》半月刊，每月经费 5000 元。朱家骅表示，"此种刊物纯为学术论文，足以左右一时风气"，并已征得秘书长叶楚伧同意，聘请顾颉刚到重庆主持刊物。1 月 19 日顾颉刚回函，以身体、家庭、影响力，以及齐鲁大学之事务不如从前为由，予以辞谢。1 月 24 日，朱家骅再次来函，称"中央拟创办之《文史》半月刊，关系至为重要，叶、戴诸公雅相器望，咸以此事非兄莫属"，仍力邀顾来重庆就职。②同年 6 月，顾颉刚应朱家骅之邀，赴重庆出任文史杂志社副社长，社长由中央党部秘书长叶楚伧挂名，具体事务则由顾颉刚负责。在一个月之后，顾颉刚终于在重庆见到了蒋介石。

7 月 13 日上午 10 时，教育部部长陈立夫的车来接他，先到陈布雷家，再乘汽车渡江，到黄山谒见蒋介石。顾颉刚当天身体抱恙，但同行之辛树帜说顾与蒋见面时"颇能侃侃而谈"。顾回来后在日记中记述与蒋谈话主要是整理古籍和经学之事，然而对蒋介石"只知山东神童江希张，使我心冷"。③

关于顾颉刚这次晋见蒋介石之事陈布雷在日记中亦有记载。陈布雷说他是前一天奉蒋介石之命邀请顾颉刚来见面的，第二天上午与陈立夫一起陪同顾等过江到黄山官邸谒见蒋介石，午餐之后主客谈话约一小

---

① 《顾颉刚日记》第 3 册，1937 年 2 月 6 日，第 598 页。陈布雷在日记中亦只是简单提及"八时一刻，顾颉刚、马寿龄来访"，并无其他记载，见《陈布雷日记》，第 195 页。

② 《顾颉刚书信集》第 2 卷，中华书局，2011，第 385~387 页。

③ 《顾颉刚日记》第 4 册，1941 年 7 月 13 日，第 557~558 页。

时，"委员长对顾君等殷殷以昌明文教为嘱，谓今日欲复兴民族，必须重视史地教育，更须昌明中国之哲学"云云。[1]

1943 年 1 月，中国与英、美两国签订新约，废除了一百多年来强压在中国人民头上的不平等条约，消息传来，举国振奋。据顾颉刚回忆，当时中央党部有人提议由民生工厂铸造九鼎献给蒋介石以示致敬，中央大学的学生则推请他来撰写鼎铭。顾颉刚就让历史系学生刘起釪拟写，他只是对铭文予以修改。但几天后报上发表时仍说是他撰写的，他认为这恐怕是因为其地位高，以其名为重的意思。在他看来，修订新约对于每一个中国人都是一件大喜事。[2]

顾颉刚在日记中是这样写的："中国与英美之新约既成，各学校党部及工厂党部欲向蒋委员长献九鼎，而以鼎铭属予。因就起釪所草，加以改窜。"鼎铭曰："（一）万邦协和，光华复旦。（二）于维总裁，允文允武。亲仁善邻，罔或予侮。我士我工，载欣载舞。献兹九鼎，宝于万古。"然而没想到"此文发表后，激起许多方面的批评，使予自惭"。傅斯年并说此举"大受朋辈不满"，陈寅恪甚至"比予于王莽时之献符命"。顾颉刚闻后心中不服，以为"诸君盖忘我之为公务员，使寅恪与我易地而处，能不为是乎！"[3] 其中"公务员"一词，说明顾此时有一种强烈的国家意识。关于此事竺可桢的日记中也有记载："寅恪对于骝先等发起献九鼎，顾颉刚为九鼎作铭，惊怪不止。谓颉刚不信历史上有禹，而竟信有九鼎。因作诗嘲之云：'沧海生还又见春，岂知春与世俱新，读书渐已师秦吏，钳市终须避楚人。九鼎铭词争颂德，百年粗粝总伤贫，

---

[1] 《陈布雷日记》，第 489 页。

[2] 《顾颉刚自述》，第 182 页。

[3] 《顾颉刚日记》第 5 册，1943 年 1 月 28 日、5 月 13 日，第 18、72 页。

周妻何肉尤吾累，大愚分明有此身。'"①这都说明献鼎之事当时在后方知识界引起极大争议。

献鼎之事最后虽然未成，但应该说此举还是让蒋介石对顾颉刚抱有好感。这一年的3月，教育部花费了10多万元，在重庆倡导成立中国史学会，邀请大后方云南、贵州和广东等地的大学教授前来参加。顾颉刚以为，"说教部提倡学术，殆无此事。有谓延安正鼓吹史学，故办此以作抵制，不知可信否"。因为他与教育部部长陈立夫关系恶劣，原本不想出席，但又怕因此受到打击而勉强参加，没想到最后他的得票最多，外人不清楚，还以为史学会是他倡办的。他猜测，"此事恐系蒋委员长发条子与教部办者，条子上举我之名，故彼辈不能不推我出来，俾好向委员长报销"。然而"观于史地教育会部发新闻，不列我名，可知部中仍排斥我"。②

抗战胜利后顾颉刚与国民党的关系已经逐渐疏远，但政府相关部门对他仍然相当关注，由选举国大代表之事即可证明。1947年11月，"第一次国民代表大会"进行直接选举，顾颉刚原本并未计划参加竞选，可是在选举前突然收到教育部人事处主任的来信，说他竞选教育团体国大代表之事"已由政府圈定"。顾闻讯甚为诧异，心想"我不但未竞选，且未起此心，谁为我觅五百人签署耶？"③

与顾颉刚恰恰相反，闻一多原本是位具有强烈国家主义思想的知识分子，就在蒋介石以个人的名义于1943年出版了《中国之命运》之后，闻一多的态度发生了极大的变化，他摒弃了以往拥护蒋介石国民及国民政府的主张。应该说顾颉刚代表的仍是当时大多数学人对国民政府和蒋

---

① 《竺可桢日记》第2册，1943年12月18日，第720页。

② 《顾颉刚日记》第5册，1943年3月31日，第50页。

③ 《顾颉刚日记》第6册，1947年11月5日，第153页。

介石的态度，他们大都具有国家主义的思想，赞同国家统一，虽然对国民党及蒋的专制独裁不满，但还是认同其合法性，特别是在抗日战争时期。然而，战后国内外政治、军事、经济局势的变化，尤其是国民政府所表现出来的专制、腐败日甚一日，他们的立场和态度也就随之发生变化。

关键时刻的抉择

1945年8月，抗日战争获得最后胜利，全国民众均热切希望建设一个和平、民主的新中国。然而这一梦想不久即破灭，国民党挑起内战，而且很快国民党的军事力量就遭到沉重打击，再加上经济局势的恶化，当局的腐败以及政治上的专制，知识分子与当局之间隔阂越来越大。有不少学者曾对浙江大学校长竺可桢与蒋介石的关系做了详细的分析，[①]这里我们还是以顾颉刚为例予以说明。

作为研究中国历史的著名学者，顾颉刚身上具有极为浓重的国家主义与正统思想。抗战胜利之初，在顾颉刚看来，虽然"国民党固不满人意，但今日之中国实不容分裂"。[②]他坚持中国的统一和领土完整，认为刚刚签订的《中苏友好同盟条约》出卖了中国人民的利益。8月27日，他在报上看到傅斯年为中苏新约辩解的报道而感到不齿，认为傅就是一

---

① 参见何方昱《党化教育下的学人政治认同危机：去留之间的竺可桢（1936~1949）》，《史林》2010年第6期；康建武《竺可桢对国民党执政现实的观感述论》，《重庆科技学院学报》（社会科学版）2012年第24期；皮国立《知识分子眼中的蒋介石与国共两党——以〈竺可桢日记〉（1936~1949）为中心》，罗敏主编《中华民国史研究（第3辑）：在日记中找寻历史》，社会科学文献出版社，2019。

② 《顾颉刚日记》第5册，1945年8月20日，第513页。

个道地的"御用学者",而"此一段话,当是他帮王世杰说的"。顾颉刚认为"割地即割地,独立即独立,偏要替他想出理由,何无耻也!"①

　　然而随着政治、经济局势的变化,顾颉刚对国民党当局越来越不满,关系亦日益疏远。譬如"中央党部开会三次矣,每次必招,予未一往,予诚不能党也"。②再譬如东北行辕主任熊式辉与教育部部长朱家骅聘请他担任东北行辕教育处处长暨教育部东北特派员,对于这一掌管东北九省教育大权、主持东北史地学会的职务,他亦婉言拒绝。③1947年国民党要求党员重新登记,但顾颉刚却没有去登记,他认为这应该就算脱党了。④

　　1948年11月,辽沈战役已经结束,淮海战役刚刚打响,国民政府推行的金圆券政策也露出败象,民众对国民党的统治日益不满。顾颉刚曾与几位朋友交流对国事的看法,顾认为,"今日军事尚有办法,而政治则绝无办法",因为国民党"已被二陈变为 CC,军事长官已被陈诚'整军'所更换,经济则破坏于孔、宋,虽有善者,亦无如之何也"。再有就是因为币制改革、通货膨胀,"各部之总务司都以币值之贬,扣留不发,自做生意,官场腐化,逼得人能做事"。⑤此时听闻和谈的消息,众人皆喜,他认为,"国民党已失尽了人心,故亟望其交出政权"。⑥

　　当此政局动乱之际,顾颉刚对国民党已全然失去信心,但他对中共又缺乏了解,将来是否南下广州或迁移台湾,他考虑再三,对于"前途

---

①　《顾颉刚日记》第 5 册,1945 年 8 月 31 日,第 520~521 页。

②　《顾颉刚日记》第 5 册,1946 年 3 月 27 日,第 631 页。

③　《顾颉刚日记》第 6 册,1947 年 2 月 9 日,第 20 页。

④　《顾颉刚自述》,第 181 页。

⑤　《顾颉刚日记》第 6 册,1948 年 11 月 11 日,第 372 页。

⑥　《顾颉刚日记》第 6 册,1948 年 12 月 16 日,第 390 页。

演变，不知如何"。正在这时顾廷龙转来郑振铎的传话，让他"不必东跑西走，左倾历史家甚敬重他"，顾颉刚心中感叹："在此大时代中，个人有如失舵之小舟漂流于大洋，吉凶利害，自己哪能作主，惟有听之于天而已。"① 因此当胡适被国民政府派专机从北平接回南京后，顾颉刚还去信劝他不要留在南京，"免入是非之窝"，并说"当国民党盛时，未尝与共安乐；今当倒坏，乃欲与同患难。结果，国民党仍无救，而先生之令名隳矣"。②

再看看顾颉刚对蒋介石态度的转变。上文提及 1941 年他曾由陈布雷陪同晋见蒋介石，除此之外，在他日记中还提及了几次与蒋的见面。如 1945 年 4 月 11 日"到蒋主席官邸吃饭"，蒋介石表示要让三青团"脱离政治关系，成一与童子军衔接之教育性的团体，并拟此后禁止学生入党，免得各党竞拉学生，使学校不能安定"。顾认为"此事固好，惜太迟矣"。③ 1945 年 7 月 20 日，"今日下午同赴主席茶会"。但此次是与众参政员一起前往的，并无直接交谈。④ 1948 年 1 月 20 日，"谒见主席，谈民众读物及教科书贷款事"。"见蒋主席，面陈教科书贷款事，谓可商量，当召徐柏园计议。又陈民众读物事，谓甚好。予请销至部队，亦允可。"⑤ 但这几次见面大都人数较多，没有直接对话，即使单独见面，也只是倾诉图书出版的困难，要求得到帮助，似乎并未涉及其他方面。

1948 年 11 月，国民党在军事上已遭到重大打击，在经济上亦同样

---

① 《顾颉刚日记》第 6 册，1948 年 12 月 28 日，第 397 页。

② 《顾颉刚日记》第 6 册，1949 年 1 月 17 日，第 406 页。

③ 《顾颉刚日记》第 5 册，1945 年 4 月 11 日，第 439~440 页。

④ 《顾颉刚日记》第 5 册，1945 年 7 月 20 日，第 499 页。

⑤ 《顾颉刚日记》第 6 册，1948 年 1 月 20 日，第 217 页。

面临灭顶之灾。国内舆论强烈要求和平，并要求严厉制裁豪门资本，然而蒋介石却丝毫不予让步，使众多知识分子对国民党丧失信心。著名词人夏承焘在 11 月 9 日的日记中记道："报载蒋总统谈话，决戡乱到底，不惜再打八年，闻者皆咋舌。对豪门资产，仍无一字提及。"①

到了 1948 年底，随着军事上的溃败、财政上的崩溃，顾颉刚对国民党已完全失去信心，对蒋介石的态度也从以往的尊重、崇敬，到疏远、失望、不满，甚至厌恶。当听说国民党推出的所谓"和谈"只是谣言时，他对蒋介石不禁大失所望，认为"蒋氏尚想硬干到底，其如人心已失何！"② 不单单是顾颉刚，其他一些学人对蒋介石及国民党政府也转而持反对的态度了，譬如竺可桢曾与生物学家秉志谈论局势，他认为"国民党之失，乃国民党之所自取。在民国廿五、六年，蒋介石为国人众望所归，但十年来刚愎自私，包揽、放纵贪污，卒致身败名裂，不亦可惜乎？"③ 而以著名学界领袖为主要作者的《观察》杂志取向就更能说明问题，对此以往已有很多研究，此处不赘。

1949 年 5 月 27 日，上海解放，其后国民党军队经常派遣飞机轰炸上海。顾颉刚对蒋介石此举心生厌恶，日记中常有记载："闻蒋方飞机投下传单，谓十五日来上海炸。此人倒行逆施如此，安得不败"（6 月 13 日）；"蒋家机两日均来，炸黄浦江边船只及火油库，颇伤人。此人如此捣乱，直与民众为敌，可厌甚矣"（6 月 21 日）；"今日飞机又来，盘旋一小时许，在闸北、北站及静安公墓投弹，死伤数百人（后闻达千人）。蒋氏临没落还要闯祸"（6 月 29 日）；"前日下午二时，蒋机来炸十六铺，死卅余人，伤七十人。今日上午十时，又来炸数次，声甚巨，览报，悉

---

① 《夏承焘集》第 6 册，浙江古籍出版社、浙江教育出版社，1997，第 11 页。

② 《顾颉刚日记》第 6 册，1948 年 12 月 17 日，第 390 页。

③ 《竺可桢日记》第 2 册，1949 年 5 月 26 日，第 1256 页。

又是十六铺一带。有本领，应到前线去，或收复失地，现在尽作损人不利己之事，以老百姓生命为儿戏，岂英雄耶！"（10月15日）而当蒋介石在台湾复行视事时，对此顾颉刚则认为"此君真厚颜"（1950年3月1日）。这能否说明顾与蒋的关系已经发生决裂了呢？

再从蒋介石的立场上来看。抗战胜利后蒋介石俨然以"四强"之领袖居于国际舞台，在国内也曾是最高元首，然而还都后未久，国民政府的统治就呈衰败之相，他个人的形象也随之一落千丈，民众的心理，特别是知识界与政府的关系日渐疏离。对于这一变化他亦深感忧虑，金陵女子大学校长吴贻芳曾对他说，目前各界对当局最大的不满不是别的，而是"政府已失人心"。蒋介石听到后无异"下一当头棒，惶愧无已"，但他又认为"彼未见匪区人民之痛苦十倍于此，所谓人心向背者岂有标准乎。余以为可忧者在世无是非耳"。[①]因此他对学人的态度和评价也是表里不一，譬如他一方面约民盟秘书长张东荪吃饭，但在日记中又将其斥为"一小人儒也"，而且认为"最近文人类皆如此，一面恶共，一面惧共……以为将来求饶之地也"。[②]

抗战胜利后学潮不断，蒋介石为此更感焦头烂额。1945年12月1日，昆明爆发战后第一次大学潮，蒋介石认为"我党干部军政当局之无知识无能力竟造成惨案，徒供反动派之口实"。并就处理学潮向云南省政府主席卢汉下达指示："如万不得已时，即应解散其罢课各校。关于学生之安置，应准备集中军训，并望积极筹备，以防万一。"[③]因为在他看

---

① 《蒋介石日记》，1947年5月25日。

② 《蒋介石日记》，1947年1月21日。

③ 《蒋介石致卢汉手谕》（1945年12月6日），台北"国史馆"藏《蒋中正档案》，档案号：002-080200-00582-004。

来，"该校（西南联大——引者注）思想复杂，秩序紊乱"。①

针对日益汹涌的学生运动，蒋介石在 1946 年底的"反省录"中写道："学生幼稚无知，固无论矣，而其一般教授既不能领导学生、管理业务，又不能自治自理，只知争先还乡，索款需用。士品之颓落，学风之败坏，几乎为此少数自由分子中所谓民主同盟之流，将礼义廉耻之民族德性扫地殆尽。尤以西南联大中之清华教授闻一多等五六人为最劣。"②

当国共内战越来越激烈之时，《大公报》创办人胡霖曾向美国驻华大使司徒雷登表示，上海各界 60 余人联署，希望美方出面促请蒋介石下野，由张群负责，以期打开局面。蒋介石得知后极为愤怒，他以为胡霖"本阴险之政客，万不料其卑劣无耻至此，是诚洋奴成性，不知国家为何物"。接着他还谈到其他知识分子与社会名流，认为他们"大都均以洋人为神圣，国事皆以外国态度为转移。民族自信心之丧失如此，若不积极奋斗图强，何以保种与立国也"。③ 这也充分表现出蒋介石对待知识分子的真正看法。

1947 年 5 月，南京、上海、北平等各大城市的学校相继爆发学潮，对国民党的统治造成极大冲击，蒋介石认为这皆因各大学的校长、教授"无能、无德，不能统御学生"，当然也有"物价高涨，公教人员生活困迫，一部教授被其利用"的原因。④ 因为生活问题，北京大学 80 多名教授于 1948 年 10 月 25 日宣布罢教三日。⑤ 蒋介石在当日日记中写道："北

① 《蒋介石日记》，1945 年 12 月 7 日。
② 《蒋介石日记》，1946 年 12 月 31 日。
③ 《蒋介石日记》，1948 年 1 月 19 日。
④ 《蒋介石日记》，1947 年 5 月 31 日。
⑤ 《申报》1948 年 10 月 25 日，第 5 版。

京大学教授八十余共同罢教，廿二日以生活困难，要求借薪两月为词，其学生又全部给公费。下午，其校工与助教亦皆罢工，此乃共匪外围之阴谋，乘军事紧急之际，在我后方捣乱响应也。"①

　　蒋介石欲采取镇压的手段解决学潮，但遭到各大学校长与教授的反对，他在日记中写道，"对各大学共匪潜伏分子之逮捕，初时各大校长皆犹疑不定，其中反动教授更为反对执行"。②战后曾出任上海市市长的吴国桢后来回忆说，尽管多数大学校长和教授都是国民党员，但他们却同情和支持学生反政府的运动，而对当局的举措则表现得十分冷漠。吴国桢分析其中的原因，他认为最重要的就是长期以来受到通货膨胀的影响，教授的生活每况愈下。③

　　应该承认，蒋介石对那些知名学者还是关注的，1944年11月4日，中国科学社联合各科学团体在华西大学举行庆祝成立30周年纪念大会暨第30届年会，蒋介石专门致电，予以祝贺。④1948年3月，中央研究院经过多次遴选，终于选出了81位中央研究院院士，他们可以称作中国知识界精英中的精英。同年9月23日，中央研究院在南京举行该院成立20周年纪念会暨第一届院士会议。同一时间，人民解放军发动了济南战役，并于9月24日攻克济南。蒋介石闻讯自然是悲愤莫名，但同时又得知中央研究院第一届院士会议已召开，他以为"此乃学术建设之基础，得此在忧患中借以自慰也"。⑤

---

①　《蒋介石日记》，1948年10月25日。

②　《蒋介石日记》，1948年8月28日，"上星期反省录"。

③　裴斐、韦慕庭访问整理《从上海市长到"台湾省主席"（1946~1953年）——吴国桢口述回忆》，吴修垣译，上海人民出版社，1999，第40页。

④　《大公报》1944年11月4日，第3版；全文见《蒋中正先生年谱长编》第7册，台北，"国史馆"等，2014，第772页。

⑤　《蒋介石日记》，1948年9月25日，"上星期反省录"。

然而蒋介石他们没想到形势发展如此之快，国共军事力量的对比瞬间发生了决定性的变化。两个多月后辽沈战役结束，淮海战役业已开打，战火已接近国民党统治的中枢。在此情形之下，中央研究院朱家骅代院长召集会议，决定停止该院的所有基建项目，准备迁移台湾，重点则是以中央研究院院士为代表的那些学人。1948 年 11 月 29 日，平津战役打响，蒋介石即召集朱家骅、傅斯年、杭立武等人拟订派遣专机"抢救"平津学术及教育界知名人士的计划，但最终只有胡适、陈寅恪、梅贻琦、英千里、钱思亮等几位学者上了飞机，其余多数教授都选择留下来"静观其变"。举例来说，中央研究院第一届院士共有 81 位，然而在最后时刻，只有 9 名院士跟随国民党去台湾，12 名院士去国外，其余60 名约占 74% 的院士都选择留在大陆，蒋介石拟定的"抢运学人"计划最终失败。尽管这些学人选择留在大陆不去台湾有各自的原因，但他们普遍对国民党、对蒋介石失去信心则是不争的事实。

最终分道扬镳

民国时期的知名学人是中国转型时期成长的一代知识分子，生逢家国存亡之秋，怀抱学术报国的使命，在他们身上往往具有两重性：一方面他们之中有许多人曾留学欧美或日本，即使没有出国的学人也不同程度受过西学的影响，受到自由主义精神的感召，他们往往强调科学实证、不盲从权威、崇尚个人自由、保护个人权利、反对社会不公、憎恶腐败、提倡改革等。但同时他们自幼接受的又是中国的传统文化，旧学根底深厚，他们多秉承"经世致用"的入世思想，怀抱"学而优则仕""读书救国"的理想。

　　民国时期的高级知识分子虽然人数不多，但他们的社会地位较高。他们的身上既有崇尚自由与清高独行的特点，同时又具有传统士大夫那种"齐家治国平天下"和"士为知己者死"的观念。正是因为受到这些传统的影响，现代知识分子与统治权威之间存在着一定的张力（tension）。为了消除这种张力，有人认为应将这种知识分子的"知识劳动"（即以知识服务换取报酬）变成"知识服务"，即将他们吸收到建制之内，这样知识分子与统治权威之间的张力就会降低，他们就会向权力中心靠拢。反之，知识分子就会被推到建制的边缘而被异化（alienation），从而变成与政府对抗的力量。作为国家元首的蒋介石，在如何对待知识分子这个问题上，自然成为他执政过程中的一项重要选择。

　　蒋介石对学人可以说是既拉拢，但又存疑虑、不放心，甚至时有愤懑之心。对于知识分子的才识，作为国家元首，又是一向推崇儒家思想的蒋介石自然是希望天下才士尽为其所用，但这要有一个前提，那就是必须服从他个人的统治权威，维护其统治利益。因此他对于知识分子身上存在的那种独立意识和追求民主、崇尚自由的精神，特别是对他们反对一党专制的方式又十分忌恨，甚至不惜采取一些强制的手段予以迫害，在这方面有诸多事例，就不予详说了。

　　民国学人大都经历过五四新文化运动的洗礼，在他们身上普遍存在着争取民族独立和政治民主的追求，而且在很多情况下，这种追求是并行不悖的。然而蒋介石却"对现行教育深为不满，尤不满于'五四运动'，尝称之为'亡国的五四运动'，并谓'五四运动'较之军阀尤甚"。[①]国民政府成立初期，出于稳定政权的需要，急需集聚各

---

① 《郑天挺日记》下册，1943年11月23日，第760页。

方力量，其中知识分子的作用尤显重要，鉴此，蒋介石对知识分子的态度有所变化，希望他们能为其所用。九一八事变后，这一设想逐步得到实施，一批知名学者被延揽加入政府，并担负重要职务。抗日战争爆发后，民族独立、救亡图存成为全国民众争取的首要任务，国民党也采取了一些开放政治、共赴国难的举措，尽管很多知识分子不满于国民政府的党国体制，但是为了抗日御侮，他们仍然承认蒋介石和国民党的合法性。抗战期间，内迁大后方的高校教授大都能与全国人民一起坚持抗战，共克时艰，在战时为继承与发展中国的文化和教育事业做出了重要贡献。然而由于物价高涨，生活艰窘，特别是目睹大后方的贪腐情形日益严重，他们的心态自然会发生变化，虽然他们中像闻一多、潘光旦、吴晗那样激烈反对国民党当局的学人并不算多，但对国民党当局从支持转而批评的教授却越来越多。更为重要的是，这种影响还延续到抗战胜利之后，导致他们对国民政府态度发生转变，顾颉刚就是其中一个典型的事例。

尽管蒋介石对民国学人采取礼贤下士以争取为其所用的策略，尽管他也曾延揽不少重要学者进入政府，担负重要工作，但由于国民党的党国体制与民国学人心目中追求的民主自由截然不同，而且生活的日益贫困，也促使知识分子对国民党的统治失去信心。①抗战期间，为了国家统一、民族复兴，广大知识分子尚能团结对外，认同国民党与蒋介石的领导权力，但战后国民党依然坚持一党专制，迫害异己，经济上更

---

① 上海解放之初顾颉刚曾在日记中写道："有人统计，从一九三七年到一九四九年五月，上海的物价上涨了三十六万亿倍。在一九三七年可以买五百五十万担大米的钱，到一九四九年只能买一粒米。在一九三七年能买四百亿担煤球的钱，到一九四九年只能买一只煤球。……从关金券到金圆券，物价不独早晚不同，即瞬息亦不同。在此可怕之十二年间，我们竟未毁灭，尚能成家，不可谓非侥天之幸也！"《顾颉刚日记》第6册，1949年5月31日，第465页。

是政策失误，腐败横行，通货膨胀，民众生活苦不堪言，其间知识分子亦饱受折磨，生活日益贫困，以致与国民党离心离德，最终与其分道扬镳，彻底决裂，这是否又是历史的必然呢？

原载《二十一世纪》2020 年 2 月号（总 177 期）

八

平行线：董浩云与宋子文的交往

看到本章的标题可能会有很多人感到奇怪，一位是民国时期权倾一时的国民党政府高级官员，一位是后来闻名遐迩的"世界船王"，虽然两人都曾在历史上留下显赫的名声，但也可以说完全是两个不搭界的人物，怎么会把他们放在一起来谈呢?

　　的确如此，宋子文与董浩云他们二人在很多方面都存在极大的差异。从籍贯上看，一个是海南文昌，一个是浙江定海。虽然他们都生于上海，但各自的家庭背景却完全不同，宋子文出身名贵，父亲是名传教士，并经营实业，曾鼎力支持革命，而董浩云家境原本贫寒，父亲胼手胝足，最终也只是一个小商人，更是与政治毫无关联。从年龄上看，宋子文生于 1894 年，董浩云生于 1912 年，两人相差 18 岁，几乎就是两代人。宋子文于上海圣约翰大学毕业后即就读美国顶尖的大学，受过最好的教育，而董浩云甚至连中学都没有毕业。20 世纪 30 年代初，当宋子文身居行政院副院长兼财政部部长、执掌国家财政大权之时，董浩云则刚到天津踏入社会，是一个初出茅庐的航运公司办事员；抗战胜利前后，宋子文出任行政院院长和最高经济委员会主任委员，步入政坛的最高峰，而此时董浩云的事业虽已略具规模，但也还只是一名航运业的后起之秀。然而自 50 年代董浩云移居香港后，他的事业便不断发展扩大，旗下船队遍及全球，终于成为名副其实的"世界船王"；而这时的宋子文早就退隐政坛、不问政事了。虽然两人之间的年龄、经历、背景相差颇大，但事实上他们二人却长期保持着联系。从董浩云的角度来说，这是他对长者前贤怀有的一种敬重；而站在宋子文的立场上，恐怕主要还是出于对这位现代航运界领军人物的欣赏了。

以往香港杂志曾有人著文说，董浩云当年是宋子文的管家，似乎想以此来说明日后他发迹的缘由，这种说法完全是无稽之谈，没有任何依据。但董浩云与宋子文之间确实有一些联系，我们可以从董浩云的回忆录和日记中发现一些二人交往的线索。

战后接收

从目前收集的资料来看，董浩云第一次见到宋子文的时间应该是1945 年 7 月，地点是战时首都重庆。这一年的 6 月，董浩云奉交通部部长俞飞鹏的指示，从上海北上天津，再秘密前往重庆，进行战后事宜的相关准备。而这时的宋子文正以行政院院长兼任外交部部长的身份，在莫斯科与斯大林、莫洛托夫等苏联领导人斡旋，商洽有关缔结《中苏友好同盟条约》的细节。7 月 17 日，斯大林赴柏林参加波茨坦会议，宋子文乘专机回重庆。这时的宋子文位居国民政府第二把交椅，权倾一时。7 月 20 日上午，宋子文应邀出席国民参政会第四届大会第一次会议的闭幕礼，这时刚真除行政院院长的他精神焕发，踌躇满志，穿着一身藏青色西装，襟上佩戴一朵红花，向各位参政员报告外交与内政事项。宋子文在报告国际局势时虽然没有明说，但言语间却暗示战争即将结束。多年后董浩云在他撰写的回忆文章中说，他亦应邀列席了这次会议，在会场上见到宋子文神采奕奕，言行举止中都透露出一股强烈的自信。这应该是他们二人的初次见面，尽管宋子文对这次见面毫无所知，但却给董浩云留下深刻的印象，时隔多年，他对宋子文当时的发言甚至衣着都还记忆犹新。只是当时董浩云并不知道，宋子文此刻刚从莫斯科谈判归来，而苏联方面已向他表示即将出兵远东，对日正式宣战。①

8月中旬，抗战宣告胜利，大批国民党军将领开赴各地受降，收复失地，国民政府更是要迅速派遣军队赴沦陷区进行接管工作，因而急需大量的运输工具。此时，中央设计局召集了一次特别会议，专门讨论水上运输的问题，除了各部门首脑出席之外，主办机关还邀请航业界代表卢作孚、刘鸿生等巨头参加，董浩云作为航运界的新秀，也应邀出席了这次会议。会议中大家在众多问题上争论不休，但是有一点却成为共识，那就是必须迅速派遣得力人员前往上海，接收日伪船舶，并寻求盟军的援助，尽快恢复经济。

8月28日，上海市轮船商业同业公会驻渝办事处再次召开会议，主要议题就是向政府推荐接收人选。董浩云虽然年轻，但已从事航运事业十多年，对于各类船舶的运营情况可以说是了如指掌；更重要的是他刚从上海到达重庆，对上海的情况十分熟悉，又说得一口流利的英语，因此他被众人一致推选为接收代表，随同交通部特派员陈伯庄一同飞往上海。② 而这一建议也同样获得交通部的同意。

8月底，董浩云肩负使命，由军事部门签发特别证明，凌晨自重庆白市驿机场乘搭一架军用飞机起程，途中先经湖南芷江降落加油，停留

---

① 董浩云：《七十年代话航运》，《航运》（半月刊）第 435 期，1971 年 3 月 15 日，第 1 页；又见吴景平《宋子文政治生涯编年》，福建人民出版社，1998，第 469 页。

② 《上海市轮船商业同业公会会议记录》（1945 年 8 月 28 日），上海市档案馆藏《上海市轮船商业同业公会档案》，档案号：S149-1-61。从会议登记簿上得知董浩云参加了 28 日的这次会议，因此后来他在《七十年代话航运》一文中回忆说他是 8 月 27 日飞回上海的，时间上有误。

片刻，旋即飞往日军投降后暂被实施严密戒备的上海大场机场。董浩云一到上海，就立刻协助当局积极开展工作，重点就是解决海上运输问题。

战后初期上海的局势十分严峻，10 月 11 日，一直在国外进行外交谈判的行政院院长宋子文在财政部部长俞鸿钧、战时生产局局长彭学沛和关务署署长张福运等人的陪同下飞抵上海。鉴于刻下"沪市存煤仅二万余吨，电力、农业、工厂均有停顿之虞，关系社会治安至为严重"，宋子文即于 10 月 12 日召集用煤、用电企业及运输各界人士举行会议，以解燃眉之急。当时全国能够航行于远洋的货轮竟连一艘都没有，航行于近海的轮船也只有"北铭"和"华升"两艘千余吨的小货轮，其他接收来的轮船都是江轮或行驶于离岛之间的小型客船，由美国海军转交在中国沿海所捕虏的敌船数量很少，而且都是些小船。由于铁路不通，北方的煤炭需要从秦皇岛和连云港经由海路运到上海，需要船舶运输；关系到上海市民日常生活的石油和其他燃料，以及粮食等物资也需要从国外运来，一旦接济不上，电力公司就得断电，而粮食若出现短缺，社会必将发生动荡，整个上海就会陷入瘫痪；加上大批重庆政府的公务员连同家属也都要尽快安排船只接回，重返东南沿海各城市，对于船舶的需求格外急迫。最后的解决方案是，由电力公司与美国海军洽商，每日供借柴油 300 吨，可抵煤 600吨；与英国战时运输局接洽，租借 4 艘 8000 吨海轮，前往秦皇岛运煤，另再租借一艘海轮，专运香港、广州之间的用煤。[1]董浩云当时兼任上海市公用局顾问，他后来回忆说他亦参加了这次会议，并承担迅速恢复和疏通沿海沿江交通的重要任务，这应该是他与宋子文第一

---

① 秦孝仪主编《中华民国重要史料初编——对日抗战时期》第 7 编《战后中国》第 4 册，台北，中国国民党党史会，1981，第 27 页。

次近距离的接触。

董浩云的工作主要负责与英美盟军交涉联络，因此几乎每天都要出席行政院驻上海办事处召开的例会，参加会议的除了政府和军方各界接收大员之外，还包括粮食、交通、盐政等各部门的负责人，只有董浩云算是名不见经传的民间成员。然而不久，董浩云的办事能力以及工作效率便让与会人员刮目相看，这也为他日后与各国政府之间的联系打下了基础。

此时战争虽然已宣告结束，但上海仍然处于军事管制状态，董浩云以平民身份在中美军事机关之间接洽谈判。他曾通过各方关系，与盟军统帅麦克阿瑟将军联络，要求在被扣押的日本船舶中拨出 10 万吨交还给中国，以应付当时紧急的运输任务，然而却没有下文。但董浩云并不气馁，继续努力，他的工作取得了明显的进展。在美国海军总司令欧内斯特·约瑟夫·金（Ernest Joseph King）上将的协助下，经向华盛顿和伦敦不断交涉，最终自美国战时船舶管理局（The War Shipping Administration）租得 10 艘自由轮。同时董浩云又与英国军运部（British Ministry of War Transport）代表福禄斯德[1]多次洽商，由经济部驻上海燃料管理委员会（董浩云为该会顾问）直接调度，将煤炭从秦皇岛运往上海，每个月的额度为 15000~20000 吨，[2] 这才缓解了上海地区部分燃料和食粮的燃眉之急。然而这些自由轮表面上虽然是由中国政府出面租用，但指挥权仍属于美国的轮船公司。至于石油的供应，则是由美军直接运送给上海的电力公司。[3]

实际上在战时中国原本有很多机会能为建立战后航运船队进行准

---

[1] 本章译名出自董浩云相关回忆资料，部分人名无法回溯外文原文。

[2] "R. Frost to C.Y. Tung"（9 October, 1945），董浩云资料室藏，档案号：A1-4。

[3] 董浩云：《七十年代话航运》，《航运》（半月刊）第 435 期，1971 年 3 月 15 日，第 2 页。

备，苏联就是如此，从盟国那里获得大量商船。抗战期间国民政府若外交政策运用得宜，可以战争需要为由，利用《租借法案》，向盟国争取大批远洋船只，这样既可以解决战时的运输问题，战后亦不一定全数归还，从而建立起自己的远洋船队。当时的外交部部长宋子文曾建议，利用美国《租借法案》租借自由轮，发展中国航运事业。最高当局却缺乏远见，他们认为当时中国的海岸线已丧失殆尽，既没有海军，国内又缺乏远洋航运经验的管理人员，因此不需要大批商船，所有的国际援助和海上运输只需依赖美国就可以了。蒋介石在答复宋子文的建议时就称："关于美国拟将自由船二艘租与我国一节，经交核议，据复：（一）我方要求优先装运租借物资，因恐事实上难完全办到，以不提为宜；（二）于战争终了时廉价购买一节，仅是希望而已；（三）组织国际海运轮船公司有无必要，颇足考虑，如仅为签订合同，则可利用招商局。"[①] 大好的机会就这样白白放过。

1944~1945 年抗战将结束，美国因缺乏海员，同时又为象征性地援助盟邦，曾将 3 艘自由轮交由中国政府注册，并悬挂中国国旗，分别命名为"中山"、"中正"和"中东"号，承运军需品行驶于各地。为了这几条船，美国方面还组建了一家中国邮船公司（China Mail Steamship Co.），雇用了若干中国船员。虽然该公司设在重庆中国银行内，船上挂的也是中国国旗，但由于交通当局对于国际海运业务缺乏经验，这 3 艘原可由中国人自己经营和驾驶的海轮，其实际运用、指挥和管理以及所有权等，仍然属于美国战时船舶管理局，而且战争结束后，这几艘船亦很快被美国政府收回。[②] 因此它们的情形与第一

---

① 《蒋介石致宋子文代电》（1943 年 1 月 28 日），中国第二历史档案馆藏《中国银行档案》，档案号：三九七/4870-9。

② 王洸：《中国航业史》，台北，台湾中华书局 1971 年增订再版，第 72~73 页。

次世界大战时期美商与美籍华侨合办的 China Mail Line 所拥有的"南京"（S.S. Nanking）、"尼罗"（S.S. Nile）、"中国"（S.S. China）三轮相似，一度以全部外国人事配置行驶于中美航线，却不能将其视为真正的中国远洋航运事业。

抗战胜利后，国民政府方意识到发展远洋航运的重要性，曾尝试加以补救，但无济于事。1945 年 11 月，美国第七舰队司令及太平洋舰队曾建议向中国提供 6 艘自由轮，美国海军作战部加罗伟将军亦以 C76-3 号备忘录通知中国政府，为了顺利完成这一援助，美方要求中方届时能派遣 360 名合格海员前来接收。为此蒋介石致电行政院院长宋子文，叫他立即电告驻美大使魏道明，令其迅与美方海军当局接洽。① 与此同时，资源委员会亦计划在上海成立中央造船厂，论规模确实是不小。但造船是综合性、系统化的大型工业事业，除了需要拥有大批科技人员外，还必须具备各种重工业的基础，并有其他基本工业的配套和支援；同时在有关体制问题上也应该明确何者为民营，何者必须是国营，以及二者之间如何配合兼而并行，至于筹措资金、集中和培养人才更是迫在眉睫之事。因此成立造船厂只不过是一个美好的幻想，不久内战爆发，索偿又无望，所有这一切都化为泡影。

由于战时国民政府缺乏远见，未能抓住有利的时机，战后当局又不善于同外国人谈判，董浩云虽然参与了部分工作，但人微言轻，以致错失许多大好的机会，多年后，他还经常为此而感到遗憾。②

---

① 《蒋介石致宋子文电》（1946 年 2 月 7 日），美国斯坦福大学胡佛研究所藏《宋子文档案》，第 58 箱第 13 卷。

② 如董浩云先后在 1953 年和 1971 年撰写的《历尽沧桑话航运》《七十年代话航运》等文章中不同程度地流露出这种无奈。

维护航权

中国航运信托公司〔Chinese Maritime Trust（1941）Ltd.，战后改名为"中国航运公司"〕是董浩云1941年在香港注册的一家航运公司，以香港和上海的租界为掩护，从事沿海地区的航运。然而公司成立没有多久就爆发了太平洋战争，这家公司即遭取缔，公司代理的几艘轮船亦被日军霸占。然而董浩云一直都不知道的是，太平洋战争爆发后，中国银行董事长宋子文（当时已出任外交部部长）就有计划由中国银行出资，以中国银行运输部为基础，注册成立一家航运公司，并以此公司的名义向美国租借船只，同时也为战后发展航运业奠定基础。1942年9月，宋子文命令中国银行信托部兼运输处经理林昞（字旭如）负责策划。林昞受命后即组织力量进行规划，经宋子文核准，由中行运输处所得之各项盈余作为公司的开办费，设立公司筹备处，并以航运和贸易为重点进行调查研究，在此基础上拟具航业公司计划大纲。1943年5月1日公司召开第一次股东会，选举宋子文、贝祖诒、霍宝树、林昞、刘景山、陈长桐、杨锡仁等七名股东为董事，卞白眉、徐广迟二股东为监察人，公推宋子文为董事长。1943年8月，公司正式向重庆市社会局办理注册，10月及11月相继获经济部和交通部颁发"设字第1229号""轮字第372号"执照。[①]根据战后该公司呈报的章程所示，该公司定名为中国航业股份有限公司（China Mail Navigation Company, Ltd.），资本1000万元国币，而该公司乃以"增进国际贸易起见，专以发展内河沿海

---

① 《林昞关于创办中国航业股份有限公司致霍宝树函》（1944年6月27日），中国第二历史档案馆藏《中国银行档案》，档案号：三九七/2201。

及外洋之航业及其他与航业有关之各种事业为宗旨"。① 这就说明宋子文创办这个公司本身就带有战后垄断中国内河、沿海甚至远洋航运的目的。但不知道什么原因，这家已在战时登记注册、准备战后大展拳脚的中国航业公司突然无疾而终。当然也正因为如此，董浩云原先创办并几乎与之同名的中国航运公司才能于战后重新申请注册。

鸦片战争后，清朝政府被迫开放国门，与列强签订了一系列不平等条约，各国船只依仗特权，在中国的沿海和内河上耀武扬威，帝国主义不仅攫取了巨大的经济利益，同时也极大地伤害了中国人的自尊。董浩云自幼就目睹这一情景，并在脑海中留下了深刻的印象，多年后他在一篇文章中写道："中国是亚洲大陆国，近百余年受尽来自海洋方面的侵袭。这绵长八千余公里海岸线，加上台湾、海南岛、香港及其他星罗棋布的岛屿，屏围着它的外围，试看每一港口，哪一处没有它被袭击底创痕！从那些港口输入了西方文明，亦带给我们多少耻辱。自鸦片战争，香港割让，英、法进攻天津，继以五口通商，甲午战败，台湾、澎湖被占，驯至日、俄在我辽东半岛进行战争，旅顺、大连悉入他人掌中。于是法租广州湾，德据胶州湾，英占威海卫，山东半岛遂亦体无完肤。不仅沿海如斯，当时外来海洋势力，且曾登堂入室，侵进内河，在浩瀚扬子江、蜿蜒如珠江、春暖松花江，以及静静底白河，都有过外国轮船踪迹；心腹地带，亦有过各国租界，大好锦绣河山，几无一片净土。"② 一百多年来，中国有多少志士仁人为了废除这些不平等条约前赴后继，董浩云亦曾为此奋斗不已。

---

① 《中国航业股份有限公司章程》（1946年4月），中国第二历史档案馆藏《中国银行档案》，档案号：三九七/4307。

② 董浩云：《历尽沧桑话航运——廿五年来中国航运事业回顾》（1953年11月），金董建平、郑会欣编注《董浩云的世界》，三联书店，2007，第59页。

太平洋战争爆发后，中国跻身"四强"，国际地位提高。1943 年 1 月，国民政府同时与英国和美国签订新约，从而废除了一百多年来强压在中国人民头上的不平等条约，收回内河航运的主权。然而战后，英国政府借口要恢复太古、怡和等英商公司在中国的经济利益，要求国民政府开放长江口岸的南京、芜湖、九江、汉口等四个口岸，以使英国船只自由运输。当时国民政府正急需将大批人员和物资从后方运往东南沿海城市，但国内运输工具极为缺乏，若借用外国船只运输，又牵涉到国家的主权，此时国内民族主义情绪极为强烈，"反对四口通商"的口号更是响彻云霄。郑揆一等参政员在国民参政会上发表提案，反对行政院准许外国轮船驶泊南京、芜湖、九江、汉口四埠装卸货物。提案称，"外轮在长江有根深蒂固之历史，今若再获此种便利，则我国脆弱之航业势难与争，一年之后其结果必归于消灭，而造成外轮独占局面"，要求政府明令取消外轮航行内河之成议。① 在此之前，上海《文汇报》特别邀请航业界代表座谈航业的现状及发展远景，董浩云作为航业界的后起之秀也应邀参加了会议，并且专门对英国人在战后图谋在华航行特权予以驳斥，同时也对美国就援华船只单方面毁约的行为表示不满。② 为了解决这一棘手问题，宋子文特别邀请航运界的大佬钱新之、杜月笙、杨管北、李云良等人到他位于祁齐路的私宅商谈对策，董浩云也在邀请之列。钱、杜等人都是航运界的巨擘，而此时董浩云亦能跻身于此，这就说明他在航运界的地位已经得到业内和政府的肯定。

经过众人协商，最后定下的原则是，严词拒绝英国提出开放长江口岸、允许外轮自由营业的要求，但装运救济物资而悬挂外国国旗的船只

---

① 郑揆一等：《拟请政府迅速取消开放外轮航行内河之议以维护本国航业案》（1946 年 6 月 21 日），孟广涵主编《国民参政会纪实（续编）》，重庆出版社，1987，第 226~227 页。

② 《有漫长海岸线，不容越俎代庖》，《文汇报》1946 年 5 月 26 日，第 6 版。

则准许在长江口岸航行。[①] 事后经过他们的努力，上海市轮船商业同业公会还通过了一项特别决议："关于开放长江四口一案，经本会改订，暂定南京、汉口两地为外轮停卸码头办法，进口以救济物资及政府公物为限，不得夹带商货；出口货不加限制，以减入超。"而且"订期六个月，期满不得继续"。[②] 这样一个折中的方案，既澄清了外界的各种曲解，又解决了当时迫切的问题。

对日索偿

战后急需各种运输工具，然而由于中国本身没有造船能力，缺乏重工业基础及科技人员，战时原本先天不足的航运业又遭到严重的破坏，因此政府当局要想在短期内发展航业只有两条途径，除了积极寻求美国援助、大批购买船舶之外，另一个方法就是要求日本赔偿。因此早在抗战胜利之初航运界代表就在重庆酝酿组织，最终在上海成立"民营船舶战时损失要求赔偿委员会"，要求政府出面，向日本索赔，特别是要日本对因战争蒙受巨大损失的民营航商予以补偿。

日本宣布无条件投降后，国民政府即通知在华日军，将长江一带船只全部集中于沙市、宜昌，沿海一带船只则统统集中在上海，等待接收。随即交通部亦批准招商局拟订的《接管敌伪船只办法》，规定敌伪所有商船，一律由交通部配合各地负责接收的军事机关协商

---

① 董浩云：《七十年代话航运》，《航运》（半月刊）第 435 期，1971 年 3 月 15 日，第 2 页。

② 《上海市轮船商业同业公会第四次会员大会议事录》（1946 年 10 月 8 日），天津市档案馆藏《天津航业公司档案》，档案号：J168-434。

办理。① 交通部接收的敌伪船只，暂交招商局负责营运。同年底，行政院敌伪产业处理局成立，随即便与招商局商定，凡是与敌伪有关水运的产业和船只，先由招商局统一接收，然后再由招商局与其协商分配办法。至 1946 年底，招商局接收的各类敌伪船只为 2358 艘，共计244125 吨。②

　　由于 1943 年的《开罗宣言》和 1945 年的《波茨坦公告》都明确提出日本战败投降后必须要向中国赔偿战争损失，因此当时最迫切也是最有效的解决办法，就是向驻守在东京的盟军统帅麦克阿瑟将军要求接收日本的船只。为此美国军方曾以电报报告上海的实际情况，一方面美军驻沪最高负责人要求蒋介石以中国战区总司令的身份致电美国总统杜鲁门，同时再电告麦克阿瑟将军，自捕房的日本船舶中调拨 10 万吨给中国，以解燃眉之急。为了尽快促成此事，9 月底，董浩云作为上海市政府的代表，奉第三方面军司令长官汤恩伯将军的批准前往重庆，向蒋介石汇报此事。美国驻上海总领事亦亲自致函上海美国空军运输委员会，要求他们尽快提供飞机让董浩云飞往重庆。③ 正当董浩云欲登上美国空军调拨的专机前往重庆之际，上海市市长钱大钧突然接到蒋介石的一封急电，内称"关于拨派运输船十万吨以济上海煤荒一节，已交中美参谋联合会议洽办矣"。④ 因此董浩云取消了此次紧急任务，接收敌船的事情也就搁置了下来。

---

① 《接管敌伪船只办法》(1945 年 8 月 25 日)，中国第二历史档案馆藏《招商局档案》，档案号：四六八 /337。

② 《国营招商局报告》(1947 年 8 月 19 日)，中国第二历史档案馆藏《交通部档案》，档案号：二十（2）/1243，转引自中国航海学会编《中国航海史（近代航海史）》，人民交通出版社，1989，第 337 页。

③ "P.R. Josselyn to Air Transport Commission"（September 18, 1945），董浩云资料室藏，档案号：A1-5。

④ 《蒋介石致钱大钧密电抄件》(1945 年 9 月 28 日)，董浩云资料室藏，档案号：A1-5。

事后董浩云才知道，问题原来出在驻日本的盟军总部身上。当中美参谋联合会议做出决议并经华盛顿方面同意转报驻日盟军之时，麦克阿瑟却已经做出扶植日本、反对赔偿的决定。不仅如此，当时中国政府还向驻日盟军总部要求归还战时被虏船只，并提出110艘船只的具体名单，但最终只归还了4艘小轮，其余的船只盟军总部都以不知下落为借口，未予归还。①

刚刚回到国内的宋子文得知这一变故后，便决定委派董浩云到日本讨论有关征用日本船只的问题。但董浩云此时还要为自己的公司复业到处奔走，实在没有时间赴日，转而推荐他的好朋友、时任中央信托局贸易处副总经理的杨津生担负这一任务。因此杨津生便在美军上校陶渤生的陪同下由上海直飞东京，成为战后第一个以非军人身份飞往日本的中国人。

虽然董浩云未能前往日本办理索偿事宜，但他对此事却非常关心。作为民营航业海轮联营处的代表，董浩云参与成立"日本赔偿及交换物资承运小组"，并与中央银行总裁张公权在南京会面，商洽有关赔偿物资的运价问题。与此同时，他还连续两天在《大公报》上撰写长文《日本商船处置问题》，就对日索偿发表个人看法。②

董浩云认为，当年中国为了抵抗日本的侵略，损失了全国几乎所有的商船；如今战争结束，为了弥补战争损失，同时也出于远东局势的考虑，日本方面必须向中国赔偿100万吨船舶，至少亦应先拨交50万吨。而日本国内保留商船的数量只能限于其所需航运工具，同时亦不得妨碍中国航运事业的发展，并在经济上、军事上不得对远东和平构成威胁。

---

① 董浩云：《日本商船处置问题》，《大公报》（上海）1947年5月3日、4日。

② 参阅《中国航海史（近代航海史）》，第353页。

　　董浩云在文章中最后强调："对日和约关系未来远东局势与以后百年中日关系甚巨，我们对日主张宽大，可是我们要有生存和发展权。中国航业是否能抬头，中国国旗是否能在世界任何角落海面上飘扬，虽说是要从自己做起，但是这次处理日本商船问题，确有其决定性影响。"①七十多年过去了，我们今天再看董浩云所发出的呼吁和警告，不能不对他的真知灼见感到钦佩，同时也更为当年国民政府的决策失误而痛惜不已。

购买美船

　　1945年10月，交通部在上海设立航业整理委员会，负责接收和处理敌伪财产。与此同时，上海航运界也组织民营船舶战时损失要求赔偿委员会，积极进行战后索偿等各项相关工作。

　　1946年1月21日，行政院院长宋子文在上海中国银行接见招商局总经理徐学禹、全国船舶调配委员会主任委员刘鸿生，指示其改进航运业务。②随后徐学禹便向宋子文报告说，招商局最近可望接收6艘自由轮，连同"中东""中山"两轮共可增添各类海轮34艘，而这些新增加的轮船每月耗用燃油大约2万吨，因此"为购运及存储方便计，至少需购各油船四艘，方可敷用"。③除了国营招商局之外，政府此时也考虑到战后民营轮船业的恢复和发展问题，2月9日上午，宋子文又在上海行

---

① 董浩云：《日本商船处置问题》，《大公报》（上海）1947年5月3日、4日。

② 《宋院长指示招商局应力求改进业务》，《申报》1946年1月22日。

③ 《招商局总经理徐学禹致行政院长宋子文签呈》（1946年2月6日），美国斯坦福大学胡佛研究所藏《宋子文档案》，第28箱第3卷。

政院办事处与刘鸿生等人商讨航运问题。① 可以看出，政府当局对于恢复交通、扩大航运之事极为重视。

国民政府当时也曾计划接收日本尚存的大部分轮船，以此作为战争的赔偿，然而受到战后国际局势变化的影响，对日索偿无法实施，因此只能寄望于向美方寻求援助，购买船只。

第二次世界大战期间，为了支持战争以及适应海上运输的需要，美国先后建造了为数高达 6000 万吨的各类船只。除了纯粹用于军事而无法改装为商用的船只外，尚有一大批海轮，其中"自由型"轮船就是当时为补充被德国击沉的轮船而大量建造的一种标准船，英国称其为"自由型"，美国则称"胜利型"。该船的设计是：驾驶室前有两个货舱，驾驶室至机房有一个中舱，机房后则有两个梶舱，每个舱都装有一对货物吊机，船的航行速度大约每小时 12 海里，10970 载重吨，功率 2500 马力。这种船只设备简陋，战后美国政府即将其作为剩余物资向国外倾销，除本国商人有优先购买权外，其他如英国、法国、挪威、瑞典、荷兰、比利时、丹麦、意大利、希腊、中国、印度、澳大利亚以及南美各国均可以按照售船法例，购买剩余船只。尽管这些船只由于建造匆促，在质量和结构方面都存在诸多问题，但在付款的条件上却较为宽松，买方只需先付 25% 的现金，其余部分可由政府出面担保，分 15 年还清，年息三厘半，每年分两次摊还本息。这些条件对于急需扩充海上运输船只，但又缺乏资金的国民政府来说当然是十分有利的，因此此刻购置船只的主要目标还是集中在美国方面。

1945 年 11 月 23 日，宋子文致电中国驻美物资供应委员会，命其速向美国航务委员会商洽购买 N-3 型轮船 10 艘，价款 432.5 万美元，全部

① 《申报》1946 年 2 月 10 日。

付现。N-3 型货轮大多建造于 1944 年前后，在当时堪称新船，但战后这些船只"美人目之已成废铁"。该轮有 4 个货舱，3 吨起重吊杆 6 个，所有蒸汽机功率较大（1300 马力），轮船吃水适中，可航行于沿海各类港口，船只吨位大约都在 1873 吨（2750 载重吨），航速约每小时 11 海里。原本蒋希望的是美国能以赠送的方式向中国让拨数艘自由轮，当他确信这一可能已经不存在之后，便向宋子文提出两个原则："一则由我出款购置，一则仍由美军管理，作为借我使用，如船有损失，则由我赔偿之。"蒋并嘱宋在上海速与美军驻华最高指挥官魏德迈将军商讨决定，以便早日实现。① 宋子文在与魏德迈交涉后，即向蒋介石传达了美方的立场：

1. 依照美政府政策，过剩船舶统由航政委员会出售或出租，现国会已通过此项政策；

2. 美方欲出售过剩之自由轮，按照该法案每艘平均售价为美金六十万元；

3. 陆海军部均无权将船舶赠送他国，总统虽可决定赠送，但亦必事前取得国会同意；

4. 英国欲租用美船四百余只，亦曾要求赠送一部分，美政府未允，故对我颇难通融，免开先例。②

其后他还核准行政院有关部门提出的建议，并向正在南京的美国特使马歇尔将军提出购买美国战时剩余船只的数量及价格。其中 N-3

---

① 《蒋介石致宋子文手令》（1946 年 2 月 6 日），台北"国史馆"藏《蒋中正档案：革命文献——对美外交：军事部分》。

② 《宋子文致蒋介石呈》（1946 年 3 月 6 日），台北"国史馆"藏《蒋中正档案：革命文献——对美外交：军事部分》。

型轮船（2800 吨）55 艘，每艘报价 39 万美元；AV1 式（5000 吨）货
轮 68 艘，每艘 64 万美元；自由轮（1800 吨）20 艘，每艘 63.9 万美
元；胜利轮（1800 吨）16 艘，每艘 97.9 万美元；共计 159 艘，总吨位
达 558800 吨。[①] 估计船价总额高达近 1 亿美元，其中 75% 由美方承贷，
25% 由中方付现。当时美国正介入调停国共内战，美国国务院曾表示商
船应移让给"一个在联合政府组织下之统一而民主之中国"，因此中国
政府必须"明了此意"，否则"美国政府拟停止移让此等船舶"。[②] 鉴于
此，再加上中方筹款极为困难，交通部门只好决定先向美方购买部分旧
船，由美方提供贷款 1650 万美元，中方付现 550 万美元，1947 年 7 月
15 日由驻美物资供应委员会经手，向美国航务委员会代订自由轮 10 艘、
N-3 轮 15 艘（其中有 7 艘因不适用而被退回），1948 年 2 月及 3 月，
再由世界贸易公司经手订购 C-M-AV1 轮 12 艘、胜利轮 3 艘。[③] 由于
战后国民政府未能顺应世界潮流的发展，依然坚持一党专制，结果内战
重启，其试图建设一支远洋航运船队的计划也同样落空。

政府赔偿

　　抗战爆发后，中国的民营航运业同仇敌忾，积极投入全民族抗战
的洪流之中。据统计，战时被征用封港船舶 63 艘，119906 吨，这些船

① 《宋子文致蒋介石呈》（1946 年 5 月 23 日），台北"国史馆"藏《蒋中正档案：革命文
　献——对美外交：一般交涉（上）》;《美国外交文件》第 10 卷，1946 年，第 794 页，转引
　自吴景平《宋子文政治生涯编年》，第 501 页。

② 《美国国务院致海运委员会函》（1946 年 10 月 2 日），转引自《航运》第 52 期，1954 年 9
　月 15 日，封 3。

③ 《财政部关于向美购船借款致行政院呈》（1948 年 9 月 10 日），中国第二历史档案馆藏《财
　政部档案》，档案号：三（2）/2735。

只大都于抗战初期沉塞于长江沿岸各个港口及江阴、马当等要塞，目的是封锁长江航道，阻止日本军舰入侵；在军公运输途中遭到损毁的船舶33 艘，15981 吨，被日军俘获的船舶 67 艘，111006 吨，被日军炸沉炸毁的船舶 43 艘，49357 吨。战时共计损失各类船舶 206 艘，296250 吨。因此日本投降时中国民营航业的全部船只仅剩下大小江轮 58738 吨，海轮则早已荡然无存。①

战后，随同政府内迁到重庆的各民营航运公司代表即具文呈送交通部及行政院，陈明民营航运业于战时所受损失，要求政府予以赔偿。同时还向交通部报告沪上各公司已在重庆成立了驻渝联合办事处，并委托董浩云为全权代表，当经交通部部长俞飞鹏批准备案。嗣后各航商便随同政府回到上海，并组织民营船舶战时损失要求赔偿委员会，会址就设在上海广东路 93 号。委员会成立后即对战时航运业所受损失广为调查，搜集资料，要求主管部门核实并予以赔偿。11 月 3 日下午，委员会假上海航业俱乐部召开会员代表会议，讨论要求政府赔偿的具体方案。会议选出 15 名代表作为常务委员，负责与政府交涉，作为大振轮船公司和天津航业公司的代表，董浩云也是其中的一名委员。② 其后民营船舶战时损失要求赔偿委员会拟订出赔偿方案，要求政府出面与美国方面商洽援助，贷款购买美国战时剩余船只，其价款于政府偿还民营公司战争损失中扣除；同时还敦请政府与盟国交涉，索偿被扣留的日本船舶。③

民营船舶战时损失要求赔偿委员会经过调查，将各轮船公司遭受战争损失的情形分为四类：

---

① 《中国航海史（近代航海史）》，第 352 页。
② 《上海市轮船商业同业公会会议记录》（1945 年 11 月 3 日），上海市档案馆藏《上海市轮船商业同业公会档案》，档案号：S149-2-186。
③ 《民营船舶战时损失要求赔偿委员会索偿方案稿》（1945 年 11 月 5 日），上海市档案馆藏《上海市轮船商业同业公会档案》，档案号：S149-2-186。

一、政府征用充作沉塞各地封锁的船只共 119986.50 吨；

二、在军公运输中遭受损毁的船只计 15841 吨；

三、被敌人捕虏占扣的船只计 111006 吨；

四、被敌炸沉、炸毁的船只共 46457.74 吨。

接着委员会还分别对赔偿吨位的计算标准、赔偿办法（分吨位赔偿、作价赔偿）提出了具体的方案。①

经民营轮船公司多方呼吁，并由锺山道、董浩云等代表与政府当局进行多次谈判，政府有关部门最终才同意，对于战时政府征用封锁长江之船舶先行赔偿，至于其他损失的船只则要求各公司先将资料汇总，待日后向日本索赔时再统一进行办理。

1946 年 3 月 1 日，行政院对此事予以正式批复：

1. 凡作军事征用充作阻塞工程及应征军公差而为敌损毁之船舶，合于军事征用法之规定者，应予赔偿；

2. 船只吨数及折旧暨战前币值与钢铁木材之指数如何折算，应仍由该部迅拟意见呈核；

3. 航商向国外订购船只，政府应予以便利；

4. 航商贷款一节，可径洽四联总处办理。②

---

① 《上海市轮船商业同业公会呈报所属会员公司战时损失调查表》（1945 年 11 月），上海市档案馆藏《上海市轮船商业同业公会档案》，档案号：S149-2-186。

② 《行政院批文》（1946 年 3 月 1 日），台北"国史馆"藏《行政院档案》，档案号：063-133。

交通部随后亦按行政院的批示原则复电，并称有关赔偿原则"正由本部筹议计算方法"。①

民营船舶战时损失要求赔偿委员会收到批文后认为，"研求折合数字、收领补偿金额、恢复吨位各节，似应有联合之组织，俾期易于推行，早观厥成，公私均蒙其利"。后经再次调查，战时上海市轮船商业同业公会会员中被政府征用封锁长江而自沉的船只，共涉及 34 家公司的 61 艘船，总计 123489.53 吨，其中损失最大的几家公司（受损船只数量，所占比例）分别为三北（11 艘，12.735%）、中兴（3 艘，8.689%）、中国合众（3 艘，5.715%）和华胜（2 艘，5.236%）。② 该会即将这一统计数据汇集，分别呈报交通部及行政院，同时还要求政府在航商购买船只及贷款方面予以协助。为了便于使用这批动用赔偿金购买的船只，经会员讨论决定，由合于军事征用法应予赔偿之船舶所属各会员，以所损船舶吨位为比例，筹集资本，联合筹组一个新的股份公司，统辖并经营这批轮船，这个新成立的公司名为复兴航业股份有限公司（China Union Lines, Limited，简称 CUL）。各航商还公推钱新之为筹备主任，林熙生为副主任，除了依照公司法规定办理各项登记手续之外，还将办理情形拟具报告呈送行政院备案。③

7 月 22 日，交通部向行政院呈报了有关战时军公征用损失船舶的赔偿方法。据该部统计，应付赔偿金按照工料指数计算，大约为 20190007191 元。交通部建议这笔赔偿金可于两年之内分批以现款支付，若航商向国外订购新船，在赔偿金未赔偿清了前，可由政府以补偿金额

---

① 《交通部致上海市轮船商业同业公会代电》（1946 年 4 月 9 日），上海市档案馆藏《上海市轮船商业同业公会档案》，档案号：S149-2-186。

② 《征用封锁船舶赔偿金分配表》（1947 年 6 月 13 日），《复兴航业公司诞生经过》，"董氏航业丛书"第 2 辑。

③ 《民营船舶战时损失要求赔偿委员会致行政院呈文》（1946 年 7 月 1 日），台北"国史馆"藏《行政院档案》，档案号：063-133。

作为担保，或由政府准予结购外汇；而航商取得赔偿金后，应以赔偿所得组织一规模较大的航业公司，并接受政府的严密指导与监督。呈文同时还附上一份赔偿金的计算方法。为此行政院特别召开会议讨论这个方案。受损船东认为交通部提供的赔偿额是根据物价指数及工价指数计算的，但战前中国造船工业极为落后，大部分船舶都从国外购买，若赔偿额按国内的工价与物价指数计算，值此通货膨胀剧烈之际似不相宜。为此他们开列出数种赔偿的计算方法，供与会者讨论。

一、由航商提出的方案：货船每吨按国币 10 万元计算，以汇率 1：1200 计，约合美金 1000 万元；

二、交通部呈报按工价物价指数计算的方案：合国币约 200 亿元，以汇率 1：2020 计，约合美 90 万元；

三、照战前船舶登记的价格 900 万元计算，以当时汇率 1：3.30 计，约合美元 300 万元；

四、照沉船时国外购买同年份、同吨位之船舶 12 万吨，合英金 90 万镑，合美金 360 万元；

五、照目前欧美市价购买，约值美金 720 万元；

六、照目前上海的购买市价计，约值美金 1200 万元。

比较上述各项办法，其中第四项计算方案最为公允，而且英国政府也是依照这一原则赔偿本国船只损失的。

会议讨论的结果认为，鉴于政府目前正向美国洽商购买大批战时剩余船只，可以利用这一时机责令各航商将政府所赔偿之款项充作股份，合组一大航业公司，由政府出面购买一部分剩余船只，条件为先扣除赔款总额，如有不足，航商应付差额的 25% 现款，其余 75% 的差额分十年还清，

"如此则力量不至分散，政府于赔偿损失之外，尚可促进航业之发展，一举两得，似可加以考虑"。

最后形成决议：

一、赔偿金照第四项办理；

二、赔偿金之支付及运用，由交通部与航商会商决定。①

交通部收到报告后于 10 月 2 日批示"准予备案"。10 月 12 日，民营船舶战时损失要求赔偿委员会在上海航运俱乐部召开临时大会，由主任委员钱新之主持会议，除了讨论复兴航业股份有限公司的各项筹备工作之外，主要对行政院关于赔偿方案的原则和计算方法进行了讨论。最后形成的决议是："本会勉予接受上述十二万吨折合美金叁百六拾万元赔偿金额之吨位差额，现时国外船价日涨，而美金可能有贬值之足虑，应请政府从速设法实行给付赔偿金，以免损失增巨，益难弥补。"会议同时还推选董浩云、锺山道、沈琪、程余斋等四常委为代表，遵照行政院批准的原则，携带有关证件到南京，直接与交通部洽商赔偿金支付及应用的各项细则，再由民营船舶战时损失要求赔偿委员会主任委员钱新之与轮船商业同业公会会长杜月笙共同向行政院院长宋子文陈情，"请求迅赐核定赔偿金之交付及应用办法，俾期早达目的"。②

最后行政院于 10 月 24 日正式批示："查本案业据交通部航字第二九六三号呈拟，在最近向美所购船只内拨付十二万吨，交该会分配在

---

① 《行政院第 758 次会议临时讨论事项（二）》（1946 年 9 月 10 日），上海市档案馆藏《上海市轮船商业同业公会档案》，档案号：S149-1-123。

② 《民营船舶战时损失要求赔偿委员会临时会员大会记录》（1946 年 10 月 12 日），上海市档案馆藏《上海市轮船商业同业公会档案》，档案号：S149-1-123。

案。除令饬该部尽先一次拨足外，仰即知照。"①

1948 年 6 月，战时受损的 19 家船商以政府赔偿款购买的美船为基础而组成的复兴航业股份有限公司宣告成立，董事长钱新之，董浩云则被选为常务董事。尽管此时宋子文早已出任广东省政府主席，但当初赔款数额的确定以及美船购置的交涉，却都是在宋子文主政行政院时所做出的决策，对于这一点，董浩云心中当然是非常清楚的。

晚年交往

1949 年是中国历史上一个重要的年份，在这决定中国未来前途和命运的关键时刻，宋子文辞去了广东省主席和广东绥靖公署主任等本兼各职，并于 6 月经法国抵达美国，从此离开了中国，也告别了他为之奋斗近 30 年的政坛生涯。也是这一年，董浩云率领旗下的船队南下，在这之后，他以香港为基地，并充分利用日本战后造船业复兴和国际局势变化的有利时机，不断扩充实力，从租船到购船，最后自己造船，终于建立起一个拥有各类巨轮逾百艘、载重量超过 1100 万吨的航运"王国"，成为名副其实的"世界船王"。

董浩云年轻时就有记日记的习惯，但早年的日记由于战乱而散失，目前保留的日记始于 1948 年 3 月奉交通部之命前往美国接收船只，止于他去世的前三天，前后共 34 年（其中缺 1964 年全年日记）。笔者受董氏子女的委托对他的日记进行编注，先后出版了繁体版（香港中文大学出版社，2004）和简体版（三联书店，2007）。出版的日记共分三册，

---

① 转引自《复兴航业公司诞生经过》，"董氏航业丛书"第 2 辑。

有些内容虽然十分简短，但内中所涉及的人物却很多，其中就有他与宋子文交往的记录。

从日记的记载看，董浩云与宋子文幼弟宋子安的交往可能更早一些。宋子安是广东银行（总部设于旧金山）董事长，董浩云从事航运业势必经常要向银行融资，相识也是很自然的。1961 年 6 月 19 日，董浩云正准备由法国巴黎飞往德国汉堡，"在飞机场不期而遇宋子安氏，谈甚欢，并约期在台晤面"。当时台湾方面正准备召开阳明山会议，邀请各界贤达出席会议，宋子安是蒋的内弟，又是金融界精英，自然在受邀之列。而董浩云此时在航运界声名显赫，虽然他已十多年未到台湾，但这次也收到邀请。然而最终董浩云还是没有参加会议，因此与宋子安并未相遇。直到第二年的 1 月 31 日，董浩云飞往旧金山，抵埠不久即专程前往广东银行拜访宋子安。当晚宋子安设家宴宴请董浩云及其他客人。对于宋子安的热情款待，董浩云自是十分感谢，他在当天的日记中写道："此次宋子安兄尽情招待，至为不安。"

很可能是在与宋子安见面时提及与其兄多年前曾有过的一段交往，宋子安亦介绍了大哥的近况，董浩云更急于与宋子文见面。董浩云与宋的老部属贝淞荪很熟，因此第二天董便飞往纽约，于 2 月 4 日晚即前往贝家赴宴，并在晚宴时"遇见宋院长 T.V. 夫妇、顾大使夫妇等"，显然这是事先安排好的见面。虽然日记中并没有记载二人谈话的内容，但此次见面肯定勾起了他们对往事的回忆，尽管宋子文对当年的董浩云可能没有什么印象，可是此时的他已成为"世界船王"。宋子文虽然早已不问政事，但对于国际政治和经济事务还是十分关心的，作为一个中国人，他也一定会为董浩云的创业事迹感到自豪。

在这之后，董浩云与宋氏兄弟的接触日益频繁。宋子安常住旧金山，宋子文寓居纽约，而这两个城市又都是董氏集团在美国的重要基地，所以董浩云在美国东西两岸巡视时，经常会与他们见面，从董浩云的日记中摘录几段概述如下。

1962年12月8日，应宋子安夫妇之邀，在旧金山的Imperial Palace晚宴，在座的还有蒋介石的孙女蒋孝章及丈夫俞养和，餐后再到Mark Hopkins顶楼跳舞，"雾中作舞，颇为有趣"。

1965年4月23日，在纽约，"下午五时，与宋子文院长茶叙，谈甚欢"。

1967年3月29日，宋子文前往旧金山，当晚宋子安以友人名义为其兄嫂接风，并邀请一些朋友作陪，董浩云亦在受邀之列。

董浩云不仅与宋氏兄弟保持密切的联系，而且他与宋的部下亦多有来往。譬如尹仲容，于公于私都是宋子文的亲信，20世纪50年代初他在担任"经济部部长"兼"中央信托局局长"之时，对台湾地区的经济发展贡献尤大。1962年6月，时任"台湾银行"董事长的尹仲容访问日本，与正在东京公干的董浩云相遇，董浩云想起战后初期二人在上海一起致力于恢复经济的往事。他在会面时所摄的合影背面题签："十余年未见，重又在扶桑握晤。1962年6月7日东京Palace Hotel摄仲容兄伉俪。"

董浩云与宋子文他们见面时总会谈些往事，虽然日记中的记载十分简单，但有时还是会透露一些内容，甚至还会加些个人点评。战后，时任行政院院长的宋子文为了解决通货膨胀、物资短缺的难题，决定开放外汇和黄金市场，同时鼓励进口。然而不到一年，国库中的外汇大量流失，进口商品充斥市场，上海又爆发黄金风潮，宋子文因此遭弹劾，宋子文的亲信、时任中央银行总裁的贝淞荪也一并引咎辞职。宋、贝等当事人对这件事耿耿于怀。1962年8月26日，董浩云应邀到贝府午宴，"席间贝先生谈笑风趣，满座融洽"，但是当"贝先生又曾谈及胜利后政府耗挥外汇情形"时，贝与众人皆为之"一叹"。然而为什么而叹，是认为自己当年的决策确实有错，还是觉得蒙受冤屈？日记中并没有说明。

1968年5月22日，董浩云刚从美国西岸返回纽约，当晚顾维钧伉俪设宴款待，宋子文也应邀赴宴，大家在一起"谈谈轶事，颇饶兴趣"。恰巧顾、宋二人都曾担任过民国政府的内阁首长，因此董浩云在当天的日记中写道："以政绩论英雄，俱往矣，似需新血液；以航业来讲，他俩人均无贡献，且有些颟顸。"站在他的立场上，这话说得倒是有些道理。

1969年2月28日，董浩云在旧金山突然接到宋子文的电话，说宋子安今日在香港去世。宋子安是宋氏兄妹中最年幼的，却没想到最先离开人世。董浩云得知这一噩耗，"至为震惊"，宋子文还约他3月6日在旧金山见面。因为董浩云有其他事要办，必须提前离开旧金山，所以3月3日他即"访宋子文先生于广东银行"。一个多月后他回到纽约，再于4月30日"下午访宋子文先生，谈航业、金融、港地情形，相叙为快"。半年后的10月26日，董浩云晚上又到贝淞荪家，见到宋子文夫妇和陈质平夫妇等人正在打牌，因此未及详谈即告辞。但没想到，这可能是他们二人最后一次相见！

1971年4月26日，董浩云的亲家温陵雄夫人打电话告诉他宋子文在旧金山不幸去世的消息，董浩云闻之大为吃惊。因为他刚从旧金山回到纽约，而且就在十天前还亲自到广东银行去拜访宋子文，但正好宋刚刚离开而未能见到，"不料过几天，他竟因食鸡骨不能下口，而心脏不支而逝世"。董浩云感到十分可惜，在这之前他曾邀请宋子文出席观看他旗下巨轮下水的电影，但宋因时间上有冲突而未到；而他刚于3月15日发表在《航运》半月刊的长文《七十年代话航运》，以大量的篇幅回忆战后宋子文推行的经济措施，然而文章发表不久，故人便已逝去。此时"乒乓外交"刚刚发生，小球正在推动大球，对于国际局势极为关注的董浩云已敏锐地意识到，今后中美关系乃至国际形势必将发生重大变化，而宋子文这位出色的外交家竟然未能见到这样的变化，未免让人感到遗憾。因此他在日记中写道："一代风云人物去了"，"他死了，死在华盛顿／北京打交道的当儿！"

5月1日下午，董浩云偕妻子顾丽真在纽约的Heavenly Rest教堂出席宋子文的葬礼。众人都在为宋子文的去世而祷告，原驻美大使顾维钧和当年宋子文聘请的美籍财政部顾问杨格分别以英文发表演讲，内容是"赞宋氏与罗斯福总统一段交涉，使中国成五强之一的功绩"。5月下旬，董浩云又飞到旧金山，并于24日上午到访广东银行，"大家为宋子文先生逝世惋惜"，董浩云还表示，他要写一篇文章予以悼念。虽然我们目前尚未发现董浩云撰写的悼念文字，但有大量篇幅述及宋子文战后活动的《七十年代话航运》一文却自8月22日起在台北的《中央日报》上连续五天予以转载，恐怕这就是董浩云对宋子文表达纪念的最好方式。

宋子文与董浩云既是两个不同时代的人，也是两个不同领域的人，目前似乎在宋子文的档案和相关文件中尚未发现他们二人来往的文件，而只是在董浩云的回忆文章和日记中发现了一些线索。其实这也很正常，尽管抗战胜利后他们确实有过接触，但当时两个人地位悬殊，宋子文不可能对董浩云有太多印象。但是站在董浩云的角度上看就不同了，能与政府巨头相识，对于他这样一个航运界的后起之秀自然是十分难得的，他会将与其交往的任何细节都牢记在心中。然而历史在前进，时代在发展，20多年后，宋子文早已退出政治舞台，但董浩云却风华正茂，独领风骚，特别是他在航运业中所做出的贡献，已成为中国人的骄傲。

董浩云为人热情好客，知恩念旧，善于交际，朋友遍天下，而且涉及各个领域。如果说他结识各国政要、银行巨擘、石油大亨和船厂老板的目的主要是出于个人航运事业的发展，与众多知识精英和艺术大师的交往源于他精神上的追求，那么他与宋子文这些近代名流的来往，则应体现为他对历史的尊重。此时他们之间已经没有什么地位上的差别，两个人像朋友一样相待，但董浩云对宋子文还是十分尊重，并总是以"院长"的名衔称之。虽然我们没有办法清楚了解他们之间的谈话内容，但从他们的为人和追求可以判断，这些对话一定包含着对往事的回忆，对时局的关注，以及对未来的祝愿。

原载《上海档案史料研究》第 15 辑，

上海三联书店，2013

"窘态毕露"：高级公务员的战时生活

抗战爆发后，数以千万的民众由东部西迁，党政机关的各级官员也随政府先是迁往汉口，继而再播迁至重庆、成都、昆明等西南地区，在这批官员中自然包括那些在党部、政府、军方等各个部门就职的高级公务员。[①] 在大后方，他们之中除了极少数位高权重的官员仍可以享受某些优待，掌管财经事务的官员甚至还能够利用职权发国难财外，多数公务员（包括高级公务员在内）则与大后方的民众一样，经历了长途跋涉、日军轰炸、物资短缺和通货膨胀等艰难困苦的日子。

　　过去关于大后方民众的生活状况曾有过一些调查和统计，然而对于公务员，特别是高级干部的战时生活却没有集中、深入的描述，其中最重要的原因恐怕还是缺乏这方面的统计资料。近年来，大批民国时期政要的日记与回忆录陆续出版，为我们了解战时大后方高级公务员及其家庭的生活情形，包括衣、食、住、行及平时的娱乐消遣提供了真实的记录，通过他们的笔触，或许可以再现当时的历史景象。

---

① 南京国民政府成立后，政府公务员的级别仍沿袭北京政府的规定，根据1929年公布的《公务员任用条例》和1933年的《公务员任用法》，政府的主要官员分为特任、简任、荐任和委任四个等级。而此处提及的高级公务员，是指那些在政府各部、会厅（司、局）以上或相同职级的简任事务官。

战前高级公务员生活一瞥

根据 1933 年颁布的《暂行文官官等官俸表》规定，特任官最高工资为国币 800 元，委任最低一级（委任十六级）的薪俸则为 55 元，两者相差近 14 倍。但需要指出的是，某些政府高级公务员除薪酬之外，还有一笔甚至高于工资数额的办公费，可由官员自行支配。①一般来说，在国民党的党国体制中，搞党务的人都想到政府谋求一官半职，因为两者之间薪酬差距还是很大的。譬如国民党中常委月薪是 300 元，而国民政府内的院、部、会首长都是特任官，月薪为 800 元，简任一级（一般都是次长或司局长以上）则为 600 元。②国民党中央监察委员、铨叙部次长王子壮和行政院参事陈克文都是这一级别的官员，他们虽然不属于国民政府核心阶层，但都算得上是高级公务员。

王子壮与陈克文两个人的经历有许多相似的地方。他们都来自农村（但王是官宦人家后代，陈的祖辈则世代务农），年龄相仿，都是在五四新文化运动的高潮中分别入读北京大学和广东高师，大学毕业后受到国民革命的感召，同于 1923 年加入国民党，年纪虽轻却已在国民党党部位居要职。抗战爆发前，他们已在国民政府内担任次长或参事（相当于

---

① 据当时《大公报》披露政府机关主管人员薪水以外的办公费数额，"主席每月三千，院长约在二千，副院长千元左右，部长亦如之，甚至司长、参事亦有数百元之数。总理陵园管理委员每人尚有五百元"，"且待遇极不一律，有极劳累而无此款者，有无事为而坐领此款者"。王子壮承认这与事实相差不远，譬如立法院副院长、中政会秘书长叶楚伧兼任数职，连同工资，每月收入"当在三千元以上"。详见《王子壮日记》第 3 册，1936 年 3 月 9 日，第 69 页。

② 《成败之鉴——陈立夫回忆录》，第 150 页。

司局长）的职务，薪俸级别为简任一级（陈克文先为简任二级，1937 年
1 月晋升为一级），月薪 600 元，王子壮甚至还享有与薪俸相若的办公
费。这个薪酬待遇在战前经济和物价平稳的年代可以说是极为优渥，当
时大城市居民平均每人每月只需 10 元左右即可维持一般的生活水平，[①]
而那些国立大学顶尖教授的工资也就 400 元左右，国立大学校长薪金最
多也不过 600 元。因此像王、陈这样级别的高级公务员生活安逸舒适，
虽然还说不上可以任意挥霍，但亦从未为日常的生活琐事操过心，在他
们战前这段时期的日记中基本没有所谓柴米油盐这些小事的记载。[②] 再
举例来说，陈克文家中人口并不多，但仍雇用两名女工，因为她们一个
月的工资也不过就十几元。他自建住宅后要在高级饭店宴请同僚，考虑
的最多也只是每席费用是 12 元还是 25 元。[③] 而即使是 25 元，那也不过
只占他每月薪俸的 4%。

　　如果说战前在他们生活中有什么较大的花费，那应该就是建造住
宅了。选址购地、向银行借贷、寻找建筑公司承建、购买家具等具体事
务，在他们的日记中倒是不乏记载，而且在当时南京的官场上这也是
一件相当普遍的事。譬如陈克文家搬迁新址后，同僚及同事都极为羡
慕，实业部次长程天固亦特地来访，目的很明确，就是想在附近购地建
屋。因此陈克文以为"将来此地人烟必极稠密，目前之乡村景物势难长

---

① 　以上海为例，据统计，1934 年一个工人家庭中平均每一成人每月支出约为 11 元，其中 3/4
　　用于衣食住行等生活必需，其他则为交际、娱乐、教育等杂用。详见《上海市工人生活程
　　度》，李文海主编《民国时期社会调查丛编·城市（劳工）生活卷》上册，福建教育出版
　　社，2005，第 357 页。上海的生活水平高于其他城市，工人家庭又较其他贫民家庭生活为
　　优，因此其他城市及一般阶层民众的生活水平应在其之下。

② 　正如王子壮日记中所记："米粮价格，战前均不知之，因此种必需品占生活费甚小之百分
　　比，毋庸注意也。"《王子壮日记》第 9 册，1944 年 5 月 19 日，第 199 页。

③ 　《陈克文日记》上册，1937 年 4 月 10 日，第 50 页。

久也"。①

陈克文 1935 年 5 月从香港来到南京就任行政院参事，不久即将母亲及妻儿一起接到南京，与当时众多官员一样，开始借款、选址，准备自建住房，花了 4000 余元，购置了城郊苜蓿园 25 号的一块宅地。由于他在 1937 年以前的日记因战乱而遗失，因此看不到他筹建住宅的计划，而只有搬家的记载。

1937 年 3 月 27 日上午，陈克文一家从公园路体育里鼎园一号搬入苜蓿园的新宅，陈将其新宅命名为"寸草堂"："斯宅建筑费四千五百元，地价四千余，卫生设备、水电，及篱笆、道路、水沟等约二千元，合计一万元上下。余本一穷措大，虽建筑费十分之八九出诸银行贷款，但不知底蕴者，恐不免怀疑钱从何处来，然无法计较及此矣。"②建房的所有资金尚不足陈克文两年的薪俸收入，应该是完全应付得了的。苜蓿园位于中山门外，当时算是郊区了，但空气新鲜，居民亦很少。陈克文迁入新居后常与家人在住宅周围散步，"徘徊于护城河畔，直南至后庄村，田野空气殊清新爽人。十余年久居城市，一旦置身郊外，身心为之一快"。然而此时"宅前后已纷纷建筑，周围数里，亦悉为地产公司所购置"。陈克文心想，"再历数年，此幽静地区，恐又不免成为人烟稠密之所耳［矣］"。③

再看同一时期王子壮关于建房及搬家的记载。王子壮在南京定居后即与几名同事在城内闹市鼓楼附近叫大树根的地方买了一块地打算盖房，但因资金未有着落，拖延几年都未施工，直至王子壮到铨叙部任职后每月增加了 500 多元办公费，才于 1936 年夏决定建屋。他先向江苏

---

① 《陈克文日记》上册，1937 年 4 月 1 日，第 47 页。

② 《陈克文日记》上册，1937 年 3 月 27 日，第 45 页。

③ 《陈克文日记》上册，1937 年 3 月 29 日，第 46 页。

省银行借款 5000 元，再加上出售济南老宅之款，原计划费用为 8400 余元，没想到施工者无信义，不仅拖延工程，最后甚至不能完工，只能另行寻觅工人，再加上购置卫生、保暖等设备，所有费用加在一起，大约13000 元。[①]1937 年 6 月 6 日，王子壮终于迁入新居，"此新房之面积大而房高，新入其中，至觉宽敞，加以设备方面，如自来水、马桶、磁浴盆、冬日之水汀等，此项消耗达两千余元，在余乍居其中，颇感不安。余有何德，享用如是之豪奢耶？凡此均为同辈人所常用，日习见之，今余作房，亦相率设置，然以从未习用之故，致感未安耳"。[②]乔迁之际，王子壮感觉自是兴奋，亦有一丝不安，然而让他万万没有想到的是，仅仅一个多月之后，北平卢沟桥就响起了日军侵略中国的枪炮声，不久战火向南蔓延，刚搬入新居的王子壮就要和家人离开南京，辗转迁移到西南大后方了。

战时高级公务员的衣食住行

抗战初期，全国军民同仇敌忾，有钱出钱，有力出力，作为国家体制内的公务员也不例外，以自己的一份力量支持抗战。根据政府的规定，所有公务员工资扣发二成，并将一个月的工资全部购买公债，分三个月扣除。然而专为坚持抗战而发行的救国公债 5 亿元，发行一月有余，所募之额尚不过半数。王子壮以为："本来国家贫穷，远较一般工商业发达者为甚，然以我国之达官富贾一致努力，似此数目，尚不至不足。盖

---

① 《王子壮日记》第 4 册，1937 年 5 月 30 日，第 150 页。
② 《王子壮日记》第 4 册，1937 年 6 月 6 日，第 157 页。

此项公债不啻救自己、救子孙，非爱国捐款可比也。"他本人的储金已全部购买公债，而且还将响应政府号召，将铨叙部一个月薪水也购买公债，分三个月扣除。王子壮自中央党部调至铨叙部后收入稍丰，原本应有若干积蓄，"但以建余现在之住房，故一身反累债五千元，至目前之收入，公费全部已归考试院，余薪水八成尚应有四百余元，但因扣飞机捐一成、救国公债、所得捐、慰劳捐之结果，只余三百元，此外尚有捐助寒衣捐壹百元，故只余二百余元"，因此"目前经济极端紧迫"。①

王子壮家庭人口众多，除了要赡养长辈及亲属外，他还有几个正在读中学的子女，开销较大。这在战前收入丰裕时尚不成问题，可是到了战时减薪之后，特别是物资短缺、物价高昂之际，生活水平逐日下降，每月工资捉襟见肘，入不敷出的现象就日益明显，这在他的日记中常有记载。

王子壮一家迁移重庆后，生活水平直线下降，尤其是子女的学费成为家庭一大开支："中校半年之学费已达五、六十元，中产之家所难偿付。余儿辈五人，即此学费，已感巨负矣。"②为了子女能接受优良的教育，王子壮坚持让他们入读私立学校，然而"宿、膳、学各费殊贵，四人所费，已超过三百元。当此米珠薪桂、收入短少之际，如此巨负，实有不堪之苦。对儿辈又不能不尽相当之责任也"。③"昨由部带回薪水归，约略计之，本月又不敷甚巨。盖因过阴年已先借三四百元，本月又须为铎、昭两人交学费，约二百元，余八百余元之薪金，如何能济此月之用？不得已借款一律不还，并嘱清，竭力撙节家用，盖物价高涨，支应

①　《王子壮日记》第 4 册，1937 年 10 月 19 日，第 291~292 页。

②　《王子壮日记》第 4 册，1938 年 2 月 19 日，第 405 页。

③　《王子壮日记》第 4 册，1938 年 9 月 13 日，第 533 页。

浩繁，如不克己，则最难关日重，终将无法得渡也。"①

　　1937 年 12 月南京沦陷前，国民政府已决定迁都，陈克文等职能部门的大部分官员先到武汉，再迁重庆，而王子壮等另一部分官员则直接迁到重庆。由于西南地区过去经济落后，物价相对低廉，所以最初阶段对这些内迁官员的生活尚未造成重大影响。然而随着战事的进展，军费开支日益扩大，加上大量民众随政府内迁，大后方物资供应日趋紧张，通货膨胀也越来越严重。尽管政府在 1939 年 8 月宣布不再扣减公务员工资，全额发放，但赶不上日益上涨的物价。就像当时一份调查报告所说："自从战事发生，最初几年，因为战火绵延的区域尚小，物价还算稳定，大家依然未感到生活的压迫。但是到了 1940 年以后，一般公教人员以原有之收入，显然不足应付现实之需要，于是叫苦之声弥闻，狼狈之态满露。"②

　　我们就先从衣食住行这些最基本的生活条件说起吧。

　　当时从南京撤出时，由于过于匆忙，陈克文只携带了一些随身衣物，到了汉口之后，天气渐热，想置换几件夏季服装，但"至洋服店，问定制衣服价格，比平时贵一倍或三分之一，不敢做"。③ 几天后，又"便道到洋服店制白布洋服两套。夏季衣服全在南京毁了，不得不从新做过。材料很贵，在平时大概是十元左右的，现在居然涨到十八元。并且这是布料，绒料的非四五十元不办"。④ 舍不得买衣服，只能将就着穿，但时间一长，"衬衫都破了，不得不添补两件。到上清寺的店子里问了

① 《王子壮日记》第 6 册，1940 年 2 月 4 日，第 35 页。

② 《一年来重庆市公务员战时标准伙食费与本部职员伙食费比较表》(1941 年)，中国第二历史档案馆藏《粮食部档案》，档案号：八三 /1106。

③ 《陈克文日记》上册，1938 年 5 月 20 日，第 216 页。

④ 《陈克文日记》上册，1938 年 5 月 23 日，第 218 页。

一问，很平常的布衬衫也取价十元左右，在战前最（多）二三元的。出二十七元买一件较好的。经济部这两天在市内贴了许多标语，宣传平价的道理，劝商人勿高抬物价，勿垄断商品。平价是不是靠宣传所能收效的？并且事实上许多东西愈平价，价格愈涨"。①

王子壮的情形也是一样，而且他的子女众多，要想全家都置换件新衣，显然更是力不从心，洋布太贵，只能买些土布自己缝制。他与妻子到布厂买土布做内衣，没想到每匹土布价格竟高达76元；记得前一年夏天来买的时候，每匹才28元，一下上涨了1.7倍，想到以后物价还会继续上涨，衣服又为必需之品，决定还是先买一些再说。他想起自己平日穿着的哔叽制服"向在京二三十元者，今则二百余元，将及十倍矣。其他日用品，由数倍到一二十倍不等。故余嘱家人尽力撙节，不然将何以度日？在工商业者、劳动者因收入随同增加（一洋车夫平均每月可获百五十元，余初入川给价以百计，二、三百钱可以乘车，今则最近路亦需二、三角矣——现在以二千文为一角，二百文一枚之铜版［板］早已绝迹），虽生活高贵，并不痛苦。至持薪水为生（活）者，收入依旧，生活不免大感困难也"。②

1941年9月，王子壮一家搬到重庆郊区歌乐山，希望生活费用可以有所降低，然"日用物品因米价增高（一百二三十元一老斗）随之涨价，四年前在南京一、二角一尺之布，现则高至三、四元。物价高涨，人工亦然，故布棉袍一件至少亦在百元以上。余等公务员收入依然，加数十元之补助费而已，何以能生存于今日之社会？"尤其是最近要为孩子交学费和添置衣服，"家用陡增三千元，而收入不过一千二百元而已。

---

① 《陈克文日记》上册，1940年4月16日，第551页。

② 《王子壮日记》第6册，1940年4月21日、22日，第112~113页。

如此月月必须设法借贷，则此等日子如何能过？"① "现时最低之物价指数已达战前百倍，衣破无所补，两餐且为艰"，如今 "百元在手，不过曩者数角而已，又何能购物？于是余亦绝少游街，西装制服，战前三十元者，现达二、三万，皮鞋一双亦涨达二千元以上。余月入四千余元，纵能节省，又如何维持此家庭十口以上之生活？"②

"民以食为天"，在维持基本生活方面最重要的物资莫过于食物，其中粮食更是重中之重。王世杰是特任官，抗战期间任军事委员会参事室主任、国民参政会秘书长、国民党中央宣传部部长、中央设计局秘书长，他的日记中虽然较少记载个人或家庭的生活细节，但作为国民政府领导核心成员以及决策人之一，常常对当时物价特别是粮价上涨的情况有所记录，这里仅摘录几则予以说明。

王世杰在 1940 年 3 月 15 日的日记中写道："物价近日到处猛涨，自是纸币恶性膨胀之现象。据调查，重庆市之物价，如以七七事变时之物价为准（一〇〇），在廿八年一月，尚不过一七〇，至本年一月则已跃至三八〇以上。（即每一元之实值仅等于战事发生时之二角六分），此事最为可虑。财政部与经济部亦无有效之办法，即有办法，亦无执行的勇气。"③ 第二天又记载："物价飞涨，显系货币恶性膨胀之结果。四川日昨亦有抢米风潮，昆明、贵阳等处米价俱涨至每石百元以上（昆明之石且系所谓小石，不过百卅市斤）。今午余与岳军等面促蒋先生采取办法，蒋先生亦深觉问题之严重。"④ 1945 年 2 月，"近日物价依然有增有〔无〕减，而米价之增亦实为其导源。渝市物价总指数已超过战前八百倍！予

① 《王子壮日记》第 7 册，1941 年 10 月 24 日，第 297 页。

② 《王子壮日记》第 8 册，1943 年 7 月 31 日，"本星期预定工作课目"，第 300 页。

③ 《王世杰日记》上册，1940 年 3 月 15 日，第 257 页。

④ 《王世杰日记》上册，1940 年 3 月 16 日，第 258 页。

促子文设法，彼似不甚了解低级公务人员之苦痛者"。① 到了抗战胜利前夕，通货膨胀的情形更为严重，"重庆市五月份物价指数（行政院）已达战前一千五百倍"。②

唐纵是军事委员会委员长侍从室的少将组长，就在日本宣布无条件投降的前夕（1945 年 8 月 8 日），他的日记中记载了侍从室秘书陈方的报告，"物价现时约为战前 2500 倍，以通货计算，战前中央连同地方约为 20 亿，现时约 5000 亿，为 250 倍"。他分析物价上涨主要有四个方面的原因，"一为通货膨胀；二为物资不足；三为供求失调（运输问题）；四为管制不力"。③

王子壮和陈克文都是简任的高级官员，虽然他们并不曾参与政策的制定，但受到战时生活的煎熬，在他们的日记中就经常记载重庆市米价的上涨细节。特别是王子壮，由于家庭人口众多，负担沉重，对于粮食和其他物资的价格的上涨就显得格外敏感。以下按照时间顺序摘录几则。

> 米价又复高涨，每老斗（四十斤）达四十余元，中下级人员月入在百元左右者，已不堪一饱。昔日古人云为五斗米折腰，今日因虽终日勤劳，而不能得五斗米，以供家人之需。最初入川，斗米不过二、三元耳，现已高涨达一、二十倍，原因何在，人说不一。④
>
> 一切物价以抗建及囤积之故，有出人意表者。最近新麦登场，所获甚丰，而面价又增涨达七、八十元一袋，二、三月前，五十元

① 《王世杰日记》上册，1945 年 2 月 21 日，第 679 页。

② 《王世杰日记》上册，1945 年 6 月 7 日，第 705 页。

③ 《唐纵日记》，第 489 页。

④ 《王子壮日记》第 6 册，1940 年 11 月 8 日，第 313 页。

左右一袋耳，其他物品，可依此倒推。凡属公务员，尤感无以维持。余无端患病三月，借债达一、二千元始得勉渡，将来如何，真不敢设想。[1]

自粮食部成立，原希望对于粮食能以统筹办法，不使涨价，以维民食。不意数月以来，粮价日高，近日米价一老斗高至一百五、六十元。百物昂贵，日日抬高，物价总指数以二十六年一月至六月之平均数为准，现在已高达十数倍，即余昔日千元之收入，今日则等于数十元，以余家人口之众多，如何能以堪此？年余以来，各方挪借，以至今日，每月除收入外须补贴千元始能维持，以余现状论，如何能以持久？不数月间，即将难以转动，现虽力事撙节，并自己种菜，但所省究极有限。瞻念前途，愁难自已，现在处于国危家难之际，自己尤须注意身体之健康，不然益将不了。迫真无法维持之际，自当各方设法，目前只能"得过且过"也。[2]

重庆的米已较战前涨价一千倍以上，其他日用必需品涨百倍或二三百倍不等。公务员及其他恃薪俸为生的人，真到了山穷水尽之势。朋友一见面，一开口即互相发叹，如何得了。[3]

除了衣食之外，其他生活必需品的价格也一样是不断攀升："物价高涨，现在已属空前，一部货物来自外国，以外汇高涨，物价飞腾，加以交通困难，商家居奇，于是日常用品涨价两、三倍为平常，高者有五、六倍甚至十倍以上。如暖水瓶，昔之不及一元者，今涨至七元左

---

① 《王子壮日记》第7册，1941年5月30日，第150页。

② 《王子壮日记》第7册，1941年11月15日，第319页。

③ 《陈克文日记》下册，1944年4月6日，第802页。

右，洋药、外货更不堪论矣。"①1942年春节前夕，因为"年终将届，不得不略事补充，而物价之贵，真有出人意表。普通化妆品如雪花膏，总在二三十元间，一熨斗达一百二十元，五金日昂之故，袜则在十元左右一双，布匹亦在十元左右一尺。余以儿辈衣物稍加补充，已用六七百元矣"。②"炭价既昂，百物日贵，余以一级简任官，家人不得一饱，东贷西借，勉维现状，真国难之奇观也。"③

王子壮"犹忆廿八年每星期回乡，必为儿辈购果饵、饼干、水果之属与俱，即在去年移至歌乐山，余亦时常率儿辈游街，酌购糖果已须四、五十元，今年糖价一斤陡涨七、八十元尚购不到"。④陈克文亦感叹："现棉纱黑市已涨至每包近二十万元，阴丹士林布每尺近百元，毛巾每条七八十元，今后的物价真不知要高涨到甚么程度，公务员生活如何得了。"⑤

王子壮在日记中写道："抗战以前日用必需品之价格一向不知，无则往购，亦无注意其价格之必要。近年以抗战艰苦，多少东西日用所需，而以其价高不能购取，始日增其对于价值之注意。但注意之范围日益小，多少东西已超过购买力，再增高减低均不能买，亦无注意之必要也。如阴丹士林布，日用所需也，但其价格，每尺达一二百元间，再减三五十元，仍买不起，即无注意之必要。米粮价格，战前均不之知，因此种必需品占生活费甚小之百分比，毋庸注意也。但近来米为公粮外，因其与物价上涨有密切之关系，亦不得不注意，而菜蔬油盐之类占支出最大之

① 《王子壮日记》第5册，1939年8月9日，第290页。

② 《王子壮日记》第7册，1942年2月10日，第392页。

③ 《王子壮日记》第7册，1942年2月13日，第394页。

④ 《王子壮日记》第8册，1943年7月31日，"本星期预定工作课目"，第300页。

⑤ 《陈克文日记》下册，1943年8月24日，第750页。

部份，亦不得不以全力注意及此也。万金油战前值几何，几全忘，大约不过一角左右而已，今日每盒则涨至一百四十元，如此物价，真真吓人。如余写日记向用好笔，近则没有，较次者已达五十元、百元之数，而此日记系用最新购取之紫毫，写来全不像样，亦是见时代变幻人之环境之何境地也。"[①] 这真是战前与战时这些高级公务员生活落差之大的写照。

陈克文也是如此，他在行政院上班，妻儿住在郊区龙井湾，隔一两个星期方能回家一趟。一次"买得西瓜一只回家。小孩子极为兴奋，因彼虽系五岁的小孩子，见西瓜，吃西瓜，尚系初次。现时西瓜一只约一百五六十元，战前可买三十担左右，故现时每年只能吃西瓜一只矣"。[②]"鸡蛋已涨到每只十六七元，早点已经不敢吃此物。桂林柳州失守后，美金黑市突涨至每元四百九十元甚至五百元以上者。"[③]"今年杠炭甚贵，去年每百斤五百元，现已涨至二千元以上，公务员已无力烧炭取暖。"[④]

王子壮、陈克文等刚刚搬进自建的住宅还没有享受几天，战争就爆发了。他们拖家带口，到达大后方后首先考虑的自然是居住的问题。然而一下子涌进这么多外来人口，重庆等地的房屋市场顿时异常火爆，不仅合适的住房难以寻觅，租金更是水涨船高。陈克文最初一人去汉口，住处尚好解决，与同事合租即可，但到了重庆，妻女亦从广西老家迁来，解决住房问题便迫在眉睫。他曾与同事陈之迈花了300元定金先租定一处新建的房屋，结果主人毁约。陈克文先是"痛恨川人之无信"，但后来想想类似事这么多也不奇怪："大概因房屋求过于供，贪利之房东，往往不履行约言，非川人之特别无信也。"所以他到重庆两个多月，

---

① 《王子壮日记》第 9 册，1944 年 5 月 18 日，第 199 页。
② 《陈克文日记》下册，1944 年 8 月 5 日，第 840 页。
③ 《陈克文日记》下册，1944 年 11 月 17 日，第 874 页。
④ 《陈克文日记》下册，1944 年 12 月 3 日，第 880 页。

"初到之日即四出托人觅屋，口头约定之屋不下三四处，至今无一处成就者"。① 最后花了几个月的时间，与陈之迈共同租下枣子岚垭 83 号一处住房："小楼下层，卧房两间，客厅一间，书房一间，下房一间。新式设备虽不甚好，也还齐全。可是行租，每月一百二十五元，押金五百元。照政府规定，押金已经超过定额，但供求不相应的现在，只好忍受了。楼上为政院咨议田雨时寓。房东是一个地道的四川商人，听说已经破产，专恃几所房子出租为生，更无怪他高抬房价。"②

大后方的民众不仅要经受通货膨胀的生活，还要承受日军飞机轰炸的危难。1939 年 6 月 11 日，陈克文的住处经历了一次大轰炸，"厨房和楼上的屋顶都穿了一个大孔，满地的玻璃碎片、石灰、瓦片、木片，散了一地。大概是附近飞来的弹片或碎石的结果"，好在没有大碍。③ 然而仅仅一年之后，150 余架日本军机又对重庆进行了一次惨无人道的大轰炸，国民政府的办公楼也被炸了。警报解除后陈克文赶回家中，只见到几个女用人正在那尘土乱木堆中扒取被埋葬的行李杂物，所幸大人和孩子都没事，"原来寓所的前面和后面都落了巨弹"，到处是"一幅满眼创夷的景像。屋顶也是稀烂的，屋里也是泥土玻璃满地的"。陈克文对大家说："现在才轮到我们，许多人早已尝过这滋味了。"众人相视无言，只有苦笑着互相安慰、互相鼓励。④

大轰炸造成大量办公楼及民居被毁，陈克文负责为行政院职员和家眷寻找住房，但毫无结果，"两所茅草盖成的平房，没有天花板，没有地

---

① 《陈克文日记》上册，1938 年 10 月 29 日，第 292 页。

② 《陈克文日记》上册，1938 年 11 月 17 日，第 301 页。

③ 《陈克文日记》上册，1939 年 6 月 11 日，第 410 页。

④ 《陈克文日记》上册，1940 年 6 月 12 日，第 580 页。

板，破烂不堪了，房主人居然敢于索卖价九千元"。① 好在此前行政院已在重庆郊外的龙井湾附近修建了一些办公室，顺带也建了一批可供居住的茅舍，陈克文因为在行政院工作，城内住宅被炸后，还可以带家属搬到这里，度过了抗战最艰苦的那段岁月。

相比陈克文，王子壮服务的监察院和铨叙部更属"清水衙门"了，整天除了要为一日三餐奔波忙碌，住宿也是一大难题，因为"余之家用月入不敷，本月为中秋，房租一百二十元等，所费尤巨。由公家借用二百元，所差尚巨。如此高贵生活，瞻望前途，将何以维持耶？"② "而房子因修理，依川省例系'主料客工'，余三人须担任五百余元之工价。昨日余付彼三百元，值此困难之际，真意外之开支也。依目前计之，此月之千余元［收入］（薪、公及汽油费），尚不足二百元，故关于生活问题为人见面最多之谈话资料，而实际上目睹此物价之日日飞涨，苦于无法以为应付也。"③

王子壮与陈克文均为政府高级公务员，他们战时的衣食住行尚且如此，那么一般公务员的生活状况也就不难想象了。

平日消遣及娱乐

战前高级官员的待遇优渥，生活安逸，自然平日的消遣和娱乐也堪称丰富多彩。按照规定，政府各部、会的部长、次长一级官员，每年可轮流前往庐山休假一个月，有些高级官员嫌南京的消费不够摩登，还经常于周末乘快车赶到上海，享受那灯红酒绿的夜生活。抗战爆发后，国

① 《陈克文日记》上册，1940年7月2日，第592页。
② 《王子壮日记》第6册，1940年9月25日，第269页。
③ 《王子壮日记》第6册，1940年12月15日，第350页。

土沦陷，前线士兵浴血抵抗，亿万民众颠沛流离，生活在水深火热之中，可是还有些官员仍然忘不了原先那种豪奢的享乐生活。1937 年 11 月 21 日，就在南京沦陷前政府官员撤往汉口的船上，外交部的"徐、陈二次长为高宗武新婚夫妇开茶话会，狄君武捧场，甘介侯、周佛海、何应钦等共相欢笑"。同行的行政院秘书长翁文灏实在看不下去，故而在日记中记道："在政府离散、国基濒危之日，风雨同舟，偏有此豪情逸致，读'商女不知亡国恨，隔江犹唱后庭花'，感慨系之矣！"[①] 这一消息很快传开，以致行政院不得不下令禁止公务员"挟伎跳舞"，蒋介石更通令申诫。陈克文听闻此事即在日记中写道："昔读商女不知亡国恨之句，以为彼无智识之女子耳，不图身为公务员之智识分子竟亦有此怪象。闻长兴轮来汉时，船上满载党部及政府高级职员，途中外交部某司长夫妇即起而跳舞，并大唱《妹妹我爱你》一曲，是非大伤心之事耶。"[②] 历史学家顾颉刚也听人说，"政府一部分移汉，遂使汉口陡增其金迷纸醉、花天酒地之程度，而一般难民，挟北方钞票至则市上不用，公安局且出布告，限期离境，否则将出以断然之手段。噫，政界中无心肝至此！闻重庆岸上置机关枪，难民上岸则开枪扫射，真不知是何世界"。[③]

　　正当武汉会战激烈进行之际，大批党政官员也随政府来到武汉，一般家属均未来。一边是全国军民同仇敌忾，艰苦抗战，但另一边同时也有不少政府官员贪图享受，醉生梦死。陈克文对此有生动的记载："周孝伯昨言，五日晚同晚饭吃醉酒之陈小姐，已与彼有肌肤之好，真所谓一见钟情者矣。道邻今日又言，外交部职员林小姐可以五十元易销魂一

① 《翁文灏日记》，1937 年 11 月 21 日，第 180 页。

② 《陈克文日记》上册，1937 年 12 月 5 日，第 138 页。

③ 《顾颉刚日记》第 3 册，1937 年 12 月 18 日，第 750 页。

度。呜呼！非常时期，一切都非常化矣"，而"混女人，吃、喝、跳舞，已成为这一群人国难中之生活矣，噫"。[①] 有同事询问陈克文武汉的生活状况，他回答道："中上之公务员大部分之时间，耗于戏院、菜馆及咖啡店，活动之状视南京时代不啻数十倍，因为人人脱离家庭之束缚，而工作又不甚多，休暇与烦闷遂交织而成此现象也。"[②]

武汉失守后，政府再迁至重庆，但官员中及时行乐的心态仍很严重。1938 年 12 月 18 日，蒋介石训话，批评党政军各机关公务人员的生活，并且态度很严厉。蒋介石说，他"到了重庆以后才知道，公务员的生活松懈浪漫，比汉口更坏"。为此他"已惩办了几个行营的人员"，而且以后还要严办，不论是哪一个机关哪一个人，"凡是生活浪漫的都要办"。他还说，"宋室南渡的时候，苟安于杭州，当时的宋室并不是被敌人压倒，而是被生活压倒的"。因此他平生最恨的就是跳舞。"在这时候，无论如何绝对禁止，甚至不惜军法从事。有故意违反的，枪毙他！"[③]

王子壮在监察院工作，平时日记中很少有个人消遣的记载；而陈克文在行政院主要负责人事及总务等工作，身边的朋友和同事也很多，所以日记中就常常有些战时大后方官员的生活以及平时娱乐活动的记录，譬如看电影、听戏、餐聚。相比之下，平时最常见的消遣还是同事朋友之间打麻将，这可能算是他们这一阶层最频繁也是最普遍的娱乐了。

> 晚饭后同寓夫妇两对又打起麻雀牌来。这两三个月除此之外，甚么消遣都没有了。电影许久没有看：交通不便，进城困难，而且

---

① 《陈克文日记》上册，1938 年 4 月 9 日，第 201 页。
② 《陈克文日记》上册，1938 年 4 月 23 日，第 207 页。
③ 《陈克文日记》上册，1938 年 12 月 18 日，第 316 页。

没有可以看的片子。公余饭后，四个人谈天也谈得无话可说，跳棋也下得生厌了，于是麻雀牌便自然而然的，成为重新有了吸引力的朋友。其实同我们这样感觉的人正不知有多少。新生活运动虽然提倡高上〔尚〕娱乐，可是高上〔尚〕娱乐是甚么，在甚么地方？至今还没有给这些生活感觉枯燥的人们以若何的实际利益。娱乐是不应该漠视的，在这战争的时候，提倡严肃的生活是违反人性的，并且事实上也做不到。我曾对之迈说，人类的历史是往娱乐和奢侈这条路走的，我们（就）算不能够提倡娱乐，提倡奢侈，至少我们不应该违反这趋势，抹杀这事实。个人在道德上尽可以从事刻苦的生活，提倡俭约，但是国家的政令设施是不能违反这个历史的倾向的。①

每次打麻将彼此总会有输赢，俗话说小赌怡情，但赌注大了就会有麻烦。譬如行政院就常常有人编造各种理由要求提前预支薪水，陈克文原先不太清楚是什么原因，"后来才知他们是打牌输了钱。再打听下，原来打牌这玩意，院里职员成了很普遍的消遣，并且都有很大的赌注，不是随便玩玩消遣时间的。科长谢耿民近来便输了三百多元，此风若发展下去，很为可虑"。②蒋介石听闻重庆赌博之风甚盛，即向重庆市市长贺耀祖、重庆卫戍司令部总司令王缵绪、宪兵司令张镇下达手谕，严令禁止，并"对于党军政高级人员及其家属尤应特别严格执行，毋得畏避权势，稍存姑息，否则以各区卫戍宪警主管人员玩忽职守之罪，按律论处"。③

---

① 《陈克文日记》上册，1939年4月4日，第372页。

② 《陈克文日记》上册，1939年7月18日，第427页。

③ 王正华编辑《事略稿本》第60册，第550页。

陈克文负责行政院的总务及人事工作，他考虑到院里下级公务员平时缺少娱乐和运动的机会，生活太枯燥，精神太苦闷，因此决定每个星期日调用院里的大汽车，免费送他们到歌乐山做郊外旅行。这一建议立即得到支持，全院签名愿意参加的人殊为不少。但到了星期日早上六时半准备出发时，依时前来乘车的竟不足10人。陈克文对同事陈之迈说："假使是请他们来打麻雀牌，一定会踊跃得多。"但陈之迈却以为"他们都没有户外生活的训练，这样的大热天气，并且出门的时间这样早，他们是宁愿多在床上躺一会的"。[①]

政府迁至重庆后，除了衣食住行等生活问题需要解决，公务员的日常消遣和娱乐也成为行政长官考虑的问题。陈克文曾与行政院秘书长魏道明等人商议过如何解决公务员的娱乐问题，他以为："中下级公务员尚可以听戏、看电影、入茶馆，惟部次长阶级到重庆后生活最为枯燥，几无娱乐可言。"魏道明说："各部长官均有寻求正当娱乐的需要，主张组织一高级的娱乐机关，以新生活一类字眼为命名，其中有打球、游泳、射击、骑马、饮茶种种门类的消遣，并嘱觅地点和设计建设。排除逸乐，刻苦终日，以从事抗战建国，到底不能继续不已。个人的精神需要休息、娱乐，民族的精神亦何尝不如是呢？"[②]

说做就做，几天后陈克文便与端木恺等几位同事乘汽车前往化龙桥一带，视察寻找建高级公务员俱乐部的地方。最终"在红岩嘴得地两处，临江靠山，甚为适宜。一处系旅长袁晓如的物业，一处系石辛阳物业。川省军人大都拥有广阔地产。袁以一旅长，红岩嘴地产即不下十数百亩，栽植果类及花本无数，真不知其何以得来的。此两地点适宜，风

---

① 《陈克文日记》上册，1939年7月16日，第426页。

② 《陈克文日记》上册，1939年1月28日，第342页。

景亦佳，但不知物主肯借用或租用与否"。① 除了这几处，陈克文他们还曾计划选择浮图关作为高级公务员乡村俱乐部的地点，但因为"浮图关建于高山上，四面风景甚佳，惜雾浓，无从眺览"，② 故而作罢。

　　高级公务员平日最常见的应酬还是出席各种宴会，而且一掷千金，大家对此都习以为常。抗战爆发时行政院副院长孔祥熙仍在国外访问，等他回国后国民政府各部会长官特别设宴迎迓，其中主人 15 人，客 1 人，共消费 190 余元，仅烟酒一项便是 50 元左右，这在当时可是一笔不小的开支。负责接待的陈克文不禁有感而发，"富人一席宴，穷人半年粮，真不虚语。际此国难万分吃紧，前方浴血搏战，国土日蹙之时，最高长官对于宴会所费，仍毫不吝惜，无一不以最上等者为标准，亦可叹也"。③

　　1938 年 5 月 17 日，行政院各部会长官假盐业银行为行政院副院长张群祝寿，"主客共三席，开销二百十七元六角六分。计宴席三桌九十三元，酒十瓶十元零六角，水果二十元零一角，香烟六元，汽车司机及随员饭水五十五元，工役小费十五元，厨房小费十五元"。④ 同年 8 月，汪精卫刚到重庆即宴请同僚，开怀畅饮法国红酒。重庆"姑姑筵"甚有名气，当时筵席费因受到节约运动的限制，每席只能收取 8 元，但同时需另加收酬劳金：登门就餐 30 元；出门做菜，城内 60 元，城外 200 元。即使如此，宾客仍络绎不绝。汪精卫听说此消息后也对"目前之节约运动，深致怀疑"。⑤

　　战时政府虽然三番五次下令要勤俭节约，反对铺张浪费，甚至对

①　《陈克文日记》上册，1939 年 2 月 1 日，第 344 页。

②　《陈克文日记》上册，1939 年 2 月 6 日，第 346 页。

③　《陈克文日记》上册，1937 年 11 月 5 日，第 123 页。

④　《陈克文日记》上册，1938 年 5 月 19 日，第 216 页。

⑤　《陈克文日记》上册，1938 年 8 月 19 日，第 258 页。

于必要的宴请金额定下标准，但是上有政策，下有对策，具体经办人员可以想出种种办法予以应付。譬如行政院院长孔祥熙、副院长张群要出面宴请出席交通会议的代表，并要行政院一班参事、秘书作陪，虽然宴会是在行政院的礼堂举行，但用的却是都成饭店的大菜。节约运动规定宴客只准每客一元，但事实上"每客一元五角。账单上写的还是每客一元，因为客人的人数多报"。还有一次陈克文与端木恺在浣花酒店请客，一桌共花费 19 元，超过标准，但"结果开了两张账单，每张虽超过了每桌八元的规定，但并不十分利害，菜馆老板不至受处罚"。①

当然请客最多的还是那几位最高级的长官，特别是行政院首长孔祥熙。陈克文曾审核过行政院送来的院长机密费开支的账目，发现"孔院长请客的开销最大，每个月总在二三千元，每一次请客每桌筵费多者七八十元，少亦四五十元，水果烟酒还不在内"。虽然蒋介石屡次下达限制公务员宴客的命令，并规定"此后非机关核准，认为公务上必要者，不许宴客；经核准的，每客所费亦不得超过二元五角"，但陈克文对于各机关和公务员的切实奉行却深表怀疑，因为"长官如不能以身作则，更行不通。孔院长这种请客能受限制吗？我想决不会有所变更的。只许州官放火，不许百姓点灯，政府许多法令之所以行不通，这也是一个原因"。②

吃喝之风上行下效，而且愈演愈烈，战时后方餐饮业出现畸形繁荣的景象。唐纵记载："晚上赴胡佛宴会，在食物涨到六倍的今天，馆子里依然客满，而且新的馆子，如雨后春笋，仅仅上清寺一带，几乎有三分之二的店面变成了菜馆和小吃店，这是战时经济的反应。"③唐纵还与陈

---

① 《陈克文日记》上册，1938 年 10 月 5 日，第 280 页。

② 《陈克文日记》上册，1940 年 4 月 13 日，第 549 页。

③ 《唐纵日记》，1940 年 12 月 11 日，第 161 页。

布雷聊及现状，说"社会在动了，青年们的苦闷和怨望，在无数的聚餐会、座谈会中显示出来。街上到处的拍卖行，更是露出中产阶级和士大夫们没落的苦像，事虽小，问题却大"。陈布雷对此亦有同感。[①]一旦各省政府主席及厅长到重庆开会，会前会后更是宴请不断："出席会议的人员对于这类宴会，仍有疲于奔命之势。许多人平均每日须赴宴两三次，多的至五次。曾经有人在会议席上提过，这样的宴会不合目前战时生活的精神，到底不曾发生很大的效力，宴会还是照常的出现。"[②]

当然，能够出席这类宴请的还是那些位高权重的官员，不要说一般公务员，就连那些"清水衙门"的高级官员也很少有机会问津，譬如王子壮日记中就绝少此类记载，这也就说明他很少有机会出席这类活动。

战时公务员生活水平的差异

抗战爆发后，公务员的工资按八折发放，若这是临时措施还好，没想到却杳无期限，这就让王子壮感到"居今日之长安，生活至为不易，余家移乡，日常用度较省，收入未变，亦感艰窘矣，是以抗战两年国家耗用太大之故也。日前闻财政部孔云，八月起经费将不折扣，是现在八折改为十足额。在此时期增加二成，确亦不无小补，尚不知准能实现否也"。[③]除此之外，政府还经常号召公务员捐资救济灾民，行政院政务处处长蒋廷黻就统计过，"过去十二个月，公务员直接给政府的捐税，多的百分之四十，少的也百分之十二。以我所知过去一年内，公务员捐薪一

①　《唐纵日记》，1941年1月20日，第168页。
②　《陈克文日记》下册，1944年6月2日，第821页。
③　《王子壮日记》第5册，1939年8月9日，第290页。

月的已经两次，这对于公务员的生活和做事的精神都是有影响的"。[1]

根据国民政府主计处统计全国物价指数，若以 1937 年 1~6 月指数为 100 的话，抗战期间各城市每年趸售物价与零售物价平均指数则分别为：1937 下半年为 103、103，1938 年为 131、130，1939 年为 220、213，1940 年为 513、503，1941 年为 1296、1294，1942 年为 3900、4027，1943 年为 12936、14041，1944 年为 43197、48781，1945 年为 163160、190723。战前全国公务员生活指数为 100 的话，那么 1942 年为 3883，1943 年为 11658，1944 年为 41823，1945 年更高达 176823。[2] 由此可看出抗战八年物价上升的情形，1945 年的物价竟然是战前的 1700 多倍。同时，趸售物价与销售物价指数在 1942 年以前大体持平，但此后后者上升的速度就超过了前者；再有一个重要的特征，就是公务员的生活指数自 1942 年起就已完全赶不上物价上升的速度了。

大后方民众的生活水平不断下降，但是下降的程度并不一样，特别是只以薪水为生活来源的公教人员，由于通货膨胀，工资收入远远赶不上日益上升的物价；而一般工人和农业劳动者的实际收入，相比之下在最初几年反而有所提高，其后虽然也下降，但幅度却要比公教人员小。

由于生活费指数上升的数字远远超过工资收入，所以工薪阶层的实际生活水平与战前相比急剧下降，而公教人员下降的幅度尤为显著。据统计，重庆市公务员在 1943 年的货币工资收入较 1937 年平均增加了 11 倍，其中简任官平均增加 5.8 倍，荐任官平均增加 8 倍，委任官平均增加 17 倍。但从他们真正的收入来看，1943 年收入平均只相当于 1937 年

① 《陈克文日记》上册，1939 年 5 月 24 日，第 401~402 页。

② 国民政府主计处统计局编印《全国物价指数表各城市物价指数表》（1948 年），中国第二历史档案馆藏《国民政府主计处档案》，档案号：六/4749。

的 9%，其中简任官员只有 5%，荐任官 7%，委任官则为 14%。[①] 若将他们与其他工人及劳力者的实际收入与战前相比较，前者下降的幅度远大于后者，这是因为原本他们的工资基数高，而且流动性较小，并受到聘约及财政预算的控制，不易随便更动工资；而后者战前工资较低，仅能维持其基本生活，而战时对工人的需求量大，流动性亦较高。在公教人员中情况也是如此，战前薪金较高者实际收入下降的幅度与速度大于和快于收入较低者，即原先工资水平最高的特任及简任官员战时工资上升的幅度不如荐任及委任官员，而大学教授工资的涨幅亦不如中小学教师，虽然他们的薪金绝对值仍高于后者，但彼此之间的差距却明显缩小。

在这个问题上，王子壮与陈克文均有切身的感受。王子壮认为，"在工商业者、劳动者因收入随同增加（一洋车夫平均每月可获百五十元，余初入川给价以百计，二、三百钱可以乘车，今则最近路亦需二、三角矣——现在以二千文为一角，二百文一枚之铜版［板］早已绝迹），虽生活高贵，并不痛苦。至持薪水为生者，收入依旧，生活不免大感困难也"。[②] 陈克文也认为，对于从事营销、服务的"一般老百姓的生活提高了，并无妨碍，公务员和薪给生活的人真是受不了"。[③]

王子壮战时生活落差极大，对此更深有感触：

吾国陷于苦战者已四年有半，社会景况、人民生活顿然改观，

---

① 根据《战时重庆市公务人员及教职员货币收入与真实收入指数》统计而得，其中公务员只含简任、荐任和委任三个等级。该统计载孔敏主编《南开经济指数资料汇编》，中国社会科学出版社，1988，第353~358页。

② 《王子壮日记》第6册，1940年4月21日、22日，第112~113页。

③ 《陈克文日记》上册，1940年8月7日，第606页。

物价平均指数已涨二十倍，换言之，战前之一元，现其值只等于五分。余战前迄今收入均为千二百元，然昔则生活裕如，今以物价高涨之关系，其值只等于六十元，以吾家十余口之众，焉得而不竭蹶万分？每月必再补千元，始勉强得渡。一至下半月，即须设计张罗，以渡难关，此余目前感受经济压迫之实况也。以余例而观察一般公务员，现已达最艰难之境。至我国一般农工商人，以物价人工均高其值，彼等并无影响。公务员之收入一如战前，所谓一百或八十之生活津贴，实杯水车薪，更有何济！有平价米，使一般员工仅免于饿莩之厄运已耳。衣履不周，疾病不治，以此而罹于死亡之命运者，更仆难数也。①

在此生活日昂，公务员实无法生存，高级人员尤甚。因现时录事，以种种津贴，月可收入五百元，较战前为十倍，而高级公务员如余，战前为千二百元，现不过一千三百余元而已，如何能足用？最近党部、政府通过各级长官增加特别办公费一案，较昔增达倍余，惟以限于主管官，有若干人表示不满，本月能否实行尚有问题。②

惟生存于此巨烈变化之时代，身为公务员有不能已于言者，生活之痛苦是也。物价高昂，与日俱增，平均物价较战前在百倍以上。余之收入不过三千余元，较战前一倍半而已，今岁不感恐慌者，只七、八、九三个月，增加公费为三千元以后之三个月耳，以后又月不敷用，东西挪用，苦不堪言。③

---

① 《王子壮日记》第 7 册，1941 年 11 月 23 日，第 327 页。

② 《王子壮日记》第 7 册，1942 年 7 月 23 日，第 480 页。

③ 《王子壮日记》第 7 册，1942 年 12 月 31 日，"一年来之回顾与检讨"，第 563 页。

就连中央设计局副秘书长甘乃光也"再三叹息物价高涨，每月收支不敷，现月支在万元左右，收入不过七千耳"。①

王子壮回忆当初刚到四川时正值插秧季节，那时的雇工每天工资不到1元，管饭、酒、肉等，如今供应如故，但每日薪金增至50元，与物价上升指数大致相符。而他本人任铨叙部政务次长，简任一级官员，月薪仍为战前之680元，虽然听说下个月起增加一倍，但亦不过1360元。然"若与农人比较，彼有酒肉之享，月可得一千五百元，此近年稍有办法者，即不愿任此无以赡养家人之公务人员。痛苦日增，日用难继，现在之所以勉强维系者，因政府发给米，人口少者尚能吃两顿饱饭，若全家八口以上者，则月不足用，必须另行设法"。他由此想到平时只能依赖向监委会借款，否则还不知如何度日。②王子壮也曾到工厂了解工人的收入，除了供应食宿外，每人每天工资为150~160元，平均每月亦达4000多元。而他身为简任一级官员，工资竟赶不上普通工人的收入。虽有一些平价米供应，但也无法维持一家十口的生活。"近二月每月均用二万余元，省无可省，节无可节，尚需多方借贷，以资维持。今年真困苦达于极点之时也。"③

到了1943年底，全国抗战已坚持六年多。王子壮感到战时"生活艰难，有生以来所未经，物价之昂，已达二百倍，而月入有限，人口难减，百方挪借，以维持一饱。综计一年以来，月入虽增，但距物价相差远甚。今春三千六百八十元，夏季以后六百八十元之薪水加一倍，十月以后又加一倍，至月底止，薪水为战前之四倍，每月计二千七百二十元，三千元之党部公费如旧，此外生活补助费每月由二百而四百，现为

---

① 《陈克文日记》下册，1943年4月13日，第700页。

② 《王子壮日记》第8册，1943年5月22日，"上星期反省录"，第200~201页。

③ 《王子壮日记》第9册，1944年3月5日，第96页。

八百元，故最近每月之总收入为六千五百二十元，较诸战前之壹千二百元，尚只五倍而已，而每月之支出已达万余元。今岁挪用借款在六万元左右，长此以往，真不堪设想。余家用品而随时出卖，以资补助，因家中现有上下大小有十二口人，最近三弟妹又加三口，米系来自公家，而菜疏零用诸费，已非万元不多，言之令人咋舌。明岁再涨，余之债台高筑，宁有既极耶？"①

由于收支不敷，捉襟见肘，陈克文已许久未到小馆子吃早点，"今晨试一前往，饺子每只已涨价至八元，较三四个月前涨两倍以上。近来物价已较两个月前增加一倍有余，公务员最感痛苦"。几天后他又与朋友在饭店吃饭，没想到"四人随便吃几样普通菜色，竟耗二千六百元，较一月以前的涨价百分之五十以上"。②这也就是说，公务员的收入永远赶不上突飞猛涨的物价。

战时公务员收入均有不同程度的下降，虽然中下级公务员工资上升的指数一般要高于高级公务员，但因其基数较低，实际生活水平仍处于艰窘的状态。陈克文长期在行政院负责人事与总务工作，对此他有较客观的认识。他认为，"下级公务员，尤其是书记这一阶级，生活实在太苦、太干枯了。他们的收入既少，以现在物价飞涨，离家别井，除了办公睡觉之外，一点娱乐的地方没有。他们常常生病，他们的精神显着十分疲劳，工作效率减低"。③为此他也曾拟具补助方法，希望能解决下级公务员的一些实际困难，譬如津贴伙食，凡"二百元以下、四十元以上的职员，一律在抗战期间予以每月伙食津贴"。因为这些职员"生

---

① 《王子壮日记》第8册，1943年12月25日，"本星期预定工作课目"，第499页。

② 《陈克文日记》下册，1945年3月5日、9日，第912~913页。

③ 《陈克文日记》上册，1939年7月13日，第425页。

活困难，极不安心工作，非有一种补救办法，不易再维持下去"。① "香烟的价格越来越贵，三炮台，骆驼牌这一类外国香烟已经卖到一角多或者两角多一枝了，吃一枝烟便等于许多人的一顿饭。之迈昨日从院里回来，说一般的下级公务员为甚么非常重视一顿饭呢？我说我们看一顿饭不很重要，他们实在是很不容易解决的。他们一顿饭虽然只等于我们一枝香烟，可是他们要化上十多元吃一个月的饭，却大是难事。他们的收入每月只有数十元，二角钱一顿的饭便吃不起。"② 在云南，自昆明开辟了国际路线后，生活费日增，而"省府要人大作生意，大发财源。如米一项，每担涨价至六七十元，中下级公务员及一般人民，均无以赡养家属。龙主席方以统制米为得计，以为提高价格，可以限制外人来滇，实际上，来者多富有，未受其苦，而民不堪命，将有暴动之虞也"。③

尽管生活补助的额度不断增加，但无论如何也赶不上物价水平，因此行政院的职员时常要求增加补贴，甚至一些高级公务员也在发牢骚，对此陈克文很不以为然。他以为"我们的官固然说不上大，也不能说是小。我们在这时候所受的待遇固然比不上大官，但比起真正的小官和老百姓来，我们实不应该说甚么了"，再说"我们的苦日子不是长官给我们的，也不是我们中国人给我们的，是敌人给我们的。我们为甚么不埋怨敌人，不愤恨敌人，倒天天埋怨自己的人，愤恨自己的人？"④

行政院算是有权有钱的机构，尚可对属下发放补助，相比之下，像王子壮服务的铨叙部那就是个"清水衙门"了。由于"低级工作人员所入不足以糊口，更不能养家，于是有老家者，可送眷回乡，否则别

---

① 《陈克文日记》上册，1939 年 9 月 2 日，第 450 页。
② 《陈克文日记》上册，1940 年 2 月 5 日，第 519 页。
③ 《王子壮日记》第 6 册，1940 年 2 月 10 日，第 41 页。
④ 《陈克文日记》上册，1940 年 7 月 9 日，第 596 页。

谋生路。一百元左右之公务员纷纷告退已成普遍现象，若干公务机关直然无法维系人之生活，是真战时非常之现象也"。相对而言，"行政院等有钱机关于每人廿元战时津贴外，更对家属予以饭贴、房贴，多者每人达五六十元，其无钱者则不免叫苦。目前最苦者，米、柴之价日高，向日十元以下可以包饭，近则达四十元尚不乐为。如此继长增高，百物莫不涨价，以原有固定薪水以维生活者，如何能以堪耶？工商各业，价增数倍，只此一般穷困公务员，则贫无所依。前方士兵生活固苦，然其衣食概由公家供给，未若后方之公务员可悯也"。王子壮本人虽属高级公务员，但每月也是入不敷出，其中"房租一百二十元等，所费尤巨。由公家借用二百元，所差尚巨。如此高贵生活，瞻望前途，将何以维持耶？"①

陈克文曾算了一笔账，当时"下级职员月薪最低的四五十元，加上生活补助费二十元，再加伙食津贴三十元，房租津贴十元，总计收入不过一百一十元左右。现在每人每月若果要缴费三十元以上，假定一家三口，仅够糊口，四口便负担不了。又据伙食委员会的报告，便是以平价米来计算，每斗六元，一人一月二斗共十二元，菜钱最少每人每日八角，一月二十四元，即每人每月至少三十六元。以现在的菜蔬价格日日高涨的趋势来说，三十六元恐怕还要不够。这真是一个严重问题，物价再不稳定，政府无论如何补助，总是追不上物价的。这些公务员便有不（能）生活下去的样子了"。②

这种情形比比皆是。王子壮去看望一位属下，"其生活苦况，真使余感慨万分。月入一二百元，有子女四人，连彼夫妇共六人，日食粗

①　《王子壮日记》第 6 册，1940 年 9 月 25 日，第 269 页。

②　《陈克文日记》上册，1940 年 12 月 9 日，第 647 页。

粝，从未见肉，而住房一间，尘土狼藉（月需四十元房租），衣服褴褛，犹其余事。公务员生活至此，已达人间地狱之阶段，不忍卒睹也"。①再想想自己，"为生活而向人开口，犹如'沿门托钵'，余羞为之，有生以来所未经也。但以物价高涨，近二月来又高一倍，较诸战前达三十余倍，余之收入如故也。现在之千元，等于战前三十余元耳。余家十一口，姐姐处三口（蓁虽自立，尚不能顾家，余仍月济贰百元），如此巨负，其何以堪？友人之营工商业者俱已有所储积，余又何所持？如不各方设法，将如何得渡？一向独立自处，不肯就人者，现不得不腼然以顾当前之生活。返顾低级人员，有至饭不得饱，率家人日食稀粥者，真公务人员之浩劫也"。②两年多之后情况不但没有改变，反而更加困窘，"秘书邬召棠告余，家中售卖一空，前两月将久买存汗衫两件，以之售洋肆千元，以贴家用，今日已空，家中六口，无法生存，衣服褴褛，更其余事，言下歔欷欲。今日有家室公务员，的确无法生存，此亦不仅一二人，普遍之现象也。如余监委会隋、伍诸秘书，无一不叫苦，而感觉呼吁无门。余又何尝非，一月所入，十日即罄，其余则买［卖］物挪用，勉力支持"。③

蒋介石对此情形并非全然不知，他曾在日记中写道："公务员生活穷困万状，妻室以产育无钱，多谋堕胎者，医药无费，病贫益深者，华侨在粤，有鬻子女过活者，河南灾区，饿莩载道，犬兽食尸，其惨状更不忍闻。"同日他又在"上星期反省录"中写道："经济状况日穷，公务员之生活痛苦，尤为可虑。"④虽然他也曾提出一些方案，譬如给公教人

---

① 《王子壮日记》第 7 册，1942 年 2 月 27 日，第 401 页。

② 《王子壮日记》第 7 册，1942 年 3 月 31 日，"三月回顾"，第 417 页。

③ 《王子壮日记》第 9 册，1944 年 5 月 13 日，第 192 页。

④ 《蒋介石日记》，1943 年 4 月 11 日，"上星期反省录"。

员及家属发放平价米，并实施限价政策，但无法根本解决公教人员生活水平大幅下降的实际问题。

尽管战时物资紧缺，条件艰苦，大后方的民众生活艰窘，度日如年，但那些最高级的官员，特别是有权有势的大人物依旧过着奢侈享乐的生活，这与中下级公务员的生活恰形成鲜明的对比。南京沦陷后政府西迁，但某些高官仍然高高在上，生活腐化。吴稚晖在中央纪念周报告上曾指责那些高官大亨"号称避难，其实生活豪奢，跳舞游乐，益无忌惮，昏天黑地，对于国家、对于同胞，毫无同情心，此最危险之现象。国难严重至此，尚不能启发其同情心，真为无耻之尤"。王子壮认为"吴先生此言在箴（对）一般纨绔富豪，的为确论，社会上真有若干无国家民族观念，专为顾及个人片时快乐之流，就全体言，此辈实为罪人"。①

抗战爆发后，孔祥熙出任行政院院长，后来虽改任副院长，但实际上仍主行政院事务。作为行政院的资深参事，陈克文在日记中记录了孔祥熙等许多高官的日常活动，由此可看出他们战时的生活如何豪奢。

国民政府迁至重庆后，首先考虑的是各院、部机关的办公处所，当然还要修建长官的官邸，单单修葺孔祥熙的寓所和购置家具，就耗费7000余元。因为孔祥熙既是行政院院长，又兼财政部部长及中央银行总裁，此款本应财政部负担，但财政部却非要行政院掏钱。陈克文不由感叹道："做大官的优厚薪俸之外，一切的私人用度还要仰给国家，薪俸似乎是另有用途的。并且这私人用度又漫无限制，这也是目前一种大不合理的政治现象。"争论日久，最终决定由行政院、中央银行和财政部三家共同承担，各负责2400元。因此"做公务员的，常常要为上官私人

---

① 《王子壮日记》第4册，1938年1月10日，第378页。

用费，设法作公报销绞尽脑汁，否则上官要骂为无用之材也"。①

孔祥熙如此，行政院秘书长魏道明也一样。行政院会计主任曾对陈克文发牢骚说："魏秘书长家里的私人开销，许多都列入院里的帐［账］，最近造防空洞一所，也要完全公家出钱。说话困难，不说话又对良心过不去，并且报销亦不易办。"陈克文听了也没有办法，他想"大概各机关都有这种现象。庶务科的人是长官的私人，总免不了这现象"。②魏道明在家中请客，"菜是他自己的厨子弄的，很讲究很可口。桌子上都是一套望［碧］绿的、新的江西瓷器，也很出色"，看得出他对私人生活是极为讲究的。回来的路上陈克文的同事陈之迈问他，魏秘书长的房子如此华丽，一个月租金要多少？是不是他自己负担的？陈克文回答说，房租每月 700 元，是从院里机密费报销的。陈之迈很诧异地问，房租也算是机密的事吗？陈克文以为，"现在关于长官和一般公务员的待遇没有好好的规定，只是任意的开销。结果长官的待遇时常从优，一般公务员却不免一切从俭，这便是许多人心里不舒服的地方"。③数日后，孔祥熙请行政院高级干部到他官邸午餐，"他先引我们到楼上楼下参观了一遍。这是一个著名的四川军阀范绍增的房子，以前是他的一群姨太太居住的，最近才给孔院长居住。房子很宽阔，比现在行政院办公房子还要大些，外面有很好的园子，很宽的草地，地居山上，风景也很不错"。④

孔祥熙在重庆的住宅不止一处，其中芝麻冲那儿还有一处新建的官邸。名义上说是为躲避空袭的疏散房子，其实就是乡间的别墅，十分摩

<hr>

① 《陈克文日记》上册，1938 年 8 月 25 日、26 日，第 261 页。

② 《陈克文日记》上册，1939 年 5 月 1 日，第 411 页。

③ 《陈克文日记》上册，1939 年 11 月 1 日，第 472 页。

④ 《陈克文日记》上册，1939 年 11 月 8 日，第 475 页。

登，"全部的建筑费是四万多元。据说包工的商人还要亏短好几千元。离官邸不远便是准备不得已时做行政院办公的疏散房子，全部建筑费也不过八万元左右"。①

除了孔祥熙，其他高官亦大都如此。王子壮听说何应钦、朱培德战前在南京就拥有多片土地，被人称为"土地大王"。如今"何在渝又有豪奢之举。一月间何夫人作五十整寿，大张筵宴，百元一桌，订有二百桌，两日如此，足见盛大。腰缠虽多，似亦不宜于国家危亡之际作此表现。民众对之，具何感想！"②立法院院长孙科"在战争期间生活一点不肯降低，常常向银行举债，以维持个人的生活水平。举债的数目很不少，往往是一百数十万。他并且告诉人，法币是愈来愈不值钱的，为甚么不举债来维持个人的生活呢？"③农林部部长沈鸿烈"最近两月请假期内，滥用公帑十余万。此等奸猾老官僚，殊属可恨"。④再如孙芹池因为追随陈果夫和吴铁城而担任中央党部的总务处处长，长期以来挪用公款，大事挥霍，"大家皆在穷苦之时，彼独能建西式楼房，费一、二百万元"。而且吴铁城先前出任上海市市长、广东省主席时，"挥霍已惯，非此不惯也"，如今更与孙"向桂林抢运物资，以为挥霍之资之事实"。王子壮不禁叹曰："此种人而担任党的秘书长，真使人痛愤。"⑤

当然，也不是所有的高官都是那样奢侈腐化的，在陈克文眼中，他最佩服的高级官员是行政院政务处处长蒋廷黻和国防最高委员会秘书长王宠惠。蒋、王二人虽都是特任官，享受部长级的待遇，但他们的生活

---

① 《陈克文日记》上册，1940年2月17日，第524页。

② 《王子壮日记》第7册，1941年，"杂录"，第370~371页。

③ 《陈克文日记》下册，1943年8月8日，第745页。

④ 《陈克文日记》下册，1943年11月9日，第777页。

⑤ 《王子壮日记》第10册，1945年3月13日，第98页。

却十分简朴。蒋廷黻夫人曾对陈克文说，他们的日常生活主要靠"每三个月分配到面粉一袋，每一个月分配到菜油七十二两，都不足用"。陈克文心想，"特任官的家庭这样严格遵守法令的，恐怕这是全国的第一家了。而且，他们家里没有用厨子，没有用门房，只用两个老妈子，没有用公家雇用的副官、听差，家中的用具和消耗品没有由公家供给，这确是很难得的。这不只是蒋先生个人的公私分明，蒋夫人不肯和时俗的女人一样贪图小利，更为难得。蒋夫人平日恬淡温雅，勤俭持家，实在大可称道"。"她的幼子四宝患肺炎初愈，劝她买点猪肝给他吃。她说，价钱太贵了，她的省俭精神足见一斑。"① 而王宠惠"每日严稽自己所乘之公家汽车往来途程及用油数量，虽彼夫人亦不许随便乘坐"。若将他们与那些贪赃腐化的官员"两相对照，人之贤不肖，相去远矣"。② 1946年2月，驻苏大使傅秉常回国参加国民党六届二中全会，在重庆见到王宠惠生活十分艰苦，"经济困难至自己管账，每餐菜钱限一千二百元（即美金六角），自无甚肉食。其夫人欲将其结婚戒指出售，以维持家用"。后来他身边的朋友劝他"出售藏书，并常送以腊肠、火腿等，因送钱彼必不受"，方能勉强维持生活。③ 1949年11月，王宠惠已不任司法院院长而只身来到香港，借住在他的一个堂侄家。陈克文前去看望，只见他房间狭窄，卧室堆满行李，但王宠惠仍诙谐如故，说"我很富有，我的家当都在这里了"。原来抗战期间他将所有外汇都换成国币并购买公债，但现在都成了废纸，一包包放在箱子里。④ 目睹此情此

---

① 《陈克文日记》下册，1943年10月10日、1944年5月21日，第766、817页。

② 《陈克文日记》下册，1943年11月9日，第777页。

③ 傅锜华、张力校注《傅秉常日记（民国三十五年）》，台北，"中研院"近代史研究所，2016，1946年3月1日，第55页。

④ 《陈克文日记》下册，1949年11月10日，第1219页。

景，陈克文心中自是感叹不已。

抗战胜利前夕，王子壮家中生活实在无法维持，因此与妻子外出向同乡借钱度日，但一问利息竟高达一分，根本无法负担。他在日记中写道："国难时期任公务人员，未有不赔累不堪者，除贪污者外，真为窘态毕露。一般任主官者，无论党政军，均在大吃空名，习以为常。余在监察机关，则以清廉并检举为己（任），自应严以律己，不应有丝毫之玷污也。而亏累至日坐愁城，公款绝对不能多用。余之亏空，余为公家应酬之费而已，家用尚不在内也。闻中央决定公务员待遇本月份可以增一倍余，当战前之一百倍，而物价则在三千倍左右，以此为生，如何得度？精神固抑郁，物质上尤为窘绝，有生以来，未尝此种况味。"数日前他曾拜访考试院院长戴季陶，看到他的生活亦极为艰难。戴季陶对他说："吾人相处廿年，曾见余道及生活否？以足用即可，不必多事筹画也。而近者并一家之生活难以顾全，真一生所未经。"王子壮心想，"院长地位在全国为最高，仅亚于主席，而叫苦如此，是八年抗战之结果，真已使人心趋于不安之境矣"。①

然而，像蒋廷黻、王宠惠以及王子壮、陈克文这样相对廉洁的官员并不是很多，蒋介石目睹这一状况，也感到十分痛心，"国家毫无组织基础，每见公务员之无能而不实，使人民痛苦不安，如此人民，如此官吏，如此国家，而欲维持如此大战，不禁为之寒栗不置"。②"社会经济纷乱，公务员生活困穷，政治风气萎靡，军队精神不振，无任惶惑。"③

公务员的待遇和收入并不相同。一般来说，中央公务员的待遇普遍

---

① 《王子壮日记》第10册，1945年8月6日、7日，第271~272页。

② 《蒋介石日记》，1941年5月13日。

③ 《蒋介石日记》，1943年4月1日。

高过地方公务员，有公费支出的要优于没有公费开支的，有兼职或兼薪的要好过那些没有其他收入的公务员，而在财经部门（特别是银行、税务、粮食等直接与经济有关的部门）任职官员的隐形收入又远远多于那些"清水衙门"官员的。即使是同样级别的官员，因家庭、环境、负担等各种条件的不同，其收入及生活水平也会存在较大的差别。就以王子壮和陈克文二人的情形做一对比，虽然他们都属政府高级官员（简任一级），但王子壮作为次长，要比陈克文的参事职级高，并且他享有数目不菲的办公费，然而战时他的经济状况显然不如陈克文，其中主要原因恐怕还是他家人较多，不仅有五个孩子入学，还有诸多亲友需要接济，而陈克文只有一个女儿（抗战期间在重庆又生了一个儿子），相对来讲生活负担要轻，而且陈在广西老家有些田产，家中亲戚还不时将田租寄到重庆，数目虽然不多，却亦可聊补一时之需。此外，陈克文经常在《中央日报》上撰写社论，在其他报刊上发表文章，还翻译一些外文书，亦可得到一点稿费。① 而王子壮似乎并无这方面的收入，因此他在日记中对日常生活艰苦状况的记载就要比陈克文详尽得多。

再看看中央与地方公务员之间的差异。江西省主席熊式辉曾向中央提议，降低中央公务员的薪俸，欲使地方公务员的薪俸不至于和中央相差太多。但该提案触动了既得利益集团的利益，因此在行政院各机关代表讨论时被认为"各地的生活程度不同，币制不同，中央和地方的财政情形又不同，绝不能强之使同。强之使同，反足以形成待遇的不平等"，遭否决。②

---

① 陈克文在日记中曾记载："发表小品文的稿费，今日第一次收到，大概每千字二十元左右。稿费的价值已较战前增加十倍多，自然尚逊不及物价远甚，但较之公务员的薪俸仅增加三四倍的，又似略胜一筹了。"参见《陈克文日记》下册，1943 年 1 月 19 日，第 667 页。

② 《陈克文日记》上册，1939 年 2 月 3 日，第 345 页。

我们再以县长的待遇为例。根据 1933 年的《暂行文官官等官俸表》，战前县长的薪俸按县等高低而定，一等县县长自荐任四级（340元）至简任八级（430元），二等县县长自荐任五级（320元）至荐任一级（400元），三等县县长自荐任六级（300元）至荐任二级（380元），但实际上多数省份根本达不到这一标准，一般多在 160 元至 280元不等，法定月薪大致与陆军少将相等，实际薪俸则只是上校的平时薪金。抗战爆发后，物价不断上涨，公教人员的薪金却没有相应增加，即所谓"水涨船不高"。1942 年，县长的薪俸接近于国立大学练习生或国营公司工役所得；在昆明，县长的月薪仅及裁缝、洋铁匠、泥水匠、木匠等手艺人收入的一半，而洋车夫、理发匠的收入则是县长的3~4 倍。[①]陈克文也说，他的一位朋友罗绍徽任广西荔浦县县长，"他算是广西的头等好县长，月薪只有九十五元，外加公费八十元，清苦可知"。[②]因此公务员生活水平的急剧下降，不仅对基层政治及国家机器的管控造成影响，更重要的是，它又从另一方面刺激官员走上贪污之路。

公务员生活水平下降的影响

抗战中期以后，由于物资紧缺，通货膨胀，大后方公教人员薪金收入远远赶不上物价水平，生活的贫困化自然会对公务员的心态带来严重影响。王子壮认为，抗战爆发以来"地域日缩，税收日减，所以发行纸

---

① 参见王奇生《革命与反革命：社会文化视野下的民国政治》，社会科学文献出版社，2010，第 354~359 页。

② 《陈克文日记》上册，1940 年 2 月 21 日，第 526 页。

币日益增加，物价高涨，加以机关林立，公教人员痛苦日增，前方兵士走私舞弊，士乏斗志，一般公教人员因啼饿号寒，工作无心，以致一般情绪除国难商人挥霍无度外，普遍工作效率为之低落。如余监委会同人因穷贫，致妻子疯颠〔癫〕，有病无从就医者所在多有，更如何责以较好之工作？"① 为了维持基本的生活，许多公务员不得不寻找一些兼职、兼差的工作，以致无法集中精力投入本职工作："大部公务员兼职者，使太太任公务员，及秘密兼营商业者，无在不以维持最低限度之生活，真饥寒交迫之时代。大部公务员仍面有菜色，子女不得升学，此抗战影响于文化者至重且大。"② 甚至为了挣几个钱，知识分子的颜面都可以不要，说来令人伤心。③

　　战时公务员生活水平的下降带来的另一个后果就是"跳槽"，许多人不安于本职工作，设法转到银行、粮食、税务等财经机构工作，因为那些部门不仅薪金丰厚、待遇优渥，甚至还有许多灰色收入。譬如陈克文的老同事徐象枢，是行政院最得力的资深参事，亦为简任一级高级公务员，就执意辞职去昆明的金融机构工作。④ 另一位同事端木恺也积极活动，还想重新回到中央银行出任秘书处处长，他的理由是"家累重，负担大，这里的薪俸不够开销，非得一较厚的职位不可"。⑤ 对此陈克文自然能够理解，因为"银行行员的待遇总比其他机关好，在那里也可以

① 《王子壮日记》第 10 册，1945 年 3 月 17 日，"上星期反省录"，第 103 页。

② 《王子壮日记》第 9 册，1944 年 3 月 10 日，第 101 页。

③ 行政院一名官员为人捉笔撰写一本小册子，说好价钱，先付定金，但必须署他人名。陈克文闻之不禁叹曰："文人为生活所迫，俯首金钱之下一至于此，亦殊可怜。"见《陈克文日记》下册，1943 年 7 月 16 日，第 737 页。

④ 《陈克文日记》上册，1938 年 12 月 13 日，第 313~314 页。

⑤ 《陈克文日记》上册，1940 年 10 月 27 日，第 635 页。

看出来。无怪许多人想到银行做事"。①"一个离开本院，加入商业机关工作的旧同事来信说，他们那里普通职员月得报酬千元以上，言下似甚得意。"②"抗战以来，津贴最高，莫过于银行"，中央银行还屡有加薪之议，唐纵闻讯便据情签请蒋介石加以制止，最终"经委座批准，一面饬孔部长注意，制止一再加津贴，以免增高物价，刺激舆情；一面交国防最高会议通令取缔，统筹一致持平办法"。③蒋介石也听说，"各地银行工役待遇，有过于一县长、专员收入者"。④

类似情形比比皆是，"经济部的人说，某科员子女五六人，只能用盐拌饭吃，买不起蔬菜，更买不起肉类。公务员的生活真是越来越苦，其余的人倒不感觉甚么样的。公务员因此很不容易安心工作，有机会便跑到别的地方去了"。⑤唐纵有一个朋友开了一家银行和一间公司，赚了很多钱，这不禁引起唐的感叹："今日许多朋友都兼营副业，走上社会上实际的道路。像我这样单纯、谨慎，那是极少的了。"⑥王子壮也有一个朋友在西南运输公司当经理，据他说，"减价时每日收入五六万元，所用菜亦多肉类，较诸公务员生活，相去天壤"。王子壮也不由得感叹，"抗战结果，商工农各界因物价高昂，生活转裕，知识阶级之公务员及教职员，则日趋没落，最低限度之生活亦将不能维持也"。⑦

为了维持战时大后方民众的基本生活，国民政府采取统制经济的举措，对关乎国计民生的物资实行专卖，并对物价采用平价和限价的政

---

① 《陈克文日记》上册，1940 年 10 月 18 日，第 634 页。

② 《陈克文日记》下册，1943 年 1 月 4 日，第 661 页。

③ 《唐纵日记》，1941 年 9 月 5 日，第 203 页。

④ 《蒋介石日记》，1944 年 1 月 3 日。

⑤ 《陈克文日记》上册，1940 年 11 月 7 日，第 638 页。

⑥ 《唐纵日记》，1942 年 2 月 15 日，第 230 页。

⑦ 《王子壮日记》第 8 册，1943 年 1 月 24 日、25 日，第 35~36 页。

策。然而国家一旦过多地干预经济，那些财经部门的官员便可以利用手中所掌握的权力，以权谋私，甚至与财阀、权贵勾结在一起，囤积居奇，哄抬物价，从而赚取超额利润。王子壮就认为，物价高涨除了粮食歉收外，"尚有主观的因素，若干人以币价日落，屯米为生，尤其银行界、财阀、军阀，莫不竞相收存。谷价日涨"。①"何以物价有此猛涨？囤积是一因，各地强买军米又为一因。且据报告，自东亚局势紧张，在香港之游资原为逃避资本变为外汇者，现以国际形势不妥，乃复返内地买卖粮米，购者愈多，物价大涨，是游资入内地不投入建设，而操纵市场之所致也。"②"朝夕易价，生活飞腾，商人居奇操纵固为一大原因，又以大家咸感钱不值钱，其价日低，不如存货，于是钱之流通加速，货物之需要益紧，乃不得不上涨，心理上之恐惧亦助成此现象之要因也。"③

以权谋私的现象日益严重，后方民众特别是公教人员对此深恶痛绝："现在一般机关公务员叫苦，所入不敷支出，日甚一日，前线士兵更甚。于是营私走私种种弊端，层出不穷。一般的社会道德一落千丈，是诚国家百年之害。盖今日惟囤积居奇之商人豪奢逾常，而政府竟无法以控制之，加税则转驾[嫁]于消费者，致物价愈高。最近糖、火柴、卷烟因专卖而突加价若干倍，足以说明此项事实。故社会一般评论，以政府逾[愈]统制，物价逾[愈]高，信而有征也。"④

尽管蒋介石再三强调"官不营商，不争官做，戒除贪污"，⑤"各级

---

① 《王子壮日记》第6册，1940年11月8日，第313页。

② 《王子壮日记》第6册，1940年11月22日，第327页。

③ 《王子壮日记》第6册，1940年12月17日，第352页。

④ 《王子壮日记》第7册，1942年9月8日，第506页。

⑤ 《蒋介石日记》，1939年10月4日。

公务员，不得参加任何营业机关之职员，亦不得投资"，[①]但是令虽行却不止，官商合流的现象反而愈演愈烈，孔祥熙甚至公开说："银行及税收人员系国家厨子，不予提高待遇，即尝菜亦可尝饱，增其待遇，所以免国库之损失。其余之公务人员，绝难赖国家以维持温饱。当此国家厄困之境，只有以自己之收入以维国家始可。"言外之意，大家可以经营生意。"王子壮不禁斥之："彼之公然组织祥记公司，大事囤积，不知置国家法律于何地。国府明令禁止公务员经营商业，彼可逍遥法外，一般人焉能逃脱？此政府负责人公然发表此澜言，多见昏庸无知而已。——此现象绝不能久，直加速政治之腐化，甚至加紧崩溃也。"[②]

除了营私舞弊、囤积居奇以外，更严重的则是贪污腐败的滋生与蔓延。虽然蒋介石也清楚，"前方士气不振，后方人心弛懈，皆因物价高涨、生活艰难之故。经济之于战争之成败，其关系之重大，甚于一切之武力。近日社会奢侈与官员舞弊，若不积极整饬，后患无穷，必使有以安定也"。[③]但实际效果却恰恰相反，大后方贪腐的案例真可谓屡见不鲜，比比皆是。除了那些耳熟能详的重大贪腐案件，如林世良走私案、美金公债舞弊案、黄金提价泄密案等，陈克文、唐纵等人的日记中也常常记录类似的贪腐案件。譬如"中央组织部总务处长陈某与事务科长朱某通同作弊，屯［囤］积食盐，假公济私，已被发觉，扣送法院"；[④]"黄维来谈部队之苦境，今日如规规矩矩拿薪水，便要饿饭，而且不能做事，势必失败不可；反之，混水摸鱼，贪污舞弊，自己肥了，大家也可沾些油水，倒是人人说够交情，有了问题大家包涵。这

---

① 《蒋介石日记》，1942 年 9 月 17 日。

② 《王子壮日记》第 9 册，1944 年 5 月 13 日，第 192 页。

③ 《蒋介石日记》，1943 年 4 月 6 日。

④ 《陈克文日记》上册，1940 年 5 月 11 日，第 563~564 页。

是做好火好，做坏剜好，正义扫地，是非颠倒。言之不胜感慨。部队如此，机关何尝不是如此"；①"粮食部内部高级职员近发生舞弊案，案情达百余万元之巨，殊为严重。粮政之弊，至此而极矣。年来地方各级粮政机关之舞弊营私已成公开之事实，不谓中央粮政机关，亦竟有此痛心之事也"；②"重庆图书杂志审查处处长张兆浮报职员名额十余人，冒领薪津食米。经本院派员调查，确系事实，犯贪污罪"；③"（重庆）工务局局长吴华甫的贪污，陪都为现时畿辅之地，贪污官吏竟放胆至此，亦可见吾人之政治组织，殊欠完善也"。④而提高军人待遇，不过是将"昔日之吃空额等，今为明朗化，为之公开分配而已"。⑤

"离心力日强"

收入不等，贫富不均，生活水平有高有低，这在任何一个社会都是客观存在的情况。若以生活费用在总收入中的比例分析，一般来说，中等收入以下的民众，系主要依靠固定收入维持生计的阶层。因其收入微薄，物价一旦上涨，所受到的冲击也就较大。至于那些财阀以及掌管财经事务的高级官员，他们的收入丰厚，来源很多，平时日用物品开销所占比例微不足道，当物价跌落时，其购买力也就随之增强，而物价上涨时，因为他们的生活费支出在收入中本不算回事，所以影响亦不大，甚

---

① 《唐纵日记》，1942年10月20日，第282页。

② 《陈克文日记》下册，1943年6月28日，第731页。

③ 《陈克文日记》下册，1943年8月18日，第749页。

④ 《陈克文日记》下册，1943年8月22日，第750页。

⑤ 《王子壮日记》第10册，1945年2月26日，第76页。

至有些富商可以囤积居奇，大发横财，而主管财经事务的官员，则可以滥用职权谋取利益。介于这两者之间的，还有那些平时依仗其脑力及技术维持生活的人（如高级知识分子），或是在体制内地位崇高的人（如政府内的高级官员）。他们虽说平日也主要依靠工资维生，但他们的薪俸要比普通民众高出数倍乃至数十倍。战前他们的生活舒适安逸，虽说还到不了可以任意挥霍的程度，但也从不会为维持生活而感到困难。然而战争爆发之后，物资供应紧缺，通货日益膨胀，而且物价上涨的幅度到了他们无法接受的地步，以致入不敷出，生活水平急剧下降，不得不降低生活质量。相反，由于战时生产在在需要劳工，那些从事服务业的民众以及劳工阶层原本工资就很低，因而薪金上升的幅度较大；与此相比，公务员，特别是高级公务员相对贫困化的情形就更加明显。

任何一个国家，公务员都承担着国家机器正常运转的特殊职能，因此公务员生活水平是否稳定，对于巩固政权、维持统治具有极其重要的意义。

以上只是从几位在党政军系统服务的高级公务员日记中摘抄的部分内容，虽然并不能反映全貌，但亦可看出战时公务员生活贫困化及所产生的影响。抗战爆发后政府的各种举措并不能维持公务员的基本生活水平，不仅大批中下级公务员的生活赤贫化，就是那些战前高高在上的高级公务员战时也深刻体会到基层平民的困苦生活；然而另一方面，政府对经济的统制和控制又为某些官员发国难财大开方便之门，官商勾结、以权谋私的行径比比皆是。由于受薪的公务员工资涨幅远远赶不上通货膨胀的速度，洁身自好或是没有什么权力的公务员生活朝不保夕，而那些意志不坚的人不仅牢骚满腹，甚至同流合污，依仗手中的权力，官商勾结，囤积居奇，从事种种非法活动。王子壮曾在日记中列举铨叙部部长多吃多占、媚上凌下的诸多事例，从而发出"无惑乎工作人员之离心力日强"的感叹，他以为这实际反映出"国家政治方逐日较昔年北京政府腐恶以甚，可不叹哉"。① 所有这一切不但导致公务员与政府的离心离德，对政治与前途丧失信心，更严重的则是贪腐现象不断地滋生和蔓延，已经形成系统性、体制性的痼疾，而且在战后迅速发展，最终成为国民政府失败的一个重要原因。

原载《近代史研究》2018 年第 2 期

① 《王子壮日记》第 10 册，1945 年 3 月 26 日、27 日，第 115、116 页。

十

"教授教授，越教越瘦"：
战时大后方教授的生活

抗战爆发后，全国军民同仇敌忾，奋勇抵抗，在东南沿海地区的大批工厂西迁的同时，众多高等学校，包括公立、私立和教会大学也随之迁往西南、西北大后方。在长达八年的漫长岁月中，近代中国的高等教育并未因连年战争而中断，反而在入学学生的数量上及质量上都有新增和提升；同时，大批高校的内迁，也将先进的科学文化和自由民主的思想传播到相对落后的西部地区，一定程度上推动了近代中国高等教育事业的平衡发展。而这其中高校知识分子的贡献尤为重要。

关于战时内迁高校中教授的思想转变与生活情况，竺可桢、顾颉刚、朱希祖、吴宓、朱自清、浦江清、闻一多、梅贻琦、熊庆来、郑天挺等多位著名教授均有日记或书信留下，我们由此可以看到这些高级知识分子在艰难困苦的条件下依然坚持教书育人、献身教育的事迹，以及生活贫困化对他们日后的政治抉择所产生的影响。

战前高校教授的生活状况

虽然现代高等教育在中国出现得比较晚，但是进入 20 世纪，中国的大学教育便有了新的发展，并与国际标准接轨，得到欧美教育界的承认。中国现代大学迅速发展的原因很多，但不可否认的是高校教师素质普遍提高这一因素。特别是一大批留学回国的知识分子在推动中国高等教育发展进程中发挥了重要作用。这是因为中国现代知识分子虽然人数不多，但他们大都留学海外，受现代知识体系的训练，有强调科学实证、不盲从权威、崇尚个人自由、保护个人权利、反对社会不公、憎恶腐败、提倡改革等特质，在传播现代文明、编译教材、教书育人诸方面作用尤大。据统计，1936 年全国专科以上教职员共有 7205 人，其中教授 2801 人，副教授 433 人，讲师 2461 人，助教 1049 人，其他 461 人。①有人曾对抗战时期西南联大教授群体的教育背景进行过研究，该校 179名教授中 97 名留学美国，56 名留学欧洲，3 名留日，其中 5 个学院的院长都是留美博士。②

近代高等教育的发展与其受重视程度密切相关，这由教授的待遇就可以看出。北京政府 1914 年 7 月 6 日颁布的《教育部直辖专门以上学校职员薪俸暂行规程》规定，大学校长月薪 400 元，学长（即院长）300 元，专任教员 280 元，预科长任教员 240 元，庶务主任 150 元，高等师范校长 300 元，专任教员 160~250 元。另外，凡任教五年以上的大学教职员每年还有数量不等的津贴。1917 年北京政府又颁布《国立大学职员任用及薪俸规程》，规定大学校长月薪 600 元，学长 450 元，正教授 300~400 元，本科教授 180~280 元，预科教授 140~240 元，助教50~120 元。③南京国民政府成立后不久公布的《大学教员薪俸表》，将

---

① 《全国专科以上校教职员状况》，《申报》1936 年 9 月 3 日，第 5 张第 18 版。

② 储德天：《西南联大知识分子共同体研究》，硕士学位论文，上海师范大学，2005，第50 页。

③ 潘懋元、刘海峰编《中国近代教育史资料汇编·高等教育》，上海教育出版社，1993，第 299~303 页。

国立大学教员分为教授、副教授、讲师和助教四个等级，每等再分三级，工资则由 140 元逐级递增至 500 元。[①] 实际上这一标准亦会因时或因人而异，譬如清华大学历史系与中文系合聘教授陈寅恪的月薪早已超过教授的最高待遇，鉴于陈寅恪在学术上的卓越地位，1934 年又援用特殊贡献之规定，在其工资标准上增加 20 元。朱自清等教授还建议应在此基础上再增加 20 元。[②]

日本著名学者吉川幸次郎 1928 年至 1931 年曾到中国游学，看到北平和南京等地教授的生活十分优裕，顶级教授的工资甚至与日本首相的待遇差不多，这与当时日本教授的清贫生活不可同日而语。他发现北平城内的高门大宅住的"绝不是什么大公司的重要人物"，大多数宅主都是和他一样，不过是大学老师而已。而且像陈垣、邓之诚、朱希祖等著名教授家中还有许多用人，"女佣的人数几乎是与儿女的人数相当"，甚至还雇有秘书、助手，帮助他们"整理著书稿，或誊抄"。[③] 北平教授们的生活条件和读书环境，对他来说不仅印象深刻，更是非常羡慕。

战前中国的大学大致可以分为国立、私立和教会大学几大类别，同为教授，但薪俸待遇并不一样。一般来说，国立大学的工资要比教会大学高一些，教会大学又要比一般私立大学为高。南京政府成立之初，许多学校并未完全按上述标准发放工资，而且欠薪与延期发薪的现象亦屡屡发生，但清华大学既是国立大学，其经费又有部分来自庚子赔款，因此该校教师与学生的待遇也优于其他大学。[④] 而且，由于各自家庭负担、消费观念以

---

① 《大学教员薪俸表》，《大学院公报》第 1 卷第 1 期，1928 年 1 月。

② 《朱自清致冯友兰函》(1937 年 6 月 14 日)，朱乔森编《朱自清全集》第 11 卷，第 246 页。

③ 吉川幸次郎：《我的留学记》，钱婉约译，光明日报出版社，1999，第 140、60、68 页。

④ 关于战前国立、私立和教会大学教师的薪俸标准及差异，可参阅陈育红《战前中国大学教师薪俸制度及其实际状况的考察》，《民国档案》2009 年第 1 期。

及兴趣爱好等方面互有差别，即使是同一大学或同一级别的教授，彼此之间的生活状况也不尽相同。譬如闻一多虽然月薪有340元，但因家中子女众多，而且他还要负担其他亲属的生活，日子就过得比较紧迫。为了一个朋友来北平要筹措路费，他还不得不写信向朋友借钱。①

时任北京大学史学系主任的朱希祖学术地位显赫，他同时还在清华大学、辅仁大学及第一师范等学校兼课，再加上稿酬等收入，应该说生活十分优渥。但朱希祖嗜书如命，平时常到各书店购置古籍善本，他曾在1929年的日记中记录了当时各项收入及购书的支出：2月1日，收入148元，付各书局购书款129.16元；2月4日，各项收入及稿费458.50元，付各书局书画款527.25元。②两者相抵，还是入不敷出。

顾颉刚是燕京大学教授，月薪略低于国立大学，但亦有300多元，本应生活优裕。然而当时燕京大学经费困难，"每年不敷九万元，因拟募集百万元基金，教职员担负十万元。薪在三百元上者拟出百分之九"。因此顾本人每月需捐出30元，在薪金中扣除，如此"凡四年，一千四百元。然个人生计，因此又受打击矣"。③更何况顾颉刚热衷购书，一旦看见古籍善本，根本就顾不得价格昂贵，一定要买下来才安心。然而因购书而收支不敷，又常常感到后悔，这在他日记中时有记载，譬如"从明年起，非必要决不买书，北京的书估实在太可怕了"；"本节所付书帐至五百余元，出之于借贷，自以为愧。嘱仆人，明年不再纳书贾"。④除了购书外，顾颉刚还需出资支撑他所创办的《禹贡》杂志，不仅自己承担无

---

① 《闻一多致饶孟侃函》（1934年1月11日），《闻一多全集》第12卷，湖北人民出版社，1993，第272页。

② 《朱希祖日记》上册，中华书局，2012，第144~146页。

③ 《顾颉刚日记》第3册，1933年11月6日，第107页。

④ 《顾颉刚日记》第3册，1934年1月31日、2月13日，第156、160页。

薪的编辑等工作，并需要出钱聘请绘图、发行等人员，再加上"父要我贴龙弟学费，予允贴年一百元，分两期交付。予虽月入三百余元，但捐款已有五十元一月，又有画图员、书记等薪，月薪到手辄尽"。[①]

但不管怎么说，战前大学教授的薪金还是相当丰厚的，其收入应属于工薪阶层中的高端，若与城市一般居民相比，待遇更是要优越得多。当时大城市居民平均每人每月只需 10 元左右即可维持温饱，但教授的工资大都在 300 元以上，最高的则有 600 元之多（如大学校长以及个别顶级教授），在战前物价相对平稳、物资供应基本充足的年代，他们的生活是相当安逸的。譬如吴宓战前是清华大学外文系的教授，月薪为国币 400 元，他同时还在其他大学兼课，再加上稿酬等，每月收入颇丰。虽然他已离婚，要负担父亲及前妻和孩子们的生活费用，但其生活水平还是很高的。因此他们的日记中常见的除了学术上的讨论外，大都是提及亲朋知己交往应酬，或是打桥牌、看电影的场景，绝无为柴米油盐发愁的记载，因为这些开支在他们的收入中所占的比例极小，根本就无须为此事操心，这和战时他们日记记载的内容存在极大的不同。

抗战爆发，高校内迁

1937 年 7 月 7 日，卢沟桥事变爆发，一个多月后，淞沪战役打响，很快战火就从华北蔓延至东南沿海这些中国高等学校最为聚集的城市。受战事影响，国民政府动员各大学和专科学校有计划地迁至后方，并予以资金方面的支持，这一号召立刻得到各校师生的响应。据教育部 1939

---

① 《顾颉刚日记》第 3 册，1934 年 5 月 20 日，第 191 页。

年的统计，战前专科以上 108 所院校中，52 所迁移后方，25 所迁至上海租界或香港续办，停办 17 所，还有 14 所或原设在租界，或由教会开办。太平洋战争爆发后，上述未迁的高校部分迁校续办，或学生迁至后方转入他校。当时大学迁校十分艰苦，有的学校一迁再迁（如浙江大学先迁江西吉安，再迁广西宜山，三迁贵州遵义，并于湄潭设立分校；中山大学先迁广西龙州，再迁云南澄江，最后迁至广东坪石），而北京大学、清华大学和南开大学三校初迁湖南长沙，合设长沙临时大学，再迁云南的蒙自和昆明，并改称国立西南联合大学，成为战时高校内迁的重要象征。

早在平津沦陷之际，中央大学史学系主任朱希祖就意识到"时局日趋紧张，公务员迁家避难者日多"，因此开始将家中所藏之各种古籍善本装箱，做好搬迁的准备。①8 月 12 日，朱希祖先将所装的 60 箱书雇车运至安徽宣城等处，自己也多次前往查看。此时他虽已年近花甲，但亦计划随校西迁。9 月 20 日，南京又遭敌机轰炸，中央大学校长罗家伦宣布学校将迁至重庆，呼吁众师生一同前往，朱希祖便当天携家人离开南京西行，途经宣城、屯溪、歙县、芜湖，乘船去武汉，终于在 11 月 6 日抵达重庆，赶在 11 月 10 日前正式开课。12 月 30 日，他将这一时期的日记命名为《由隆阜赴重庆日记》，详细记录了这段颠沛流离的西迁经历。②

此时在各高校任职的教师也大都与学生一起长途跋涉，随学校一同迁徙。平津沦陷后，闻一多与清华学生陆续撤出北平，先到长沙聚齐，当时他们的心情和一般人一样，"只有着战事刚爆发时的紧张和愤慨，没

---

① 《朱希祖日记》中册，1937 年 8 月 1 日，第 808 页。
② 《朱希祖日记》中册，1937 年 8 月 13 日至 11 月 10 日，第 808~821 页。

有人想到战争是否可以胜利，既然我们被迫得不能不打，只好打了再说"，甚至还希望能上前线参加战斗。然而"事实证明这个幻想终于只是幻想，于是我们的心理便渐渐回到自己岗位上的工作，我们依然得准备教书，教我们过去所教的书了"。后来学校又从长沙迁到衡阳，相比之下，"南岳是个偏僻地方，报纸要两三天以后才能看到，世界不大注意我们，我们也就渐渐不大注意世界了"。①

在长沙的日子很辛苦，闻一多在给他妻子的信中写道："名曰两菜一汤，实只水煮盐拌的冰冰冷的白菜萝卜之类，其中加几片肉就算一个荤。"然而到衡阳后条件更差，"至于饭菜，真是出生以来没有尝过的。饭里满是沙，肉是臭的，蔬菜大半是奇奇怪怪的树根草叶一类的东西。一桌八个人共吃四个荷包蛋，而且不是每天都有的"。②

清华、北大和南开三所大学撤到湖南后，局势又发生变化，三校又决定再次迁移，300多名师生开始长途跋涉。③闻一多当时已年近四十，也与学生们同行，他在给妻子的信中记录了这一行程：2月20日从长沙出发，4月28日到昆明，途中总共68天，除了沿途休息或因天气阻滞外，实际步行了40多天。全团中途因病或职务关系先行搭车到昆明的有40多人，同行的5位教授中也有2人退出，但闻一多和李继侗、曾昭抡三人一直坚持到最后。他兴奋地对妻子说："我的身体实在不坏，经过了这次锻炼以后，自然是更好了。现在是满面红光，能吃能睡，走起路来，举步如飞，更不必说了。"而且他还利用空暇"画了五十几张写生画"，"打算将来做一篇序，叙述全程的印象，一起印出来作一

① 季镇淮：《闻一多先生年谱》，《闻一多全集》第12卷，第496~497页。

② 《闻一多致高孝贞函》（1937年10月26日、11月8日），《闻一多全集》第12卷，第291、298页。

③ 关于西南联大师生长途跋涉的迁校经过，易社强曾有详细的介绍，参见易社强《战争与革命中的西南联大》，第33~64页。

纪念"。①

　　西南地区以前交通不便，经济落后，联大初迁至昆明时，当地物价甚为便宜，特别是与新旧滇币折换，法币就更显得值钱。吴宓初到昆明时在日记中曾详细记载了平日到饭店吃饭的情形，包括各种菜肴、食品的价格，为我们留下了当时昆明物价的真实记录。②然而好景不长，没有多久，随着大批民众的迁移，以及通货膨胀的加剧，昆明在大后方竟成为生活水平最高的城市，以致朱自清也不得不检讨，以往生活"过于挥霍，从今年起必须量入为出"了。③

　　千里迁徙，不仅身心疲惫辛苦，而且一路播迁，额外花销亦很大。浙江大学教授束星北曾以"此次迁移，共费千金，借债六七百元"为由，要求学校设法补助。校长竺可桢向他解释说，学校必须顾及自身的经济能力，要对所有人都一视同仁，即每人发放津贴50元，携家眷者每人100元，这已"属最大能力"了，当然这些津贴对许多人来说"殊不足以补其损失于什一"。就以他个人来说，"单迁移费已费千三百元之巨，于得一百，实不足以偿其所失，不过略表学校之微意耳"。④

　　另一位清华的教授浦江清西迁昆明后曾回乡省亲，1942年5月29日离开上海，经江苏、安徽、浙江、福建、江西、湖南、广东、广西、贵州，最后于11月21日抵达昆明，"在途凡一百七十七日，所历艰难有非始料所及者"。⑤浦江清在清华文科研究所工作，当时

①　季镇淮：《闻一多先生年谱》，《闻一多全集》第12卷，第499~500页。

②　吴学昭整理编注《吴宓日记》第6册，三联书店，1999，第318、333页。

③　《朱自清日记》，1939年1月2日，《朱自清全集》第10卷，第3页。

④　《竺可桢日记》第1册，1940年2月2日，第403页。

⑤　浦江清：《清华园日记·西行日记》，1942年11月21日，三联书店，1987，第198页。

的工作环境与生活条件都非常艰苦，研究所设在龙泉镇，在城之东北 20 余里。"所址仅一乡间屋，土墙，有楼，中间一间极宽敞，作为研究室。有书十余架，皆清华南运之旧物，先提至滇，未遭川中被毁之劫。""研究所由一本地人服役并做饭，七八人但吃两样菜，一炒萝卜，一豆豉，外一汤而已。极清苦。据云每月包饭费四百元，且由校中补贴些茶水费，否则要五百元云云。"他居住的地方在北门街 71 号，"此为同事陈岱孙、李继侗等私人组织之宿舍，住联大教授十余人。余居楼下一室，极陋，房租约三四十元。陈省身邀余与彼同室，在楼上，余以一人一室为便，故宁取其陋"。①清华大学校长梅贻琦的住房也十分简陋，他在日记中这样描述自己居住的环境："屋中瓦顶未加承尘，数日来，灰沙、杂屑、干草、乱叶，每次风起，便由瓦缝千百细隙簌簌落下，桌椅床盆无论拂拭若干次，一回首间，便又满布一层。汤里饭里随吃随落，每顿饭时，咽下灰土不知多少。"②然而，就是在这样艰苦的办学条件下，西迁高校的教授们仍然克服困难，在战火中教书育人，使近代中国的高等教育不致因战争而中辍。

战时高校教授工资一瞥

抗战爆发后，高校教师与全国军民一样，有钱出钱，有力出力。当时政府规定公教人员的工资除去 50 元底薪外，只发放原来薪金的七

---

① 浦江清：《清华园日记·西行日记》，1942 年 11 月 23 日、29 日，第 199、201 页。
② 《梅贻琦日记（1941~1946）》，1946 年 3 月 4 日，第 206 页。

成。譬如朱希祖到重庆后领得"九月份薪水三百六十六元本额，扣所得税、飞机捐、救国公债，仅存二百零九元七角六分。其中救国公债每月扣四十四元五角，六个月扣完"。① 北大教授郑天挺也是如此，他的薪金为 360 元，除了 50 元基本生活费外，其余按七折发给，再扣除所得税、飞机捐、印花税等，实领工资只有 254.23 元。② 闻一多在给妻子的信中说："薪水本可以领到七成，合得实数二百八十元，但九、十两月扣救国公债四十元，所以只能得二百四十元。现在我手头有二十余元，银行存八十元。"但他知道这是抗战的关键时期，因此对儿子闻立鹤说："近来我军战事不利，我们人民真正的难关快要来到，我们都应该准备吃苦才对。"③ 其后他在给妻子的信中又写道："据梅校长报告，清华经费本能十足领到，只因北大、南开只能领到六成，所以我们也不能不按六成开支（薪金按七成发给）。我们在路上两个多月，到这里本应领得二、三、四三个月薪金，共八百余元，但目下全校都只领到二月一个月的薪金。"④

抗战之初，高校教师虽然一度工资只能拿七成，但因当时大后方物价低廉，生活尚无太大影响。然而随着通货膨胀日益严重，物价大幅提高，直接影响日常生活。以前朱希祖生活安逸，从未对日常生活操过心，日记中倒是经常有购置古籍和文物的记载，然而抗战爆发后，他也不得不忍痛放弃这一多年嗜好。⑤ 其后虽然教师的工资亦不断加以调整

---

① 《朱希祖日记》中册，1937 年 11 月 9 日，第 820 页。

② 《郑天挺日记》上册，1938 年 12 月 21 日，第 117 页。

③ 《闻一多致高孝贞、闻立鹤函》（1937 年 11 月 1 日、12 月 11 日），《闻一多全集》第 12 卷，第 294、304 页。

④ 《闻一多致高孝贞函》（1938 年 4 月 30 日），《闻一多全集》第 12 卷，第 327 页。

⑤ 朱希祖在 1938 年 4 月 26 日的日记中记载："整理近两月出入账目，以警浪费，盖余近购不急之古钱为数颇多，当今竭力节制。"见《朱希祖日记》中册，第 882 页。

（基本额不变），但远远跟不上物价上涨的速度，因此各大学校长均想方设法，尽可能提高学校教职员工的待遇。如浙江大学校长竺可桢鉴于"低职员工薪水不足以维持生活，决予以膳贴，每人六元，以薪金五十元为限，但至多不得超过53元。以十月份起，于白米价超出于九元一担（100斤）施行，校工在卅元以下各给米贴四元，30元以上者二元，亦自十月起实行"。[①]云南大学校长熊庆来则为提高教师待遇致函教育部部长陈立夫，信中称"昆明生活之高昂，实为历年仅见之事，职校教职员均能仰体时艰，刻苦自励。无如此间生活有加无已，职校薪水原日规定即系从最低标准"，现闻省立机关一再加薪，而同属本地的联大、同济等校教师待遇均超过本校，虽然教育部已同意发给教师参考书津贴，但该津贴并不能视为增薪，因此"具呈恳请将职校教职员薪金自一月起加一成发给"。[②]清华大学校委会亦开会"通过'生活津贴'办法，虽所予补助，不过三五十元，但于低薪者较令欣慰耳"。[③]

　　其后公教人员的工资虽有所增加，但远远赶不上物价上涨的速度。以中央大学为例，战前"米价十元一石，当时本校教授月薪最高者为三百六十元，助教月薪最低者为七十元"；而到1941年，"重庆米价已达三百元一石，而教职员待遇，不过较前增加百分之十至百分之二十，即连米贴在内，收入增加亦不到一倍，而米价则已达三十倍"。[④]

　　抗战期间由于大后方各地各校教授的工资不尽一致，尤其是各地物价涨幅不同，而且各校为了接济本校师生的生活，采取的优待措施也不一样，

① 《竺可桢日记》第1册，1939年10月26日，第369页。

② 《熊庆来致陈立夫函》（1939年12月5日），刘兴育主编《云南大学史料丛书·校长信函卷（1922年~1949年）》，云南大学出版社，2013，第169页。

③ 《梅贻琦日记（1941~1946）》，1941年3月19日，第17页。

④ 《教职员的待遇》，《中大周刊》第5期，1941年5月11日，第2版，转引自蒋宝麟《民国时期中央大学的学术与政治》，南京大学出版社，2016，第188页。

譬如供应平价粮食和副食品的数量不一，所以实际待遇亦会相异，很难得出准确的结论，但他们的日记中还是对此有所反映。譬如 1941 年 5 月，朱自清去金城银行兑现 4 月的薪金和生活补贴费，"兑得现钱共八百九十多元"，然而除去"还债与寄钱后，本月只剩一百三十四元生活费"。[①] 另一位清华教授浦江清因回乡省亲，重回联大后"得八、九、十、十一四个月薪及生活津贴、学术研究津贴，共三千五百八十余元"。[②] 刘文典受聘为云南大学讲座教授，"月致薪俸六百元，研究补助费三百六十元，又讲座津贴壹千元，教部米贴及生活补助费照加"。[③] 特别是清华大学教授吴宓在日记中详细地记录了他 1942 年之后的工资数额，可作为战时高级知识分子收入以及生活变化的典型个案予以参考。

根据吴宓的记录，1942 年他的月薪应为 1500 元，同年 7 月因被评为部聘教授（五年），每月可得补助 200 元，当月工资连同津贴 1627元；9 月，1714.38。1943 年 1 月，工资 1951.30 元，三个月部聘津贴，944.82 元，久任教授奖助金 1499.94 元，合计 4396.06 元；2 月，2529.24 元；3 月，2364.30 元；8 月，3522.50 元，另加部聘教授研究费 200 元；9 月，3767.30 元；10 月，薪金连研究费 4518.30 元，此时他还在云南大学和中法大学兼课，当月云大薪津 1400.70 元，中法大学，360.00 元；12 月，4518.30 元。1944 年 1 月，薪津连同新增补发津贴，10285 元；2 月，联大 5912.70 元；3 月，联大 9000.50 元，部聘教授特别研究费 5000 元，教育部特聘教授 3000 元，清华福利社福利金 3000 元；4 月，10647.90 元，部聘教授两个月研究费 398 元；8 月，改任燕京大

---

① 《朱自清日记》，1941 年 5 月 10 日，《朱自清全集》第 10 卷，第 120 页。

② 浦江清：《清华园日记·西行日记》，1942 年 11 月 30 日，第 201 页。

③ 《熊庆来致刘文典函》（1943 年 8 月 21 日），刘兴育主编《云南大学史料丛书·校长信函卷（1922 年 ~1944 年）》，第 186 页。

学教授，18417.90元，另加米一斗。1945年18417.90元，另加米六斗；3月，23537.90元，另加米六斗，转售得9900元；8月，43227元，六斗米售得6600元（抗战刚胜利，物价下跌），另外他还在四川大学兼课，25732.90元；9月，67474.50元。① 1944年吴宓因学术休假，燕京大学特别邀请他教授"世界文学史大纲"的课程，"每星期六小时，薪金待遇与寅恪同，附《薪津表》，每月为 $ 13816，外米一斗，住宿及授课，均在华西大学"；同时中央大学校长顾毓琇也邀请他到中大讲学。②

竺可桢抗战前夕出任浙江大学校长，但"五年以来均支简任三级薪，即月600元，但武大、中大（校长）均以简任一级薪，余初未尝以此作计较矣。近来公文谓大学四院以上、二十系以上者，公费得支 300~400元，则公费方面昔只支200（元）者，亦过少矣"。③

1942年中央大学校长顾孟余聘请顾颉刚担任史学系主任，但顾考虑到"系中问题甚多，而予初至，不易处理"，因而未允。后来又聘他担任出版部主任，他应允了，一来是因为"此机关为新创，容易着力"，但更重要的是，若"不为中大专任教授，则生活便不易维持"。因为"中大薪津九百，文史社薪及公费六百，尚须他处活动五百，方可使一家人不忧冻馁，只得以此身拼去耳。思之叹息"。④ 与此同时，国民党中央组织部部长朱家骅还聘他到组织部任一闲职，并推荐他担任国民参政会参政员，但即使这样"身兼三职，月入可千五百元以上，而自身需用千余元，家中又须用千余元，每月赔累，履安为此，颇郁郁。噫！当此

---

① 摘录《吴宓日记》1942~1945年各年记载。

② 《吴宓日记》第9册，1944年8月29日，第324页。

③ 《竺可桢日记》第1册，1942年1月6日，第566页。

④ 《顾颉刚日记》第4册，1942年3月18日，第654页。

抗战之大时代，尚能计个人之盈亏乎！"[1]

　　顾颉刚 1943 年底在日记中记录了他当年 5 月以后的收入，如下所示：[2]

文史社	1445	薪俸	480 元	每月总额
参政会	800	补助费		480
东方书社	400	基本数	200 元	465
中西书局	300	加成数	240 元	500
图表编纂社	500	另加	25 元	1445 元
编译馆	100		465 元	
	3545 元	米金	500 元	

像顾颉刚这样身兼数职的教授每月薪金尚入不敷出，那一般教授的生活水平也就可想而知了。

　　当然，那些有名望的教授还经常撰书写稿，也有一些稿费收入，但是稿酬却未能跟随通胀一道上涨。譬如朱希祖为《文史杂志》撰写一篇论文，"共三万零六百余字，得稿费七百元。时每元约值现银仅五分弱，故每千字不过现银一元而已"。[3]

　　1943 年 8 月，美国学者费正清在访问西南联大政治系主任张奚若之后曾有过这样一段报告："作为一名资深教授，他决不妥协，要求中央政府在权利问题上支持国立大学教授，并允许他们享有教学自由。教育部持不同的意见，结果我的朋友及其同事只得每月继续领三千元国币，而

---

① 《顾颉刚日记》第 4 册，1942 年 4 月 25 日，第 670 页。

② 《顾颉刚日记》第 5 册，1943 年 12 月 31 日，第 213 页。

③ 《朱希祖日记》下册，1942 年 6 月 1 日，第 1299 页。

（这个月）就得花一万元才能维持五口之家的生活。"①这也就是说，抗战期间各高校的教授级别工资标准从未调整，虽然其间政府也曾多次根据各人的级别发放一些补助，给教师及其家属供应一定数量的平价米，但远远赶不上通货膨胀的速度，特别是那些过去级别较高的教授，他们的生活水平下降的情形就格外明显。尽管如此，他们仍秉持教书育人的理念，坚守岗位，为国家培育优秀的人才。

日记中反映的战时通货膨胀

1939年以后，大后方的物资供应极度短缺，通货膨胀日益严重，因此每天的粮价是多少，日用品价格又涨了多少，以往从未为油盐酱醋日常小事操过心的教授们，此刻这些消息便成为他们日常所关切的了，在他们的日记中随时对此都有记载。这里就以顾颉刚的日记为主，再加上其他教授的记载，按照时间的顺序大致加以排列，从中可以看出当时后方重庆、昆明、成都、遵义各地物价上涨的幅度，以及他们每日为这些生活琐事如何操心忧烦的情形。

> 上次进城，知米价升至廿五元一石，今日进城，悉又涨至卅二三元矣。贫民无饭吃，有跳河者。以一二人之操纵，害人如此，岂不可恨。②
> 今日校中发去年八月至十二月最高国防委员发给之研究费薪

---

① 转引自易社强《战争与革命中的西南联大》，第127页。
② 《顾颉刚日记》第4册，1939年4月6日，第217页。

水一成，余得二百七十元，除去希文在林树瑶所支旅费七十元，捐前杭州工专校长徐桢纪念金五十元，又在丁字街购皮鞋一双四十八元，已无几矣。去年一月间，在昆明购皮鞋一双，价十五元，今年之鞋不见佳，而价则三倍余矣。①

蜀中除都江堰灌溉区域外已闹旱灾，米价又涨至八十元一石。闻宝泉夫妇言，昆明物价更高，一鸡蛋三角，猪肉一斤三元，鸡肉一斤五元，大餐最廉者一客十元。渠夫妇至东月楼吃点心，一次费十八元，电影票三元，然市上仍热闹，盖汽车夫已为花花公子矣。②

米今日至一百二十元一石，崇义桥且无货，可畏！如此上涨，我辈住乡能安全否，亦一问题耳。闻我家买米后一刻，又涨至百卅元矣。③

此间水田，前数年每亩只六十元耳，今已涨至九百元，城中米已涨至百五十元一石。④

近日物价腾涨，米至十四元一新斗，菜蔬比上月加倍，市上又见百元及五十元钞票，真不得了！⑤

昨晚闻崇义桥之米，新斗且二百元一石，一星期间高涨至七十元，然而此正新谷将登之时也。⑥

米贵至三百元以上一石矣，肉贵至三元以上一斤矣。大家觉得

---

① 《竺可桢日记》第1册，1940年4月20日，第427页。

② 《顾颉刚日记》第4册，1940年6月23日，第392页。

③ 《顾颉刚日记》第4册，1940年7月9日，第399页。

④ 《顾颉刚日记》第4册，1940年7月12日，第401页。

⑤ 《顾颉刚日记》第4册，1940年9月11日，第427页。

⑥ 《顾颉刚日记》第4册，1940年9月28日，第433页。

生活煎迫无法解决，一见面即谈吃饭问题。今年如不反攻胜利，许多人将干死！①

　　房东欲将房价涨至一百八十元，谓去年租屋卅元可买五斗多米，而现在则斗米三十元也。②

　　（朋友来）谈米价高达四百元，甚可畏，生活越来越困难了。③

　　米价已涨至四十五元一斗，闻农民言，简州已涨至七十元一斗，重庆已涨至百余元一斗。又闻政府已准备从缅甸运米来，压平米价。近日由滇缅路运来之布，确比以前便宜得多。④

　　前昨二日，均炸重庆，共投五百弹。城内米价涨至八十余元一斗，太不成话。闻省立图书馆买《皇清经解续编》一部，价至一千八百元，物价之高可知。⑤

此时的朱自清也感到"生活越来越困难"，"米价飞涨至六百元左右一担。这一情况及我休假行将期满，都使我很忧虑"。⑥

　　今日我家买了一石米，价六百元，尚因近端午节，乡民肯抛出也。予薪金只够买半石多米，真是"为五斗米折腰"。⑦

浙江大学校长竺可桢在 1941 年底的笔记中详细地记载了当年物价

---

① 《顾颉刚日记》第 4 册，1941 年 1 月 29 日，第 478 页。

② 《顾颉刚日记》第 4 册，1941 年 2 月 17 日，第 492 页。

③ 《朱自清日记》，1941 年 4 月 9 日，《朱自清全集》第 10 卷，第 113 页。

④ 《顾颉刚日记》第 4 册，1941 年 4 月 13 日，第 520 页。

⑤ 《顾颉刚日记》第 4 册，1941 年 5 月 11 日，第 531~532 页。

⑥ 《朱自清日记》，1941 年 5 月 18 日，《朱自清全集》第 10 卷，第 123 页。

⑦ 《顾颉刚日记》第 4 册，1941 年 5 月 27 日，第 538 页。

上涨的情形："本年度中遵义物价高涨四、五倍，去年年底米价每斗十元至十二元，今年五十元；年糕一元四块，今年一元一块。鸡蛋去年一元十余个，今年三枚。去年猪肉（每斤）约一元二角，本年二元五。木炭去年一元十二斤至十五斤，本年一元三斤。公鸡每斤1.10，母鸡1.40，今年年底2.80~3.00。盐去年八角，本年三元六角。红糖去年1.40，本年4.00~5.00。饼干去年1.00一斤，本年七元。阴丹士林布去年一元一角，本年五元五角。而价目之涨，尤以年底三个月为甚。物价增加最缓者为地瓜，去年一角一斤，今年二角一斤。"①

不仅粮价上涨，其他物品，包括服务费用也同样大涨："今晨剃头，价五元，今晚西菜，四人耳而百元，这种日子如何可以过下。"②

> 为履安买白松糖浆一瓶价四十元，战前一元耳。又买咸鱼一条，重两斤，战前五角耳，今价四十六元。记之于此，为他年承平时一笑剧也。③
>
> 一碗肉面，战前一角，近日已增至四元四角，今日又增至五元五角；一碟小包子（五个），本三元，今日亦涨至三元八角。④

浦江清因回乡省亲请人代课，回来后即在金碧路南丰西餐馆请唐立广、罗莘田、闻一多、朱自清、许骏斋等教授吃饭，"每客七十元，有汤一、小吃一、鸡一、猪排一，咖啡、面包、果酱另加价，牛油售缺。连筵席捐、小费、纸烟，此餐共费五百元。当我初来昆明时，南丰西餐不

① 《竺可桢日记》第1册，1941年12月31日，第561页。
② 《顾颉刚日记》第4册，1942年1月9日，第628页。
③ 《顾颉刚日记》第4册，1942年8月28日，第729页。
④ 《顾颉刚日记》第4册，1942年10月3日，第743页。

过三四元一客，菜多，使人饱得吃不下，今但微饱耳"。[①]

物价愈来愈贵，剃头须十二元，吃一顿饭化二十元还不饱，奈何！

米价已涨至三百八十元一老斗，教人如何生活，一般物价亦随之增高了。

歌乐山洗一回澡，要三十余元，小龙坎吃一碗面，要十七元，这种生活如何过得！鸡蛋糕至八元一块，牙膏每筒至八十元，均可怕。

理发价：理发，七元；洗头，二元；涂油，九元。越两月，便增至二十五元。

两三月前，予吃一顿饭，塞饱则十五元，好些则二十元。今日塞饱须廿五元，好些须三十元矣。抗战以前，塞饱则一角五分，好些则二角矣。物价如此，如何存活。[②]

这一天顾颉刚在外请客，"一席恰为千金，一碟清烧白鱼至三百六十元，物价可知也"。[③]

近日米至万七千元一石，平价米亦三千七百元一新石，盐每斤本售十七元，今日涨至四十元一斤。

今日买面粉一袋，价一千七百元，盖官价一千四百元，无货，

---

① 浦江清：《清华园日记·西行日记》，1942年12月25日，第205页。

② 《顾颉刚日记》第5册，1943年2月8日，第24页；1943年5月15日，第73页；1943年7月9日，第111~112页；1943年7月18日，第116~117页；1943年8月9日，第128页。

③ 《顾颉刚日记》第5册，1944年2月13日，第238页。

由黑市买加三百元也。抗战前仅二元耳，今乃加至八百五十倍，无怪一个烧饼或馒头要卖六元矣。

　　今日买糖一斤半，二百四十元，花生米一斤，八十元，香烟四包，一百四十元，即此起码招待，已四百六十元矣。剃头则六十元，皮鞋带一付则二十元。①

妻子殷履安去世后，顾颉刚经友人介绍，1944年4月又与张静秋订婚。因是再婚，更因当时生活艰窘，婚礼很是简单，只是他"与静秋各打一指环，静秋以旧戒一枚贴入，尚出八千九百余元，其中一千二百元为打工。对此吐舌！""此次在城用度约十万元，除旅费万元外，买物竟至九万，然应购之衣料固未备也。物价如此，如何办事！（一件衣料总在五千元上下，一双皮鞋即近三千元，一条床单四千二百元，帐子料亦三千余元，骇人！）"②

　　镜澄等进城，予托其买热水瓶，则装两磅者价二千四百元，一磅者七百二十元。近日米价已至二万一石，平均每日每斗涨百元，猪肉已至百余元一斤，猪油则百八十元一斤。真非人世矣。③

　　今日昆明粮价已升至＄800以上，主因乃由云南粮食公司之设立，垄断图利，驱众民于饿死或为盗之两途。④

――――――――――

① 《顾颉刚日记》第5册，1944年3月8日，第250页；1944年4月1日，第261页；1944年4月3日，第262页。

② 《顾颉刚日记》第5册，1944年4月20、21日，第272页。

③ 《顾颉刚日记》第5册，1944年5月10日，第281页。

④ 《吴宓日记》第9册，1944年5月11日，第259页。

1944年5月26日顾颉刚在太平洋饭店做东，"定菜二千元，捐及小账六百元，茶、酒、烟、糖果一千一百元，共三千七百元，煤、水、饭且不在内"。[①]

> 今日取复旦一石米，得五千一百元，尚是少者，市价已涨至五千七百元。[②]

> 平价米每市石前日为四千五百，昨日已涨至四千八百，这种日子如何过！[③]

> 此次婚事，买衣料、被褥等约九万元，买木器约两万元，当日开销约五万二千五百元，尚需谢媒及城中宴客约一万七千五百元，共计十八万元。收入礼分约六万元。以万元合战前廿五元计，仅用四百五十元，可谓甚俭，然此数已非我所能担负矣。[④]

> 前以婚期未定，而向人所借之款已至，遂囤米六石半，而近日米价日跌，一经脱售，便亏万金，所谓"横财不富命穷人"也，做生意真非我辈所能为！上月廿六进米七石三斗，价三万九千三百八十元，今日卖出，价二万三千五百二十元，亏壹万五千八百六十元。米价所以如此低落者，以一般人相率囤金子也。[⑤]

> 日来米价日跌，平价已至三千九百一石，而物价反日涨，鸡蛋至十元一个，不详其故。闻八爱言，成都鸡蛋至十六元一个。记清

① 《顾颉刚日记》第5册，1944年5月26日，第288页。
② 《顾颉刚日记》第5册，1944年6月10日，第296页。
③ 《顾颉刚日记》第5册，1944年6月19日，第301页。
④ 《顾颉刚日记》第5册，1944年7月3日，第308页。
⑤ 《顾颉刚日记》第5册，1944年7月26日，第318页。

末北京蛋价只一文钱一个也。二十七年，予过成都，刻书之价，万字五十元，兹闻今涨至每字三元，七年之中，遂至于此！①

与蕙荩谈，先父有现款四万元，当时阴丹士林布仅十余元一匹，若以之囤积此布可得三千匹。今日士林布每匹价二万元，则有六千万元之家产矣。物价之中，以此最高，竟至一千五百倍。②

半年来以受湘、桂两省战事影响，教职员均入不敷出。余收入薪水、中央津贴及学校六成，共六千七百元，外加委员长研究补助金，合计亦不过七千七百元，米一市担，适足以自顾。虽有时卖文求售，然所得甚少，而一月所出，买菜每天二百元，……此外则油……，如此合已一万，而……小孩四人需四千元，而医药费尚不在内也。③

米价在六、七号数日每老斗只六百元，现时局稳定，物价大涨，米价至每老斗一千二百，鸡蛋自七元一枚涨至十元，鸡每斤一百元至一百六十元。昨去购皮鞋，店中人满，价亦大涨，一时投机者又大赚其钱，可叹也！④

1945 年，抗战已进入最后的年头，但通货膨胀日甚一日。竺可桢说："湄潭一个月未来，大非昔比，满街都是军服。物价大贵，鸡蛋已由三元涨至十五元，猪肉百元一斤，米一千元一市担，鸡一百五十元一斤，豆腐廿元一块，蜂蜜三百元一斤。"⑤

---

① 《顾颉刚日记》第 5 册，1944 年 8 月 26 日，第 330 页。

② 《顾颉刚日记》第 5 册，1944 年 10 月 6 日，第 348 页。

③ 《竺可桢日记》第 2 册，1944 年 11 月 24 日，第 797 页。

④ 《竺可桢日记》第 2 册，1944 年 12 月 15 日，第 803 页。

⑤ 《竺可桢日记》第 2 册，1945 年 1 月 25 日，第 818 页。

我们仅从这些教授日记中的记载，便可以清楚地看到战时通货膨胀的严重以及知识分子战时生活的艰辛。真是"教授教授，越教越瘦"，大学教授这个以往为人们所尊重羡慕的职业，如今竟然也难以维持一家温饱，成为挣扎在贫困线上的一个阶层了。

知识分子生活的贫困化

抗战爆发后大后方民众的生活水平不断下降，但是不同的家庭生活水平下降的幅度并不一样，特别是只以薪水为主要生活来源的公教人员，由于通货膨胀，他们的工资收入远远赶不上飞速上升的物价；而一般工人和农业劳动者因为原来的工资基数较低，相比之下在战争最初几年实际收入反倒有所提高，其后收入虽然也下降，但幅度却要比公教人员小。请看表10-1。

表 10-1　1937~1943 年重庆各业实际工资指数（1937 年 =100）

年份	公务员	教师	服务人员	一般工人	产业工人	农民
1937	100	100	100	100	100	100
1938	77	87	93	143	124	111
1939	49	64	64	181	95	122
1940	21	32	29	147	76	63
1941	16	27	21	91	78	82
1942	11	19	10	83	75	75
1943	10	17	57	74	69	58

资料来源：参见张公权《中国通货膨胀史（1937~1949 年）》，杨志信摘译，文史资料出版社，1986，第 43 页。

　　这也就是说，由于生活费指数上升的数字远远超过工资收入，所以工薪阶层的实际生活水平与战前相比急剧下降，而公务员和教师工资下降的幅度尤为显著。若将战前他们与其他工人及劳力者的实际收入相比较，前者下降的幅度远大于后者。这是因为前者原来的工资基数高，流动性较小，并受到聘约及国家预算的控制，缺少议价能力，不易随便更动工资；而后者战前工资较低，仅能维持基本生活，而在战时对工人的需求量增大，议价能力与流动性均较高。1942 年，浙大校长竺可桢在与行政院政务处处长蒋廷黻一次聊天时谈道，"自战前较今日，公务员委任薪 40 元，现收入增 11 倍，荐任者 2 倍，简任者只 50%，特任者 25%，而银行则概加八倍"。[①]公教人员的情况也是如此，战前薪金较高者实际收入下降的幅度与速度大于和快于收入较低者，即原先工资水平高的特任及简任官员战时工资上升的幅度不如荐任及委任官员，而大学教授工资的涨幅亦不如讲师、助教和中小学教师，虽然他们的薪金绝对值仍高于后者，但彼此之间的差距却明显缩小。据统计，1945 年下半年，大学教授每月工资约为 11 万元，从数字来看，为战前的 300 多倍；然而同期的生活费指数却上升了 6000 多倍，按这样计算，教授们的实质薪金只是战前的 1/20。[②]

　　战时高级知识分子生活水平的下降，以致生活贫困化的状况日益严重，这里还可以举出很多事例予以说明。

　　陈寅恪当时在西南联大任教，月薪国币 480 元，加上中央研究院史语所兼职 100 元，接近 600 元。这个数额相当高，若在战前，虽说不是大富大贵，但亦说得上是衣食无忧。然而到了战时，即便如此高的工资，面对严重的通货膨胀，还需养家活口，亦为难事。1940 年 3 月 5 日他曾

---

① 《竺可桢日记》第 1 册，1942 年 4 月 14 日，第 593 页。

② 汪朝光:《中华民国史》第 3 编第 5 卷《从抗战胜利到内战爆发前后》，中华书局，2000，第 329 页。

写信给在香港的妻子唐筼，此信虽似未寄出，却可反映当时大后方高级知识分子生活艰窘之一斑。

陈寅恪在信中说在昆明他比较喜欢吃法国餐，但若"用外币计算，每月费一千余元能吃"，所以对他来讲也只能"望屠门而大嚼"了。他还在信中提及当时的局势，特别是百物腾贵的情形，每月200元左右工资的教职员几乎"不能存活"，以致那些助教、小职员"纷纷谋他就"。甚至教育部对国内最高学府竟然欠薪月余，因此这些教授"此月伙食皆暂不能付，因未领到薪之故"。陈在信中自嘲，同住的教授中就数他最不穷，"因我此月未寄钱回家故也"。①

1940年3月21日，行政院参事陈克文听同事陈之迈说，"蒋梦麟校长从昆明来说，那里各大学教职员的生活情形，真是万分的可叹可怕。昆明的米价现在已涨到每担一百元以上，许多教职员的薪水所得，还不够买米吃，饭吃不着，已改吃稀饭，肉更不待说了。第一次欧洲大战时德国人的痛苦也不过如此。听说成都最近也要八十元才能够买到一担米，并且发生过抢米风潮。重庆现在是每担廿二元，也不算是很便宜的。米价这样的高涨，有人研究它的原因并不完全是供求的关系，系人民对法币的信用不够所至。换句话说，便是通货恶性膨胀的结果。从这些情形看起来，敌人的经济情形固然到了万分危险的地步，我们的情形也是不很容易支持的了"。②

朱自清1940年因学术休假自昆明到重庆和成都，好友叶圣陶为他在省教育厅找了个特约专员的工作，推行国语教育。这只是一个顾问性质的工作，并无办公时间，偶尔开会，但每月给车马费50元。按照规

① 《传记文学》(台北)第98卷第1期，2011年1月，第72~75页。
② 《陈克文日记》上册，1940年3月21日，第537~538页。

定，朱自清特别向校长梅贻琦和文学院院长冯友兰请示，他表示"此事无需多费时间，不致妨碍研究工作；车马费为数不多，但清得之，可以补偿旅费，俾生活稍稍宽裕"。[①]

西南联大物理系教授吴大猷初到昆明时，虽然物价在不断上涨，但还应付得来，家中尚能请得起一个女佣。战时生活最艰难的日子，是在抗战胜利前夕，通货膨胀日益加剧，工资虽然越来越多，但也越来越不值钱，因此他每月工资一到手，就立即去买些日用品和耐放的东西。为了医治太太的肺结核，吴大猷几乎变卖了家中所有值钱的东西，甚至还买了两只小猪喂养，希望养大后卖了赚点钱。然而一次他乘马车不慎摔下车住院，不得已让他的学生黄昆代他看养，但小猪长大后越来越像野猪，黄昆实在无法"伺候"，最后只得将猪卖掉。吴大猷晚年回忆此事时还说，他始终没弄清楚自己养猪是赚还是赔。[②]

物价不断上涨，其他行业的工资亦不断增加，特别是那些服务性的职业尤为明显。竺可桢到重庆开会，"在上清寺理发室剃头，剃头匠来自南京'一乐也'……谓现剃头每次八元，每日剃头十六人，可得128元，四六分，匠得四分，股东得六分。渠亦为股东之一，可每月净得一千五、六百元，渠自谓较公务员好云"。[③]

浙大教授苏步青向竺可桢诉说另一教授陈建功家中的困难情况，"因一家八口，月需一石米，价在一千元左右，故已将衣服、锡器典质殆尽，但难以为继"。陈建功想向学校借两万元法币，但竺可桢恐引起众人援例而未允，后与苏步青商定，由数学研究部暂挪一万元法币，由学校担保。但陈之家属均在沦陷区，"即使有此款，亦无法在绍兴代

① 《朱自清致梅贻琦函》(1940年8月10日)，《朱自清全集》第11卷，第277页。

② 吴大猷：《回忆》，中国友谊出版公司，1984，第42、38页。

③ 《竺可桢日记》第1册，1942年3月16日，第584页。

米"，"且一万元法币只抵五千元伪政府之储备券而已。凡（家）在沪、宁、江、浙一带（者）均有此类困难也"。①

陈建功家境况如此，作为校长的竺可桢情形也好不到哪儿去。"半年以来因梅儿屡病气喘，自渝返家，旅费计一千余元，近购鱼肝油三瓶三磅八百元，朱诚中医药费 152 元，单梅一人已用二千四、五百元，故已亏空三千。适得教部转来委员长馈赐 3000 元，得此可弥补。"②

日益严重的通货膨胀改变了教授们原来的家庭生活。费正清 1943年 5 月曾到昆明拜访西南联大的老朋友，看到教授们的生活状况极为糟糕。他们的家属为了能贴补家用而各显身手，譬如大名鼎鼎的哲学教授冯友兰的妻子做芝麻饼出售给学生，清华大学校长梅贻琦夫人则制作家乡的点心，将其称为"定胜糕"，卖给当地商人，赚取微薄的利润。③

1943 年 5 月，顾颉刚的妻子殷履安突然去世，顾为之心痛欲绝，数年后他在给胡适的信中回忆当时的情景："办一简单丧事须七八万元，而我的月薪只有三千元，既受悼亡之悲痛，加上经济的压迫，看着汹涌的嘉陵江水，真想一跳下去完事。"④

再看看闻一多的情况。他一家八口，其收入平均下来每人每月只有250 元，而当时略有营养的伙食都要 300 元以上，以往生活无虑的他也要为维持家人的生活而操心。闻一多在致友人信中慨叹："想象四千元一担的米价和八口之家！"为了维持全家最基本的生活开支，他除了在联大授课外，还在译员训练班教授口译课，并兼任昆明昆华中学国文教员。闻一多刻得一手好印，同事们都鼓励他不妨以此贴补家用，浦江清

① 《竺可桢日记》第 1 册，1942 年 9 月 23 日，第 616 页。

② 《竺可桢日记》第 1 册，1942 年 11 月 2 日，第 623 页。

③ 易社强：《战争与革命中的西南联大》，第 342 页。

④ 顾潮编《顾颉刚年谱（增订本）》，中华书局，2011，第 364 页。

还专门用骈文为他作一广告，文云："秦玺汉印，雕金刻玉之流长；殷契周铭，古文奇字之源远。自非博雅君子，难率尔以操觚；傥有稽古宏才，偶涉笔以成趣。浠水闻一多先生，文坛先进，经学名家，辨文字于毫芒，几人知己；谈风雅之源始，海内推崇。斫轮老手，积习未忘，估毕余暇，留心佳冻。惟是温麈古泽，徒激赏于知交；何当琬琰名章，共摧扬于并世。黄济叔之长髯飘洒，今见其人；程瑶田之铁笔恬愉，世尊其学。爰缀短言为引，聊定薄润于后。"于是，"由梅贻琦、蒋梦麟、杨振声、唐兰、陈雪屏、朱自清、沈从文、罗常培、罗庸等九位先生具名，拟定润格"。①

1944 年 4 月，昆明的报章上刊登一则《闻一多教授金石润例》，牙章每字 1000 元，石章每字 600 元。1944 年 4 月至 1946 年 7 月两年多的时间里，他竟刻了 1400 多方的印章。②闻一多自己也承认，"前二三年，书籍衣物变卖殆尽，生活殊窘，年来开始兼课，益以治印所得，差可糊口，然著述研究，则几完全停顿矣"。③据浦江清回忆，闻一多对他所撰的骈文很是高兴，黄济叔是明代刻印名家，其为人飘洒，"喻闻先生之风度"；程瑶田是清代经学名家，兼长篆刻，以之拟闻先生最为恰当。"至于闻氏之刻印……因为他对古文字学的研究，加以早年在美国专学艺术，所以线条的配合，别出匠心，学问、艺术双方造诣均高，迥不同于俗笔。而当时昆明一般人士也看重文学名家及教授地位，所以请教他的特别多。在钟鼎文（方）面也只有他一人擅长，多数指定他刻钟鼎文。"④

---

① 季镇淮：《闻一多先生年谱》，《闻一多全集》第 12 卷，第 509 页。

② 李文平：《抗战时期闻一多的生存方式》，陆耀东等主编《2004 年闻一多国际学术研讨会论文选》，武汉大学出版社，2005，第 451~452 页。

③ 《闻一多致闻亦博函》（1944 年 9 月 25 日），《闻一多全集》第 12 卷，第 393 页。

④ 季镇淮：《闻一多先生年谱》，《闻一多全集》第 12 卷，第 509 页。

吴宓的英文造诣极高，有朋友介绍他去给龙云的三公子当英文秘书，实际上就是为其开办的光明电影院做翻译工作和撰写美国大片的说明书，月薪 6000 元，但晚间必须到电影院办公。吴宓听说闻一多也在南屏电影院担任此职，"现与一位雷某分任，月薪 2000 元"，但吴宓没有应允。[①] 也就是在当天的日记中，吴宓记录他刚刚领到联大 8 月份的薪津3522.50 元，以及部聘教授研究费 200 元。由此可见，堂堂国立大学的一位部聘教授工资，也只有电影院一个所谓英文秘书薪金的一半左右。

吴宓虽然没有去翻译电影，但外界却传言纷纷，就连 11 月 16 日重庆《大公报》中《昆明杂缀》也以"外语系教授吴雨僧（密）则应大光明戏院之聘，担任影片翻译"为例，叙述教授"兼营副业"的情形。吴宓阅之"颇为痛愤"，并立即撰文《更正与自白》寄给《大公报》的曹谷冰和王芸生，要求立即更正。[②] 何兆武当时是联大历史系的学生，他们经常去看电影，也听到这些传言，尽管吴宓竭力否认，不过何兆武他们却认为，若从那些片名来看，如《卿何薄命》《魂归离恨天》（两词均出自《红楼梦》）等，倒很像是吴老师的风格。[③]

再看看其他教授，若没有闻一多的手艺和吴宓的语言天赋，那就只能靠当卖书籍和其他物品来解决眼下的危机了。1943 年 7 月 3 日，时任中央设计局秘书长的王世杰在日记中写道："物价仍然猛涨，昆明、西安较重庆为尤甚。西南联大教授有月费三、四千元，而仍不能食肉或米，只食素菜与杂粮者。闻友人燕召亭君近状即如此。"[④]"冰心一家，月入三千元，而月用八千元，只得将物件出卖。"[⑤] 朱自清更是多次变卖

---

① 《吴宓日记》第 9 册，1943 年 9 月 2 日，第 110 页。

② 《吴宓日记》第 9 册，1943 年 11 月 18 日，第 150 页。

③ 何兆武：《上学记》，台北，木马文化事业股份有限公司，2011，第 146 页。

④ 《王世杰日记》上册，1943 年 7 月 3 日，第 518 页。

⑤ 《顾颉刚日记》第 5 册，1943 年 7 月 6 日，第 110 页。

家中值钱物品，"从清华办公室得八百元的支票，系《宋百家诗存》价款，此乃余小图书室中最好的一本"；"卖掉一匹半窗帷布，得二千四百元，颇顺利"；"卖出橡皮管，得八百元"；"得知皮外衣已售出，价一千二百元"。①

　　经济学家何廉离开农本局之后又回到南开经济研究所，其间他的住所遭到日机轰炸，一家人都被埋入废墟，长子更惨被炸死。他本想去香港寻求经济上的援助，却因太平洋战争爆发而被困，九死一生，好不容易才逃出险境，然而此时大后方又陷入通货膨胀的恶性循环中。重庆的沙坪坝是当时大后方大学和文化的中心，何廉说，那里的教授和教员生活条件之差甚于任何地方："他们的薪水按生活指数调整，不是每周或每月，而是每隔三五个月才调整一次。他们得尽其所有，来维持家属的吃穿。人们可以看到大学教职员工的妻子在路边去卖个人的物品——钟表和衣服等。通常只有四川粮绅和商人才买得起。"②

　　南开大学教授方显廷抗战爆发后并未随同学校撤离到昆明，而是去贵阳筹办华北农村建设协进会，后又到重庆负责南开经济研究所的工作。他也经历了抗战初期颠沛流离，贵阳住所被轰炸的遭遇。1941 年至1943 年方显廷应洛克菲勒基金会邀请访问美国，1944 年初回国时老同事告诉他，现时昆明的生活费用与战前相比上涨了 300 倍，而重庆只涨了 150 倍。他从国外带回一些物品，打算出售以抵补家用。战时生活困苦，他的那点工资根本就不够用，只能靠妻子养鸭子、出售首饰，以及靠他以前的版税予以贴补，但每月仍亏空 5000 元法币。③

---

① 《朱自清日记》，1942 年 8 月 11 日，1943 年 6 月 4 日、8 月 25 日、8 月 27 日，《朱自清全集》第 10 卷，第 191、244、257 页。

② 《何廉回忆录》，朱佑慈等译，中国文史出版社，1988，第 224 页。

③ 《方显廷回忆录——一位中国经济学家的七十自述》，方露茜译，商务印书馆，2006，第119~120 页。

就在这个时候，竟然出现中央大学地质系朱森教授为兼领几斗米愧愤而死之事，这是什么原因？一个国立大学的系主任，"其所得薪津，不得以维持其夫妇子女的生活"。[1]1942 年 10 月 25 日，重庆沙坪坝中央大学大礼堂为朱森教授举行隆重的追悼会，会场周围挂满了挽联，众多师生的发言亦都直接或间接地批评教育当局无力解决教师的困难，以致酿成这场悲剧。

何成濬将军时任军事委员会军法执行总监，他在战时日记中曾记录了这样一个案例：重庆有一位大学教授，因为物价飞涨，而其收入不足以维持生活，他有七八个年幼的子女，天气寒冷，但无钱制衣。"其妻不忍坐视子女受冻，将校中学生之绒线衣窃取数件，拟加以修改，备其子女着用"，后被学生们查出来。他的妻子坦白说，实在是没有钱才出此下策。学生们听到亦为之所动，不愿再予深究。但这位教授却"以体面攸关，怒斥其妻曰：偷他人之物，系犯法行为，虽困苦，何竟做此卑劣事"。何成濬听闻这一事件也感叹不已，他认为这位妻子亦应是有知识、有思想的人，然而"到不能生存时，能保全志节者，今殊不易见及。伍子胥云：'吾日暮途穷，故倒行逆施。'此说盖已早为全人类所信奉矣"。[2]这么一个令人痛心的故事，却是当时知识分子生活艰窘的真实写照。

分配不公与贪污腐败

为了民族独立，免遭外敌入侵，战时这些困难大家都能忍受，知

---

① 《由朱森教授之死说起》，《大公报》1943 年 7 月 25 日。

② 《何成濬将军战时日记》，第 195 页。

识分子当然也不例外。但是抗战中后期大后方腐败的滋生和蔓延，特别是战时社会的分配不公、贫富不均、官员贪污、政治腐败、特务横行等现象，却让知识分子深感愤怒和不平。西南联大教授王力曾不无讽刺地说："假使我们吃不饱，为的是给前方士兵吃，倒也处之泰然，但是听说士兵比我们吃得更坏；比我们吃得更好的，除了某几种人之外，乃是垄断者谷仓里的大老鼠，和过份利得者家里的小狼狗！"[1]由于商人操纵、囤积居奇，物价高涨，经济学家马寅初在《时事类编》上发表文章，要求对发国难财者征临时财产税。他的这一建议立即得到各阶层民众的支持，但竺可桢却认为此建议"实行殊困难，以奸商营业殊难查出确数"。[2]北京大学校长蒋梦麟战时在昆明撰写那部著名的散文集《西潮》之时，亦是"载运军火的卡车正从缅甸源源驶抵昆明，以'飞虎队'闻名于世的美国志愿航空队战斗机在我们头上轧轧掠过"之际；然而与此同时，"发国难财的商人和以'带黄鱼'起家的卡车司机徜徉街头，口袋里装满了钞票，物价则一日三跳，有如脱缰的野马"。[3]这也真是战时后方生活的生动写照。

战时由于物资缺乏，不法商人囤积居奇，哄抬物价，致使物资供应更加紧张。虽然政府为了制止囤货，也推行各种措施予以防范；然而政府对经济过度干预，又让那些主管财经的官员有机会利用权势，官商勾结，以致贪腐事件层出不穷。吴宓与几个朋友一起吃饭，听说他们都在做各种生意，获利甚多，其实说到底就是利用权势，投机牟利。因为"食服用品（如手纸、烟等），皆英美制品。闻中美空军人员，及豪宦巧商，赴 Calcutta 者多，飞机往来，每次货值二十余万元（只随身夹带）。

①　王了一：《龙虫并雕斋琐语》，中国社会科学出版社，1982，第 113 页。

②　《竺可桢日记》第 1 册，1940 年 11 月 17 日，第 466 页。

③　蒋梦麟：《西潮》，台北，2000，"前言"。

此辈无名商人，在昆明每人每日至少费用＄300，购一常用之自来水笔，值＄4000至＄6000，他物称是"。吴宓闻此，不禁大声疾呼，"贫富之悬殊，贤士困穷而鹜利纵欲者贪侈，其惊人之现象，至今日而极矣。如此之国家社会，如之何其能胜敌而自强也哉？"①

吴宓有一学生从缅北战场回来，谈及战场上的腐败更是令人切齿。"国军之腐败。入缅军皆以发洋财为志，第六军尤腐败。军官专务享乐，美衣服，盛容饰，乘汽车后军行，载咖啡、可可、西餐用品、网球拍、留声机片等以随。途中每日寻乐，至一城，则必欲入居最富丽之宅第，且搜求当地美妇女以自娱（甄之翻译工作，大半此类人事）。又极无识，且无备，对缅人夸耀军实，徒利间谍引日军倏至。行军从不作防御工事。及战，师长、团长等皆远居后方，不赴前线，甚乃乘汽车至山水清幽之处，拍网球、午寝以自娱，而兵卒之饥苦（饷且不发，其他称是）特甚。及败（第五军纪律较佳，在瓦城作战亦最力，克复瓦城后，英军弃中路不守，我军遂被敌围困），仓皇退却，军官以军用汽车载货物急归，而兵卒之伤病者（死于病者多，死于战者少）则弃置路旁，听其自毙。缅人多持长刀，伏林中，到处截杀我军。即入国境后，兵卒之苦仍不减，医药给养并乏，负重行山路中，泥滑，人马失足即死，故从军视为畏途。"②

铨叙部次长王子壮与老舍等人聊天，谈到重庆"文化人之生活，苦达极点，衣履蓝［褴］褛，愁难一饱。稿费低，无以维持现状也"；然而"商人如彼所知之北平茶庄，则大发财，盈余以数十万计。因货来少，可以任意高抬售价，成本一元，必卖七、八元，是经济上漫无控制

---

① 《吴宓日记》第8册，1942年9月6日，第377页。

② 《吴宓日记》第8册，1942年9月9日，第380~381页。

之过"。①

此时知识分子中对政府最为反感的就是主管财政的官员以权谋私、贪污腐败的事件，其中孔祥熙更是成为众人指责的对象，因而从 1940 年开始，大后方就不断地掀起"倒孔"的浪潮。马寅初、傅斯年等就是"倒孔"的先锋，其他教授亦经常在日记中记载所听闻的孔祥熙等高官的贪腐行径。

> 5：00 访 Winter，聆其述诸多文学见解，又述中国人之怯懦，乏见义勇为之精神。亲见中国诸多贪污自私之事，而无人敢言敢阻。如美国红十字会捐送 Quinine 极多，今皆存昆明中国银行库中，以备出售获利，而不给伤兵服用，故今该会已不肯再捐给药品矣。又中国军官亦唯利是图，故英美宁愿运中国兵至印度，俾以全权哺养训练。Winter 又谓美对中国极不满者三事：……（二）政府官吏（孔□□以下）之贪污；（三）军队之腐败无用，不能作战（由于军官贪利），而专恃英美代我退敌。他日战事完结，英美必大使中国失望。云云。又传闻美国已有诸多要求（经济权之割让）提出，蒋夫人之赴美，即为续办此交涉。②

> F.T.（西南联大外文系主任陈福田——引者注）言，闻第十一集团军总司令宋希濂在昆明赌，一掷 ＄10000000，已撤职查办。益以宓日前所闻，念黄师"独对古人称后死，岂知亡国在官邸"之诗，不胜伤叹。按黄师晚年之诗，最注重"士夫自贪肆"一事。宏识毅力，昌言不惧，所谓"仁者必有勇"也。③

国内通货膨胀，管制物价未得其法，不但非生产机关受影响，

---

① 《王子壮日记》第 8 册，1943 年 1 月 4 日、5 日，第 9~10 页。

② 《吴宓日记》第 9 册，1943 年 1 月 6 日，第 5 页。

③ 《吴宓日记》第 9 册，1943 年 1 月 27 日，第 17 页。

即生产机关亦大受影响，不景气之状态已毕露，此则最可忧虑者也。余在渝询诸各方，均束手无策，以为不可救药，岂真不可救药乎？大城邑如贵阳、昆明、重庆均在添设银行，试问此等银行除囤积而外能作何事？物价之高，正由此辈，孔祥熙为财政部长，又兼中央、中国各银行董事长，与其下通同作弊。英国人 Leith-Ross 早明告人，谓如孔某者在欧美早经枪毙矣。目前财政当局如易人，亦未必能挽救。但如将孔某者能明正典刑，则可大快人心耳！①

此时的国民政府已经失去了公信力，不管怎么解释，老百姓都认为政府欲盖弥彰。顾颉刚曾在 1944 年 10 月 16 日的日记中写道，他听经济学者傅筑夫说："孔祥熙财产数字有十六个圈，即使圈上为一字，以万亿为兆言之，则万兆矣；如以百万为兆言之，则百万万兆矣。中国焉得而不民穷财尽！"② 这就是说，即使像顾颉刚这样一位处处讲求证据，在当时的立场上又是倾向国民党的历史学家，也都相信孔祥熙手握近乎天文数字的财产，更何况一般民众。

知识分子的转向

抗战爆发后，大批知识分子迁移后方，在极端艰苦的条件下从事教育工作。然而通货膨胀导致物价上升，生活实在难以维持，所以他们曾多次要求政府予以重视。1940 年，西南联大工学院的 22 名教授和助教

---

① 《竺可桢日记》第 2 册，1944 年 4 月 9 日，第 749 页。
② 《顾颉刚日记》第 5 册，1944 年 10 月 16 日，第 351 页。

联名致函学校常务委员会，要求调整薪金，但教育部并未采取相应的行动。因此两个月后，再有 50 多名教师加入要求加薪的行列之中。[①]1942年 5 月 17 日，西南联大的沈启元、李树青、费孝通等八位教授在《大公报》联名发表文章《我们对当前物价的意见》，针对物价急剧上涨，"后方经济都作畸形发展"，警告政府若不做彻底解决，其后果"将失之过晚，追悔莫及"。[②]云南大学校长熊庆来为了争取提高教师待遇曾多次向中央和地方政府申请经费，他在致云南省参议会的代电中称："查尊师重道乃我国文化之传统精神，年来时值非常，教师待遇不能适应物价，衣食萦怀，家用弗足，以经济压迫之故，往往受侮于市井，见弃于社会，正气沦亡，何以立国？"[③]由于生活水平的急剧下降，而分配中又存在着严重的不公，加上贪腐现象日益蔓延，知识分子的心态自然也会发生变化。按照闻一多的说法，"联大风气开始改变，应该从三十三年算起。那一年政府改三月二十九日为青年节，引起了教授和同学们一致的愤慨"。[④]

不管在哪个国家，大学教授这个职业在社会上都会受到广泛的尊重，在中国也是如此。特别在战前，教授的待遇优渥、地位较高。若与普通民众相比较，战前的高级知识分子、大学教授算得上是"精神贵族"，他们对于民间疾苦和社会下层民众的生活不能说不闻不问，但可以说了解甚少。然而战争爆发后，由于通货膨胀，物资紧缺，这些过去衣食无忧的教授日子过得也是越来越艰难。当他们的生活标准开始下

---

① 闻黎明：《论抗日战争时期教授群体转变的几个因素——以国立西南联合大学为例的个案研究》，《近代史研究》1994 年第 5 期。

② 《大公报》（重庆）1942 年 5 月 17 日，第 2 版。

③ 《熊庆来致云南省议会代电》（1944 年 5 月 30 日），刘兴育主编《云南大学史料丛书·校长信函卷（1922 年~1949 年）》，第 188 页。

④ 闻一多：《八年的回忆与感想》，《闻一多全集》第 3 卷，第 508 页。

降，甚至整日为衣食担忧时，他们对弱势群体的了解和体会自然就会变得格外深切，所思所想也会发生变化，思想激进者尤为如此。考古学家李济曾对费正清说，战争爆发后这几年他已经失去了两个孩子，社会学家陶孟和的妻子也去世了。在他们看来，如果他们被重视，或是"当此国难之际，全国上上下下各阶层是同甘共苦的，那么即使挨饿也没甚么关系"。但是他们看到了如此触目惊心的不平等现象和社会上层的奢侈浪费，因此，许多知识分子感到心灰意冷，他们当中"一部分将会死去，其余的人将会变成革命分子"。① 而像闻一多、吴晗、潘光旦、张奚若等进步知识分子，就是其中具代表性的人物。1944 年 7 月 7 日，闻一多在昆明四家大学学生自治会举办的时事晚会上大声疾呼："难道今天是谈学术的时候么？研究？难道我不喜欢研究？我若能好好地看几天书，都是莫大的幸福。……可是饭都吃不饱，研究什么？""别人不叫我们闹，我们就是要闹。我们不怕幼稚，国家到了这步田地，我们不管，还有谁管！……五四是我们学生闹起来的，一二九也是我们学生闹起来，现在我们还要闹。"② 当年西安事变爆发后，闻一多主动站出来，竭力拥护蒋介石国家元首的地位，怒斥张学良、杨虎城的兵谏为胡闹，然而时间还不到八年，同一个人的立场变化如此之大，这又说明了什么？

　　抗战期间，内迁高校的教授都能与国家和民族一起坚持抗战，共克时艰，为继承与发展中国的文化和教育事业做出了重要贡献。然而由于物价高涨，生活艰窘，特别是目睹大后方的贪腐情形日益严重，他们的心态发生了变化，他们当中像闻一多、吴晗那样对政府从支持转向批评甚至反对的教授越来越多，这种影响还延续到之后他们对国民政府态

① 《费正清对华回忆录》，陆惠勤等译，知识出版社，1991，第 292 页。
② 季镇淮：《闻一多先生年谱》，《闻一多全集》第 12 卷，第 510~511 页。

度的转变。战后曾出任上海市市长的吴国桢后来回忆说，尽管多数大学校长和教授都是国民党员，但他们却同情学生运动，而对当局的举措则表现得十分冷漠。吴国桢认为其中的原因最重要的就是长期以来受到通货膨胀的影响，教授的生活每况愈下。①陈立夫在抗战期间出任教育部部长将近七年，在他晚年撰写的回忆录中有相当长的篇幅介绍战时高等教育的发展情况，却只字未提战时知识分子，特别是教授生活的日益贫困，这不应该是他疏漏了。他认为国民党失败的原因是政府的政策错了，使得"所有的有钱人，都变成了穷人，无钱的人都变成了赤贫了"。②即所谓"富人变成穷人，穷人成了穷鬼"，这句话却是值得后人深思的。

原载《抗日战争研究》2018 年第 1 期

---

① 裴斐、韦慕庭访问整理《从上海市长到"台湾省主席"（1946~1953 年）——吴国桢口述回忆》，第 40 页。
② 《成败之鉴——陈立夫回忆录》，第 337 页。

"不改币制，如何生活"：

从顾颉刚理发说起

顾颉刚是中国著名的历史学家，年轻时即开始记日记，长达60多年几乎从未中断。他对他的这部日记极为珍视，将其视为"生命史中最宝贵之材料"。晚年他曾计划自撰年谱及回忆录，当然日记就是其中最重要的材料。

　　顾颉刚的日记可以说是他畅所欲言、吐露心迹最理想的场所，他不但将他一生追求、摸索的史学方法及理论悉数予以记录，对于个人的心态感受、与学人的应酬交往及评价，还有他与政界人物的关系、对国家与国际局势的认识，以及他个人的生活琐事，譬如婚姻、家庭、子女等，不分巨细，也都真实地加以记录。

　　余英时阅读了顾的日记后说有两大意外发现，一是他的"事业心"远在"求知欲"之上，至少从20世纪30年代开始，他的生命形态就越来越接近一位社会活动家，游走于学、政、商三界之间；另一让余英时吃惊的是，他在日记中看到顾的内心所拥有的那种极其激荡乃至浪漫的情感，即他与谭慕愚女士的"缠绵悱恻"的爱情，前后竟绵延了半个世纪的时间！

　　而我在阅读顾颉刚的日记时则特别注意到他在日常生活中对各种琐事的记载，譬如与朋友吃饭、购物乃至对各类服务的记载。他不仅是一位学者，还是一位出版业的经营者，因此与一般学者的关注点或许有些不同，特别是抗战爆发后他对于各种物价变动的记载格外详细（战前虽然偶有所记，但主要侧重于购书等开支）。

抗战爆发后，大批民众迁往西南地区，物价不断上涨，而公教人员工资的增长却远远赶不上通货膨胀的速度，而且也赶不上其他行业，特别是那些服务性行业人员薪酬增长的速度。在这个问题上，国民党中央监察委员王子壮就有切身的感受。他认为，由于商人和普通劳动者的收入可以随物价上升而增加，虽然生活水平高涨，但因收入增幅较大，所以还不至过于痛苦。但是靠薪水维持生活的公教人员（特别是高级公务员与高级知识分子），他们的收入不增反减，生活极感困难。战前他的薪俸加办公费每月有1300余元，可谓高薪，但战争的爆发导致不仅工资扣发三成，还要缴纳各种捐税及认购公债。他在日记中写道："抗战以前日用必需品之价格一向不知，无则往购，亦无注意其价格之必要。近年以抗战艰苦，多少东西日用所需，而以其价高不能购取，始日增其对于价值之注意。但注意之范围日益小，多少东西已超过购买力，再增高减低均不能买，亦无注意之必要也。"譬如说"万金油战前值几何，几全忘，大约不过一角左右而已，今日每盒则涨至一百四十元，如此物价，真真吓人"。他回忆当初刚到四川时正值插秧季节，那时的雇工每天工资不到1元，管饭、酒、肉等，如今供应如故，但每日薪金增至50元，与物价上升指数大致相符。而他本人任铨叙部政务次长，简任一级官员，然"若与农人比较，彼有酒肉之享，月可得一千五百元"，比他的薪金还高！可见公务员的生活之贫困。

服务行业的收入也有大幅上涨。1942年3月，浙江大学校长竺可桢到重庆开会，其间去上清寺的一个理发店理发，闲聊之下得知理发师来自南京"一乐也"。理发师告诉他现在剃个头每次8元，每天若给16个人剃头，收入128元，理发师和股东四六分账，因为他同时也是股东之一，所以每月净收入高达 1500~1600 元，要比公务员的收入多。

类似这样的记录还有很多，我们就从顾颉刚日记中的理发说起。顾颉刚的日记记录了许多生活琐事，其中一个细节就是理发。从日记可以推断，他半个月到 20 天左右就会理一次发，因为价格太低（大概就是几角钱吧），而且常年没有波动，所以战前的日记中多是简单地写上一笔，对价格并无记录。然而从抗战爆发后一直到上海解放初期的十余年间，他对理发价格的记载却相当详细，而其间的价格变动即可以生动地反映出战时与战后物价高涨的情形。

最早出现理发价格的记录可能在 1940 年的下半年。这也是大后方物价开始大幅上涨的时期。他在当年 11 月 19 日的日记中记道："今日剃头，贵至一元八角，可怕。"一年多之后，1942 年 1 月 9 日，他又记道："今晨剃头，价五元"；当天晚上四个人吃西餐，花了 100 元。顾颉刚在日记中感叹："这种日子如何可以过下？"而一年之后的 1943 年 1 月 10 日，"现在剃头要十一元八角了"，上涨了一倍有余。2 月 8 日，"物价愈来愈贵，剃头须十二元，吃一顿饭化二十元还不饱，奈何！"到了 5 月，理发、洗头带涂油，一共要 18 元；而"越两月，便增至二十五元"。

抗战后期，大后方物价飞速上涨。为了招待来客，1944 年 4 月 3 日顾颉刚特地上街购物，在当天的日记中记录了所购物品的价格：糖一斤半，240 元；花生米一斤，80 元；香烟四包，140 元，"即此起码招待，已四百六十元矣"。他还顺便去理了个发，价格涨至 60 元。到了第二年的 3 月初，"剃一回头，二百元了"。再过 50 天，4 月 22 日，"剃一回头，四百元了。现在十元钱还抵不到从前一个小钱，配手电筒之电池，亦四百元"。

抗战胜利后物价虽然一度有所下降，但很快又开始上涨，而且涨速越来越快。1946 年以后顾颉刚长期在上海居住，然而此时的物价已疯狂上涨。以理发为例，1946 年 9 月 11 日，"剃一个头，二千三百元，然而此价在上海还是便宜的，到南京路剃头要一万元呢"。1947 年 1 月 14日，"理发，四千元矣"。1948 年 3 月 4 日，"上海理发价，已至七万元，不改币制，如何生活"。仅仅过了两个多星期，3 月 22 日，"理发价已至十万"。同日与妻子二人在外面简单地吃碗面，"亦廿一万元，从前只五六角耳"。4 月 19 日，"上海剃头价，至十五万矣。一万元不过合两分钱，物价已五十万倍，奈何！"

就像顾颉刚日记中所说的那样，通货膨胀如此严重，"不改币制，如何生活"！1948 年 8 月 19 日，国民政府突然发布《财政经济紧急处分令》，除了限期收兑民众手中的黄金、白银和外汇之外，还发行金圆券，每元等于法币 300 万元。然而此举不但未能阻止通货膨胀，其后物价更如同脱缰野马，一路狂升。

此时顾颉刚应邀在兰州大学授课，8 月 25 日他去理发，价格为金圆券三角，折合成法币就是 90 万元；然而不到一个月，理发价已升到五角，"可见新币虽行，物价仍涨，且一个月间涨至三分之二，此可畏也！"两个月后，"理发价三元四角，合法币一千二百万矣。物价如直线之升，如何活得！"这年底顾回到上海，金圆券改革已经彻底失败，物价更是突飞猛涨，"剃一个头，金圆二十，想八月中在兰，仅三角耳。四个月中，遂涨六十余倍"。

进入 1949 年，物价简直是一日数变，还是以顾颉刚的理发为例。

1 月 16 日，"理一次发，五十五金圆矣，较上月廿九日贵至三十五圆"。有人告诉他这算便宜的，"还有贵至七十圆者"。

2 月 2 日，"今日理发，金圆二百，合以法币，则六亿矣。呜乎，何其阔也！"

2月21日，"理发价已至五百五十元"。

3月11日，"今日理发价一千二百六十元，吃一排骨面七百元，'士别三日，便当刮目相看'，今则无物非士矣。大约清代一制钱，合今金圆卅元，然彼时一银元可兑千余文，今则银元价四千，只合百余文耳，此家之所以难支持也。自今日起，邮电又涨价一倍，寄一平信须五十元，挂号二百元，快信三百元。铁路票价加百分之一百八十六，到苏州三等车一千八百元，特快则二千一百六十元，卧铺三万元"。

3月30日，"理发价至四千二百元矣"。

4月15日，"今天发表指数，为一五一四〇倍，理发价一万七千元"。

5月3日，"理发价一百廿万元，十余日间，竟至百倍！来回大中国一次，五十万元，擦皮鞋廿万元"。

5月27日，上海解放，金圆券不再在市面流通，而改用人民币。此时全国各地陆续解放，人民币的发行数量在短期内亦大幅增加。据中共中央财经委员会统计，自1948年底至1949年8月底止，关内货币发行数额已经从185亿元增加到4851亿元。新中国成立后，人民币的发行数量继续增长，11月底，发行总额近2万亿元，12月又增发了1万亿元，到了1950年1月下旬，人民币的发行额已高达4.1万亿元。

上海解放后，投机商人热衷于囤积商品与倒卖银元、外币，上海的物价仍是急剧上涨。我们还是从顾理发的价格来看，6月12日，"理发价人民币三百六十元，即金圆券三千六百万也，又高矣"。6月30日，"理发价四百元，一双布鞋，一千七百五十元"。7月18日，"理发价六百元矣"。8月6日，"理发价一千三百元矣！薪水打折扣，而物价激增，怎不叫人短气！"

为了解决物资供应紧张与物价飞涨的问题，中共中央财经委员会成立，通过严厉打击投机分子、增调物资投放市场、发行折实公债等措施来稳定物价，取得了显著效果。8月下旬，顾颉刚北上约一个月后于9月23日回到上海，发现"物价殊稳定"，"此不能不服政府之措置得宜也"。譬如10月7日，"今日剃头六百元，上海物价渐平矣"。

然而，一个多月后，涨价之风再起，11月20日，"物价虽经政府压得稍平，但仍高，折实单位已至二三九三元，在一个月前乃七百余元耳。报纸一份，前一百元，今三百元，我们一家，如何活下去？今日做父母，才真是儿女的奴隶"。这一天"理发价二千三百元"。12月12日，"理发价三千五百元"。到了1950年2月8日，"理发价七千元"。3月21日，"现在一碗面即五千元，忆抗战前则一毛耳，知物价提高五万倍矣。理发价八千元"。

就在通货膨胀肆虐之际，1950年3月，政务院发布《关于统一国家财政经济工作的决定》，统一全国物资调度，建立"统收统支"的财政管理体制。在这之后，困扰中国人民十多年的通货膨胀终告解决，而顾颉刚的日记中也就没有再出现理发价格涨落的记载了。

理发本是一个人生活中的一件小事，然而顾颉刚日记中记录的历年理发价格的涨落，却可以为我们提供这一时期中国社会生活变动的实际情况，这也是我阅读日记后的一个收获。

原载《世纪》2019年第4期

后　记

　　拙作《日记中的历史：民国名人的公务与私情》于 2020 年 6 月由香港商务印书馆出版，得到学界的一致好评。但香港的读者群人数有限，所以我便不揣冒昧，与北京社会科学文献出版社资深编辑徐思彦女士联系，看看有无可能在内地出版简体版。承蒙时任总编辑杨群先生不弃，很快即来函告知同意出版，并将其列于该社"鸣沙"系列之一种。历经数年，拙作简体版终于以《近代日记中的公务与私情》为名正式出版，对于作者来说，能够得到更多的读者批评与指正，实在是莫大的荣幸。

　　与繁体版相比，此次出版有几点改动，需要加以说明。

　　首先是内容方面有所调整，但总的篇数未变，即增加了一篇文章（《"惟有妥协"：抗战胜利前后的蒋介石》），删去一篇关于船王董浩云在香港岁月的文章。同时亦将原书的顺序加以变动，而且对各篇文章的标题做了较大的修改，增加简短的提要，目的是希望能引起读者注意。

　　由于这些论文先后发表在各种不同的学术刊物，为了减少重复，并希望让文字更适合读者阅读，所以此次结集时做了一些删改。除了对原书中的一些舛误予以修改外，主要是略去原来学术论文中研究回顾之类的内容，同时对注释亦予以简化，即引用的文献等资料在本书中第一次出现时按照学术规范全部录入，其后再次引用，则只注明书名、页数或档案的编号。

本书责任编辑、社会科学文献出版社历史学分社副社长李丽丽博士对全书进行认真的校勘，她的敬业精神令人钦佩，特别是对于标题与内容都提出许多建设性的建议，俾使拙著更趋完善，这是需要特别感谢的。

郑会欣

2025 年 3 月写于香港

图书在版编目（CIP）数据

近代日记中的公务与私情 / 郑会欣著. -- 北京：
社会科学文献出版社, 2025.5
（鸣沙）
ISBN 978-7-5228-1436-0

Ⅰ. ①近… Ⅱ. ①郑… Ⅲ. ①日记 - 文学研究 - 中国
- 近代 Ⅳ. ①I207.65

中国国家版本馆CIP数据核字（2023）第035581号

· 鸣沙 ·
近代日记中的公务与私情

著　　者 / 郑会欣

出 版 人 / 冀祥德
责任编辑 / 李丽丽
责任印制 / 岳　阳

出　　版 / 社会科学文献出版社·历史学分社（010）59367256
　　　　　　地址：北京市北三环中路甲29号院华龙大厦　邮编：100029
　　　　　　网址：www.ssap.com.cn
发　　行 / 社会科学文献出版社（010）59367028
印　　装 / 南京爱德印刷有限公司

规　　格 / 开　本：787mm×1092mm 1/16
　　　　　　印　张：22.25　字　数：278千字
版　　次 / 2025年5月第1版　2025年5月第1次印刷
书　　号 / ISBN 978-7-5228-1436-0
定　　价 / 92.00元

读者服务电话：4008918866